SCIENCE FICTION

Ein Verzeichnis aller im
WILHELM HEYNE VERLAG erschienenen
SHADOWRUN™-Bände finden Sie
am Schluß des Bandes

SHADOWRUN

LEO LUKAS

WIENER BLEI

Einundvierzigster Band
des
SHADOWRUN™-ZYKLUS

WILHELM HEYNE VERLAG
MÜNCHEN

HEYNE SCIENCE FICTION & FANTASY
Band 06/6141

Umwelthinweis:
Dieses Buch wurde auf chlor- und
säurefreiem Papier gedruckt.

http://www.heyne.de
Printed in Germany 2001
Umschlagbild: Donato Giancola
Umschlaggestaltung: Nele Schütz Design, München
Technische Betreuung: M. Spinola
Satz: Schaber Satz- und Datentechnik, Wels
Druck und Bindung: Elsnerdruck, Berlin

ISBN 3-453-18772-5

Wir schreiben das Jahr 2058

Die Prophezeiungen der alten Maya-Kalender sind in Erfüllung gegangen: Die Magie ist in die Welt, die nun die »sechste« genannt wird, zurückgekehrt. Elfen, Trolle und andere Metamenschen haben ihre wahre Gestalt angenommen, und viele weitere mythische Wesen sind »erwacht«. Drachen leiten Konzerne oder gewinnen die Wahl zum Präsidenten der Vereinigten Amerikanischen und Kanadischen Staaten. In den Straßenschluchten der Megaplexe triffst du auf Teufelsratten, Basilisken, Banshees und Vampire.

Aber auch die Technik hat unvorstellbare Wunder hervorgebracht. Die »Matrix«, das weltweite Computernetzwerk, ist für die »Decker«, die Konsolen-Cowboys, die ihr Bewußtsein direkt mit den Datenströmen verbinden, ebenso tägliche Realität wie der Astralraum für die Magier, Hexen und Schamanen. »Rigger« gehen mit hochgezüchteten Fahrzeugen eine symbiotische Verbindung ein; »Straßensamurais« steigern ihre körperlichen Fähigkeiten durch den Einbau künstlicher Sinnesorgane, verstärkter Reflexe oder ganzer Gliedmaßen aus Elektronik, Biotechnologie und Chrom.

Die alten Nationalstaaten sind teilweise untergegangen oder zersplittert. Die wirkliche Macht geht von den Megakonzernen aus. Aber auch weltweit aktive Geheimbünde, Insektengeister, Policlubs und viele andere Spieler ziehen die Fäden, an denen die Shadowrunner hängen.

Die Schattenläufer … Die »Sechste Welt« leugnet ihre Existenz, und doch könnte sie ohne sie nicht bestehen. Sie sind die Spielfiguren, die Bauern, Springer, ganz selten Türme oder gar Königinnen im rasenden, schillernden, oft tödlichen Spiel des Dritten Jahrtausends.

»Dies ist die Zeit der Wunder und Mirakel.
Dies ist die Spiegelwelt der Schatten ohne Licht.
Dies ist der wahre Traum vom Fliegen ohne Flügel.
Geh deinen Weg, sei auf der Hut und zaudere nicht …«

(Maria Mercurial, etwa 2051)

Für »Black Cat«,
»Darlene«
und meine alte Tochter Teresa

Prolog

An seinem fünfzehnten Geburtstag schnürte der Plesch-Pepi seinen Ranzen, sagte allen seinen compañeros freundlich ›Habediehre!‹ und ging aus den Wohnparks hinaus.«

»Moment, Oma! Du sagst, er ging aus den Vereinigten Wohnparks hinaus, einfach so?«

»Einfach so, ja.«

»Geh, Oma! Erzähl keinen Schmäh! Niemand kommt aus den Wohnparks hinaus, niemand! Und schon gar nicht einfach so!«

»Niemand von uns kann das, du Nudlaug, du vorlautes! Aber der Plesch-Pepi ist jemand Besonderes. Er hat … eine Gabe, eine Kraft, eine ganz eigene, auch wenn er es damals wahrscheinlich noch gar nicht wußte. Er nahm einfach sein Ränzlein und marschierte los, an den Teufelstieren vorbei, die ihn nicht einmal bemerkten. Durch die Flammentunnel kroch er, und das Höllenfeuer machte ihm Platz; und die Regenbogenwände durchbrach er, als ob sie nicht da wären. Es wurde auch kein Alarm ausgelöst, so daß er seine Strickleiter nehmen, über die Mauer werfen und hinaufklettern konnte. Als er auf der Mauerkrone stand, begannen die Sirenen zu heulen und die Suchscheinwerfer zu kreisen, aber der Pepi winkte in aller Ruhe noch einmal zurück, und dann sprang er auf der anderen Seite hinunter in die Freiheit. Einige der Lauscher behaupten, sie hätten noch seine schnellen Schritte gehört, und daß er ein leises Lied gesummt hätte, während er den Wachpatrouillen davonlief. Aber das ist, glaube ich, eine Legende.«

»Also war der Plesch-Pepi ein mächtiger Magier,

Oma, nicht wahr? Ich bin nicht mehr so klein, ich weiß, daß es das gibt. Oder ein, ein … Schimanski?«

»Schamane heißt das, Nudlaug. Nein, der Plesch-Pepi war kein Schamane oder Magier. Er war … ist … das genaue Gegenteil. Etliche haben seither versucht, es ihm nachzumachen, und sind in den Feuertunneln verglüht, oder von den erwachten Tieren zerrissen worden, oder die magischen Wände haben sie festgehalten, bis die Wachen kamen und sie mitnahmen für die Körperverwertungsstelle. Du darfst das nie versuchen, hörst du, niemals! Versprichst du mir das?«

»Ja doch, Oma.«

»Bueno … und jetzt sei still und laß mich die Geschichte erzählen.«

Erstes Kapitel

Ein tolles Frühstück · Ein Jux mit zwei Zauberern · Bei Molnár · Superfritz schmeißt den Alten Donner in den Donaukanal

1

Schon vor dem Frühstück hat Pepi ein ungutes Gefühl. Der Alte Donner ist so gut aufgelegt, daß Pepi gleich weiß, das gibt heute noch Probleme.

Normalerweise ist der Alte Donner den ganzen Vormittag unansprechbar, grantelt herum, wie wenig und wie schlecht er geschlafen hätte, und vergräbt sich in die vergilbten Hardcopies, mit denen er sich in der Nacht zugedeckt hat. Doch an diesem Tag hüpft er, kaum daß sein Armbandwecker gepiepst hat, putzmunter durch den Heizungskeller und führt sich auf, als sei ER 16 und Pepi 61. »Heut mach ausnahmsweise ich einmal das Frühstück«, kräht er, »aber kein Frühstück für Sandler, sondern ein Frühstück für Grafen! Weil ich habe wie ein Graf geschlummert heute, was sag ich, wie ein Kaiser, und das verdanke ich dir, mein lieber Pepi, dir ganz allein!« Und tätschelt Pepi mit seinen gichtigen nikotingelben Fingern, daß der sich in seinen löchrigen Schlafsack verkriecht und versucht, den Traum von dem wunderschönen Ork-Fräulein weiterzuträumen, das in seinem Arm liegt und ihm ein leisezartes Lied ins Ohr singt, während die warme Sonne hinter einem schimmernden Schneefeld untergeht … aber natürlich vergeblich.

Also steht er seufzend auf, wäscht sich das Gesicht mit dem Wasser, das sich über Nacht in Donners Plastikhut gesammelt hat – sie haben ein winzigkleines Loch in die Rohrleitung gefeilt, ganz vorsichtig, damit die Sensoren im Gebäude über ihnen weder Leck noch Wasserverlust bemerken – und geht zum verrosteten Klapptisch, den der Alte Donner in der Mitte des stickigen Raumes aufgestellt hat. Dort zeigt er sich gebührend begeistert von den Köstlichkeiten, die Donner aus seinen vielen Manteltaschen und Plastiksackerln hervorgezaubert hat: Soykaf (»Aber mit Mineralwasser angerührt, mein Lieber, mit echtem Mineralwasser aus den Bergen!«), weiches graues Brot, ein halber Lupinen-Börger (»Der Kenner zieht das jedem schnöden Kalbsfaschierten vor!«) und eine feinsortierte Auswahl von Wurstzipfeln, die dem jungen Ork tatsächlich das Wasser im Mund zusammenlaufen lassen.

»Die hat mir der Fleischhacker Bösel gegeben, aus Dankbarkeit, und aus Dankbarkeit teile ich sie jetzt mit dir, Pepi!« deklamiert der Alte Donner und fängt an, ihn zu bedienen wie ein Oberkellner, wachelt mit seinem dreckigen Schneuztuch herum, als wäre es eine feine Seidenserviette, und macht immer weiter komische Faxen und Spaßetteln, bis der Bub sich den Bauch halten muß vor Lachen.

Fast hätten sie die Zeit übersehen. Sie schaffen es gerade noch rechtzeitig, aus dem Heizungskeller zu verschwinden, bevor der Hausmeister auf seinem Rundgang durchkommt.

Oben ist Schönwetter, selten genug für die zweite Augusthälfte. »Weißt was, Pepi, heut gehen wir in den Prater, ich hab bei ein paar von den Hutschenschleuderern noch was gut, heut machen wir uns einen Jux, wie du noch nie einen erlebt hast!«

Und der Pepi will schon sagen, nein, lieber nicht,

spazieren wir nach Altottakring hinaus zur »Zehnermarie«, oder auf den Kahlenberg, da sind wir lang nimmer gewesen, aber Donner ist ja nicht zu bremsen, »Im Altweibersommer ist der Prater am schönsten!« trompetet er und watschelt davon; was hätte Pepi machen sollen?

2

Eines muß man dem Alten Donner schon lassen, für U-Bahn-Kontrollore hat er ein untrügliches Gefühl, zumindest solange er nüchtern ist. Am Schwedenplatz, wo sie in die U 1 umsteigen wollen, schnüffelt er ausgiebig in beide Richtungen, dann bedeutet er Pepi, hinter einer Säule zu warten. Und tatsächlich, im letzten Augenblick, bevor die Türen zugehen, werden plötzlich aus dem Nichts drei Vierergruppen von Schwarzkapplern sichtbar, die mit gezückten Betäubungsschlagstöcken in die Waggons springen und »Fahrchips vorweisen!« brüllen.

Als die U-Bahn losfährt, ist die Schlägerei drinnen schon im schönsten Gang.

»Da nehmen wir doch lieber die nächste, gell?«, grinst der Alte Donner zufrieden.

Im Wurstelprater war Pepi noch nie. Einmal, auf einem ihrer Streifzüge, sind sie am Rand des riesigen Vergnügungsparks vorbeigekommen. Schon von außen war Pepi der Lärm damals unerträglich erschienen. Jetzt, mittendrin, zwischen unüberschaubar vielen gigantischen Maschinen, die dröhnend, quietschend und pfeifend Hundertschaften von kreischenden Menschen und Metas durch die Luft wirbeln, meint er, sein armer Kopf müsse jeden Augenblick zerspringen. »Heute ist der wilde Bär locker!« schreit Donner über die Maschinenmusik, die auf Pepis Unterleib einprügelt wie ein wildgewordener Zwergensamurai. »Weil Sonntag ist und morgen die Konzernschulen wieder anfangen!« Tatsächlich besteht die lachende und johlende Menge überwiegend aus Sarari-Kindern und ihren Gouvernanten oder Leibwächtern. Ein Elf in einem blauschwarz schimmernden Anzug, der sich lässig auf einen reich mit silbernen Ornamenten verzierten Spazierstock gestützt hat, dreht ruckartig seinen Kopf, blickt Pepi für einen Sekundenbruchteil irritiert an und sieht dann durch ihn hindurch, als wäre er Luft. Daraus macht sich Pepi gar nichts, das ist er von klein auf gewohnt.

Endlich, nach einer schier unerträglich langen Dreiviertelstunde ungezielten Herumschlenderns, zieht Donner ihn in eine etwas ruhigere Seitengasse und zum Eingang eines kleinen Theaters, das wie ein Märchenschloß aus Schnee und glitzernden Eiskristallen gestaltet ist. Flirrende Hologramme verkünden, daß hier »Die größte Zaubershow der Welt« geboten wird, und zwar »nonstop«. Die Schlange vor der Kassa ist kurz. »Donner, wir haben kein Geld«, mahnt Pepi. Aber der Alte Donner, dem der Übermut aus seinen Schweinsäuglein funkelt, raunt nur: »Heute kriegen wir alles gratis, wirst schon sehen, Bub!«

Und tatsächlich, als sie vor der Kassiererin, einer dicken, stark geschminkten Frau mit grellblonder Perücke stehen, schreit diese erfreut auf: »Ja Donner, servas Oeda! Sag net, du willst auf deine alten Tag' noch was lernen bei uns?« Und gibt, nachdem Donner seinen Finger schelmisch an die Lippen gelegt hat, den beiden mit einem verstehenden Grinsen zwei Eintrittschips.

Das Theater ist klein, stickig und nicht einmal zu einem Drittel voll. Es riecht nach Popcorn und kaltem Rauch. Gerade haben zwei in lächerlich bunte, mit hunderten spiegelnden Straß-Steinen besetzte Smokings gekleidete Bühnenzauberer eine Illusionsnummer beendet. Das Elmsfeuer, das scheinbar überall auf der Bühne und an der Decke des Zuschauerraums gelodert hat, verpufft. Der gelangweilt wirkende Musiker, der am Rand der Bühne sitzt und durch ein Kabel in seiner Schläfe mit dem Multisoundsystem verbunden ist, spielt einen Tusch. Applaus; einige Kinder pfeifen auf den Fingern und werden von ihren Begleiterinnen strafend angeschaut. Pepi und Donner setzen sich auf freie Plätze am Rand der vierten Reihe.

»Dangeschööön, dangeseeehr«, flötet der kleinere der beiden Artisten im typischen Singsang billiger Tingeltangelkünstler. »Und jetzt, hochwohlgeborenes Publikum, wird mein Partner Sigismundo eine der schwierigsten Übungen der geheimen thaumaturgischen Künste vor Ihren geschätzten Augen ausführen. Er wird sich, und zwar auf offener Bühne, in einen weißen Tiger verwandeln. Das sehen Sie nirgendwo sonst auf der Welt. Applaus!«

Der SmartSynth-Spieler nimmt einen tiefen Schluck aus der Schnapsflasche. Psychedelische Musik setzt ein. Sigismundo verbeugt sich und geht dann in eine wichtigtuerische Pose, in der er, scheinbar zum Zerreißen angespannt und in höchster Konzentration, verharrt.

Violetter Rauch wird auf die Bühne geblasen. Die Musik erreicht einen Höhepunkt, bricht dann ab.

Nichts passiert.

Atemlose Spannung im Zuschauerraum. Ein kleines Mädchen sagt in die Stille hinein weinerlich »Mama, ich muß aufs Klo.«

Sigismundos Partner räuspert sich und wirft dem Musiker einen schnellen Blick zu. Der moduliert die Musik erneut, beginnt sie ein zweites Mal dramatisch zu steigern.

Sigismundo atmet heftig. Schweißperlen bilden sich auf seiner Stirn, rinnen über die Schminke. Wenn das Show ist, denkt Pepi bei sich, dann ist es wirklich gut gespielt.

Um Sigismundo bilden sich Schlieren in der Luft, wie sich manchmal das Bild im Trideo verzerrt, wenn das Gerät einen leichten Defekt hat. Für einen kurzen Augenblick ist die Silhouette einer großen Raubkatze zu erkennen, dann bricht Sigismundo zusammen.

Einige Zuschauer geben enttäuschte Laute von sich. Pfiffe ertönen.

»Jaaa, hochwohlgeborenes Publikum, Sie sehen, daß hier bei uns wirkliche, gefährliche Magie gezeigt wird, keine Tricks, keine doppelten Böden! Aber seien Sie ohne Sorge, Sigismundo hat sich nur für Sie ein wenig verausgabt und wird in wenigen Sekunden wieder auf den Beinen sein«, säuselt der zweite Zauberer, während hinter ihm der Vorhang fällt und Sigismundos leblosen Körper verbirgt. »In der Zwischenzeit unterhält sie Madame Mimi mit ihren tanzenden Wunderhunden!« Der SmartSynth-Spieler produziert quäkende Zirkusmusik. Sigismundos Partner geht hastig ab. Herein wackelt die dicke Kassafrau, zusammen mit drei Pudeln, die sich auf den Hinterbeinen unsynchron im Takt drehen. Das Publikum beginnt »Buh!« zu rufen und Börger-Schachteln und Pappbecher auf die Bühne zu werfen. Donner steht auf und winkt Pepi mit dem Finger.

Sie schieben sich durch einen schwarzen, mottenzerfressenen Vorhang. Hinter der Bühne ist Sigismundo gerade wieder zu sich gekommen. »Ich hab keinen Tau, was da los war, Jean-Jacques«, sagt er zu seinem Partner, der ihm besorgt die Hand tätschelt, »ich hab den Spruch ganz normal gewirkt, aber er hat einfach nicht funktioniert. Da hab ich mehr Energie hineingepumpt, aber es war, wie wenn der Astralraum plötzlich aus Gummi bestünde, verstehst du …«

»Ganz ruhig, Liebes«, flüstert Jean-Jacques, »wie oft hab ich dir gesagt, du darfst dich nicht überanstrengen. Deine Nerven …«

Donner bricht in dröhnendes Gelächter aus und tritt zu den beiden. »Na, Sigismund, alte Arschgeige, hamma uns a bisserl übernommen?«

Die zwei Zauberer versteinern kurz wie ertappt, dann macht sich Erleichterung breit.

»Der Alte Donner! Jessas, das hätte ich gleich wissen können! Alter Fuchs! Du warst das!«

»Aber nie doch nicht!« Donner hüpft wie ein übergeschnappter Tanzbär um die zwei herum, stupst sie scherzhaft zwischen die Rippen. »Selbst wenn ich's noch drauf hätte, würde ich mir nie erlauben, die Show meiner zwei Lieblingsschüler zu stören!«

»Natürlich warst du's! Na warte, du Falott, das wirst du uns büßen! Und ich hab mir schon solche Sorgen um den Mundi gemacht!« Jean-Jacques lacht erleichtert, auch sein Partner fällt ein.

»Ich schau zum Molnár nach hinten, auf einen Spritzer«, sagt Donner. »Geht's mit?«

»Wir müssen gleich wieder raus.« Jean-Jacques blickt auf eine Wanduhr. »Aber in einer halben Stunde löst uns der Oropax ab, dann kommen wir nach. Alle Ehre, Donner, du hast mir einen ganz schönen Schreck eingejagt.«

»Wenn ich dir schwör', ich hab überhaupt nichts gemacht.«

»Jaja, wer's glaubt, wird Bürgermeister.«

Sie schlagen Donner noch ein paarmal freundschaftlich auf die Schulter, dann traben sie seufzend wieder Richtung Bühne.

3

Das Hinterzimmer der direkt ans Zaubertheater angrenzenden Striptease-Bar dient für beide Etablissements als Kantine. Auch hier ist Donner überschwenglich begrüßt worden; Molnár, der Geschäftsführer, hat ihm sofort einen Halbliterkrug mit rotem Spritzer hingestellt. Da hat Pepi schon geahnt, wie der Tag weitergehen wird.

Der Ork, der für sein Alter und seine Rasse ziemlich klein und schmächtig wirkt, nippt an seinem Himbeerkracherl. Von dem, was am einzigen großen Tisch, der den verrauchten, aber sonst recht gemütlichen Raum fast zur Gänze ausfüllt, gesprochen wird, versteht er nicht einmal die Hälfte, aber das tut ihm nichts. Er weiß sowieso, daß er kein Blitzgneißer ist, nie war, wohl auch nie sein wird. Er ist froh, wenn man ihn in Ruhe läßt, und überglücklich, wenn er einmal nicht aus dem Koloniakübel essen muß, sondern ein richtiges warmes Gulasch vorgesetzt bekommt mit einer richtigen Semmel vom selben Tag.

Eigentlich sitzen zwei verschiedene Gruppen am Tisch, die sich aber immer wieder gegenseitig unterbrechen und kurze witzige Sätze zurufen, meist Obszönitäten. Donner, gerade hat er einen neuen Spritzer bekommen, ist mit gerötetem Gesicht beim Schmähführen mit Molnár sowie einem Prater-Strizzi namens Xiberger und der sogenannten Lili-Omi, einer ziemlich abgetakelten Tänzerin.

»No, wos sogst zu der G'schicht mit dem Feuerteufel, Donner? Ist das nicht ein Wahnsinn? Sieben Häuser hat er schon abg'fackelt im letzten halben Jahr, und keine Spur von einem Motiv!«

»I glaub ja, daß das alles nur von den Medien aufgebauscht wird«, sagt die Lili-Omi mit ihrer Piepsstimme.

»Wie, du meinst, der Dechant selber zündet die Häuser an, damit er was zum drüber schreiben hat?« wirft Xiberger ein. Brüllendes Gelächter ist die Antwort.

»Angeblich sind nirgendwo Spuren von leicht entflammbarem Material g'funden worden«, räsoniert Molnár weiter, »auch keine Reste von Brandbomben oder Molotow-Cocktails.«

»Weil's sowieso nur von den Medien aufgebauscht worden is«, beharrt die Lili-Omi.

»Was meinst du, Donner? Vielleicht ist der Feuerteufel ein durchgeknallter Magier?«

Donner, dessen Gesicht sich zu röten beginnt, holt zu einer weitschweifigen Erklärung über den Wirkungsradius von Feuerzaubern aus. Keiner von den anderen hört richtig zu. WAS geredet wird, ist nicht wichtig, Hauptsache, DASS geredet wird, und daß der Schmäh rennt. Die Lili-Omi ist im Übrigen der Meinung, daß die Medien alles ziemlich aufbauschen.

Am anderen Ende tauschen drei abenteuerliche Gestalten Kredstäbe aus. Einer ist ein riesiger Minotaurus, ein griechischer Troll mit einer Schnauze und Hörnern wie von einem Stier. Er wird »der kleine Ajax« gerufen, und selbst wenn er sich bemüht, leise zu sprechen, zittert der ganze Tisch. Der zweite, der mit allerlei Amuletten behängt ist, gibt keinen Ton von sich, sondern bewegt nur manchmal rasch die Finger. Er scheint taubstumm zu sein. Die anderen nennen ihn »Oropax«. Nach einiger Zeit zeigt er auf die Uhr, verneigt sich kurz, steckt seine Kredstäbe in eine Schweinsledertasche, streift Pepi mit einem momentan interessierten Blick, sieht durch ihn hindurch und verschwindet Richtung Zauberbühne.

»Na, Fräulein Zizibee, hamma gute Beute g'macht bei der letzten Hock'n?« schreit Molnár quer über den Tisch. Die Angesprochene, eine schlanke, vielleicht zwanzigjährige Frau, die trotz ihres gruftigen Makeups und der mehrfach gepiercten Unterlippe auf Pepi irgendwie anziehend wirkt, ruft, ohne den Kopf zu wenden, schnippisch zurück: »Hoets zsamm, Hutschenschleuderer! Meine Schulden bei dir sind 'zahlt!«

»Tut mir ja fast leid«, meint Molnár süffisant. »Meine Stammgäst' drüben bei den Wixkabinen fragen immer noch nach dir.«

Xiberger lacht dreckig glucksend. Der Minotaurus läßt ein unwilliges Schnauben hören.

»Reg dich nicht auf, Ajax«, sagt Zizibee zu ihm, und lauter, mit Bezug auf Molnár: »Net amal ignorieren, die Trotteln. Ist sowieso das letzte Mal, daß wir auf G'sindel wie die angewiesen waren.«

»Oho, das kleine Fräulein tragen die Nase neuerdings hoch«, lacht Molnár. »Bißl vorsichtig sein, Gnädigste, und schön sprechen! Der Alte Donner hier hat schon mit Feuerbällen jongliert, da war dein Hawara, der Oropax, noch gar net auf der Welt!«

»Aber jetzt hat er sich längst sein Hirn weggesoffen, das weiß doch jeder, und der einzige, der sich noch mit ihm abgibt, ist dieser zurückgebliebene Schrumpf-Ork. Komm, Ajax, wir gehen.«

Der Minotaurus erhebt sich. Er kann nicht aufrecht stehen und muß sich noch tiefer bücken, um durch die Tür zu kommen.

»Ajax, bei Fuß!« spottet Xiberger, nachdem das ungleiche Paar verschwunden ist. Alle lachen herzhaft, auch Pepi, obwohl er den Witz eigentlich nicht verstanden hat.

4

Wenn der Alte Donner einmal mit dem Saufen angefangen hat, hört er nicht mehr auf. »Weißt du, Pepi, ich brauch das«, jammert er dann selig, »damit ich schlafen kann ohne Träume.«

Also müssen sie einige Stunden und viele rote Spritzer später, nachdem Molnár, Xiberger und die Lili-Omi »nach ihren Geschäften schauen« gegangen sind, unbedingt noch ins »Schweizerhaus«, ein Bierlokal mit einem großen Gastgarten, und da thront Superfritz an drei zusammengeschobenen Tischen mit einem guten Dutzend wirklich harter Jungs und Mädels, die haben jeder und jede einzelne mehr Chromteile als eine Hotelküche.

Pepi, der weiß, daß sich Donner und Superfritz nicht ausstehen können, will seinen schwankenden Begleiter unauffällig an den Tischen vorbeimanövrieren, lenkt ihn auch ganz gut ab mit einer reschen Kellnerin, einer gestandenen Brünetten mit festen Wadeln und ordentlich Holz vor der Hütten, so um die vierzig, gerade wie er's mag, aber Superfritz hat ihn schon entdeckt und will sich die Gelegenheit natürlich nicht entgehen lassen und brüllt: »Na das ist mir ja ein innerer Reichsparteitag! Ladies und Gentlemänner, verehrte Schweizergarde, darf ich Ihnen präsentieren: eine lebende Legende der Wiener Schatten, ein Original, wie es einmal im Goldenen Buche der Stadt Wien stehen wird – der Alte Donner!«

Dessen Kopf ruckt herum, während Superfritz seinen Hawaran – dem Outfit nach sind Deutsche dabei, auch Russen und Japaner – überlaut erklärt: »Soll einmal eine der ganz heißen Nummern gewesen sein, you understandst, a big number once, yes? – Aber dann hat er sich sein Talent verbläsert, die ganze Magie ruiniert mit billigem Fusel, und später hat irgendein Scherzkeks sogar ein Lied auf ihn gedichtet, now listen to me –«

Und während Pepis bester Freund, sein einziger Freund in der großen Stadt zu zittern anfängt und die gute Laune von seinem zerknitterten und aufgedunsenen Gesicht herunterfällt wie ein Papierschiffchen in einem Wasserfall, beginnt Superfritz das Lied zu singen, das gräßliche Spottlied, den höhnischen Abgesang auf einen, der einmal groß gewesen ist und jetzt nur noch verbraucht, ausgebrannt, ein Schatten seiner selbst: »Der Alte Donner liegt im Anti-qua-ri-at«, singt Superfritz, »und wart' verzweifelt drauf, daß ihn der Teufel holt ...« An den umliegenden Tischen fallen manche ein, denn das Lied ist populär seit vielen Jahren; die »Neuen Noch Extremeren Extremschrammeln« haben es zu einem Evergreen gemacht, kein Wunder – die Wiener, sagt man, lieben ihre Genies immer erst, wenn sie gescheitert sind: »Denn er, der früher wie ein Gott gedonnert hat, / verweht im Wind jetzt wie ein feuchter Schaaß im Wold ...«

Die linke Hand des Alten nestelt in der Tasche seines speckigen Gilets; seine rechte stößt Pepi hart zur Seite. »Geh weit weg jetzt, Bub«, keucht er, »sei mir jetzt bitte nicht im Weg, renn, Pepi, damit ich diesem jungen –«

Aber viel zu langsam ist er gegen den lächelnden Superfritz, wie in Zeitlupe fingert er sein abgegriffenes Amulett hervor, ein leichtes Glühen beginnt sich um seine Fingerspitzen zu bilden, doch da hat Superfritz längst seinen Cyberarm gehoben und gemütlich justiert und ihm zwei Taser-Pfeile in den Leib gejagt, schneller als Pepi denken kann, und der Alte Donner zuckt nur mehr und verdreht die Augen und beißt in den Kies und erbricht Schaum.

Pepi ist, so schnell er konnte, weggelaufen, steht jetzt halb hinter einem Kastanienbaum. Eine Japanerin mit in der Sonne blitzenden Cyberaugen ist aufgestanden und zielt mit einer schweren Pistole auf ihn.

»Laß, das Tschapperl is harmlos«, sagt Superfritz, während er seine Taserpfeile wieder einsammelt, »aber dem Gfraaßt da, dem zeig' ich's heute ein für allemal.« Und Pepi muß mitansehen, wie Superfritz den alten bewußtlosen Lumpensack ganz leicht schultert und mit ihm davongeht. »Ich schmeiß ihn jetzt in der Kanal!« schreit er über die Schulter zurück, »in den Donaukanal schmeiß ich ihn, daß ganz Wien weiß, wie es jedem elendiglichen Zauberer ergeht, der sich mit Superfritz anlegen will!«

Pepi läuft ihnen nach, die ganze Strecke durch den Wurstelprater, hinaus auf die Hauptallee, hunderte Spaziergänger sehen den hünenhaften Samurai, der das schlaffe Menschenbündel lässig mit einer Hand auf der Schulter hält, hunderte sehen hin und schnell wieder weg, niemand wagt es, sich Superfritz in den Weg zu stellen, der schneller marschiert als Pepi rennen kann, quer über die Jesuitenwiese, bis zur Lände, die Böschung hinab, Pepi hat keine Chance gegen die Kunstmuskeln vom Superfritz.

Aber er kommt noch rechtzeitig, daß er den Alten Donner untergehen sieht, schon etliche Meter entfernt von der Stelle, wo der Samurai steht und dröhnend lacht und singt, und Pepi kann noch hineinspringen in die Brühe und tauchend sich treiben lassen, er reißt die Augen weit auf unter Wasser, obwohl sie sofort zu brennen beginnen, und sieht trotzdem fast nichts, undefinierbare Fetzen und Brocken treiben vorbei, Abfall oder vielleicht Tiere, aber schließlich kriegt er ihn zu fassen an einem Mantelzipfel. Der von der Kälte des Flusses aufgewachte Donner ist die pure Panik, schlägt um sich, dann plötzlich umschlingt er Pepi, hängt sich auf ihn, versteift sich, versinkt, zieht Pepi mit hinab. Der kann seine Arme nicht mehr bewegen, will lufthölen, schluckt stattdessen Wasser, die Giftsuppe des Donaukanals treibt ihm Blut und Schweiß und Tränen aus den Augen, den Poren, dem Mund. Pepi tritt mit den Beinen, dreht sich, weiß nicht mehr oben oder unten, kriegt endlich einen Arm frei, drischt Donner hart gegen den Kopf, bis er erschlafft. Er hat schreckliche

Angst, aber auch eine irrsinnige Wut, und damit kriegt er den Alten schließlich irgendwie hinaus ans Ufer, schon einige hundert Meter stromabwärts, kurz vor der Rollfähre. Der Fährmann hilft ihm, den schweren leblosen Körper auf den hölzernen Steg zu hieven.

Dann liegt der Alte Donner da, und Pepi heult vor Angst und Wut und schlägt und tritt ihn so lange, bis er freiwillig wieder zu atmen beginnt, und damit fängt die ganze Scheiße an.

Zweites Kapitel

Die versunkene Stadt und das Dorf der Decker ·
Ein Racheschwur · Tödlicher Wintersport ·
Pepi bei den Schattentänzern ·
Graugänse · Wer war Kato der Killer?

5

Orson aus Wels hat einen guten Namen, einen sehr guten sogar. Zizibee hätte sich seine Dienste bis jetzt nie leisten können, aber diesmal geht sie aufs Ganze. Sie will endlich in der ersten Liga spielen!

Sie sitzen in der »Sunken City« auf der Donauinsel, einer Bar, deren bullaugenförmige Fenster einen Meter unter dem Wasserspiegel der Neuen Donau liegen. Nicht daß das, was die Halogenscheinwerfer von der »schönen blauen Donau« erhellen, irgendwie spektakulär wäre. Braune, undefinierbare Formen treiben in braunen, undefinierbaren Fluten. Angeblich sollen hier schon Erwachte Forellen gesichtet worden sein, aber Zizibee hält das eher für ein Gerücht.

Sie wendet sich ihrem Gegenüber zu. Ein harter Knochen, dieser Zwerg. Trinkt praktisch nichts, raucht praktisch nichts, redet praktisch nichts. Kostet viel.

»Horch her«, sagt sie, »ich weiß, daß die Geschichte riskant ist. Aber sonst bräuchte ich ja keinen von deinem Kaliber, oder? Also mein Doktor Nowak hat mir dreitausend Schlei als Vorschuß gegeben, und die gehören dir, aber ich muß die Info unbedingt heute noch haben.«

Orson (aus Wels, wo immer das liegt) wiegt seinen dicken, bärtigen Kopf. Zizibee hat sich gut erkundigt und weiß, daß der Troll, der an der Theke lehnt, sein Hawara Egon ist, ein Magier, der in diesem Moment wahrscheinlich mindestens einen Wahrerkennungsspruch auf sie laufen hat. Wie er dem Zwergendecker übermittelt, was er dabei aus ihrem Hirn zuzelt, weiß sie nicht, aber jedenfalls macht der Kurze endlich den Mund auf.

»Name des Zielobjekts?« fragt er.

Sie sind also d'accord.

»Raya Hanabi«, flüstert sie. »Österreichische Mineralöl-Verwaltung. Offizielle Funktionsbeschreibung lautet auf Chefadjutantin des Generaldirektors. Laut ›Who is who in Austria‹ 37 Jahre alt, ledig, finanziell mehr als autark, keine bekannten Flecken auf der Weste, Lieblingsspeise flambierte Lupinen, was wahrscheinlich ein Kalauer ist, weil ›Hana-bi‹ auf japanisch ›Feuerblume‹ bedeutet.«

Orson zieht die linke Hälfte seiner Augenbraue hoch. »Platte«, sagt er.

»Natürlich sitzt die ÖMV im Platten-PLTG. Glaubst du, ich kontaktiere dich, weil ich an den Terminen der nächsten Kindergeburtstagsfeiern bei McKotz interessiert bin?«

»Affirmativ.«

»Ich brauche alle Verabredungen der nächsten zwei Wochen. Mein Doktor Nowak vermutet, daß sie eine wirklich große Linke drehen will.«

»Die ÖMV hat derzeit nichts Heißes.«

Wow, er kann ganze Sätze bilden! – »Vielleicht doch. Chemiemäßig. Immerhin basteln sie in diesem Bereich seit mehr als einem Jahrhundert.«

»Chemie interessiert kein Schwein mehr. Nanotech fährt.«

Der Troll hat beunruhigend unauffällig Platz genommen und stößt Orson gutgelaunt in die Rippen: »Hast deinen geschwätzigen Tag heute, oder was?«

Ziemlich starker Westküstenakzent, notiert Zizibee in ihrem Headware-Memory: bei Gelegenheit in Seattle nachfragen. Zugleich produziert sie einen Kredstab und legt ihn auf den Tisch.

»Gehen wir doch ein Eck weiter«, meint Egon und hilft ihr galant in die Kevlar-Jacke.

Sie landen dort, wo Zizibee hinwollte, obwohl sie es immer noch nicht richtig glauben kann. Das ist der megaschärfste Platz des Plex, der Traum aller österreichischen Decker: ein ausgehöhlter Pfeiler der Reichsbrücke, über die neunzig Prozent des Verkehrs nach Transdanubien abgewickelt wird. Und damit sind keine Autos gemeint, sondern Daten, Daten, Daten. In der Reichsbrücke verlaufen die Kabel, die die beiden Hälften Wiens verbinden, die Altstadt mit der Konzernstadt. Die Leitungen zur und von der Platte transportieren in jeder Millisekunde mehr Schmalz, als der durchschnittliche Runner zeitlebens zu Gesicht bekommen kann. Angeblich haben die Grünanarchisten, die die sogenannte »Donaufreizone« – die Donauinsel und den Prater – seit 2046 instandbesetzt halten, einen Schmäh gefunden, wie sie genau diese digitale Hauptschlagader anzapfen können.

Angeblich wissen nur etwa dreißig Personen, wie man in den »Jackpoint Charlie« einloggen kann; sie werden ehrfürchtig »die Chefpartie« genannt.

Angeblich ist Orson aus Wels einer von ihnen.

In ein paar Minuten wird Zizibee wissen, was davon wahr ist.

Den ganzen Weg hierher hat der Troll Egon sie mit Anekdoten über das Landgut seines Vaters oder einen von ihm verehrten Schriftsteller namens Friedreich oder Friedl oder so ähnlich genervt. Sie haben insgesamt drei Kontrollposten des »Radikaldemokratischen

Schutzbunds« passiert. Schon beim ersten wurde Zizibees Talentbuchse mit einem Soft bestückt, das seither ihr Bewußtsein pausenlos und unaufhaltsam mit einer endlosen Flut von Rezepten für österreichische Mehlspeisen überschwemmt. Gehirnwäsche auf die Wiener Art: picksüß, aber umso fieser. »Nehmen Sie's nicht persönlich«, hat Egon gemeint, »die Chefpartie ist sicherheitshalber paranoid. Jede noch so kleine Info über den Jackpoint, die zur Danubenwacht gelangt, könnte der Schutzstaffel der Kons den entscheidenden Anhaltspunkt liefern, wie sie dieses Kuckucksnest ausräuchern könnten.«

»Warum haben sie es denn nicht schon längst getan? Ich meine – daß der Jackpoint im Brückenpfeiler liegt, pfeifen die, äh ... wie heißt das doch gleich, verdammtnocheinmal? – Spatzen seit Monaten von den dings, Dächern. Eine richtige Sachertorte hat niemals eine Marmeladenfülle.«

»Bitte? Oh. Ich verstehe. Ja. Sie haben schon recht, natürlich wissen die Kontruppen, wo der Katheder sitzt. Es wird auch immer wieder getuschelt, daß sie ein Kommandounternehmen vorbereiten. Aber die Chefpartie hat sämtliche Grünanarchisten der Donaufreizone hinter sich, und die Unterstützung der ganzen Wiener Schattengemeinde. Wenn die wirklich zuschlagen, droht ein offener Bürgerkrieg. Noch einmal so etwas wie im Jahr 2004 will die Stadtverwaltung nicht riskieren. Unter deren Druck akzeptieren die Kons zumindest momentan zähneknirschend den illegalen – wie nennt ihr das Zeug, Orson?«

»Host.«

»Host, genau. Sie müssen verzeihen, aber was die Matrix betrifft, war die Bibliothek am Landgut meines Vaters leider nur mäßig bestückt. Außerdem haben die Konzerndecker, die den Eingang ständig belauern, dadurch gute Chancen, immer wieder einmal den einen oder anderen Schattendecker zu killen. Es ist, wenn ich mir als Zugereister diese Bemerkung erlauben darf, eine typisch wienerisch-schlampige Situation.«

Zizibee nickt. Sie tut sich ziemlich schwer, einen zusammenhängenden Gedanken zu fassen. Stattdessen ertappt sie sich immer wieder dabei, wie sie von Krapfen, Buchteln und anderem Germgebäck phantasiert. Mit Vanillesoße. Au ja …

Aus der Nähe wirkt der Brückenpfeiler wie ein kleines Hochhaus. Er steht halb im Wasser, halb auf der Insel. Um ihn herum ist eine Art Dorf entstanden: Ausrangierte Wohnwägen, verrostete Container, ein paar Zelte, einige Hütten aus Baustellenplatten, Verpackungsmaterial, Schwemmholz. Die Bewohner dieses seltsamen Sommercamps legen offenbar auf Stil und Luxus nicht viel Wert – zumindest in dieser, der für jedermann sichtbaren Welt. Die meisten der Matrix-Zampanos, aus denen die »Chefpartie« besteht, sind anscheinend mit Kind und Kegel hierher zum Jackpoint gezogen. Über offenen Feuerstellen werden Erdäpfel und Lupinenwürste gegrillt (obwohl Zizibee lieber einen Marmorguglhupf hätte). Ein Mädchen in ausgebleichten Retro-Hippie-Klamotten entlockt einer nicht ganz sauber gestimmten Zither eigenartig schwebende Töne und besingt mit heller Stimme den Sonnenuntergang. Fast ein Idyll … Naja, überall dazwischen patrouillieren Mitglieder des RDS; sie tragen aus Überzeugung keine Uniformen, sind aber leicht zu erkennen, einerseits an ihrer Attitüde, andererseits, weil sie als einzige auf der Insel bewaffnet sind, und nicht schwach. Am Ufer liegt ein mit schwerer Artillerie bestücktes Motorboot. Soeben flammen mächtige Scheinwerfer auf und bestreichen die Flußoberfläche bis hinüber zur »Platte«. Zizibee versteht nun, warum die Danubenwacht bisher gezögert hat, den Pfeiler im

Sturm zu nehmen. Von irgendwoher zieht Marihuanarauch an ihrer Nase vorbei. Mhm, könnte gut zu Vanillekipferln passen …

Egon öffnet die unscheinbare Blechtür, die in den Pfeiler führt. »Wollen Sie wirklich mit?«

»Ich habe einen Tramp-Stecker.« Zizibee holt das schlanke, mattsilberne Kabel aus ihrer Tasche: »Ganz neu, sogar MENTOR-kompatibel.« Orson wirft einen schnellen Blick auf die münzgroße Linse an der einen Buchse, brummt irgendetwas in seinen Bart. Zizibee seufzt. »Ich weiß, daß es dadurch auch für mich gefährlich werden kann. Aber vielleicht kann ich schneller lokalisieren helfen, was wir suchen – sofern mich dieser verhurte Konditor-Chip nicht völlig außer Gefecht setzt.«

»Keine Gefahr.« Orson geht vor. »Verhindert nur jegliche Art von interner Aufzeichnung.«

»Na super.«

Sie steigen eine enge Wendeltreppe hinauf, kommen in einen etwa dreißig Quadratmeter großen Raum, der mit Technik so vollgestopft ist, daß sie kaum noch Platz haben. Zwei Deckerinnen sitzen mit glasigen Augen vor Tastaturen, die sich wie die Manuale einer bizarren Kirchenorgel übereinandertürmen. Ihre Finger spielen eine rasende, unhörbare Musik. Ein dritter, ein Elf mit so wenig Fleisch im Gesicht, daß er wie eine der Eismumien vom Ötztaler Gletscher aussieht, dreht sich zu ihnen um. Egon nimmt den Kredstab und schiebt ihn in einen Schlitz. »Nächstes brauchbares Fenster in voraussichtlich 96 Sekunden«, murmelt der Ötzi.

»Ich brauch etwa zwei, drei Minuten«, sagt Orson. »Und einen Vorglüher.«

»Tausend.«

»Achthundert.«

»Neunhundert. Aber nur, weil du mir vorgestern den Arsch gerettet hast.«

Egon tippt quälend langsam auf einem Zahlenfeld herum. Zizibee klinkt den Trampstecker in ihre Datenbuchse, gibt das Kabel an Orson weiter. »Was heißt MENTOR-kompatibel?« fragt der Troll interessiert, ein wenig beunruhigt. »Daß er mich je nach Bedarf passiv oder aktiv mitlaufen lassen kann, etwa wie … wie ein Fahrlehrer in einem Fahrschulauto«, erklärt Zizibee und wischt sich über das schweißnasse Gesicht. Es ist heiß hier drinnen, und von Ötzi geht eine Duftfahne aus, die seinem Namen alle Ehre macht. Außerdem zittert sie am ganzen Körper vor Aufregung. Ihr Herz klopft wie wild.

Orson hat sich eingestöpselt.

Egon kauert sich hinter ihn, die Hände an den Kabeln in seinen Schläfen. Eine fast sichtbare Aura hüllt die beiden ein.

Rosinen, denkt Zizibee, ohne Rosinen ist das Leben einfach sinnlos.

6

Kaum ist Donner wieder bei Bewußtsein, beginnt er zu toben.

Zuerst gegen Pepi, weil er ihn nicht hat sterben lassen – das kennt er schon. Dann aber verflucht er Superfritz, und da merkt Pepi, daß sie das in Teufels Küche bringen wird.

»Ich werde ein Exempel statuieren an der Rotznase«, röchelt der Alte Donner, »weil es weiß ein jeder in Wien, daß ich nicht schwimmen kann, jeder weiß das, ich hab mir viel gefallen lassen, nie hab ich was unternommen gegen das blöde Lied, obwohl ich den Schreiberling kenne und sein Schicksal auch, ich hätt's ihm nur aufdecken brauchen und er hätte sich selber heimgedreht, aber ich habe mir gesagt, laß den Kindern ihren Spaß, solang sie mir einen gewissen Respekt entgegenbringen, sie wissen, daß ich jede Nacht angesoffen bin wie ein Häusltschick, damit ich nichts träume, froh waren sie, daß ich ihnen keine Träume mehr erzählt habe, aber er hat mich in den Kanal geworfen, und das soll man nicht tun.«

Bei den letzten Worten ist seine Stimme klarer als jemals, ganz ohne den Schleim der vielen selbstgewuzelten Zigaretten; das ist eine Stimme wie von einem jungen Mann. Und genauso klar fängt er, während er seine Kleidung auswringt, zu planen an: »Geh zur Winklerin«, sagt er ganz langsam und leise, daß es Pepi wie ein Batzen Eis den Rücken hinunterläuft, »sag ihr nur, ich habe nie etwas von ihr verlangt, aber jetzt will ich wissen, was der große Trottel in nächster Zeit vorhat. Und wenn er in den siebenten Kreis der Hölle laufen wollte – ich werde dort sein.«

»Donner –« fleht Pepi, aber der schaut ihn nur an.

7

Tschack! und dein Hirn wird weggesprengt, verstreut sich in 256 Phantastillionen Pixel und setzt sich wieder zusammen zu … o mein Gott!

Zizibee war schon ein paarmal in der Matrix, natürlich als »Schnecke«, aber noch nie im sogenannten »privaten« LTG der »Platte« – und schon gar nicht mit jemandem wie Orson. Sie weiß, daß sie nur mitfährt als »Beiwagerl«, nur handlungsfähig ist, wenn Orson einen entsprechenden Befehl formuliert, sie weiß auch, daß die Signale, die ihre Synapsen überreizen, von digitalen Zahlenkolonnen verursacht werden, die von ausgeflippten Designern in elektronische Skulpturen umgesetzt wurden – aber sie ist nichtsdestotrotz komplett erschlagen von der gnadenlosen Authentizität dieser Welt. Das ist nicht virtuell, das ist wirklich; das, und nur das, ist real.

Sie steht im Starthaus eines Schirennens, eines Parallelslaloms. Wenige Meter neben ihr konzentriert sich die obszön verzerrte Karikatur einer humanoiden Gestalt: ein vollkommen kugelförmiger Bauch, aus dem ein monströser Kopf und winzige Gliedmaßen ragen. Die millimeterkurzen Beine ruhen auf einem silbernen Snowboard. Die Figur – das Icon – hat eine Startnummer umgeschnallt, die Ziffer Null. Startnummer Null? Würde sie nicht weit hinten in ihrem Bewußtsein das unbändige Verlangen nach einem Punschkrapferl spüren, sie fiele rettungslos in diese Simulation hinein. So aber erhascht sie – dem Mehlspeis-Chip sei Lob und Dank – ein paar distanzierte Momente. Eine Null kann auch ein »O« sein – der Rennläufer neben ihr ist Orson, die Piste eine Metapher für den Host, in den sie eingeloggt haben. Aber warum Wintersport, mitten im Altweibersommer?

Als hätte er ihre gehetzte Frage gehört, dreht der abstruse Gnom seinen fluoreszierenden Clownskopf in ihre Richtung und brüllt: »Seit Mitte August ist das PPLTG auf Winter umgestellt, weil das die Buchungen für den Fremdenverkehr ankurbelt. Wir haben uns natürlich angepaßt. Wir sind ja auch keine Schultaschen!«

Scheinbar unendlich weit unter ihnen zieht eine dürre Figur schneidend wie ein glühendes Kreissägenblatt eine Spur in den Steilhang. Als ob man mit der Gabel den Staubzucker auf einer Linzertorte … Der Vorläufer ist Ötzi, der mumienähnliche Elfendecker. Zizibee ahnt, daß sie ihn brauchen werden.

Eine Stimme zählt »Drei – – zwei – – eins – – los!«

Sie starten.

Orson jodelt. Hier, nur hier, lebt er sich aus, lebt er aus sich. Die Torstangen beugen sich vor ihm; bei jedem Kanteneinsatz sprühen Fontänen aus kristallklaren Codes von ihm weg. »Weißt du, warum wir uns das antun, im eigenen Host schon volle Mutti gehen zu müssen?« Zizibee möchte gerne antworten können, aber ihr Körper ist wie eine Marionette an Orsons Bewegungen gefesselt, und ihr Geist beschäftigt sich mit Schokoglasuren. »Weil die von der anderen Seite«, jauchzt der Zwerg, während er einen vierfachen Salto mit sieben oder acht Schrauben springt, »den gleichen Kurs fahren müssen, wenn sie hier hereinwollen – aber bergauf!«

Sie geraten in Rückenlage. Sie fädeln fast ein, obwohl Zizibee instinktiv spürt, daß Orson jeden Sprunghügel, jedes Tor selbst gesetzt hat. Wenige Augenblicke nach dem Vorläufer (»Vorglüher«) gehen sie durchs Ziel.

Und fahren im Zweierbob. In einem Eiskanal, der pure mörderische Feindseligkeit ausstrahlt. Streckenwarte werfen Feuerkugeln. Die meisten fängt der andere Bob vor ihnen ab, die restlichen pariert Orson, ihr Steuermann, mit unmenschlich flinken Bewegungen seiner meterdick gepolsterten Handschuhe. Dann gabelt sich die Bahn. Ötzi rast nach links; eine winzige Ewigkeit, bevor ihn der gigantische Yeti, der vor ihm materialisiert ist, verschlingen kann, wird sein Bob durchsichtig, verschwindet.

Auch ihrer. Sie liegen jetzt auf einem Skeleton-Schlitten. Orson, nun hinter ihr, gluckst triumphal: »Sie wissen nie, welcher weiterfahren wird. Ihre Chance ist immer fünfzig zu fünfzig, genauso wie unsere. Und im Zweifelsfall sind wir besser.«

Die Bahn türmt sich zu einem Looping auf, an dessen Scheitelpunkt eine solide Mauer aus Eisziegeln droht. Orson holt gemächlich einen Fön aus seiner Tasche, drückt ihn der entsetzten Zizibee in die Hand. Im selben Moment spürt sie den Fahrtwind im Gesicht, winzige, skalpellscharfe Eisnadeln reißen ihre Haut auf. Offenbar hat Orson sie freigeschaltet, will, daß sie das vom Fön symbolisierte Programm ausführt. »Nur ruhig geradeaus halten«, lacht er. Zizibee stirbt fast vor Angst. Die Mauer ist wenige Zentimeter vor ihnen. Das kann sich nie ausgehen …

Aber wie ein »B'soffener Kapuziner« begierig den über ihn geschütteten Wein aufsaugt, frißt das Zugangs-IC die Schleicher-Utility, und schon sind sie durch und im Eishockey-Match.

Orson, immer noch eine Kugel mit kreisförmiger Rückennummer, aber nun auf Schlittschuhen, führt den Puck. Nicht einmal Waylon Protzky von der UNHL könnte ein solches Solo hinlegen. Verteidiger werfen sich schneller als Abfangraketen in seinen Weg, aber er weicht ihnen aus. Ein bis zum Himmel reichender Gorilla versucht ihn an die Bande zu checken, doch Orson gleitet unter seinen sämtlichen acht Beinen durch. Die Maske des Tormanns ist so furchterregend, daß Zizibee, die inzwischen wieder zur Passivität verdammt ist, meint, ihr Herz löse sich auf. Aus Orsons Hosentasche springt ein verkleinertes Abbild seiner selbst, bringt sich in Flügelposition. Der Tormann ist kurz irritiert, weil Orson den Puck zu seinem Smartframe gepaßt hat. Das stoppt die Scheibe ab, läßt sie liegen und springt den Goalie an. Er stürzt, zerquetscht das Icon, aber das Tor verschiebt sich, und Orson und der Puck und Zizibee fahren seelenruhig hindurch.

»Eigentlich müßte ich jetzt eine Fünfminutenstrafe absitzen«, kichert Orson.

Aber sie gleiten ja schon über die Anlaufspur der Flugschanze.

»Hört das denn nie mehr auf?« schreit Zizibee. Nur

ihr Kopf ragt aus Orsons Rucksack heraus. »Wir haben noch gar nicht richtig angefangen«, antwortet der Zwerg.

8

Bei der Winklerin war Pepi schon öfter, aber jedesmal wieder ist er nervös, wenn er das große, helle Büro der Tanzschule betritt.

Die Winklerin lehnt lässig an einem halbmondförmigen Schreibtisch aus kirschrotem Holz, auf dem mehrere flache Monitoren hochgeklappt sind. Sie heißt eigentlich Riella Vincelar und ist eine Elfe mit langen, gewellten blonden Haaren. Sie hat ein markantes Gesicht, große Augen und einen vollen roten Mund, der fast immer lacht. Und wenn sie, wie meistens, nur ein knappes Tanztrikot anhat, dann sieht man, daß ihr Körper sehnig und muskulös und sehr wohlgeformt ist. Pepi kann gar nicht hinschauen.

»Servus Pepi«, sagt sie freundlich. »Heast, bist du nicht ein paar Tage zu früh dran? Oder hat der Alte den Fokus ausnahmsweise termingerecht fertig?«

Bevor Pepi antworten kann, läutet das Vidphon. Die Winklerin drückt eine Taste, aber der Schirm bleibt dunkel. »Riella.« sagt eine tiefe Stimme, die jeden Buchstaben einzeln rollt. Pepi stellen sich dabei die Haare auf.

»Meine Verehrung, Herr Brackhaus.« Plötzlich wirkt die Winklerin angespannt. »Ich hoffe, unsere Show hat Ihnen gefallen?«

»Durchaus.«

Lange Pause. Pepi glaubt schon, das Gespräch sei beendet und macht den Mund auf, um seine Botschaft loszuwerden, aber die Elfe bedeutet ihm mit einer knappen Handbewegung zu schweigen. Pepi bemerkt, daß er ziemlich blöd dreinschaut, wird rot und ärgert sich darüber. Dann meldet sich die gutturale Stimme erneut: »Es könnte sein, daß ich in … einigen Tagen noch einmal die Dienste ihrer Tänzer benötige.«

»Dasselbe Ensemble?«

»Im Wesentlichen ja. Möglicherweise mit etwas stärkerer … musikalischer Unterstützung.«

»Zwei meiner besten Kräfte sind erst ab Mittwoch wieder einsatzfähig.«

»Das müßte sich ausgehen.«

»Wieder eine Firmenfeier?«

»Exakt.«

»Aber eine etwas größere Firma.«

»So ist es.«

»Dann wird wohl auch mein Honorar etwas angehoben werden müssen.«

Der unsichtbare Gesprächspartner lacht. Es klingt, als rolle eine Steinlawine über einen steilen Felshang. »Wir verstehen uns, Riella.«

»Sie geben mir Bescheid, Herr Brackhaus?«

»Auf dem üblichen Weg. Ich küsse Ihre Hand, Riella.«

Klick. Die Elfe murmelt leise: »Ich hoffe, sie bleibt dabei ganz.« Dann wendet sie sich wieder dem Ork zu. »Also, Schatzerl, was liegt an?«

Pepi kommt endlich dazu, sein Sprücherl aufzusagen. Als er fertig ist, wiegt sie nachdenklich den Kopf. »Der Superfritz … Mir ist schon geflüstert worden, daß er recht weit die Goschen aufreißt, von wegen er hätt' eine ganz tolle Hockn in Aussicht, auf internationalem Niveau. Aber was wirklich dahintersteckt … Das wird jetzt ein bisserl dauern, Pepi, so zwei, drei Stunden sicher. Magst derweil da warten oder hast du noch einen Weg?«

Pepi meint, er hätte eigentlich nichts anderes zu tun. Riella Vincelar nickt, dirigiert ihn in ein schmales Foyer, deponiert ihn in einem fragilen Sessel und geht nach hinten in den Turnsaal. Er hört, wie die Musik abbricht und die Elfe mit ruhiger, klarer Stimme kurze und prägnante Anweisungen gibt. Auf dem nierenförmigen Tisch neben ihm liegt ein Fächer aus gediegen gestalteten Hochglanzprospekten. »Die Schattentänzer von Wien«, steht in einer elegant geschwungenen Schrift auf dem Titelblatt, und ein Foto zeigt Riella im Kreis von etwa zwanzig sehr gutaussehenden jungen Frauen und Männern. Die meisten sind Norms, aber es gibt auch zwei Zwerge, drei weitere Elfen und sogar einen auffällig großen, schlanken, dunkelhäutigen Ork.

Irgend jemand hat Pepi einmal einzureden versucht, daß das ganze Studio nur Tarnung sei, Riella Vincelar eine Schieberin und die »Schattentänzer« in Wirklichkeit Shadowrunner. Doch er kann das nicht glauben. Shadowrunner, das sind brutale Schlägertypen so wie Superfritz, eiskalte Maschinenmenschen ohne Herz, allerhöchstens vielleicht noch mysteriöse Gestalten wie Ajax, der Minotaurus, und seine schnippische Freundin. Aber jemand wie die immer freundliche Winklerin …

»Ich muß wieder ins Büro, Pepi«, sagt sie, »die Stellung halten.« Er hat gar nicht gemerkt, wie sie zurückgekommen ist, so geschmeidig bewegt sie sich. »Magst mir da ein bißchen G'sellschaft leisten?«

Gern.

»Ich mein, den Alten Donner kenn ich ja schon fast ewig. Aber von dir weiß ich fast gar nix. Du bist kein gebürtiger Wiener, oder?«

Pepi zögert. Er redet so gut wie nie von seiner Vergangenheit. Außer dem Alten Donner hat er bisher niemandem davon erzählt. Aber Riella lacht ihn so offen und freundlich an, wie eine große Schwester, vor der man sowieso keine Geheimnisse haben kann.

»Ich weiß nicht viel über meine frühe Kindheit«, fängt er an, stockend. »Meine – Stiefmutter hat gesagt, ich sei im Salzkammergut geboren, in Hallstatt. Jedenfalls, als ich vier war, zogen meine – echten Eltern in die Stadt Wien ...«

Die Elfe unterbricht ihn kein einziges Mal.

9

Im Rund des Skistadions, auf das sie zufliegen, brennen tausende Fackeln. »Das ist der Zugangsknoten zur ÖMV!« brüllt Orson gegen den pfeifenden Wind an. Wenn wir landen und den Sprung stehen können, sind wir drinnen, denkt Zizibee. Alle Geister der Matrix, steht uns bei! Ich stifte euch auch sicher eine Mohnpotize ...

Am Horizont ist ein Vogel aufgetaucht, kommt rasend schnell näher, ein riesiger Geier aus schimmerndem Metall. Er kreist, ist offenbar auf Beutesuche. Jeden Moment wird er auf sie herabstoßen. Orson wühlt hektisch in einer Außentasche des Rucksacks. Ihr Flug wird wackeliger, die Sprungskier schlagen aneinander. Dann hat er gefunden, was er gesucht hat: einen Schneeball, den er nun dem Geier entgegenwirft. Wenige Meter vor seinem stählernen Schnabel verwandelt sich der Ball in einen Schmetterlingsschwarm. Hunderte flirrende, das kalte Licht einer unsichtbaren Wintersonne in allen Farben des Spektrums spiegelnde Flügel hüllen den Geier ein.

Der eisblaue Boden des Stadions kommt rasend schnell näher. Orson setzt mit einem lupenreinen Telemach auf.

Dann stehen sie wieder nebeneinander, diesmal auf Langlaufskiern. Auf den Rücken haben sie Sturmgewehre geschnallt. Sie laufen los.

Endlos lang gleiten sie dahin. Orson läuft im klassischen Stil, peinlich genau darauf bedacht, die Spur nicht zu verlassen. Er sagt nichts, aber Zizibee, die wie sein Schatten, seine Marionette jede Bewegung automatisch mitmachen muß, fühlt, daß es sehr wichtig ist, nicht aus der Spur zu kommen, daß ein falscher Schritt etwas sehr Schlimmes auslösen könnte.

»Diese ganze Loipe ist ein einziges, besonders fieses IC«, knurrt Orson nach einer weiteren Ewigkeit. »Killt dich nicht sofort, sondern zehrt dich langsam aus, außer du hast das richtige Wachs mit, aber das haben wir leider noch nicht in die Finger bekommen. Muß es eben auch ohne gehen.«

Jetzt fällt Zizibee auf, daß Orsons Icon langsam, aber stetig an Umfang verliert. War er früher noch rund wie ein Krapfen, so wird er immer dünner und dünner … Sie erreichen einen Schießstand. Orson nimmt das Gewehr vom Rücken, drückt Zizibee einen Feldstecher in die Hand. »Schnell«, keucht er, »ich hab nimmer viel Zeit. Schau, ob du die richtige Scheibe erkennen kannst!«

Zizibee stellt das Fernglas scharf. Fünf Zielscheiben stehen scheinbar unendlich weit entfernt am Rand eines kleinen Wäldchens. Eine davon symbolisiert Raya Hanabis persönlichen elektronischen Arbeitsplatz. Aber welche?

Orson ist schon fast durchsichtig. Von fern erklingt Wolfsgeheul. Zizibee strengt verzweifelt ihre Augen an. Die mittlere Scheibe ist ein kleines bißchen größer – das könnte für den Generaldirektor stehen. Raya gilt als seine rechte Hand. Aber von wo aus gesehen?

Die Scheibe links von der Mitte verfärbt sich plötzlich zu einem satten Grün. Eine fein verschnörkelte

Linie bildet nun den Rand, die entfernt an Schriftzeichen erinnert. Sperethiel! Aber Raya ist keine Elfe ...

»Rechts von der Mitte!« flüstert Zizibee. Orson reißt das Gewehr hoch und feuert.

Dann sind die Wölfe da. Ihre über zehn Zentimeter langen Reißzähne aus Chromstahl verbeißen sich in Orsons und Zizibees Arme und Beine. Der Schmerz ist unerträglich realistisch. Zizibee schreit. Es tut so weh!

Auch Orson hält es sichtlich fast nicht mehr aus. Aber er muß noch warten, bis die durchlöcherte Zielscheibe auf einem dünnen Draht herangefahren kommt. »Herunterladen ...« stößt er zwischen zusammengebissenen Zähnen hervor. »Dauert noch ... Sekunden ...«

Ein Wolf reißt ihm ein Bein ab, ein anderer eine Hand. Blut schießt aus unzähligen Wunden, färbt den Schnee dampfend rot.

Zizibee wird schwarz vor den Augen. Sie verliert das Bewußtsein.

Als sie wieder zu sich kommt, mit gräßlichen Kopfschmerzen und dem Gefühl, jede einzelne ihrer Nervenenden wäre in Salzsäure getaucht worden, hält Egon Orsons Zwergenkörper wie ein Kind im Arm. Der Troll blickt sie anklagend an. »Ist er ...« fragt sie mit krächzender Stimme.

»Nema Problema!« röchelt Orson. Sein blutleeres, tränenüberströmtes Gesicht straft ihn Lügen.

10

Superfritz liegt mit Ulla in der Lobau und fühlt sich gut.

Die Lobau ist ein als Naherholungsgebiet genutztes Niemandsland, eine Art fließender Übergang zwischen der Donaufreizone und dem transdanubischen Konzerngebiet. Ulla stammt aus Unna und hat sich als blitzschnell tödliche Gilette auf inzwischen drei Kontinenten einen Namen und eine hohe Honorarstufe erworben. Superfritz war zweimal mit ihr im Einsatz und möchte sie jetzt endlich aufs Kreuz legen. Ulla geht der Wiener Straßensamurai beträchtlich auf die Nerven, aber sie weiß aus Erfahrung, daß selbstdiszipliniertes Ausnutzen einheimischer Kräfte einen entscheidenden Vorteil verschaffen kann.

Sie liegen auf einer Plastifoam-Unterlage. Superfritz spürt trotz seiner dermalgepanzerten Körperoberfläche die Strahlen der Abendsonne. Er hat die automatische Blendregulierung seiner Cyberaugen außer Funktion gesetzt, wegen des laut seinem internen Display in 4 Minuten 37 Sekunden zu erwartenden Sonnenuntergangs. Sogar seine Atemfilter hat er abgeschaltet, um das Wasser, den Wald, vor allem aber Ullas Haut riechen zu können. Für seine Verhältnisse ist das der Gipfelpunkt an Romantik. Nur scheint die Deutsche das noch nicht ausreichend zu würdigen. Naja, wird schon werden, denkt er, dreht sich auf den Bauch und läßt die Muskeln seiner Arschbacken spielen.

Superfritz ist näher denn je an der Erfüllung einer fixen Idee, für die er in den letzten Jahren Unsummen an Euro und kaum noch verkraftbare Essenz-Einbußen auf sich genommen hat. Er hat sich in zahlreichen Söldnereinsätzen zwischen der Antarktis und Aztlan behauptet, weiß aber, daß ihm das hier in seiner Heimatstadt niemand so recht glauben will. Ignorante Trotteln! Aber mit diesem Run wird er den ewigen Skeptikern vor Ort beweisen, daß er die schärfste Nummer ist, die das Land je hervorgebracht hat, der einzige wirklich internationale Spitzen-Runner Österreichs!

Gelsen schwirren in der Luft. In der Nähe grillen

Ausflügler Lupinen-Koteletts. Seine Gasidentifikationssysteme melden keine Gefahr.

Im Wasser waren sie schon. Obwohl er sich darin dank seiner Cyberkiemen fast so ungehindert bewegen kann wie auf Beton, hat Ulla sich seinen Annäherungsversuchen durch flinke Ausweichmanöver entzogen. Sollte sie doch eine Adeptin sein?

Er will ihr unbedingt imponieren. Daß sie das weiß, stachelt ihn nur noch mehr an. Er setzt sich auf. Vor dem Abendrot erhebt sich schnatternd ein Schwarm von Graugänsen über die flachen Gebäude der Konrad Lorenz-Forschungsstation, Superfritz greift beiläufig zum Steyr-AUG-A-CSL II in seinem Rucksack, setzt es in affenartiger Geschwindigkeit als Jagdflinte zusammen und knallt ein Drittel des Schwarms herunter, ehe ein nicht Reaktionsverstärkter hätte »Bumm« sagen können. Das ist so ziemlich das schwerste Verbrechen, das man hier in der Lobau begehen kann.

Die Antwort der Security der Versuchsstation läßt nicht lange auf sich warten. Ein klassisches Zweierteam von Uniformierten – ein kleiner Giftiger und ein großer Schläger – stapft auf ihren Liegeplatz. Der Kleine schnauzt: »Hände hoch! Sie sind verhaftet!«

Superfritz schaut ungerührt in die Aulandschaft hinaus. Über dem Flachwasser hängt eine Nebelschliere, in der sich das Rot der Schäfchenwolken bricht. Als er das Klicken der Sicherungshebel hinter sich hört, legt er langsam und deutlich sichtbar die Jagdflinte neben den Picknickkorb.

»Stehen Sie auf! Beide!«

Über das Ultrahigh-Frequenzband ihrer KomLinks funkt Superfritz an Ulla: »Jetzt paß gut auf, Baby!«

Er steht auf, hebt die Hände, krümmt das erste Glied seines linken kleinen Fingers. Im selben Moment fallen die Typen hinter ihnen um.

Superfritz kann aus insgesamt zwölf Öffnungen in seinem Körper Taser-Pfeile abschießen. Eigentlich sind es dreizehn, aber die intimste davon bekommen nur Nutten zu spüren, die er nach geleisteten Diensten dann doch nicht bezahlen will. In seinem Nacken, knapp unter dem Ansatz der stoppelkurz geschnittenen Haare, befindet sich ein kosmetisch getarntes, rudimentäres Cyberauge, das seine Smartgun-Zielvorrichtung unterstützt. Jede der beiden Witzfiguren wurde von je drei Taserpfeilen aus seinen Schultern, Ellbogen und Kniekehlen getroffen, weshalb sie jetzt nur noch lallende Idioten darstellen.

Ulla lehnt an der nächsten Birke, als ob nichts gewesen wäre. Sie sehen sich an. Wahrscheinlich hätte sie die beiden Wächter mit ihren bloßen Händen ausschalten können, aber eben nicht ganz so schnell. Er sonnt sich in seinem Vorsprung. Sie signalisiert ihm durch eine winzige Bewegung ihrer Nasenflügel, daß sie seinen Teilsieg akzeptiert.

Sie entspannen sich.

»Nichts«, sagt Superfritz feierlich, »kann die Schweizergarde aufhalten.« Ein weiterer Punkt für ihn: Der von ihm im »Schweizerhaus« spontan erfundene Spitzname für ihr Team hat sich schnell durchgesetzt. Aber Superfritz wäre nicht Superfritz, wenn er nicht noch einen draufsetzen würde. »Nichts! Auch nicht der Hochschwab!« röhrt er.

Im Gestrüpp liegt, verborgen unter Schlamm und Laub, ein schwarzer Körper und grinst. Der Schattentänzer beginnt sich erst zu rühren, als Superfritz und Ulla längst mit dem Tretboot die Kurve gekratzt haben und die Wachmannschaft mit der Wiederbelebung ihrer unglücklichen Kollegen beschäftigt ist.

11

Wieder in der »Sunken City«, sichten Orson und Zizibee das erbeutete Material.

»Alltägliche Konzern-Kacke«, murmelt Zizibee. Der Kellner serviert den Topfenstrudel, den sie offensichtlich bestellt hat. »So gut wie keine privaten Termine.«

»Weniger als Zero. Wenn's nach diesem Kalender geht, wohnt die Frau nirgends und schläft niemals.«

»Was ist das?«

»Was?«

»Diese japanischen Schriftzeichen.«

»Der Datadump wimmelt von japanischen Schriftzeichen.«

»Ich meine diese beiden hier, die ganz allein in der Zeile stehen, heute um 22:30 Uhr.«

»Killer.«

»?«

»Die Zeichen heißen ki und ra, aus der Katakana-Schrift, die die Japsen nur für Lehnwörter aus anderen Sprachen verwenden. Ki und ra zusammen bedeuten bei den Yaks im allgemeinen ›Killer‹.«

Der Troll räuspert sich. »Die ÖMV wird normalerweise nicht mit der Yakuza in Verbindung gebracht.«

»Wurscht«, meint Zizibee, »aber es ist die einzige Eintragung ohne Kommentar in der ganzen Woche.«

»Und?«

»Was immer diese Konzerngurke draufhat, sie ist eine Frau. Ich bin auch eine Frau. Wenn mir was wirklich wichtig ist, brauche ich nichts mehr dazuzuschreiben.«

»Sie würden es einfach so eintragen?«

»Ganz im Gegenteil. Ich würde es verschlüsseln. Mehrfach.«

»Killer.« Orson rollt die Silben auf seiner Zunge hin

und her. »Killer. Wenn sie sich tatsächlich mit einem Wetwork-Spezialisten treffen will …«

»… würde sie das nie so in ihrem Kalender eintragen.« vervollständigt Zizibee den Satz. Der Topfenstrudel ist eher enttäuschend.

»Es gab«, meldet Egon sich zu Wort, »im vorigen Jahrhundert einen Go-Spieler, den sie ›Killer‹ nannten, wegen seiner aggressiven Spielweise. Ich habe öfters einmal in der Bibliothek auf dem Landgut meines Vaters geschmökert …«

»Halt die Klappe«, zischt Zizibee.

»… und da gab es mehrere Standardwerke über das japanische Brettspiel Go.«

»Zwei Buchstaben«, grummelt Orson. »In Kreuzworträtseln immer noch beliebt.«

Die Rosinen schmecken scheußlich. Zizibee pult sie aus dem Strudel und arrangiert sie in einem gefälligen Muster am Tellerrand.

»Das wäre Achi-keshi«, sagt Egon und zeigt auf die Rosinen. »Eine ganz schlechte Form. Kato hätte sowas niemals gespielt.«

»Was?« fragt Orson.

»Wer?« fragt Zizibee.

»Kato«, antwortet Egon unschuldig. »Kato der Killer.«

Orson und Zizibee starren einander an.

Der Rest ist simpel. Jeder Wiener weiß, daß sich hinter dem Pseudonym »Kato« der Medienzar Hans Dechant verbirgt. Er hat's mit den alten Römern. Mit »Kato« gezeichnete Kommentare meist reaktionärer Natur tauchen in sämtlichen Publikationen der MediaSim auf, jenes österreichischen Konzerns, von dem manche behaupten, seine Macht überträfe die der Bundesregierung bei weitem. Zizibee steckt ein neues KnowSoft in die Buchse in ihrer Schläfe, eine Art Schwarzbuch der

Österreichischen Konzernwelt, und findet fast sofort die Information, wo Dechant so gut wie alle seiner diskreten Besprechungen abwickelt: im Heurigen »Zur Blauen Flasche«, einem Weinlokal am Fuß des Wienerwalds. Ein einfacher Telefonanruf genügt, um zu erfahren, daß Dechant tatsächlich für heute halb elf Uhr abends seinen Lieblingstisch reserviert hat.

»Also wenn Sie mich fragen – von Dechant würde ich die Finger lassen!« meint Egon und runzelt besorgt die Stirn.

»Ich frage Sie aber nicht. Und jetzt entschuldigt's mich bitte, meine Herren – ich habe heute noch einen Termin.«

Und weg ist sie.

Drittes Kapitel

Eine Kindheit in den Wohnparks · Die Schlacht um den Käfig · Als Hirn-Ederls Bote · Eine zu große Liebe · Der Basilisk

12

Pepi erzählt: »Ich heiße Josef Plesch, aber alle sagen nur Pepi zu mir. Ich weiß nicht viel über meine frühe Kindheit. Ich bin im Salzkammergut geboren, sagte meine Stiefmutter, in Hallstatt. Als ich vier war, zogen meine Eltern in die Stadt Wien, weil nämlich ein Erbonkel gestorben ist. Die ganze Familie war dagegen, weshalb mein Vater dafür war. Er gab alles auf, hat von einer goldenen Zukunft geschwärmt als Villenbesitzer in Döbling oder Hietzing, ›endlich draußen aus der Enge dieser verstockten Gegend, endlich in einer freien Stadt, wo der Bub was lernen kann und wir nicht mit der ganzen Einwohnerschaft verwandt sind.‹ Doch in Wien hat sich das Erbe als drei Schachteln mit vergammelten Büchern und längst unbrauchbar gewordenen Videobändern aus dem vorigen Jahrhundert entpuppt. Wir waren Habenichtse, Zuwanderer-Proletariat, und als ich fünf war, wurden wir in die ›Vereinigten Wohnparks‹ deportiert, weil mein Vater sich eines Schwerverbrechens schuldig gemacht hatte. Er hatte versucht, Totoscheine zu fälschen, ziemlich stümperhaft, glaube ich. Das wäre noch keine große Sache gewesen, aber dann, bei der Verhandlung, hat er den Schnellrichter geohrfeigt, also das in Österreich allerschwerste Delikt der ›Beamtenbeleidigung‹ begangen ... In den Wohnparks überlebten meine Eltern nicht lange; Rosi, meine Stiefmutter, las mich halbtot auf der Straße auf und nahm mich zu sich.

Grundsätzlich war das Leben in den Vereinigten Wohnparks streng eingeteilt. Jeder und jede gehörte irgendwo dazu. Alleinstehende starben früh. Rosi – und also auch ich – gehörte zum Stamm der Fidelisten, oder ›Kubaner‹. Das ist keiner der ganz großen Stämme, weißt du, aber auch keiner von den ganz kleinen. Die Fidelisten orientieren sich an der kubanischen Revolution. Sie sprechen einander mit ›compañeros‹ an und nannten uns Kinder ›pioneros‹ oder ›pequeños Mambíses‹, was, glaube ich, soviel wie ›kleine Freiheitskämpfer‹ bedeutet. Unsere Feiertage waren der 26. Juli, weil an diesem Tag Fidel Castros Revolution begonnen hatte, und der 1. Jänner, weil das der Tag seines Triumphes über den bösen Tyrannen Batista gewesen ist. Unsere Bibel war Fidels berühmte Rede ›La historia me absolverá‹, das heißt übersetzt ›Die Geschichte wird mich freisprechen‹. Ich glaube, meinem Stamm gab das Hoffnung, zumindest genug, um durchzuhalten und nicht zu resignieren angesichts der lebenslänglichen Verdammung in die Wohnparks.

Andere Stämme hatten andere Feiertage und andere Bibeln, Hitlers ›Mein Kampf‹ zum Beispiel oder Maos kleines rotes Büchlein, den ›Wachtturm‹, den Koran oder die Schriften von einem Mann namens Hubbard ... Manchmal gab es Umzüge, Demos, die immer in Straßenschlachten endeten; aber das war nichts Schlimmes, eher wie Sport, wo hinterher auch immer Leichen und Schwerverletzte herumlagen.

Ach ja, auch beim Sport mußtest du irgendwo dazugehören. Du warst also entweder Rapidfan oder Austria-Knofel oder Admiraner; alle zusammen waren wieder ›Fußballer‹, die ständig im Clinch mit den

›Stadtkriegern‹ oder ›Basketballern‹ oder mit uns, den ›peloteros‹, den Baseballern lagen.

Aber noch wichtiger, zumindest für uns Kinder, waren die Grätzel, die verschiedenen Viertel oder Wohnblocks, insbesondere die Parks. Also, wenn du – wie ich – zur Per Albin Hansson-Siedlung-Südost gehörtest, dann war dein Park der Camillo Cienfuegos-Park, wo die Schütte-Lihotzkystraße anfängt.

In jedem Park gab es einen ›Käfig‹. Das war ein mit hohem Maschendrahtzaun eingezäuntes Spielfeld aus sprödem, rissigem Beton, je nachdem mit Fußballtoren oder Basketballkörben oder pelota-Markierungen. Nur die besten Spieler durften in die Käfige. Die anderen, die schlechteren oder die noch zu klein waren, spielten außerhalb, bei den Resten der Bänke oder in den Wiesen, die braungelb waren von den Ausscheidungen der Hunde.

Manchmal kamen Kinder von einem anderen Park, um diesen Park zu ›fordern‹. Sie waren mit Prügeln bewaffnet oder selbstgebastelten Nunchakus oder Messern oder Schwertern oder Morgensternen und mußten sich bis zum Käfig durchkämpfen, wo die Spieler dieses Parks warteten und zusahen, wie ihre jüngeren Geschwister zusammengeschlagen wurden, denn das war so: Die Spieler durften vor dem Spiel nicht eingreifen.

Wenn die Forderer bis zum Käfig durchkamen – das gelang ihnen meistens, aber nicht immer; manchmal wurde der Angriff schon von den ›Draußeren‹ abgewehrt, was eine große Schande für die Forderer war, für die sie noch lange Zeit verhöhnt wurden als ›Eiergänger‹ oder ›Schwachmatiker‹; aber meistens schafften sie es eh über kurz oder lang – , dann legten sie ihre Waffen auf der einen Seite nieder – die der Geforderten lagen zu jeder Zeit auf ihrer Seite bereit –, und das Spiel begann.

Schiedsrichter gab es keinen, und so wurde von Anfang an viel gestritten, weil auch nie zwei Parks nach ganz genau den gleichen Regeln spielten. Von Minute zu Minute stieg die Anspannung. Rings um den Käfig hatte sich das halbe Grätzel versammelt, um seine Spieler und Spielerinnen – denn es waren auch Mädchen darunter, vor allem Orks – anzufeuern, aufzuputschen durch Klatschen und Trommeln und Zurufe wie ›Härter werden!‹ oder ›Schneid eam um, is jo net dei Großvota!‹ oder auch ›Reiß eam die Brust auf und scheiß eam aufs Herz!‹

Es war immer eine rechte Hetz.

Wenn im Käfig zwei zusammenkrachten und zu raufen begannen, unterbrachen die anderen das Spiel, griffen aber nicht ein, sondern sahen nur zu und ließen die beiden es sich untereinander ausmachen, was meistens damit endete, daß einer weggetragen und ein neuer Spieler eingewechselt werden mußte, manchmal auch zwei.

Im Camillo Cienfuegos-Park hatten wir als Kapitän einen gewieften Taktiker, den Hirn-Ederl. Der Hirn-Ederl ließ die besten Spieler zuerst auf der Reservebank, wodurch wir in der Anfangsphase meist in Rückstand gerieten. Nach einer gewissen Zeit aber hatten unsere ›Zerstörer‹ die Spielmacher der Gegner ausgeschaltet oder stark geschwächt, und dann kamen erst unsere Chefs hinein, holten den Rückstand auf und einen deutlichen Vorsprung heraus.

Die kritische Phase kam, wenn keine Mannschaft mehr Reservespieler hatte.

Dann kehrte im Käfig und draußen totale Stille ein. Nur das Keuchen der Spieler war zu hören, das Aufspringen des Balles, das klatschende Aufprallen der nackten Füße auf dem Beton.

Jeden Moment jetzt konnte sich die aufgestaute Spannung explosionsartig entladen, konnte einer der Kapitäne das Zeichen geben. Jetzt gab es keine Zweikämpfe mehr, wurde vielmehr verbissen taktiert. Der zurückliegende Kapitän sah vielleicht noch eine Chance, das Spiel umzudrehen; der Kapitän der führenden Mannschaft wollte vielleicht das Ergebnis noch verbessern, die Gegner noch mehr demütigen. Aber irgendwann platzte der Kragen, fiel der Funke ins Pulverfaß, blickte ein gefoulter Spieler in fast nicht mehr zu zügelnder Wut zu seinem Kapitän, welcher nickte. Schlagartig brüllten alle los, griffen nach den Waffen, auch die Meute draußen um den Käfig herum heulte auf, und die Schlacht begann.

In den Vereinigten Wohnparks gibt es keine Polizei, die das Ärgste verhindert, kein Rotes Kreuz, das danach die Schwerverletzten versorgt hätte. Wenn eine Mannschaft zur Gänze aufgerieben war, wurde sie von den übriggebliebenen Siegern bespuckt, verhöhnt; nicht selten wurden die Waffen eingezogen, die Taschen ausgeplündert, Hosen und Leiberln als Trophäen von den blutigen Körpern gerissen.

Die erwachsenen Zuschauer zerstreuten sich, um den Sieg zu feiern oder die Niederlage in Synthahol zu ertränken. Um die Geschlagenen kümmerte sich niemand. Wer es nicht aus eigener Kraft nach Hause schaffte, blieb im Käfig liegen, bis die Körperverwerter kamen.

Obwohl ich ein Ork bin, wurde ich nicht für die Käfigkriege rekrutiert. »Du bist zu klein, und zu langsam, Pepi«, sagte der Hirn-Ederl, »zu langsam in deinem großen dummen Kopf.«

Trotzdem nahm mich der Hirn-Ederl in gewisser Weise unter seine Fittiche. Er setzte mich als Botenjunge ein, obwohl die anderen maulten: »Den Pepi, der ständig auf der Leitung steht und einen Überreißer hat wie ein alter Ochs, den Träumer und Guck-in-die-Luft schickst du quer durch die Wohnparks mit brennheißen Nachrichten?« Aber der Hirn-Ederl hat nur gegrinst und gesagt: »Der Pepi ist der verläßlichste Mensch auf der ganzen Erdkugel.«

Und er hatte recht, damals: Ich hätte mich in Stücke hauen lassen und meinerseits jeden und jedes Hindernis in Stücke gerissen, um meine Aufträge auszuführen, so stolz war ich, daß der Hirn-Ederl keinen anderen ausschickte, sondern mich.

Einmal, ich weiß es noch ganz genau, weil es ein Feiertag war, der 9. Oktober, der Todestag vom Ché, und wir hatten schulfrei, weil der Ché ja in einer Schule umgebracht worden ist von einem CIA-Agenten, in einer bolivianischen Schule im Kuhdorf La Higuera, das habe ich von meiner Lehrerin Celia Pschistranek gelernt, da pfiff es schon um halb acht vor unserem Block, und ich lief gleich hinunter drei Stufen auf einmal in den Hof, und die Coppelia, die Adjutantin vom Hirn-Ederl, teilte mir mit, ich solle zur alten Shopping City laufen mit einer urwichtigen CDROM, und ich hirschte natürlich gleich los.

Erinnerte mich unterwegs: daß in der alten Shopping City, in der jetzt hauptsächlich Hühnerfarmen und Sauställe untergebracht sind, die Trolle den Ton angaben. Die hatten manchmal üble Scherze drauf, die Trolle. Ehrlich gesagt, ich fürchtete mich ein bißchen. Weil wenn jemand üble Scherze machte, dann meistens mit mir.

Ich hielt also die Augen gut offen, und joggte langsam die Hallen entlang, an denen an manchen Stellen noch vergilbte Werbeplakate von 2004 hingen, bis mich eine ganz junge Trollin fragte, ob ich der Pepi sei. Öhm … ich nickte.

Sie gefiel mir, die Trollin.

Ich meine, sie hatte eine Art, daß mir inwendig heiß

wurde, ganz komisch, verstehst du? Wie sie mich ansah, während sie auf den Zehenspitzen wippte. Wie ihre Stimme klang, als sie »Hot aba ölends long braucht!« schnarrte. Wie sie vor mir herstapfte, die Tür zu einem Büro aufriß, mich weiterwinkte und sich auf einen sehr großen Sessel vor einem sehr großen Tisch setzte, daß ich mir im Vergleich zu ihr vorkam wie ein Mensch, um nicht zu sagen ein Zwerg. Und dabei war sie sicher jünger als ich.

Wir regelten die Übergabe ultracool. Natürlich wußten wir, obwohl wir fast noch Kinder waren, daß wir nur zwei Unterläufel der unwichtigsten Ebene waren, zwei Sherpas, zwei Wasserträger; aber wir machten eine Zeremonie daraus, ein Ritual. Erst legte sie das Datenlesegerät auf den Tisch. Dann führte ich meine Überprüfungsdiskette ein – ja, in den Wohnparks sind noch Disketten im Gebrauch! – und ließ die Kontrollroutine laufen. Dann legte ich die CDROM genau in die Mitte der Tischplatte. Sie sah mich scharf an – was mir durch und durch ging –, nahm den Datenträger und überspielte ihn und drückte zwei Tasten und brannte mir die Bestätigung drauf und warf die Silberscheibe wieder aus.

Dann waren wir fertig und wußten nicht, was wir jetzt tun sollten.

Ich erzählte ihr einen Witz: ›Kommt ein Elf nach Hause und findet seine Frau mit drei Trollen im Bett. Er ruft: No hallohallohallo! Sagt die Frau darauf: Und mi grüßt' gar net?‹

Sie lachte.

Ich nahm allen meinen Mut zusammen und innerhalb meines Selbstbewußtseins dreißig Meter Anlauf und fragte sie: ›Hast du heute schon was vor?‹

Worauf sie rot wurde und eine linkische, weit ausholende Bewegung machte, mit der sie ein massives Regal zertrümmerte, und guttural antwortete: ›Ja.

Also, nein, eigentlich, ursprünglich. H-hm. Aber jetzt, öhm, ja.‹

Hinter dem Regal war ein Kammerl. Dort legten wir uns miteinander nieder.

Aber wir kamen nicht zusammen, obwohl wir nett zueinander waren. Sie war so groß, trotz ihrer vielleicht neun Jahre fast schon ausgewachsen, nicht viel weniger als drei Meter. Trolle leben irgendwie schneller; auch Orks haben eine niedrigere Lebenserwartung als Menschen, Zwerge oder gar Elfen, das weißt du ja eh sicher, aber nicht so extrem wie Trolle, die im Schnitt nur halb so alt werden wie Norms. So gerechnet, war ich deutlich zu jung für sie. Alles, was ich tat, kam mir zu gering vor. Ich griff sie extra energisch an, besonders wild männlich. Da flüsterte sie ›Au.‹

Wir kamen nicht zusammen. War mir das peinlich!

Sie tröstete mich und lud mich an einem Stand neben der Halle, aus der es bestialisch nach Schweinen stank, auf ein wäßriges Eis ein. Es schmeckte stechend nach Zitronensäure und überdeckte, was ich von ihrem Geschmack noch im Mund hatte. Plötzlich hörten wir Geschrei. Wir rannten ums Eck. Da war ein Brunnen, einer von den wenigen Grundwasser-Zisternen im Stadtgebiet. Mehrere aufgeregte Trolle beugten sich über den Rand, kurbelten hektisch, hievten einen Bewußtlosen, nein: Erstarrten herauf. Versuchten verzweifelt, ihn wiederzubeleben, doch soviel sie auch mit ihm anstellten, sein Atem kam nicht mehr in Gang, sein Herz blieb gelähmt; er starb.

Eine Frau sagte: ›Im Brunnen sitzt der Basilisk.‹

Ich weiß nicht, warum ich mich vordrängte, als einziger Ork unter lauter Trollen. Vielleicht wollte ich ihr – von der ich nicht einmal den Namen wußte! – etwas beweisen, oder mir selber. Jedenfalls ging ich hin und sagte: ›Laßt mich hinunter!‹

›Wer ist der Abzwickte?‹ hörte ich fragen. ›Ein Läufer von den Fidelisten.‹ – ›Hat er schon abgegeben?‹ – ›Ja.‹ (Das war ihre Stimme.) – ›So tut's ihm halt den Gefallen, nutzt 's nix, so schad's nix!‹

Ich stieg in den Eimer. Die Kurbel quietschte. Schatten fielen über den Brunnenschacht. Ich fuhr hinab. Platschte in schlammiges Wasser, spürte Bewegung neben mir. Als sich meine Augen an die Dunkelheit gewöhnt hatten, sah ich das Tier. Es war vielleicht eineinhalb Meter lang, eine obszöne Mischung unvereinbarer Gattungen: ein Vogelkopf mit Hörnern und Löwenmähne, verkümmerte Flügel, ein Schuppenleib, der Schwanz wie eine Schlange … und die Augen! Wie brennendes Dieselöl, wie ein tonloser Schrei, wie nackte, mörderische Verzweiflung. Nie zuvor hatte ich eine solche Kreatur gesehen, so voller Leid, so … rettungslos … verflucht.

Ich kroch ganz langsam hin zu ihm. Legte meinen Arm um seinen Hals und drückte zärtlich zu, bis es erschlaffte und in wenigen Minuten zu Staub zerfiel.

Ich mußte ganz schön oft am Seil rucken und rufen, bis sie mich endlich wieder hochzogen. Sie starrten mich stumm an, als ich aus dem Brunnen stieg, und da keiner mit mir reden wollte, wußte ich auch nichts mehr zu sagen, wischte mir notdürftig den Schlamm ab und lief wieder heim.

Als ich die Geschichte viel später einmal dem Alten Donner erzählte, fragte er mich, ob ich eigentlich an Magie glaube. Wahrheitsgemäß antwortete ich: Nein, wieso?«

Viertes Kapitel

Ein taubstummer Spion und ein gefährlicher Professor · Die Frau mit dem Escher-Gesicht · Eine Viertelmilliarde Liter Wasser · Magier beim Billard

13

Innerlich ist Zizibee nicht halb so zuversichtlich, wie sie sich Orson und Egon gegenüber gegeben hat. Schön, sie weiß jetzt, daß sich Raya Hanabi heute nacht mit Hans Dechant trifft und ist sich so gut wie sicher, daß dies ein Teil der Aktivitäten ist, über die ihr Auftraggeber – er nannte sich wie üblich »Dr. Nowak« und sah wie ein durchschnittlicher Kon-Typ aus, möglicherweise Wissenschaftler, vielleicht sogar ebenfalls von der ÖMV. Wurscht! – aus irgendwelchen Gründen gern mehr erfahren würde. Eigentlich ein Routineauftrag, stünde Hanabi nicht so verdammt hoch in der Konzernhierarchie – von ihrem Spielgefährten »Kato« Dechant ganz zu schweigen... Wie belauscht man zwei solche Kaliber, ohne dabei erwischt zu werden?

Wanzen, Richtmikros oder ähnliches elektronisches Spielzeug kann sie getrost vergessen. Selbst wenn sie die Hardware auftreiben könnte, hätte sie schlicht und einfach nicht mehr die Zeit, sie zu installieren. Die Zeit! Bis halb elf ist es nicht einmal mehr ganz eine Stunde!

Vom nächsten Würstelstand aus ruft sie bei Molnár an. Abhörsichere Telefonleitungen haben den Wiener Würstelständen in den letzten Jahrzehnten ein gutes Zusatzgeschäft eingebracht. Auf Diskretion bedachte »Freischaffende« zahlen gern die doppelte Gebühr, wenn sie einigermaßen sicher sein können, daß keine Magistratsabteilung mithört …

Molnár hebt natürlich nicht gleich ab, sondern läßt zuerst ein dreiminütiges Video laufen, das – kurz – das Zaubertheater und – ausführlich und mit sehr detaillierten Nahaufnahmen – die Attraktionen seiner Peepshow anpreist. Zizibee läßt die Fleischbeschau über sich ergehen, dann sagt sie ihren Namen, und zwar sicherheitshalber sehr langsam und gleich dreimal, denn sie weiß, daß Molnárs Stimmerkennungsautomat immer wieder altersbedingte Aussetzer hat. Endlich wird die Visage des Hutschenschleuderers sichtbar. »Oho, g'schamster Diener, welch Glanz auf meinem Vidphon! Sollte die Gnädigste doch auf die Angebote unseres bescheidenen Etablissements zurückgreifen wollen?«

»Gusch, G'schissener, i hob's trabig. Ich brauch den Oropax.«

»Steht auf der Bühne.«

»Weiß ich. Hol ihn herunter, schreib ihm auf einen Zettel, er soll sich als Kon-Pinkel verkleiden, auf seine Guzzi schwingen und schauen, daß er so schnell wie möglich bei der ›Blauen Flasche‹ ist.«

»Meine Liebe, der Herr Oropax …«

»– kann heute abend auf einen Datsch mehr verdienen als bei dir in einem Monat. Also moch a Kugerl und verroll' di, aber pronto.«

Zizibee merkt, daß Molnár gern das letzte Wort hätte, aber sie wirkt anscheinend tatsächlich so entschlossen, daß er's hinunterschluckt und kommentarlos abschaltet.

Sie atmet tief durch. Beim Zahlen am Tresen des Würstelstandes bemerkt sie eine Taxlerin, die die Farben der »Menubeln« trägt, einer der wichtigsten Frauengangs der Stadt. Sie grüßt sie mit einem Geheimzeichen und fragt: »Macht's dir was aus, deine Eitrige während der Fahrt zu essen?«

Die Taxlerin verdreht die Augen, seufzt, zuckt die Achseln und öffnet den Wagenschlag.

Auf der Fahrt nach Altottakring macht Zizibee Maske, das heißt, sie tauscht eines ihrer Gesichter gegen ein anderes aus. Sie hat die Taxlerin, die sich Erika nennt und ein recht kommoter Kerl zu sein scheint, gebeten, die Kamera in der vom Fahrersitz durch Panzerglas getrennten Fahrgastzelle abzuschalten (nicht nur die »Chefpartie« ist paranoid); Erika hat mit einem verschwörerischen Smile zugestimmt, nachdem ihr Zizibee glaubhaft von einigen Gefälligkeiten erzählt hat, die sie den »Menubeln« in der Vergangenheit erweisen konnte.

Als erstes dreht sie ihre Piercings heraus und verstaut sie in einer kleinen Plastikdose. Dann schminkt sie sich ab, bis ihr aus ihrem Taschenspiegel statt gruftiger Coolness das ziemlich gewöhnliche, vielleicht etwas schmale Gesicht einer ziemlich gewöhnlichen, vielleicht etwas schmalen jungen Frau entgegenfeixt. Keine besonderen Merkmale, höchstens eine etwas zu lange, vorwitzig-spitze Nase. Sie schneidet eine Grimasse. Dieses Gesicht mag sie am wenigsten von allen. Weil sie es am längsten kennt – noch aus einer Zeit, als sie nicht Zizibee hieß, sondern …

Sie schlägt sich selber auf den Hinterkopf: Reiß dich zusammen, Mädel! Dann beginnt sie Make-up aufzutragen, Lidschatten und etwas Rouge, das ihre Wangen voller macht und mit einem dezent hochglanzartigen Film überzieht, wie es bei Vertreterinnen des untermittelprächtigen Managements momentan en vogue ist. Hose und Lederjacke muß sie beibehalten, ersetzt aber die Applikationen aus Hammerschlaglack (derzeit ein Muß in den Schatten!) durch solche aus Pseudo-Silber, Titanid und Weißgold-Imitat, wie frau sie in jedem besseren Arcologie-Ramschladen finden kann. Die durchsichtige Bluse, auf die Donners geistig minderbemittelter Ork-Bubi so fasziniert gestarrt hat, zieht sie aus. Aus ihrem müllsackähnlichen Beutel holt sie einen BH und ein vakuumverpacktes Knitterfrei-Shirt, dessen Vorderseite je nach Blickwinkel den Papst oder Aurelia Die Außerirdische aus der gerade populärsten SciFi-Com zeigt – eine Art von Humor, bei der es ihr die Nackenhaare aufstellt, die aber für den Frauentyp, den sie darstellen will, typisch ist: ehrgeizige Kon-Tippse, die sich schon ein paar Stufen auf der Karriereleiter hochgebumst und jetzt einen neuen Gönner im Fadenkreuz hat.

Den Oropax hoffentlich glaubhaft verkörpern wird.

Der Hexer. Sie kommt ganz gut mit ihm aus, wenn sie auch noch nie so richtig warm miteinander geworden sind. So wie sie Anfang 20, ist Oropax sehr zurückhaltend, fast scheu, was durch seine Behinderung natürlich noch verstärkt wird. Sie hat ihn bei Molnár entdeckt und schnell herausgefunden, daß er weit mehr auf dem Kasten hat als Sigismundo, Jean-Jacques und der Rest von Molnárs Schießbudenfiguren. Wegen ihm hat sie mühsam die Zeichensprache erlernt; Wochen, ja Monate hat es gebraucht, bis sie ihn davon überzeugen konnte, daß eine Zukunft als Schattenläufer attraktiver ist als der schlechtbezahlte Kasperl-Job in Molnárs schmuddliger Zauberbude. Seither haben sie einige kleinere Hockn zusammen abgewickelt, im Prinzip Einbruchsdiebstähle, und ihre Achtung vor seinen Fähigkeiten ist dabei sogar noch gestiegen. Er denkt nämlich mit – was man vom durchschnittlichen Shadowrunner leider nur selten behaupten kann …

Als wollte er's bestätigen, trägt Oropax einen unauffälligen, aber gar nicht schlecht geschnittenen grauen Freizeitoverall, der fast von Vachon Island stammen könnte, hat das lange Haar nach Art von Opa Lagerfeld mit einer weinrot irisierenden Spange im Nacken fixiert und seine Amulette unter einem weiten, weich fallenden, ebenfalls weinroten Stepp-Gilet verborgen: von Kopf bis Fuß ein Pinkel, der »einmal was Flippigeres« erstanden hat, obwohl – oder weil – seiner Frau Mama dabei das Kotzen kommt. Nur die alte, liebevoll gepflegte Motoguzzi paßt nicht so gut ins Bild, aber die bleibt ja ohnehin hier auf dem Parkplatz gegenüber der Mauer des Ottakringer Friedhofs.

Zizibee gibt Erika so viel Trinkgeld, wie sie zusammenkratzen kann, richtet Grüße aus an Jeannette, die »Menubel«-Chefin, und tritt zu Oropax.

Der zieht sie in den Schatten hinter einem parkenden Lastwagen. Er drückt ihr etwas Weiches in die Hand, ein kleines Knäuel aus Federn, Gummi und Pflanzenteilen, das für sie bedenkliche Ähnlichkeit mit etwas aufweist, das eine Katze erbrochen hat. Oropax bedeutet ihr, es in ihren BH zu stecken. Sie rümpft die Nase, aber der Stadthexer besteht darauf. Schließlich schiebt sie es in die Mulde zwischen ihren Körbchen. Oropax faßt sie an den Handgelenken. Für einen Moment ist ihr, als liefe eine blauschimmernde, zitternde Welle von seinen Schultern über ihre Arme zu ihrer Brust.

Die Stimme erklingt mitten in ihrem Kopf, leise und beruhigend, aber trotzdem muß sie die Zähne zusammenbeißen, um nicht vor Überraschung und Schreck laut aufzuschreien. »Ich habe dir einen Zauberspeicher gegeben und diesen aktiviert, damit wir kommunizieren können«, sagt die Stimme, die nie zuvor gehörte Stimme des stummen Oropax, der sie aus seinen immer ein wenig melancholisch wirkenden braunen Augen prüfend und wie um Vergebung bittend ansieht. »Ich dachte mir, das könnte uns helfen. Molnár sagte, du klangst sehr aufgeregt, es könnte also wichtig sein, und gefährlich.«

»Ja ... ja, das ist es«, sagt, nein denkt Zizibee. Ihre eigene Stimme hört sie gar nicht. Doch Oropax nickt, also hat er sie wohl verstanden. Wunder der Erwachten Welt! Aber Zizibee faßt sich schnell wieder. »Leiwander Trick, echt. Also paß auf ...«

Der Heurigen liegt wunderschön, auf einem Hügel über einem Weinberg, inmitten einer Schrebergartensiedlung. Unter einem kleinen Winzerhaus sind vor Jahrzehnten (oder Jahrhunderten?) Terrassen angelegt worden, auf denen einfache Holztische und Bänke stehen. Girlanden von Lampions verstrahlen ein mildes, gelbliches Licht. Irgendwo dudelt ein Ziehharmonikaspieler »Drunt' in der Lobau, wann ich das Platzerl noch wüßt ...« Manche Dinge ändern sich nie, denkt Zizibee, und erschrickt abermals, als Oropax antwortet: »Ja, und bei den meisten muß man sagen: leider, bei einigen wenigen aber: gottseidank.« Zizibee kann nichts gegen ihre Gänsehaut tun. Sie versucht das zu überspielen, indem sie das Buffet ansteuert, das die halbe Vorderfront des Winzerhauses ausmacht. Sie fragt laut: »Ein Halberl weiß, ein Halberl Mineral?« Ihre Stimme kommt ihr plötzlich fremd vor. Oropax nickt lächelnd. Zugleich denkt er: »Ich verziehe mich einmal kurz aufs Klo. Muß die Lage askennen, verstehst du? Warte bitte hier auf mich, es dauert nicht lang.« Er verschwindet, dem altertümlichen Schild »Zu den Toiletten« folgend, hinter dem Haus.

Zizibee fröstelt, obwohl die Nacht lau ist. Zum Wein ordert sie Liptauer und Hallasz, ein traditionelles, papierdünnes Knabbergebäck mit Knoblauch und Kümmel. Der Kredstab, mit dem sie die Rechnung begleicht, ist danach praktisch leer. Um Oropax auszahlen zu können, wird sie ihre mehr als bescheidenen Ersparnisse aufbrauchen müssen. Aber: no risk, no fun, sagt sie sich grimmig.

»So allein, schöne Frau?« säuselt ein dicklicher, schwitzender Mittvierziger mit feuchter Aussprache, Halbglatze und protzigen Ringen an den Wurstfingern, der ein Tablett randvoll mit Schweinsbraten, Spare Ribs, Verhackert und diversen Salaten balanciert. »Und wenn wir die einzigen zwei Lebewesen auf einer einsamen Insel wären, bleibert ich's«, antwortet Zizibee trocken. Der ziemlich angeheiterte Mann schluckt, sucht krampfhaft nach einer originellen Replik, grinst blöd, weil ihm keine einfällt, lallt »Man wird doch noch fragen dürfen« und schwankt von dannen.

Oropax ist zurück und nimmt sie in die Arme. Sie haben beschlossen, ein Liebespaar zu spielen, weil so ihre wortlosen Unterhaltungen am wenigsten auffallen. »Siehst du das große Weinfaß auf der untersten Terrasse?« fragt Oropax' telepathische Stimme.

»Ja.«

»Wir müssen möglichst nahe davon einen Platz finden, von dem aus ich gut hinsehe. Das Treffen kann nirgendwo anders über die Bühne gehen als in dem Faß. Es ist astral abgeschirmt worden.«

»Sind wir zu spät?« fragt Zizibee erschrocken.

»Das glaube ich nicht. Der Magier, der das gemacht hat, dürfte nur die Vorhut sein.«

»Puh.« Zizibee trägt die beiden Halbliterkrüge, Oropax die Gläser und die Jause. Langsam steigen sie über ausgetretene Stufen und uralte Sandsteinplatten nach unten. Das Faß ist aus schwarzgebeiztem Holz, fast drei Meter hoch, gut vier Meter lang und fast zur Gänze mit Weinranken überwachsen. Das Licht einer Laterne scheint aus der Türöffnung; eine Tischkante und ein Teil einer Sitzecke sind darin zu erkennen. Alle

Tische mit guter Sicht auf das Faß sind besetzt, die meisten mit turtelnden Liebespaaren.

»Was tun wir?« fragt Oropax, mit leicht nervösem Unterton.

»Wäre dieser Platz gut?« Zizibee nickt in Richtung eines Pärchens schräg unter ihnen.

»Klar«, antwortet Oropax, »aber ...«

Im selben Augenblick verknackst sich Zizibee den Fuß, knickt um, stürzt fast, stolpert, verzweifelt um Gleichgewicht ringend, mehrere Stufen auf einmal hinunter – und leert fast den gesamten Inhalt der beiden Krüge über die Bluse der Frau. Die kreischt auf, aber es ist natürlich zu spät – der hauchdünne Chiffonstoff klebt waschelnaß an ihrem zweifellos sehenswerten Oberkörper. »Oh mein Gott! Ist mir das peinlich!« stammelt Zizibee, »ich – ich wollte nicht – ich bitte vielmals um Entschuldigung, ich –«, und bricht in Tränen aus. Der Begleiter der vormals sehr gut gekleideten jungen Dame ist hochgefahren und hat unter die Achsel seines Sakkos gegriffen. Man kann ihm ansehen, daß er lieber kurzen Prozeß mit Zizibee machen würde, aber die heult so glaubhaft, daß sie Steine erweichen könnte, vom Herz der jungen Lady ganz zu schweigen. »Schon gut, kann passieren«, näselt sie ein wenig säuerlich, »komm, Elmar, der Abend ist ja wohl gelaufen.«

»Soll – soll mein Freund schnell ein Handtuch holen?« Zizibee schneuzt sich, wischt sich die Augen, droht einen weiteren Weinkrampf an. »Nein danke, wir wollten sowieso bald gehen«, knurrt Elmar, legt seiner begossenen Partnerin ihre Jacke um die Schultern und dirigiert sie am Ellenbogen die Stufen hinauf.

»Es tut mir ja so leid«, flennt Zizibee hinterher. »Darf ich Ihnen meine Visitenkarte geben, ich zahle selbstverständlich den Schaden –«

Aber das Paar dreht sich nicht mehr um.

Zizibee stellt die fast leeren Krüge auf den Tisch und

sinkt in Oropax' Arme. Ihre Schultern zucken haltlos – vor Lachen, aber das können die Leute an den umliegenden Tischen, die schmunzelnd zu ihnen hersehen, nicht wissen.

»Visitenkarte?« fragt Oropax amüsiert.

»Bezahlen?« gluckst Zizibee.

Ein hochgewachsener Mann steht plötzlich in der Türöffnung des Fasses. Er trägt einen anthrazitfarbenen Seidenanzug und ein Monokel, durch das er ihnen einen strengen Blick zuwirft, bevor er wieder im Faß verschwindet.

»Gram.« sagt Oropax, plötzlich wieder todernst. »Ich hab's mir fast gedacht. Die Barriere ist genau sein Stil.«

Zizibee blickt auf die Uhr: 22:28. Sie schenkt den restlichen Wein in ein Glas und dipt ein Hallasz in den Liptauer. Was für eine Barriere?

»Der lebende Weinstock um das Faß bildet im Astralraum ein kaum zu durchdringendes Hindernis. Gram hat diese natürliche Barriere durch eine kunstvoll gewebte psychotische Formel weiter verstärkt und damit zu einer fiesen Falle gemacht. Wer immer versucht, astral projiziert in das Faß zu gelangen, würde sich darin verstricken und mit hoher Wahrscheinlichkeit wahnsinnig werden.«

»Woher weißt du – wer ist Gram?«

»Ich hab mich dem Faß im Astralraum vorsichtig genähert, vom Klo aus. – DDr. Paul Isaia Gram ist Inhaber des Lehrstuhls für Thaumaturgische Psychotherapie an der Wiener Universität. Er war kurz mein Prof.«

»Du hast Magie studiert?«

»Nicht ganz ein Semester. Ich hätte ein Stipendium gehabt, aber man hat es mir entzogen, weil ich mich geweigert habe, mein Gehör und Sprechzentrum chirurgisch richten zu lassen.«

»Warum?«

»Warum … Ich folge der Großen Mutter. Und ich bin überzeugt, wenn sie gewollt hätte, daß ich genauso höre und spreche wie die anderen Menschen, dann hätte sie mir diese Gaben nicht genommen – im Austausch für die viel größeren Gaben der Magie. Aber die Vertreter der David Singer-Schule halten nichts von Idolen, und Gram schon gar nicht.«

»Glaubst du, er hat dich erkannt?«

»Nein. Ich habe damals ganz anders ausgesehen. Außerdem ist er so eingebildet, daß er Gesindel wie mich nicht einmal eines Blickes für wert erachtet. Und astral projiziert er sehr selten. Nach seiner Lehrmeinung ist der Astralraum nämlich nur ein Produkt des kollektiven Unterbewußtseins.« Er schmunzelt. »Also stimmen die Gerüchte wahrscheinlich doch, daß sein Institut von der MediaSim finanziert wird … Da kommen sie.«

Vier Personen schlendern entspannt die Terrassen herunter. Zwei sind offensichtlich Chauffeure beziehungsweise Leibwächter, klassische »Men in Black« mit steifen weißen Hemden, schwarzen Anzügen und Krawatten und ebensolchen Sonnenbrillen. Der Dritte ist mittelgroß, untersetzt, unauffällig, aber gediegen gekleidet, etwas über Sechzig, mit schneeweißem Haar und einer unübersehbaren Aura der Macht: Hans Dechant, der Medienmogul. Die Frau an seiner Seite wirkt dagegen fast unscheinbar. Sie ist ziemlich klein, rundlich, trägt ein hellrotes, eher unvorteilhaft geschnittenes Kostüm: Raya Hanabi, nicht besonders attraktiv, doch irgendwie energiegeladen. Zizibee erinnert sich, daß ihr die Klatschpresse seit langem den Spitznamen »Kugelblitz« verpaßt hat. Die beiden Gorillas nehmen links und rechts neben der Türöffnung des großen Weinfasses Aufstellung. Dechant läßt, ganz Kavalier der alten Schule, Raya den Vortritt, dann verschwindet auch er im Faß.

»Tja, das war's dann wohl.« Zizibee hat es laut ausgesprochen – ist ja eh schon blunzn. Ende der Fahnenstange. Game over. »Wenigstens haben uns die zwei vor uns noch reichlich Wein für ein Trauerbesäufnis dagelassen.«

»Sei still.« Oropax' mentale Stimme wirkt konzentrierter denn je. »Und merk dir gut, was ich dir übermittle.« Er zieht ihren Kopf an seine Schulter, während er über sie hinweg scheinbar verliebt ins Narrenkastel schaut – genau in Richtung des Fasses.

»Aber –«

»Ich wirke einen Hellsicht-Spruch. Dazu brauche ich die Barriere nicht zu durchdringen, nur ganz knapp vor den Eingang zu kommen. Sie haben zwar sicher einen Whitenoise-Generator laufen – aber wie du weißt, kann ich ganz passabel lippenlesen.«

»Das – das ist fantastisch. Genial!«

»Und gusch. Sie sind mit den Begrüßungsfloskeln fertig. Jetzt paß auf!«

14

Spät in der Nacht gehen sie noch ins »Schwarze Café«.

Pepi hat bis lang nach Einbruch der Dunkelheit mit Riella Vincelar geplaudert, bis endlich Nachrichten von einigen »Schattentänzern« eingetroffen sind. Dazwischen hat die Winklerin mehrmals mit ihrer Tochter telefoniert, die zu Hause auf sie gewartet hat. Daß sie das Kind vertröstet hat, »weil es sich um eine ganz besonders wichtige Sache handelt«, hat Pepi beeindruckt. Für so wichtig hätte er den Alten Donner gar nicht gehalten, zumindest nicht für jemand anderen als ihn.

Im »Schwarzen Café« ist ganz schön was los. Ein betrunkener Troll – selbst für Pepi, der mit Trollen schon einiges erlebt hat, besonders groß und furchteinflößend – zerschlägt gerade einen Tisch samt Sesseln, wobei er grölt, daß »das Niveau dieses Lokales ins Bodenlose abgesunken« sei. Der Alte Donner wischt ihn mit einer mühelosen Handbewegung zur Seite und ruft in die Küche hinein: »Escher!«

Heraus kommt die kleinste, zarteste und zerbrechlichste Frau, die Pepi je gesehen hat. Ihr Alter ist unmöglich zu schätzen. Sie ist im ganzen Gesicht tätowiert von Linien und Figuren, die sich beständig ineinander verschlingen; Pepi wird schwindlig beim Hinschauen. »Escher«, brummt ihm der Alte Donner ins Ohr. »Das sagt dir nichts, mein lieber junger dummer Pepi. Aber mit der Frau können wir mehr stehlen als ein paar Pferdestärken.«

Escher mustert sie beide lange und ruhig, dann sieht sie dem Alten Donner mitten ins Gesicht, als lese sie in seinen Falten, seinen grauen Augenbrauenbüscheln. Schließlich versenkt sie ihre großen dunklen Augen in die seinen, für eine Zeit, die Pepi wie eine Ewigkeit vorkommt. Endlich nickt der Alte Donner bedächtig, obwohl sie ihm keine Frage gestellt hat. Und dann nickt auch sie und legt ihre Küchenschürze ab. »Wohin?« fragt sie ganz leise. Trotzdem sticht ihre dunkle Stimme klar aus den Geräuschen des Lokals und der dröhnenden Retro-Metal-Musik heraus.

»In die Berge«, sagt er und räuspert sich.

Escher dreht sich wortlos um und verschwindet in der Küche. Der Troll ist dazu übergegangen, schwere Aschenbecher in die Flaschen und Gläser über der Bar zu schmeißen, daß die Splitter durchs ganze Lokal spritzen. Die Mehrzahl der Gäste ignoriert ihn, einige feuern ihn mit »Loisl! Loisl!«-Sprechchören sogar noch an. Nur eine modisch gekleidete Lady neben Pepi – sie hat mehrere Buchsen in der Schläfe – steht erbost von ihrem Barhocker auf und zischt wütend: »So eine Schweinerei. Tut denn da der Wirt nichts dagegen?« Worauf ihr der Alte Donner lakonisch antwortet: »Gnädigste, das ist der Wirt.«

Escher kommt aus der Küche mit einem riesigen Rucksack, unter dessen Gewicht sie jeden Moment zusammenzubrechen scheint. Pepi will ihn ihr abnehmen, aber der Alte legt seinen Arm mit einer Bestimmtheit auf Pepis Schulter, die er an Donner noch nie wahrgenommen hat. »Die Winklerin meint, sie gehen auf den Hochschwab«, sagt er zu Escher.

»Wann?«

»Weiß nicht. Sind vielleicht schon unterwegs.«

»Wenn das stimmt, werden wir sie vor dem Schiestlhaus wohl nicht mehr einholen.«

»Egal. Wenn wir nicht allzu spät nach ihnen oben ankommen, reicht das allemal, um ihnen das Wasser abzugraben.«

»Das Wasser«, sagt Escher nachdenklich. »Hat es etwas mit dem Wasser zu tun?«

»Ich weiß es nicht. Noch nicht. Muß erst darüber schlafen.«

Bei den letzten Worten spielt ein bitterer, fast ängstlicher Zug um seine Mundwinkel. Er schüttelt sich, wie ein nasser, alter, zotteliger Hund. Sie gehen.

Loisl der Wirt pißt gerade mitten in sein Lokal.

Die Stammgäste applaudieren.

15

Oropax übermittelt Zizibee den folgenden Dialog:

Raya: Sie haben meinen Vorschlag weitergeleitet?

Dechant: Ja. Und er hat, gelinde gesagt, für Aufregung gesorgt.

Raya: Ihnen ist nun wohl klar, warum der »Club 65« das einzige Gremium ist, an das ich mich damit wenden kann?

Dechant: Allerdings.

Raya: Und wie haben Ihre … Clubmitglieder darauf reagiert?

Dechant: Unterschiedlich. Aber das war nicht anders zu erwarten. Zu fantastisch ist diese Idee, und zu weitreichend – falls sie sich denn überhaupt verwirklichen ließe.

Raya: Sie läßt sich realisieren. Aber nicht mehr lange; zumindest nicht auf so elegante Art und Weise.

Dechant: Elegant, ja … die Vorgangsweise, die Sie vorschlagen, entbehrt tatsächlich nicht einer gewissen Eleganz. Wie gesagt, immer vorausgesetzt, es funktioniert.

Raya: So darf ich in Ihnen meinen Fürsprecher sehen?

Dechant: In gewisser Weise ja. Sie wissen, daß mir das Wohl dieser Stadt am Herzen liegt wie kaum einem Zweiten.

(An dieser Stelle flucht Zizibee ziemlich unanständig.)

Raya: Deshalb habe ich mich auch zuerst an Sie gewandt.

Dechant: Ihr Vertrauen schmeichelt mir. Nun gut, der langen Rede kurzer Sinn: Der »Club 65« lädt Sie zu einer Sondersitzung, welche in drei Tagen stattfinden wird, in seine Räumlichkeiten ein. Diese befinden sich in einem nur für uns zugänglichen Bereich der »Eden Bar«. Die Zusammenkunft beginnt um 19:00 Uhr, wie üblich mit einem leichten Diner. Bitte seien Sie auf eine harte Diskussion vorbereitet. Sie haben noch keineswegs alle Mitglieder auf Ihrer Seite, und wie Sie vielleicht wissen, fassen wir Beschlüsse ausschließlich einstimmig.

Raya: Sie können davon ausgehen, daß meine Unterlagen und Argumente den allerhöchsten Anforderungen genügen werden.

Dechant: Ich gehe in der Tat davon aus. Wünschen Sie noch etwas Wein?

Raya: Nein, danke. Ich bevorzuge Wasser. Pures, klares Wasser.

(Beide lachen.)

16

Auf dem Weg zum Antiquariat erzählen Pepi und der Alte Donner der Frau, die Escher genannt wird, das Wenige, was sie wissen.

Im Hochschwab-Massiv in der Obersteiermark, hat die Winklerin dem Pepi erklärt, halten seit Sommer 2054 etwa zweihundert Freischärler die beiden wichtigsten Almhütten, das Schiestlhaus und die Voisthalerhütte, besetzt. Bis heute ist es den an drei verschiedenen Punkten stationierten MET 2000-Truppen nicht gelungen, das Widerstandsnest auszuheben, obwohl sie es mehr als einmal mit großem Aufwand versucht haben. Anscheinend haben sich mehrere Berggeister mit den »Hochschwabrebellen« verbündet. Bei der bisher größten »Operation Gipfelsturm« vor etwa einem Jahr wurden 47 Angehörige des Gebirgsmarinekorps unter Stein- und Eislawinen begraben. Seither belauern sich die beiden Parteien im Wesentlichen gegenseitig.

»Ist das nicht ein sehr großer militärischer Aufwand wegen ein paar Guerrilleros auf einem öden Berg?« hat Pepi gefragt.

Es gehe nicht um das, was auf dem Berg ist, sondern um das, was im Berg ist, hat die Winklerin gemeint: Wasser nämlich, unvorstellbar viel reines, kostbares

Trinkwasser. Fast 250 Millionen Liter fließen täglich über die sogenannte »Zweite Wiener Hochquellenwasserleitung« vom Hochschwab nach Wien! Das ist mehr als die Hälfte des Bedarfs des Megaplex. Noch werden die Quellen und das Amtshaus der Stadt Wien im Dorf Wildalpen, von wo aus die zahllosen Kanalleitungen, Stollen, Aquädukte und Siphone verwaltet, gewartet und gesteuert werden, von den MET-Einheiten kontrolliert, aber die Rebellen haben schon mehrmals gedroht, eine oder mehrere Quellen im Handstreich zu nehmen – und dann der Stadt Wien, falls ihre Forderungen nicht erfüllt werden, buchstäblich das Wasser abzudrehen. Sie könnten ganz Österreich damit erpressen!

Die Söldnertruppe, der Superfritz angehört – sie nennen sich angeblich »Schweizergarde«, aber über Verbindungen zum vatikanischen Geheimdienst konnten Riellas Schattentänzer bislang nichts in Erfahrung bringen – könnte also möglicherweise in diesem Stellungskrieg den Ausschlag geben; aber für welche Seite? Da sie mit absoluter Spitzen-HiTec ausgerüstet sind, liegt die Vermutung nahe, daß sie in Konzernauftrag unterwegs sind und also eher die MET-Truppen unterstützen sollen. Aber sicher sei gar nichts, und von den wichtigsten »Dr. Nowaks« war diesbezüglich nichts zu erfahren. Auch die bekanntesten Schieber der Stadt behaupten, nichts mit dem Auftrag zu tun zu haben. Ehreich Schwindlegger von der »E.A.« hätte zwar zugegeben, unlängst Bergsteigerausrüstung für 25 Personen verkauft zu haben, aber mehr wisse er auch nicht.

Sorgen macht sie sich, die Winklerin, um Donner und Pepi. Daß der alte Magier ein fürchterlicher Sturschädel und durch nichts von seinem Racheschwur abzubringen ist, leuchte ihr schon ein, aber warum denn der Pepi sich da mit hineinziehen lasse, sein junges

Leben aufs Spiel setze im auch ohne Rebellen schon äußerst gefährlichen Hochgebirge?

»Ich glaub' eh auch, daß es ein Blödsinn ist«, hat Pepi geantwortet. »Aber ich muß doch auf ihn aufpassen. Er ist schließlich mein Freund, nicht wahr?«

Die wunderschöne Elfe hat dem Pepi daraufhin über den Kopf gestreichelt und ihn mit traurigen Augen angeschaut, daß ihm ganz anders geworden ist.

17

Engumschlungen verlassen sie den Heurigengarten. Sofort nachdem ihm Zizibee signalisiert hat, sie wisse genug, hat Oropax den Zauberspeicher wieder desaktiviert. Zizibee hat schon vor einiger Zeit gelernt, daß jeder aktive magische Fokus die Gefahr in sich birgt, aus dem Astralraum nicht nur entdeckt, sondern auch attackiert werden zu können.

Der plötzliche Abbruch ihrer telepathischen Verbindung hinterläßt in Zizibee eine seltsame Art Sehnsucht, ein Gefühl von Verlust, obwohl sie andererseits auch froh darüber ist, so unheimlich intensiv war der direkte Gedankenaustausch.

Als sie auf der Guzzi des Hexers zurück Richtung Stadt brausen, läßt die Anspannung nach. Zizibee zittert plötzlich derart stark, daß sie fast vom Rücksitz fällt.

Oropax will noch im Café Ritter in der Ottakringerstraße vorbeischauen. Zizibee ist das Altwiener Kaffeehaus zwar suspekt – für ihren Geschmack treiben sich eindeutig zu viele zwielichtige Zauberer darin herum – aber sie weiß, daß die Telefonkabine im Lokal einen Matrix-Anschluß hat, der rund um die Uhr von mit der

»Tarockrunde« assoziierten Deckern überwacht wird und deshalb als sehr sicher gilt. Die »Tarockrunde« ist eine magische Gruppe, die hier jeden Tag in aller Öffentlichkeit ihre Rituale abwickelt – in Form des traditionellen, für Uneingeweihte garantiert undurchschaubaren Kartenspiels Tarock, das nicht zufällig mit dem Tarot verwandt ist. Sie gibt Oropax den Kredstab mit dem vereinbarten Betrag und verabschiedet ihn mit einem freundschaftlich-flüchtigen Kuß. Als sich ihre Wangen berühren, gibt es ein kurzes heißes Britzeln wie von einer elektrischen Entladung, aber hier im »Ritter« kann man diesbezüglich nie sicher sein – ein weiterer Grund, warum sie das an sich wunderschöne Café eher meidet.

Oropax setzt sich an einen der marmornen Kaffeehaustische. Der Ober hinter der mindestens hundert Jahre alten Theke ruft mit schnarrender Stimme: »'n Abend, Herr Doktor! A Fiakermelange, wie immer?« Oropax, der nur aus den Augenwinkeln hingeschaut hat, nickt. Zizibee schmunzelt, während sie dem hinteren Teil des Lokals zustrebt. So schnell wie in einem Wiener Kaffeehaus wirst du nirgends zum Doktor.

Um diese Zeit in der Nacht sind nur mehr die absoluten »Experten« hier zugange. Als sie an den Karambol-Billard-Tischen vorbeikommt, schnappt sie Gesprächsfetzen eines der üblichen hitzigen Streitgespräche auf:

»Sowieso hast du g'schummelt! Ich hab's ja genau gesehen! Ohne einen Zauberfinger-Spruch hätt' der Vierbander nie und nimmer funktioniert!«

»Geh Schani, du kannst nur net verlieren! Frag doch den Schiri, der müßt' das doch askennt haben, wenn ich eine Linke 'dreht hätt!«

»Der Schiri, der Schiri! Der askennt net, der pennt! Is jo a ka Wunder, nach dreizehn Rüscherl!«

»Jetzt hör auf, oeda Streithansl! Willst a Revanche?«

»Nebochant! Mit dir spiel' i net amoe mehr Schifferlversenken! (Grummel, grummel) – Oiso guat, oba nur mehr ane!«

Die Telefonkabine ist frei. Das darin befindliche Deck kann nur als vorsintflutlich bezeichnet werden, aber es ist ausreichend, um den vereinbarten Zwischenbericht an ihren Auftraggeber abzusetzen. Sie wählt die Adresse der anonymen Mailbox, die sie von »Doktor Nowak« bekommen hat und deponiert ihre Nachricht:

»Zielobjekt in Verbindung mit H. Dechant (Media-Sim!). Spektakuläres Projekt in Zusammenarbeit mit anderen Großen geplant. Mehr in ca. vier Tagen, falls Honorar verdoppelt wird. Wenn Sie akzeptieren, hinterlassen Sie Nachricht unter ...«

Es folgt die Nummer einer ähnlichen Mailbox, die ihr Orson für diesen Zweck gecheckt hat. Zizibee ist sich sicher, daß der Nowak anbeißen wird. Das Gefühl, mit dem sie die Kabine verläßt, wärmt ihren Bauch weit besser als jeder Kaffee.

Die Billard-Zampanos debattieren schon wieder oder noch immer. Im »Ritter« steht die Zeit genauso unbeweglich still wie der Zigarrenrauch über den Spieltischen. Es soll angeblich einmal in Wien einen Magier gegeben haben, der in die Zukunft sehen konnte. Er muß ein armer, isolierter Außenseiter gewesen sein: Alle anderen schauen ausschließlich in die Vergangenheit.

Fünftes Kapitel

Das Antiquariat · Begegnung in der Langen Gasse · Ein Finger weniger · Zizibee kriegt kalt-warm · Der General der Strauchdiebe · Gute alte Schlager

18

Sie gehen und gehen und gehen. Pepi kann sich über den Alten Donner nur noch wundern. Die Energie, die der Einundsechzigjährige seit seinem »Racheschwur« auf dem Fährsteg am Donaukanal entwickelt hat, hätte ihm Pepi nie zugetraut. Und daß er ihn jemals so lange nüchtern erleben würde, schon gar nicht. Immer wieder zeigt der aufgekratzte Alte im Vorbeigehen auf verschiedene Blumen und Sträucher der Aulandschaft, nennt ihre Namen, erzählt kleine Geschichten dazu: Blutweiderich, eine blutstillende Heilpflanze; Weißwurz, die auch Salomonssiegel genannt wird, weil die Sprossen nach dem Absterben siegelförmige Narben auf dem Wurzelstock hinterlassen; Hornkraut, Pfeilkraut, Nixenkraut ... Entlang des Weges stehen Silberpappeln. Donner ermahnt Pepi, gut auf den Boden zu schauen, damit er nicht auf einen Ölkäfer tritt. »Der ist nämlich giftig, Bub, und seit dem Erwachen der Magie gibt es auch eine besonders unangenehme paranormale Abart, deren Gift sich in wenigen Sekunden sogar durch Schuhsohlen fressen kann.«

Etwas später bleibt Donner abrupt stehen, legt seinen Finger an die Lippen, zeigt durch die Weiden auf einen Altarm der Donau. Die Oberfläche ist unbewegt, nur ab und zu zeigen konzentrische Kreise, daß ein

Fisch nach einem Wasserläufer oder einem anderen Insekt geschnappt hat. Da taucht vom überhängenden Ast eines Ahorns ein blaurot schillerndes Etwas im Sturzflug ins Wasser, erbeutet einen kleinen Fisch und fliegt wieder davon. »Ein Eisvogel«, erklärt Donner, »aber das da ist fast noch interessanter.« Er deutet auf einen Strauch, an dessen Dornen Insekten aufgespießt sind. »Ein bißchen makaber, gell? Das macht der Neuntöter, ein anderer Auvogel. Er befestigt hier am Weißdornstrauch seine Nahrung, zum Zerkleinern und als Vorrat.«

Sie gehen weiter, und immer weiter. Bald geht Donner die Luft aus, und auch Pepi bekommt Seitenstechen.

»Warst du schon einmal am Berg, Pepi?« fragt Escher, fast nicht hörbar und doch so klar verständlich.

»Nein. Du?«

»Früher oft. Meistens mit ihm.« Die zarte Frau mit dem durch die Tätowierungen faszinierend entstellten Gesicht blickt auf Donner. »Da war er allerdings noch bedeutend besser beisammen.«

»Für den Hochschwab wird's allemal noch reichen«, schnauft Donner. Auch er trägt inzwischen einen prall gefüllten Rucksack, dazu eine altertümliche Kniebundhose, die am Bauch nicht mehr ganz zugeht: er hat aus einem Stück Kabel einen provisorischen Gürtel gebastelt, nachdem er seine Bergausrüstung aus einem der hintersten Winkel seines »Antiquariats« hervorgekramt hat.

Das Antiquariat … Jeder Quadratzentimeter des niedrigen Kellergewölbes ist so mit Gerümpel angefüllt, daß nicht einmal Platz zum Sitzen ist, geschweige denn zum Schlafen. Staub liegt zentimeterdick auf Stapeln wurmzerfressener Bücher. In windschiefen Schränken und Regalen, über die sich Spinnweben wie Vorhänge spannen, türmt sich ohne jede erkennbare Ordnung Trödel und Plunder, für den niemand auf der ganzen Welt mehr Verwendung hat – außer dem Alten Donner. Wo er hier arbeitet, wenn er gelegentlich für die Winklerin magische Gegenstände herstellt – »nichts Ernsthaftes, nur ein paar Spielereien, hauptsächlich Placebos«, wie er Pepi augenzwinkernd erklärt hat – weiß der junge Ork beim besten Willen nicht. Er durfte nämlich nie dabeisein, nur später die fertigen Stücke in der Tanzschule vorbeibringen, weshalb er sich seither unter »Placebos« kleine Holzschächtelchen vorstellt, aus denen beim Öffnen grünsilberner Rauch entweicht. Einmal ist ihm eines hinuntergefallen, aber außer einem leichten Niesreiz hat der Rauch bei ihm absolut nichts ausgelöst.

Das Antiquariat ... Gern erinnert sich Pepi an die Tage, an denen der Alte Donner ihm hier drinnen »Stunden« gegeben hat, ihm die Welt erklärt hat auf seine ganz eigene, verrückte Art, verwirrend und für Pepi oft unverständlich, weil Donner dabei zuweilen ganz ordentlich gelallt hat, – aber schön. Oft hat er ihm auch aus alten Büchern vorgelesen, oder sie haben sich auf einem Abspielgerät, das sogar in den »Vereinigten Wohnparks« als antiquiert gegolten hätte, zweidimensionale Filme oder seltsam einschmeichelnde Lieder zu Gemüte geführt. Pepi hat sich fast alle Titel gemerkt; manchmal, wenn sie gut aufgelegt sind, unterhalten Donner und er sich nur in Zitaten daraus, so daß ein Dritter gar nicht verstehen könnte, was gemeint ist. Lustig ist das!

Das Antiquariat ... Ganz in der Nähe davon, in der Langen Gasse, hat er den Alten Donner damals gefunden, in jener Nacht, in der er die Wohnparks, und alle seine Freunde und compañeros, hinter sich zurückgelassen hat. Wie lange er damals stadteinwärts gelaufen ist, könnte er nicht mehr sagen. Den Lärm der Sirenen und die hysterisch gebrüllten Kommandos der Wachmannschaften hatte er bald hinter sich gelassen. Etwas später holte ihn ein Rudel von Erwachten Bluthunden ein. Er dachte schon, sein letztes Stündlein hätte geschlagen, warf sich zu Boden und wappnete sich innerlich auf die Bisse der Reißzähne, die ihn in Sekunden zerfleischen würden. Doch das Rudel beachtete ihn überhaupt nicht, die bulligen, kälbergroßen Körper trotteten einfach links und rechts von ihm vorbei und verschwanden in der Dunkelheit der nächsten Seitengasse. Ob er daraus kurz danach einen gräßlichen, erstickten Schrei gehört hat, darüber denkt er lieber nicht mehr nach.

Irgendwann im Morgengrauen – er war schon sehr nahe am Stadtzentrum und begann sich gerade zu fragen, wo er denn nun eigentlich hinwollte in der riesigen, fremden Stadt, deren sinnverwirrende Gegenwart für ihn mehr als ein halbes Jahrhundert in der Zukunft lag – stolperte er über einen schlaffen Körper. Ein Mensch lag da halb am Gehsteig, halb im Rinnstein, ein ganz erbärmlich nach Synthahol und Exkrementen stinkender Mensch übrigens. Aber weil Pepi bei den Fidelisten gelernt hatte, daß man immer solidarisch und hilfsbereit sein soll, zog er die schlafende Schnapsleiche hoch, lehnte den Sturzbetrunkenen in einen Hauseingang und flößte ihm den Kaffee ein, den ihm seine Stiefmutter Rosi in einer Thermosflasche mitgegeben hatte.

»Dass- dassja Kaffee!« lallte die traurige Gestalt, ohne die verschwollenen Augen aufzumachen. »Ich bringe Sie heim«, sagte Pepi. »Wohnen Sie hier in der Nähe?«

»Ich wo- wohne üwa- üwahaupt nicht«, war die Antwort. »Aussadem – wo sinnwa?«

»Weiß ich leider auch nicht«, erwiderte Pepi wahrheitsgemäß. Celia Pschistranek, seine Lehrerin in der

Juan Almeida-Schule, hatte ihm nämlich auch beigebracht, daß ein echter Revolutionär nicht lügen soll. »Aber auf dem Straßenschild steht ›Lange Gasse‹.«

»Keine Details«, krähte der andere, »welche Stadt?« – und lachte gurgelnd über seinen Witz, bis ihn ein rasselnder Hustenanfall durchschüttelte. Dann endlich öffnete der Alte Donner – denn natürlich war's niemand anderer als er – die Augen und schaute Pepi lange an. Sah durch ihn hindurch, gab sich einen Ruck, fixierte ihn unter ziemlichen Anstrengungen. Sah noch einmal weg, und mit zusammengekniffenen Augen, einen gräßlich stinkenden Rülpser ausstoßend, eine weitere halbe Minute Pepi, der sich nicht sehr wohl dabei fühlte, voll ins Gesicht.

»Ja bist du gelähmt!«, lallte er dann, »gibt's euch also wirklich?« Pepi glaubte, der seltsame, zerlumpte Mann meinte damit die Bewohner des Sondergefangenenhauses, oder die Fidelisten im Speziellen, und dachte noch darüber nach, ob er sich zu erkennen geben sollte – Donner sah freilich harmlos, sogar trotz allem irgendwie vertrauenerweckend aus –, aber da hatte der ihm bereits den Arm um die Schulter gelegt und sich schwer auf ihn draufgehängt und schwankend ihn die Straße hinunterdirigiert, und um zwei Ecken, zum Antiquariat.

Das Antiquariat … Obwohl sie wegen des Platzmangels seit jener ersten Nacht nicht mehr dort geschlafen haben, und auch damals nicht gut, weil mehr im Stehen als im Liegen, ist es der einzige Ort in der Stadt, der für Pepi so etwas wie ein Zuhause bedeutet. Inzwischen weiß er, daß das Gewölbe dem Herrn Giovanni gehört, der darüber einen kleinen Laden mit Designerbrillen und -cyberaugen betreibt und Donner gratis darin hausen läßt, weil der ihm vor längerer Zeit einen Gefallen getan hat.

Überhaupt ist Pepi in den letzten Stunden draufgekommen, daß Donner zwar, was Geld betrifft, arm wie eine Kirchenmaus ist, aber reich an Bekannten, die ihm »seit urdenklichen Zeiten noch einen Gefallen schulden.« Die Winklerin gehört dazu, wohl auch die ihm gleichermaßen sympathisch wie mysteriös erscheinende Frau Escher, die seit Stunden zwischen ihnen durch den immer dichter werdenden Auwald dahinstapft. Auch ein Typ, den Donner als »den Guten Onkel Fröhlich« bezeichnet hat und der ihnen in einem halbverfallenen Lagerhaus im etliche Kilometer donauabwärts vom »Schwarzen Café« gelegenen Alberner Hafen eine gute Morgenjause gerichtet hat. Die haben sie auch gebraucht, nach dem anstrengenden Marsch entlang des unbeleuchteten, von tiefen Schlaglöchern übersäten Radwegs! Nur gelegentlich, wenn der Lichtkegel eines Scheinwerfers von der nahegelegenen Autobahn herübergefallen ist, haben sie ein bißchen was von den Baumwurzeln und den Abfallhäufen gesehen, über die sie dahingestolpert sind. In dem alten Lagerhaus haben sie dann ein paar Stunden geschlafen, das heißt er und Escher; Donner ist zum »Friedhof der Namenlosen« gegangen, »einen vergessenen Schatz suchen«, hat er gesagt. Pepi hat nicht nachgefragt, er versteht die Welt ja ohnehin seit geraumer Zeit noch weniger als sonst.

Am späten Vormittag ist der Gute Onkel Fröhlich wieder aufgetaucht, mit einem nagelneuen Rucksack und ebensolchen Bergschuhen für Pepi, in denen er so gut geht wie noch nie in irgendetwas, das er je an den Füßen getragen hat. Aber die Riemen des Rucksacks schneiden arg ein, und die Seile und Karabiner und die restliche Bergsteigerausrüstung darin sind höllisch schwer.

Als hätte er seine Gedanken gelesen, grinst ihn der

Alte Donner an und keucht: »Übrigens, mein lieber Pepi, die wichtigste Grundregel beim Bergsteigen lautet: Fragen, die man mit dem Wörtchen ›Bald‹ beantworten kann, sind strengstens verboten!« Dann lacht er und schüttelt den grauen Kopf, und die Schweißtropfen spritzen in alle Richtungen.

Die nächsten Kilometer durch den Auwald ist Pepi damit beschäftigt, darüber nachzudenken, welche Art Fragen Donner wohl gemeint haben könnte.

Dann knallt ein Schuß, und er hat an der linken Hand keinen Mittelfinger mehr.

19

Die U-Bahn-Station Kettenbrückengasse ist wie immer um die Mittagszeit randvoll mit metamenschlichem Müll. Zizibee rümpft die Nase, während sie mit der eleganten Gewandtheit einer Slalomläuferin den diversen Alkies, Junkies und anderen Hirntoten ausweicht. Sie ist bester Laune, gut ausgeschlafen, voll in Fahrt. Dies ist der Run der Runs, und sie mittendrin, gut unterwegs, eine Jägerin, die die Witterung ihres Wildes aufgenommen hat. Sie tanzt mehr als sie läuft, trotz des glitschigen, von allen möglichen Körperflüssigkeiten bedeckten Bodens, und fühlt sich gegenüber den häßlichen Verlierern um sie herum so kilometerhoch erhaben wie ein Berggipfel über den Sumpf zu seinen Füßen. »I am Rock, and I gonna rock you all!« dröhnt der neueste Hit der »Golden Boyz from Hernois« in ihrer Headware; fast hätte sie laut mitgesungen.

Life is leiwaund!

Es gibt nur ein einziges wunzifuzzikleinwinziges Problemtscherl: Sie ist stier, abgebrannt, neger, pleite, flach. Der Vorschuß ihres Auftraggebers ist für Orson aus Wels draufgegangen; ihre bescheidenen Ersparnisse sind in die unergründlichen Taschen ihres Hawaras Oropax gewandert. Restlos. Selbst wenn sie wollte, könnte sie den Bettlern am Ausgang keinen einzigen Groschen reiben; aber zum Unterschied von denen weiß sie, was sie dagegen tun kann.

Sie läßt die Station, ein versifftes Relikt einstmals glorioser Wiener Jugendstil-Architektur, hinter sich und wirft sich in das Gewühl des Naschmarkts. Von allen Seiten dringen Gerüche auf sie ein. Überreifes Obst, Türkischer Honig, gebratene Maroni (dank des segensreichen Wirkens der GenTech-Eierschädel jetzt ganzjährig erhältlich, wahlweise auch mit Marzipangeschmack), kinderkopfgroße, mit Soy-Pampe gefüllte panierte Champignons, gekochter Kukuruz, Lupinen-Börger (wer's mag), Kebab aus billigem Synthfleisch (das garantiert nie eine Weide gesehen hat) – jede Bude hier bietet andere Spezialitäten an. Und das ist nur der auf den ersten Blick sichtbare Teil. Unter den Budeln, zwischen den Fässern mit Senfgurken und Sauerkraut, hinter den Regalen mit Steirischem Kürbiskernöl, Slowenischem Wein und Vorarlberger Schnäpsen, liegen noch ganz andere Pretiosen bereit für den, der weiß, wonach er zu fragen hat – und vor allem: wie.

Sie kommt zu einer Hütte, deren Wände wahrscheinlich anläßlich der Jahrtausendwende das letzte Mal gefärbelt worden sind. Das Schild ist kaum mehr zu lesen: »Fische und Krustentiere – I. Vaburgnics«. Sie öffnet mit spitzen Fingern die Tür – der Griff ist mit einer undefinierbaren grünschillernden Patina bedeckt – und wünscht sich zum dritten Mal innerhalb weniger Minuten, sie hätte sich endlich ein Fellini-Luftfiltersystem einbauen lassen. Der Gestank nach verdorbenem Fisch ist definitiv unerträglich. Schlagartig bricht ihr der Schweiß aus – hier herinnen muß es mindestens 40 Grad Celsius haben!

Hinter einer Theke voller schuppiger Leiber, die Zizibee lieber nicht genauer in Augenschein nehmen möchte, schaufelt sich eine Trollin Fischköpfe in den fast zahnlosen Mund, als wären es Kartoffelchips. Wenn es ein optisches Äquivalent zum Gestank in diesem Raum gibt, dann dieses Monsterweib! Die Trollin ist nackt bis auf eine Schürze, die von schmierigen Flecken strotzt; ein paar davon erwecken den nicht wirklich angenehmen Eindruck, als lebten sie noch ein wenig.

Zizibee kämpft ihr Schwindelgefühl und ihren Brechreiz nieder, dann fragt sie: »Väterchen Frost da?«

Die Trollin frißt weiter Fischköpfe: knirsch, knarsch, knirsch.

Zizibee zählt innerlich langsam bis zehn. Aus einem Plastikkanister unter der Decke tropft etwas auf ihre Lederjacke, zischt und hinterläßt ein rauchendes Loch. Ärger steigt ihre Luftröhre hoch.

»Hast du nicht gehört? Ich will wissen, ob Väterchen Frost da ist!«

Knirsch, knarsch, spuck. Das fleischgewordene Grauen hinter der Theke glotzt die Runnerin an; ein Auge ist von einer dünnen, weißlichen Hautschicht verdeckt. Dann quetschen sich entfernt menschliche Laute aus ihrem wie eine Kloake stinkenden Maul: »Wie heißt das kleine Zauberwörtchen?«

Zizibee würgt. »Scheiße. Nein, ich meine ›bitte‹.«

»Man muß immer höflich sein, junge Dame«, gurgelt die Trollin. »Gute Manieren öffnen Herzen und Türen. Wie, sagten Sie, war der werte Name?«

»Man … manche kennen mich unter dem Namen Zizibee. Ich komme auf eine Empfehlung von Orson. Orson aus Wels.«

Die Trollin produziert etwas auf ihr zerstörtes Gesicht, das möglicherweise ein Lächeln sein soll, holt eine weitere Pranke voll Fischköpfen aus einem Eimer und bietet Zizibee davon an. »Kleiner Imbiß gefällig?«

»Danke, mir ist schon schlecht. Vielen Dank. Äh, ist Väterchen –«

»Unten.« Knirsch, knarsch. Die Trollin zeigt auf einen Treppenabgang in der hintersten Ecke. »Vorsicht, die Stufen sind rutschig.«

Zizibee tastet sich die Stufen hinunter, panisch darauf bedacht, nicht auf die fauligen Fische zu treten, die überall im Treppenhaus vor sich hin rotten. Es geht steil und weit hinab. Je tiefer sie steigt, desto dunkler wird es – und kälter. Anfangs ist sie dafür dankbar, aber bald beginnt sie zu frösteln. Sie schätzt, daß sie schon gut 20 Meter unter der Erde ist, als die Treppe vor einer Eisentür endet. Ein einziges winziges blaues Lämpchen kämpft ziemlich aussichtslos gegen die Finsternis des Kellers.

Zizibee zögert, zitternd vor Kälte. Wäre der Tip nicht von Orson gekommen, hätte sie spätestens jetzt umgedreht. So aber atmet sie tief durch und drückt gegen die eiskalte, mit Rauhreif bedeckte Tür. Die geht auf, entläßt eine blaue Nebelwolke. Beherzt tritt Zizibee ein.

20

Escher hat Donner zu Boden gerissen und ist mit ihm hinter einem halbverfaulten Baumstrunk in Deckung gerobbt. Pepi steht immer noch da und stiert fassungslos auf die Lücke in seiner linken Hand, dort, wo sechzehn Jahre lang sein Mittelfinger war. Es tut gar nicht weh, und auch Blut ist noch keines zu sehen. Trotzdem ist ihm schwindlig geworden, und wie durch

Nebel sieht er abenteuerliche Gestalten aus den Büschen springen. Eine keifende Stimme zetert: »Einen Warnschuß, hob i gsogt, G'schissener, einen Warnschuß vor die Fiaß, aba do net mitten in die Leit!«

Die Stimme gehört zu einem Gnom, der eine verdreckte Uniform trägt, welche über und über mit Orden aus Bastelfolie behängt ist.

»'tschuuuldiguuuung!«, jeiert das schwammige Riesenbaby mit der Jagdflinte, aus deren Mündung bläulicher Rauch aufsteigt. »Hob eeeh guat züüüüt, Generaaaal, eeehrliiiich!«

Der Gnom tritt ihm gegen das Schienbein, dann schnauzt er Pepi an: »Und du, Hände hoch, aber dalli!«

Pepi streckt die Arme in die Höhe. Ganz langsam macht sich ein pochender Schmerz in seiner linken Hand breit. Blut beginnt in seinen Ärmel zu rinnen.

»Wir sind unbewaffnet«, erklingt Eschers Stimme, ungewöhnlich laut und so durchdringend, daß sofort alle Köpfe in ihre Richtung fliegen, »aber wir ergeben uns nur, wenn ihr versprecht, daß die Hand des Buben sofort verbunden wird.«

»Forderungen stellen, hä?« Der Gnom löst eine Handgranate von seinem Gürtel. »Und auf was hinauf? Keiner von euch Dillos hat bemerkt, wie wir uns angeschlichen haben. Und zumindest Brutus war schweinisch laut. Also kommt mit erhobenen Händen raus da, ihr zwei Altspatzen, oder General Streik zeigt euch, was ein Feuerball ist!«

»Wenn du die Granate wirfst, sprengst du unser Gepäck mit in die Luft«, ruft Escher. Pepi meint gleichzeitig auch Donner etwas sagen zu hören, aber Escher überdeckt sein Getuschel. »Und das würde dir wahrscheinlich hinterher leid tun, Herr General. Schließlich habt ihr es ja auf unsere Sachen abgesehen, oder etwa nicht? Die nützen euch aber nichts mehr, wenn sie kaputt sind!«

Der verhutzelte »General« knurrt einen unverständlichen Fluch und hängt die Granate wieder an seinen Gürtel. Seine »Armee« besteht aus ihm selbst, dem auf »Brutus« hörenden Riesenbaby und drei weiteren Gestalten, die mit Flinten, Schwertern und mit Glasscherben gespickten Keulen bewaffnet sind. Eine davon, eine potthäßliche Frau, deren verfilzte Haare wie Stacheln nach allen Richtungen abstehen, schultert auf ein Zeichen des Generals hin ihre Büchse, zieht einen Säbel und setzt Pepi die schartige Klinge an den Hals.

»Also entweder ihr kommt jetzt heraus, oder dem hier fehlt nicht nur ein Finger, sondern auch ein Kopf! Wird's bald?«

Abermals Getuschel aus Richtung Donner und Escher. Pepi spürt, wie seine Knie weich werden. Das Blut rinnt jetzt in Strömen. Lang wird er so nicht mehr stehen können.

21

Im selben Moment, in dem die schwere Tür hinter ihr zuschlägt, wird sie von grellweißem Licht geblendet. Blitzkompensatoren wären auch keine schlechte Investition, denkt sie sarkastisch, während sie sich die Tränen aus den brennenden Augen reibt.

»Willkommen im ewigen Eis!«

Die tiefe, metallische Männerstimme kommt offenbar aus einem Lautsprecher. Ja, da oben an der Decke hängt eine Box, ein uraltes Modell. Ansonsten ist der quadratische Raum leer – und schrecklich kalt. Ein Kühlhaus!

»Verzeihen Sie den geringen Komfort, geschätztes Fräulein Zizibee«, fährt die Stimme fort, schleppend, mit einem leichten slawischen Akzent, »aber ich präferiere es, Verhandlungen nach meinen eigenen Regeln zu führen. Beispielsweise hasse ich's, wenn meine Gesprächspartner lang um den heißen Brei herumreden. Hier drinnen, so hat meine bescheidene Erfahrung gezeigt, fassen sich die meisten Leute ganz gerne kurz.«

»Ich brauche Geld.« Sie kann fast nicht sprechen, weil ihre Zähne unkontrollierbar aufeinanderschlagen.

»Tja, wer bräuchte das nicht? Und um welche Ziffer soll es sich handeln?«

»Zehntausend Euro. Bi-bitte.«

»Nun, das ist ein ganz schönes Sümmchen. Ein Sümmchen, das einem armen alten Mann wie mir schmerzlich abgehen würde, wenn er es nicht zurückbekäme.«

»Nur ei-eine Woche, dann ha-haben Sie es wieder. Si-sicher.«

»Zuzüglich eines kleinen Zinsenzuschlages von zehn Prozent, versteht sich. Geld ist teuer heutzutage.«

Wenn ich dich jemals erwische, du sadistisches Wuchererschwein, dann ramme ich dir einen zwei Meter langen Eiszapfen in den Arsch, möchte Zizibee am liebsten schreien. Aber sie bringt nur ein klapperndes »J-ja, o-okay« heraus.

»Schön, daß Sie mein kulantes Angebot so schnell akzeptieren. Was aber können Sie als Pfand einsetzen, falls ihr … Vorhaben sich als doch nicht ganz so lukrativ erweisen sollte?«

»O-Orson hat gesagt, Sie hätten ei-eine Spezialvariante.«

»Ho, ho, ho! Meine Liebe, also diese Sonderkonditionen räume ich ja eigentlich nur Stammkunden ein. Aber da Sie mir ein talentiertes Persönchen zu sein scheinen und mir zufällig unlängst einige für Sie durchaus schmeichelhafte Gerüchte zu Ohren gedrungen sind, will ich einmal eine Ausnahme machen. Sie kennen den aktuellen Kurs?«

»Dreißig vo-volle Arbeitstage?«

»Zu je 24 Stunden, richtig. Fronarbeit jeglicher Art.

Abzuleisten, wann und wo es mir beliebt. Und seien Sie versichert, davonlaufen gilt nicht. Sie müßten schon nach Zürich-Orbital übersiedeln, um meinen zarten Händen zu entwischen. Wenn Väterchen Frost einen Fisch einmal an der Angel hat … Aber Sie werden ja gar nicht in die Verlegenheit kommen, weil sie heute in einer Woche ihre Schuld ohnehin beglichen haben werden, nicht wahr?«

»Klar. Wi-wirklich. Bi-bitte, ich halte es hier nicht mehr aus!«

»So sind wir handelseinig?«

»Ja. JA!«

»Viel Glück, schönes Fräulein …«

In der Wand öffnet sich eine Klappe, aus der ein Kredstab fällt. Zizibee stürzt hin, hebt ihn auf. Er erscheint ihr so heiß wie ein frischer Becher Soykaf. Die Tür öffnet sich schmatzend. Kalte Luft strömt ins Stiegenhaus. Zizibee, den Kredstab an ihre Brust gedrückt, läßt sich in einer Nebelwolke mit nach draußen spülen. Auf der Stiege stürzt sie mehrmals. Der Kredstab fällt ihr hinunter. Die warmen, ekligen Fischleiber verschmutzen ihre Kleidung, hinterlassen fettige Schmiere auf ihren Händen, in ihren Haaren. Endlich hat sie den Kredstab wieder gefunden, stopft ihn zusammen mit schleimiger Flüssigkeit in ihre Hosentasche. Als sie endlich oben ist, raubt ihr die Hitze fast die Besinnung. Sie taumelt an der Trollin vorbei. Die ruft ihr ein scheinheiliges »Beehren Sie uns bald wieder, gnä' Frau!« nach. Nichts wie raus!

Nach Luft schnappend, hält sie sich an einem Hydranten fest, gleitet erschöpft an ihm herab auf den Boden. Eine elfische Konzerntussi, deren gelangweilter Leibwächter einen Gemüsekorb trägt, blickt voller Verachtung auf sie herunter. Zizibee hört sie im Weitergehen in Schönbrunnerdeutsch irgendetwas über »Abschaum, gegen den endlich einmal hart durchgegriffen werden sollte« murmeln.

Gnade Gott dem Nächsten, der mir in die Quere kommt, denkt Zizibee, dann muß sie niesen.

»Gesundheit«, schnarrt jemand leise direkt neben ihrem Ohr.

Im Rücken spürt sie die Spitze eines Messers.

Zizibee zögert keine Sekunde. Sie läßt sich nach vorn fallen, klopft dabei mit dem Handteller auf ihren Oberschenkel. Mit einem deutlich hörbaren Geräusch klinken zehn Zentimeter lange Klingen aus ihren Absätzen. Sie reißt die rechte Ferse hoch, und das war's dann auch schon: Der schmächtige Mann, ein typischer »Abstauber«, knickt blutend ein und kriegt praktisch überhaupt nicht mehr mit, wie sie ihm seinen Schädel systematisch an den Hydranten drischt, bis er sich nicht mehr rührt.

Während sie sich beeilt, den Markt zu verlassen, überlegt Zizibee bereits ihre nächsten Schritte. Punkt eins auf ihrer Liste steht jedenfalls fest: Duschen, und zwar mindestens eine Stunde lang.

22

Okay, wir kommen raus«, ruft Escher. Noch ein paar Geräusche, dann stehen sie, die leeren Hände vorgestreckt, vor General Streik. Die beiden anderen Strauchdiebe halten ihre Karabiner auf sie gerichtet.

»Rucksäcke herunter!«, kommandiert der Gnom. »Brutus, du nimmst den von dem Troggy!«

Trog – von Troglodyth – ist ein Schimpfwort für Orks, das Pepi schon oft hören mußte. Der dicke Brutus zieht ihm den Rucksack unsanft von den Schultern.

Donner und Escher haben die ihrigen neben sich auf den matschigen Boden gestellt.

»Gut so. Mal sehen, was wir da haben.« General Streik stolziert zu Brutus, der Pepis Rucksack mit ungeschickten Fingern für ihn aufmacht. Als er die Bergsteigerausrüstung erblickt, gibt er ein meckerndes Lachen von sich. »Klettersachen? Was seid denn ihr für drei Idioten? Hier in der Au gibt's doch weit und breit keinen Berg!«

»Hören Sie zu, General«, sagt Donner, »Sie können von unseren Sachen haben, was Sie wollen. Aber lassen Sie uns zuerst den Buben verbinden, okay? Der verblutet uns ja sonst! Oder wollen Sie uns alle wegen ein paar Seilen umbringen?«

»Schad' wär's eh nicht um ihn. Ein Ork weniger. Na gut, versorgt's ihn halt. Aber keine Fisimatenten, klar? Sonst schwimmt's alle drei die Donau nach Bratislava hinunter!«

Donner sagt »Setz dich hin, Pepi!« und deutet auf einen moosbewachsenen Stein. Dann nimmt er den Verbandskasten aus Pepis Rucksack und versorgt vorsichtig die Wunde. Die häßliche Frau beobachtet ihn argwöhnisch und hält ihren Säbel weiterhin an Pepis Hals. Während er die Blutung stillt, summt Donner leise vor sich hin. Es ist eines der alten Lieder, die sie im Antiquariat oft zusammen angehört haben: »Give me five minutes more, only five minutes more …« Dann jedoch wechselt er zu »With a little help from my friends«; und wieder zurück, und immer hin und her zwischen den beiden Melodielinien. Komisch … Plötzlich geht Pepi ein Licht auf: Donner will ihm etwas mitteilen! Noch fünf Minuten … Hilfe von Freunden … Er nickt verstehend, vorsichtig, damit die Banditen nichts bemerken. Aber General Streik ist eh damit beschäftigt, in Donners Rucksack zu wühlen.

Jetzt summt Donner ein anderes Lied, »Schlaf Kindlein schlaf«. Wie meint er das? Soll Pepi vielleicht … Er schließt kurz probeweise die Augen. Sofort wechselt Donner die Melodie. Das ist jetzt … »Oh Baby tu es, ich weiß, du machst es gut!« Fast hätte Pepi aufgelacht, trotz der Schmerzen. Er läßt die Augen zu, gibt einen Stöhner von sich und sinkt in sich zusammen. »Was ist?« zischt die Frau. »Er wird ohnmächtig. Ich muß ihm ein Stabilisierungsmittel geben«, brummt Donner, während er Pepi zwei kleine Dinger in die Nasenlöcher schiebt, wobei er mit der anderen Hand herumfuchtelt und so den Blick der Frau kurz ablenkt. Oh, Donner ist schlau!

»Was habt ihr eigentlich mit uns vor?« fragt Escher.

»Das wirst du schon merken!« keift General Streik. »He, da ist ja sogar was Brauchbares dabei!« Er hat in einer Außentasche von Donners Rucksack das Funkgerät entdeckt, das ihnen der Gute Onkel Fröhlich besorgt hat.

»Habt ihr hier in der Nähe ein Lager, oder eine Höhle?« läßt Escher nicht locker.

»Das geht euch einen Scheißdreck an! Sei froh, daß du so grauslich ausschaust, du spindeldürre Hex', sonst hätten wir schon noch eine Verwendung für dich!«

Die anderen Männer lachen dreckig.

»Ich will ihre Hose«, sagt die Frau, »und die Regenjacke auch. Schade, daß sie so kleine Titten hat, einen neuen BH könnt' ich auch vertragen.«

»Hast du's gehört? Zieh dich aus, du Schragen, du schiacher!« kommandiert General Streik. Pepi schämt sich fast, daß Menschen so hundsordinär und gemein sein können. Er hört, wie Escher den Reißverschluß ihrer Hose öffnet, und ist froh darüber, daß er die Augen zu hat; das Ganze ist ihm auch so peinlich genug. Er kämpft mühsam dagegen an, nicht wirklich einzunicken, obwohl er spürt, daß die Patches, die

Donner auf seinen Arm geklebt hat, ihre stärkende Wirkung bereits zu entfalten beginnen. Was hat ihm Donner da eigentlich in die Nase gesteckt? Es macht das Atmen durch die Nase jedenfalls schwieriger. Luftfilter?

Wozu, merkt er wenige Sekunden später. Auf einmal gibt es einen lauten Knall. Er reißt die Augen auf und bereut es gleich wieder. Überall ist dicker gelblicher Rauch, der in seinen Augen wie Feuer brennt. Die Strauchdiebe rennen wild in alle Richtungen, aber nicht weit. Nach wenigen Schritten brechen sie einer nach dem anderen würgend zusammen, als letzter der dicke Brutus. Donner und Escher sind zu Pepi geeilt und bedeuten ihm eindringlich, den Mund unbedingt fest geschlossen zu halten. Auch auf der Haut brennt das Zeug; gut, daß seine Hand bereits verbunden ist. Donner summt schon wieder, diesmal mit einem sardonischen Grinsen: »Smoke gets in your eyes . . .«

Einige Meter schräg über ihnen schwebt eine flache Scheibe unbeweglich in der Luft. Direkt darunter am Waldboden liegt ein qualmender Kanister ohne Deckel. Ein Totenkopf über zwei gekreuzten Knochen ist auf dem Kanister aufgemalt. Eine Stimme ertönt aus der fliegenden Scheibe: »Alles in Ordnung, narodni?« Donner zeigt der kleinen Kamera auf der Unterseite der Drohne den aufgerichteten Daumen. Die Stimme spricht weiter: »Nur noch ein bißchen Geduld, dörgesis! In ein paar Minuten hat sich das Giftgas verzogen.«

Und so ist es. Die Augen und die Haut brennen und jucken zwar noch lange, aber sonst sind sie ganz glimpflich davongekommen, wenn man einmal von Pepis linkem Mittelfinger absieht, der hier irgendwo im Matsch liegen muß. »Aber den wirst du dir später einmal ersetzen lassen können«, tröstet ihn der Alte Donner, während sie ihre Siebensachen wieder in die Rucksäcke packen.

»Wieso sucht ihr den Finger nicht, und du versuchst ihn mit einem Heilzauber wieder dranzumachen?« fragt Escher den Alten Donner.

»Das würde nicht funktionieren.«

Escher räuspert sich. »Ist es schon so schlimm? Hast du schon so viel von deiner Kraft verloren?«

Donner verzieht das Gesicht. »Ich bin bei weitem nicht mehr so stark wie ehedem. Aber das ist es nicht. Ich erkläre es dir später; wir sollten machen, daß wir von hier wegkommen. Einstweilen wird's der Bub verschmerzen.«

Pepi nickt tapfer.

General Streik und seine Bande hat es viel übler erwischt. Alle fünf sind tot; das hochgiftige Gas hat in wenigen Sekunden ihre Lungen zersetzt. »Ein höllisches Zeug, das du da hast, Toto!« ruft Donner Richtung Drohne. »Wir verwenden es auf der Deponie«, kommt die Antwort aus dem Lautsprecher, »gegen die Teufelsratten. Was Harmloseres konnte ich leider auf die Schnelle nicht auftreiben. Dein Funkspruch hat ziemlich dringend geklungen. Ihr könnt die Filter jetzt übrigens wieder herausnehmen.«

Donner sammelt die miniaturisierten Filtersysteme, die wohl ebenso aus dem Fundus des »Guten Onkel Fröhlich« stammen, ein und verstaut sie in einer flachen Box in seinem Rucksack. »Tolle Sache«, murmelt er dabei, »zu meiner Zeit hatten wir noch diese unbequemen, klobigen Maskendinger.«

Escher hat einen zusammengeklappten Spaten ausgepackt und damit begonnen, eine Grube auszuheben. Pepi hilft ihr mit dem Eispickel. Das Erdreich ist weich, sie kommen schnell voran. Als Donner die Leichen der Strauchdiebe heranschleift, muß Pepi schnell wegschauen, so grauenhaft verzerrt sind die Gesichter. Ihr Tod muß schrecklich gewesen sein. Sie waren böse Kerle, sicher, aber sowas hat niemand verdient, denkt Pepi.

Nachdem sie die Banditen mitsamt ihren Waffen in die Grube geworfen und mit Erde zugeschüttet haben, stehen sie kurz schweigend am frischen Grab. Niemand mag etwas sagen. Was soll man auch sagen in so einer Situation? Abgehen werden die fünf Nichtsnutze wohl niemandem; und doch waren sie Menschen wie wir, geht es Pepi durch den Kopf. Donner macht einen tiefen Atemzug, dann drehen sie sich weg, nehmen ihre Rucksäcke auf und folgen der Drohne, die ihnen langsam vorausfliegt.

Sechstes Kapitel

Eine perfekte Entführung · Was aus Carnuntum wurde · Ein heiratsfreudiger Rigger · Der Tierarzt Ihres Vertrauens · Ein letzter Blick über Wien · Roboter und andere Monster

23

Graf Lustig ist eine sehr spezielle Form von Schattenläufer. Er hat noch nie in seinem Leben einen Kampf ausgefochten. Er lebt ausschließlich davon, gut gekleidet und auf Spesenkonto in irgendeinem interessanten, für andere nicht zugänglichen Gebiet Erkundigungen einzuholen. Zizibee zahlt ihm gern und bereitwillig einen Tausender. Der selbsternannte Graf ist gewöhnlich sein Geld wert.

Sie sitzen in einem großen Biergarten an der Rückseite der Haupttribüne der ehemaligen Trabrennbahn Krieau, die jetzt die »Vienna Outsiders«-Combatbiker-Arena beherbergt. Graf Lustig wirkt mit seinem Gehrock, dem rüschenbesetzten Frackhemd und dem silbernen, kunstvoll geschlungenen Mascherl mitten unter lauter langbärtigen, aus Doppelliterkrügen bierschüttenden Motorradrockern vielleicht ein kleines bißchen overdressed, aber er kann sich selbst hier so nonchalant und selbstsicher bewegen, daß niemand Anstoß nimmt.

»Die ganze ›Eden‹«, sagt er, »besteht nur aus Machern und Fleisch. Das Fleisch, das du am ehesten kopieren könntest, nennt sich Schu-Schu und wohnt im Vierten, ganz in der Nähe von dieser altvaterischen

Rundfunkstation. Die Körpergröße kommt ziemlich genau hin. Sie hat sogar eine Chipbuchse, das gleiche Standardmodell wie du. Die kleinen kosmetischen Veränderungen müßte ein guter Straßendoc hinkriegen können; wenn die Heilung magisch beschleunigt wird, vielleicht sogar in einem Tag. Kennst du so jemanden?«

»Ja. Und diese Schu-Schu ist zum Bedienen der Club 65-Typen eingeteilt?«

»Servieren tun eigentlich vier spezielle Kellner, die ausschließlich den Club betreuen. Aber vier Barmädels assistieren. Eher ein optischer Aufputz, würde ich sagen. Alte Männer lieben eben knackiges Gemüse. Man ißt auch mit den Augen, und so.«

»Sicherheitsvorkehrungen?«

»Erstaunlich wenig. Die Mädels kommen um sechs und melden sich beim Portier. Es gibt nur einen, ziemlich schmalen, Eingang, der gegen gewaltsames Eindringen sehr gut abgesichert ist. Mit Holz verkleideter Stahl. Da bräuchte man schon eine Panzerfaust. Die Portierloge ist mit schußsicherem Glas geschützt. Die Mädels schieben eine ID-Card ein und legen die Hand auf einen Fingerabdruck-Scanner, das ist alles. Ich sag dir was, mir erscheint das verdächtig wenig für die mächtigste Geheimgesellschaft der Stadt. Willst du dich da wirklich unbedingt einschleichen?«

»Ich hab's bei dieser Hockn anscheinend mit lauter alten Unken zu tun! Ja, ich will da wirklich rein!«

»Na, hoffentlich erlebst du drinnen dann keine böse Überraschung. Küß' die Hand, Fräulein Zizibee!«

Sie schaut ihm nach, wie er mit seinem unnachahmlichen Dandy-Schritt davonschwingt, und spielt mit dem Chip mit dem Dossier über Schu-Schu, den er ihr auf den Gartentisch gelegt hat. Langsam führt sie ihn in die Buchse in ihrer Schläfe ein. Der kleine Ajax muß jeden Moment auftauchen.

Schu-Schu einzusacken ist keine große Affäre. Ajax, der Minotaurus, besitzt einen tschechischen Lieferwagen, den parken sie schon am frühen Abend, wenn man leichter Parkplätze bekommt, vor dem Haus, in dem das Barmädchen wohnt. Laut Graf Lustigs Dossier hat sie heute abend Dienst als Animierdame in der Bar, morgen frei, und übermorgen ist sie bekanntlich für den »Club 65« eingeteilt.

Da die Bar um vier Uhr morgens schließt, warten sie ab viertel fünf im Lieferwagen. Orson – der auf Zizibees Vorhaltungen und Beschwerden über die mehr als eigenartigen Umgangsformen seines Hawaras Frost nur lakonisch gemeint hat »Ja, er ist schon ein bisserl schrullig« – hat versprochen, ab vier die Telefonanrufe aus der »Eden« zu überwachen und Erika, die Taxifahrerin, in Marsch zu setzen, wenn eine Fahrt von der Innenstadtbar in die Argentinierstraße angefordert wird. Bei Hockn, die – und sei's nur am Rande – gegen Danilo, den »Eden«-Besitzer und Unterweltkönig gerichtet sind, helfen die stark feministisch angehauchten »Menubeln« traditionell gern.

Kurz vor fünf meldet sich Orson am Telefon des Lieferwagens. »Die Post geht ab«, sagt er nur. »Gut' Nacht.« Kaum hat er aufgelegt, wählt Zizibee Erikas Nummer.

»Wagen 1209?«

»Ich bin's. Hast du einen Fahrgast?«

»Ja, ich bin besetzt.«

»Und wohin fährst du?«

»In den Vierten.«

»Okay, dann meld' ich mich später wieder. Gute Fahrt!«

»Ciao.«

Ajax blickt sie stirnrunzelnd an. »Der Taxifunk wird abgehört?« fragt er mit seinem leichten griechischen Akzent.

»Oichi. Von mindestens drei Magistratsabteilungen gleichzeitig, und von noch ein paar anderen Leuten zumindest stichprobenartig. Ich geh jetzt auf Position.«

Sie steigt aus dem Lieferwagen. Um diese Zeit ist in der Argentinierstraße praktisch kein Verkehr. Für alle Fälle hat sie drei BTL-Junkies, die in der nahegelegenen ausgedehnten U-Bahn-Station Karlsplatz herumlungern, ein paar Schilling zugesteckt, damit sie kurz vor fünf ein wenig Radau schlagen. Falls wirklich noch eine Polizeistreife in der Gegend unterwegs und den Kieberern fad wäre, müßte ihnen das eigentlich die Zeit bis zum Schichtwechsel vertreiben.

Sie stellt sich in den Hauseingang. Nach einigen Minuten kommt ein Taxi die Straße herauf. Es blinkt zweimal mit den Scheinwerfern, das verabredete Zeichen. Zizibee hört, wie Ajax den Motor des Lieferwagens anwirft. Eine sinnreiche Vorrichtung an den Nummerntafeln gleitet herunter und macht sie unkenntlich.

Das Taxi bleibt stehen. Im Inneren geht das Licht an. Schu-Schu schiebt einen Kredstab in den entsprechenden Schlitz, um das Fahrgeld abzubuchen, dann steigt sie aus. Sie schaut wirklich genauso aus wie auf Graf Lustigs Chip: schlank, bis auf wahrscheinlich künstlich vergrößerte Brüste fast dieselbe Figur wie Zizibee, breiter, rotgeschminkter Mund in einem recht hübschen ovalen Gesicht, kurze blauweiß gefärbte Haare; im Dienst trägt sie laut Graf Lustig eine lange rotblonde Perücke. Sie geht auf den Hauseingang zu. Das Taxi fährt weg. Hinter Schu-Schu gleitet unhörbar die Seitentür des Lieferwagens auf. Zizibee vergewissert sich noch einmal in beide Richtungen, daß alles ruhig ist, dann läuft sie los. In der Hand hält sie ein frisch aufgeladenes Flashpack. Noch bevor Schu-Schu reagieren kann, löst Zizibee das Blitzgerät aus, natürlich nicht ohne selbst für einen Moment die Augen zu schließen. Die geblendete Frau öffnet den Mund, um zu schreien, aber da hat Ajax ihren Kopf schon von hinten umfaßt. Gemeinsam zerren sie sie in den Wagen. Zizibee klebt Schu-Schu ein Patch auf den Hals; fast im selben Moment erschlafft ihr Körper. Ajax schließt die Tür, klettert nach vorn auf den Fahrersitz, und sie brausen davon.

24

Pepi ist rechtschaffen müde und über und über von Gelsen zerstochen, als sie endlich ihr Ziel erreichen, ein ausgedehntes, von orangen Flutlichtstrahlern erleuchtetes, mit einem hohen Zaun umgebenes Industriegelände. »Was für ein Schandfleck!« ruft Donner aus, etwas kurzatmig, aber hörbar empört. »Hier in Carnuntum war einst das Zentrum der westlichen Welt. Der römische Kaiser Marc Aurel hat von hier aus das Imperium Romanum regiert, bis hinunter nach Libyen! Und was haben die verdammten Konzerne daraus gemacht? Eine Sondermülldeponie!«

Die Drohne, die ihnen nach dem Sonnenuntergang mit ihren zwei kleinen Halogenscheinwerfern den Weg durch die sumpfigen Altarme der Donau gewiesen hat, fliegt auf ein seltsames Gefährt zu, das außerhalb des Zauns zwischen Ligusterhecken versteckt steht. Es ist eine Mischung aus dreiachsigem Gelände-LKW und Caterpillar, offenbar eine Spezialanfertigung für die Arbeit auf der Deponie. »MA 48« prangt in großen Lettern auf der Seitenwand. Eine Klappe im Heck öffnet sich; die Drohne gleitet hinein. Einige Sekunden später klettert ein großer, dunkler Mann in oranger, kurzärmeliger Arbeitsmontur aus der Fahrertür.

»Seid's aber ganz schön fußmarod, liebe Leute«, scherzt er. Dann umfaßt er Donner mit seinen mächtigen, dicht behaarten Pranken, hebt ihn scheinbar mühelos hoch und drückt ihm einen dicken Schmatz auf die Stirn. »Töblisgre mui, Donner, alter Falott, du hast ganz schön Verspätung!«

»Ein alter Mann ist kein D-Zug, du Rüpel! Und fluchen sollst du auch nicht«, schimpft Donner im Spaß. Und zu Pepi und Escher gewandt: »Darf ich vorstellen: Toto aus der Sippe der Stojka, weithin bekannt als der schönste Zigeuner Wiens.«

Toto, in dessen breitem, fleischigem Gesicht ein mächtiger schwarzer Schnurrbart prangt, winkt geschmeichelt ab. »Früher vielleicht, wie ich noch schlanker war. Aber was soll ich machen, meine elfte Frau kocht halt einmal so gut.«

»So lange haben wir uns nicht gesehen?« tut Donner erstaunt. »Beim letzten Mal war's noch die achte.«

Toto lacht laut und herzlich. »Ach weißt du, acht Frauen haben kann jeder blöde König. Elf, dazu muß man tschatschopaskero rom sein, ein echter Zigeuner!«

»Das ist der Pepi«, stellt Donner weiter vor, »und das ist Escher. Von ihr hab ich dir, glaub ich, einmal erzählt.«

»Oje«, meint Escher, während sie sich von Toto auf die Wangen küssen läßt, »das kann nichts Gutes gewesen sein.«

»O doch, rani. In höchsten Tönen hat er geschwärmt von dir, nur in den allerhöchsten Tönen.« Dann gibt er auch Pepi die Hand. »Bachtaltu diwes, Pepi! Kommt's, geben wir die Rucksäcke hinten hinein.«

»Und du kannst den Wagen wirklich so lange ausborgen?«

»Schau, Kako Grumos«, sagt Toto und legt dem Alten freundschaftlich den Arm um die Schulter, »mehr als die halbe Belegschaft der MA 48 besteht aus Sinti und Roma. Gleich nachdem ich deine Nachricht bekommen hab, hab ich Urlaub genommen, und zwar sowohl für mich als auch für das heiße Eisen da. Außer mir kann sowieso keiner damit umgehen.«

»Toto, du bist ein Hit!«

»Nicht der Rede wert. Für Baro Dscherimatari, den König der Wahrsager, würde meine Sippe noch ganz andere Bäume ausreißen. Habt ihr schon zu Abend gegessen?«

Erst jetzt merkt Pepi, wie sehr ihm der Magen knurrt. »Nein«, sagt er leise.

»Im Auto hab ich Brot und Wurst und ein bißchen Käse. Und ein paar Flaschen Tokajer sind auch da für dich, Donner.«

»Nane, nais. Den mußt du vorläufig leider allein trinken, Toto. Ich greif' den Alk erst wieder an, wenn das hier überstanden ist.«

Toto schaut Donner nachdenklich an, sagt aber nichts. Sie verstauen die Rucksäcke im Laderaum und steigen dann in das Führerhaus des seltsamen Gefährts. Drei können nebeneinander sitzen; Pepi klettert auf eine schmale Bank hinter dem Fahrer. Toto steckt ein Spiralkabel in seine Riggerbuchse. Der mächtige Motor springt an. »Mein Tank ist voll«, meldet Toto. »Und hier ist was für EURE Tanks!« Er zieht eine große Blechdose unter seinem Sitz hervor. »Und dann tät ich sagen, machen wir uns auf i raisa, wir haben einiges an Verspätung aufzuholen.«

Der Spezial-LKW macht einen Höllenlärm und die Bank unter seinem Hintern ist hart und unbequem, außerdem sind die Schmerzen in seiner verletzten Hand wieder stärker geworden, aber Pepi fühlt sich trotzdem wie im siebenten Himmel. Mit einem Freund wie Toto, ist er felsenfest überzeugt, kann einem einfach nichts Schlimmes passieren.

25

Sie erreichen den Lainzer Tiergarten in der Morgendämmerung. Seit der Schönbrunner Schloßpark zu einem Luxus-Golfplatz umgewandelt wurde – woran Hans Dechants MediaSim kräftig mitbeteiligt war und, wenn man sich's recht überlegt, wahrscheinlich auch der »Club 65« –, ist die Menagerie nach Lainz umgesiedelt. Die wunderschönen alten Palmenhäuser und Volieren sind natürlich in Schönbrunn geblieben und dienen jetzt der Belustigung der g'stopften Golfer; die entsprechenden Gebäude in Lainz sind vergleichsweise plumpe Zweckbauten im neobrutistischen Stil der Dreißigerjahre. Ajax lenkt den Lieferwagen nach Zizibees Anweisungen an die Hinterfront eines flachen, hangarartigen Schuppens. Zizibee steigt aus und betätigt einen Summer. »Wer klopfet an?« quakt es aus einem Lautsprecher. »Oh zwei gar arme Leut'«, gibt Zizibee die vereinbarte Antwort. Daktari mag vielleicht ein guter Chirurg sein, doch sein Sinn für Humor ist schlichtweg grauenhaft.

Eigentlich ist er in Lainz ja als Veterinär angestellt. Beim Gedanken, sich in Kürze unter das Messer eines Tierarztes zu legen, wird Zizibee doch ein wenig mulmig. Aber ihr Kontaktmann hat ihr erklärt, daß Daktari lange Zeit sehr erfolgreich in Innsbruck als Chirurg praktiziert hat, bevor er wegen, »na sagen wir einmal, gewisser Unregelmäßigkeiten in der Finanzgebarung« die Stadt, den Namen und den offiziellen Beruf wechseln mußte.

Die Tür wird von innen geöffnet. Eine hagere Gestalt mit spitzen Ohren mustert Zizibee, der es eiskalt über den Rücken läuft. Eine Banshee! Das muß Heulsuse sein, Daktaris Assistentin, von der ihr Kontaktmann erzählt hat.

»Der Wagen kann hier nicht stehenbleiben, nein«,

sagt sie in einem merkwürdigen Singsang anstelle einer Begrüßung.

»Wir laden nur schnell aus, dann fährt mein Hawara sowieso weg.«

»Gut. Gut.«

Ajax trägt die immer noch bewußtlose Schu-Schu zur Tür, wo die Banshee sie ihm aus den Armen nimmt. »Schönes Gewebe«, orgelt sie, »sehr schön. Schön.«

Der Minotaurus blickt Zizibee fragend an. »Efchairisto, Ajax!« sagt sie. »Dein Geld liegt im Handschuhfach. Ich ruf' dich an, wenn das hier ausgestanden ist. Mach's gut, und halt mir die Daumen!« Heulsuse, die Banshee, ist bereits vorausgegangen. Zizibee schließt die Tür und eilt ihr hinterher.

Daß Daktaris OP eigentlich als Terrarium erbaut worden ist, erkennt man nicht nur an der Aufschrift über der Eingangstür. In dreien der Wände sind Glaskästen eingelassen. Statt Reptilien und Schlangen beherbergen sie nun allerdings Bottiche mit Nährlösung, in denen geklonte Organe heranwachsen. Die Schilder darunter besagen immer noch »Zwergpython«, »Chamäleon« oder »Nilkrokodil«, sind aber mit kleinen Haftetiketten überklebt, auf denen in krakeliger Handschrift »Gedärm«, »Pigmente« oder »Zähne/Hauer« steht. Medizinerhumor, wie gesagt.

Der Mann, der als Daktari bekannt ist, muß früher einmal durchaus gutaussehend gewesen sein, großgewachsen, mit markant vorspringenden Augenbrauenwülsten und einer großen, aber nicht ZU großen Nase und einem sinnlich breiten Mund im kantigen Gesicht. Jahre der Ausschweifung haben jedoch deutlich sichtbare Spuren hinterlassen, Tränensäcke, Schatten in den Augenwinkeln, geplatzte Äderchen auf den schlaff gewordenen, nun leicht hängenden Backen. Die früher wohl schlaksige Figur wird nun von einem Bierbauch geradezu grotesk verunstaltet. Ein ehemaliger Beau, dessen beste Jahre vorüber sind. Seine kräftige, sonore Baßstimme allerdings kann immer noch weibliche Hormone zum Tanzen bringen, trotz der tirolerisch eingefärbten, harten Aussprache mancher Konsonanten: »Guten Morgen, die Damen. Täusche ich mich, oder wirkt's ihr alle beide nicht ganz ausgeschlafen?«

Die Banshee stößt ein hohes, hysterisches Lachen aus und legt Schu-Schus Körper auf einen Tisch. »Die da will anscheinend überhaupt nicht mehr aufwachen, die Schöne. Schläft wie Schneewittchen. Schon schade. Schade.«

»Jaja, isch guat, Heulsuse. Und Sie, Fräulein? Was derf ich Ihnen antun?«

»Ich möchte den Platz von der da einnehmen. Morgen abend.«

Daktari pfeift durch die Zähne und bewegt nervös die Finger, als seien sie ihm eingeschlafen. »Also das mit den G'spaßlaberln, das können S' vergessen, junge Dame. Obwohl's Ihnen gut stehen würde. Aber auch mit der Unterstützung meiner zauberhaften Assistentin hier verheilt eine Brustvergrößerung net in der kurzen Zeit, zumindest nicht narbenfrei. Da werd' ma Ihnen einfach was Prothesenmäßiges umschnallen; solang keiner mit den Pratzen drangeht, fallt das net auf. Das G'sichterl ist eine andere Sache, da kann ich oberflächlich arbeiten, mehr maskenbildnerisch, verstehen S'? Die Ohren und 's Nasenspitzerl tausch' ma glatt aus. Aber die Unterstützung der Heulsuse werd' ma trotzdem benötigen. Sonst noch was?«

»Ich brauche ihre Stimme. Und ihre Fingerabdrücke.«

»Mhm. Verstehe. Naja, das könnt' gehen. Die Fingerkuppen sind sowieso kein Problem, aber der Kehlkopf, das ist heikel. Da bau ich Ihnen lieber einen Sprachmodulator ein, wenn's recht ist. Wird vielleicht ein wengerl knapp, alles zusammen, aber … ham S' a Geld?«

»Wieviel wollen Sie?«

»Für meine Arbeit viertausend, was eh eine Okkasion ist. Plus nocheinmal tausend für's Material. Kein Verhandeln möglich, i sog's gleich, wie's is.«

»D'accord.«

»Momenterl. Net hudeln! Vom Hudeln kommen die Kinder, wie man so sagt. Dazu käme noch die Entschädigung für die Heulsuse.«

»Nämlich?«

»Zweitausend. Immerhin wird s' eine Menge Magie in Sie hineinpulvern müssen.«

Zizibee überlegt. Das ist alles, was sie noch hat. Andererseits, wenn sie heil wieder aus dem »Club 65« heraußen ist, hat sie mit hoher Wahrscheinlichkeit nicht nur das Material, das ihr Nowak will, sondern noch viel mehr Infos, die sich zu barer Münze machen lassen. Sie denkt zwar nicht im Traum daran, jemand wie Dechant erpressen zu wollen, aber es gibt ein paar nicht zur MediaSim gehörende Journalisten, die für einen derartigen Tip locker einige Blaue springen lassen würden. Obwohl sie natürlich nicht gern die gesamte Kriegskasse plündert …

»Oder«, sagt Daktari, und sein einschmeichelnder Tonfall kündigt deutlich ein unsittliches Angebot an, so daß sie sich unwillkürlich versteift, »oder Sie lassen der Heulsuse stattdessen hinterher das Schneewittchen da, zum Spielen. Ich nehme nicht an, daß das eine Verwandte von Ihnen ist?«

»Ja, spielen«, singt die Banshee, »spielen mit Schneewittchen! Schönes Gewebe. Tolle Idee, Daktari! Okay, Fräulein? Okay?«

Zizibee zögert. Schu-Schu kann ihr von Herzen egal sein. Außerdem hat sie ihr junges Leben ohnehin bereits verschissen. Ein paar Jahre kann sie vielleicht noch als Nobelprostituierte arbeiten, aber dann wird ziemlich sicher ein unaufhaltsamer Abstieg beginnen, bis sie am Klo vom Karlsplatz für ein paar Groschen oder einen schadhaften BTL-Chip die Beine breitmacht. Nicht umsonst heißt es »Only the good die young« …

Freilich hat ihr das Barmädchen nichts getan. Und den Horror, der ihr bevorsteht, wenn die Banshee sie als »Spielzeug« benutzt, würde sie ihrem ärgsten Feind nicht wünschen. Nach allem, was sie weiß, ernähren sich Banshees von der Angst ihrer Opfer. Und diese Banshee macht den Eindruck, als würde sie leidenschaftlich gern mit chirurgischen Instrumenten »spielen« … Zizibee gibt sich gern als taffe Shadowrunnerin, hat auch schon einige Typen kennengelernt, die keine Zehntelsekunde an solche Skrupel verschwendet hätten. Aber sind es zweitausend Euro wert, mit dem alptraumhaften Bild von Schu-Schu leben zu müssen, wie sie von Heulsuse stundenlang nächtens durch die Lainzer Gehege gehetzt wird? Vielleicht noch länger gemartert, tagelang in sadistischer Weise immer nur ein wenig mehr verletzt, dazwischen in irgendeinem Raubtierkäfig eingesperrt?

»Nein. Ich zahle das Geld. Wir nehmen von ihr, was wir brauchen, dann bringe ich sie wieder nach Hause. Sie hat von der ganzen Entführung garantiert nichts mitbekommen. Plötzlich ohne Fingerabdrücke, Ohren und Nasenspitze aufzuwachen, wird für sie hart genug sein.«

Die Heulsuse macht ihrem Namen alle Ehre, als sie einen langgezogenen Schrei der Enttäuschung ausstößt.

»Überlegen Sie sich's gut«, insistiert Daktari. »Ich wär' bereit, Ihnen auch bezüglich meines eigenen Honorars noch ein Stückerl weiter entgegenzukommen. Dieses Schneewittchen hat so ein herzig unschuldiges G'schau …«

Zizibee beginnt zu verstehen, woher der Wind weht. Wenn Daktari Schu-Schu einen Simsense-Recorder einbaut, bevor er sie von der Banshee zu Tode quälen läßt, kann er das aufgezeichnete Gefühlsmaterial zu Höchstpreisen auf dem Snuff-Porno-Markt verkaufen. Aber damit will sie schon gar nichts zu tun haben. Sie könnte nie mehr einer »Menubel«-Frau in die Augen schauen.

»Nein. Sie kriegen das Geld, und basta.«

»Wie Sie wollen. Reisende soll man nicht aufhalten.« Das trotz allem verdammt charmante Arschloch wechselt übergangslos das Thema. »Weitere Wünsche?«

»Während ich narkotisiert bin, sollen zwei Kameras den ganzen Operationsablauf sowohl aufzeichnen als auch live an eine Matrix-Adresse übertragen, die ich Ihnen geben werde. Sie und Heulsuse können dabei meinetwegen unkenntlich gemacht werden. Keine Sorge, die Leitung ist sicher.«

»Kein Problem. Das wird in letzter Zeit häufig gewünscht. Die Leute haben heutzutage leider unerklärlicherweise kein Vertrauen mehr in ihre Ärzte.«

Wen wundert's, denkt Zizibee.

Der Schattendoc bewegt seine langen Finger. »No denn, gemma's an?«

Kalte Panik kriecht Zizibees Wirbelsäule hoch, als sie ihr Sweatshirt abstreift und sich auf einen freien Tisch neben dem mit Schu-Schu legt. Daktari und Heulsuse sind in grüne OP-Kittel geschlüpft. »Augen zu«, befiehlt der Arzt. »Wir desinfizieren.« Ein feiner Sprühregen legt sich auf ihre Haut. Heulsuse deckt Zizibees Unterkörper mit einem Stück dicker Plastikfolie ab. Daktari stülpt eine klobige Brille über. Sie erinnert Zizibee an die Brillen, wie sie manche Runner verwenden, die keine interne Smartgun-Verbindung eingebaut haben. Tatsächlich scheint es so etwas Ähnliches zu sein, denn Daktari verbindet die Brille über zwei dünne, steife, aber leicht biegsame Kabel mit den Handschuhen, die er übergestreift hat, und über ein dickeres mit einem der zahlreichen von der Decke hängenden Aggregate. Er manövriert die beiden Tische hydraulisch so, daß sie in einem spitzen Winkel zueinanderstehen. Heulsuse setzt Schu-Schu genüßlich eine Infusionsnadel. »Schönes Gewebe«, singt sie, »so schön. Schade.«

Daktari nimmt aus einem Schrank zwei Tropfflaschen. »Was hätten S' denn gern?« fragt er Zizibee, »Erdbeer oder Ananas?«

Zizibee schneidet mühsam eine Grimasse. Ihr ist nicht nach blöden Witzen zumute.

Auch sie bekommt eine Nadel verpaßt. Heulsuse zögert lange, ehe sie zusticht. Sie bemerkt mit sichtlichem Wohlgefallen, daß Zizibee nur mühsam ein Zittern unterdrücken kann. Je ein Tropf wird in das Rack über Schu-Schu und Zizibee eingehängt, durch Kabel mit den Aggregaten verbunden und über dünne Schläuche mit den Nadeln in ihren Venen.

»Letzte Worte? Irgendwas wie ›Mehr Licht‹ vielleicht, oder zumindest ›Mehr Busen‹?«

Zizibee weiß spätestens jetzt, warum Daktari, obwohl er im Ruf steht, tadellose Qualitätsarbeit zu bieten, vergleichsweise billig ist: Wegen dem Geld macht er's nur in zweiter Linie. Was ihm vor allem anderen an dieser Tätigkeit taugt, ist der kranke Verbal-Sadismus, den er dabei ungestraft ausleben kann, sozusagen die Lizenz zum Quälen. Die Banshee-Assistentin paßt perfekt zu ihm. Große Mutter, denkt Zizibee, ich glaub' zwar nicht so sehr an dich wie der Oropax, aber wenn es dich gibt, dann mach, daß ich hier wieder heil herauskomme!

Daktari legt ihr zwei Patches auf die Brust. Die Welt wird von den Rändern her dunkler. Sie liegt in völliger

Finsternis. Ein, zwei Augenblicke lang hört sie noch das Rauschen des Blutes in ihren Schläfen, dann ist da nichts mehr.

26

Riella Vincelar liegt in der Badewanne und liest die jüngsten Spekulationen über den »Feuerteufel« – irgendjemandem ist aufgefallen, daß die Abstände zwischen den einzelnen Brandstiftungen immer geringer werden, doch eine Verbindung egal welcher Art zwischen den zerstörten Häusern konnte noch nicht gefunden werden –, als ihr Fuchi-Organizer piept.

Typisch, denkt sie. Immer beim Essen, beim Baden oder beim … Sie trocknet schnell eine Hand ab, klappt das kleine Gerät auf, das außen wie eine Zigarettendose mit silbernen Gravuren verziert ist, und wählt den Modus, in dem ihr Gesprächspartner statt eines Videobildes nur ein Standfoto von ihr zu Gesicht bekommt. Aber auch ihr eigener Bildschirm bleibt dunkel.

»Riella.«

Ach du Scheiße. Soviel zum Thema Call Screening. Sie kann sich nicht erinnern, Brackhaus in die Liste für die Rufumleitung eingetragen zu haben. Normalerweise meldet er sich strikt nur zur Geschäftszeit.

»Ja, Herr Brackhaus?«

»Ich störe ungern ihr Privatleben.«

»Wenn es um Kunden wie Sie geht, Herr Brackhaus, kenne ich den Ausdruck Privatleben nicht.«

Verhaltenes Lachen wie fernes Donnergrollen. »Touché, meine Liebe.«

Dann langes Schweigen. Das kennen wir ja schon von Seiner Herrlichkeit. Schließlich: »Es handelt sich um eine unvorhergesehene Urgenz. Der Auftritt ihres

Tanzensembles, über den wir beim letzten Mal gesprochen haben, muß leider vorverlegt werden. Die Firma, die Sie mit Ihrer Darbietung erfreuen sollen, hat ihre Pläne geändert.«

Riella zieht den Stöpsel aus der Badewanne. Sie weiß schon, was jetzt kommt. »Und wann bitte wäre der neue Termin?«

»Heute nacht«, sagt Brackhaus. Riella atmet tief durch. Verd ... »Ich werde sehen, was sich machen läßt. Es könnte sein, daß ich ein, zwei Tänzer oder Musiker nicht mehr rechtzeitig erreichen kann.«

»Es muß auch so gehen. Ihre Gruppe ist derart perfekt eingespielt, daß ich überzeugt bin, die Gastgeber werden den Unterschied nicht bemerken.«

Die merken's hoffentlich nicht, Drachenaas, denkt Riella, wir aber sicher. Laut sagt sie: »Gibt es ein paar Informationen über Firmen-Interna, die wir in die Show einbauen sollen? So etwas ist immer recht beliebt.«

»Natürlich. Ich hinterlege Sie Ihnen am üblichen Ort, zusammen mit einem Teil des Honorars, das ich wegen der besonderen Umstände um ein Drittel angehoben habe.«

»Sie sind zu gütig. Herr Brackhaus.«

»Ja, das wird nicht selten von mir gesagt.«

Entweder ist Zynismus nicht sein Niveau, oder er hört sowieso nur, was er gern hören will. »Ich danke für Ihr Vertrauen, Herr Brackhaus.«

»Ich weiß, Sie werden es nicht enttäuschen. Ich empfehle mich.«

Klick.

In die Sprache Normalsterblicher übersetzt, heißt das: »Versemmel diesen Run ja nicht – selbst wenn du's überlebtest, wärst du hinterher tot.«

Die Elfe drückt eine Tastenkombination auf dem Organizer; sie weiß, daß in der nächsten Tausendstelsekunde zehn über ganz Wien verstreute Pager hektisch zu piepsen beginnen. Sie atmet einmal tief durch, dann steigt sie aus der Badewanne.

»Schon fertig?« fragt ihre Tochter Biancarla, die am Wohnzimmertisch sitzt und eine große Tasse mit echtem Kakao in beiden Händen hält. »Oder hast du wieder einen Anruf bekommen?«

»Leider ja, Schatzerl. Aus unserem Spieleabend wird heute doch nix. Aber ich versprech dir –«

»– daß wir ihn bei nächster Gelegenheit nachholen und auch ein paar deiner Freundinnen dazu einladen«, äfft ihre Tochter sie mit angezipftem Gesichtsausdruck nach. Sie knallt die Tasse auf den Tisch, daß der Kakao überschwappt. »Super! Das hast du in diesem Monat schon zehnmal gesagt!«

»Biancarla ...«

Aber die Vierzehnjährige ist schon mit hocherhobenem Kopf in ihr Zimmer abgerauscht.

Ich hör auf. Ich hör wirklich auf. Diese eine Hockn noch, und dann hör ich damit auf und verlege mich nur noch aufs Tanzen, schwört Riella.

Aber das hat sie in diesem Monat schon zehnmal gesagt.

Von der Neuen Jubiläumswarte am Wilhelminenberg aus überblickt man fast zwei Drittel des Wiener Megaplex. Es ist eine sternklare, von Grillengezirp erfüllte Spätsommernacht, und Riella Vincelar kann in dem Lichtermeer unter sich einige klar voneinander abgesetzte Zonen erkennen. In der Mitte liegt ein kleines Gebiet im trügerisch warmen, rötlich-gelben Schein pseudohistorischer Gaslaternen: Das ist der erste Bezirk rund um den im Vorjahr endlich fertiggestellten Stephansdom, die Innere Stadt, ein einziges, einzigartiges Historyland, das jedes Jahr -zig Millionen von Touristen aus aller Welt anlockt, zugleich einer der reichsten – und einflußreichsten – Konzerne des Landes. Drumherum liegen die besseren Wohnbezirke (wenn man von den Villen am Fuß des Wienerwaldes absieht); von ihnen sieht man nur die punktierten Linien der Straßenzüge. Schräg vorne die vier gewaltigen Arcologie-Blöcke des MonoMed, des größten Krankenhaus- und medizinischen Forschungskomplexes Europas. Zur rechten Hand ein riesiger, fast völlig dunkler Fleck – die Vereinigten Wohnparks, das – obszön verharmlosend – sogenannte »Sondergefangenenhaus Wien-Süd«, in dem, wie ihr Pepi erzählt hat, nicht nur elektrischer Strom rar ist. Sie kann es immer noch nicht völlig realisieren, daß der kleinwüchsige, immer ein wenig langsam, unsicher und tolpatschig wirkende Ork es geschafft hat, daraus zu entkommen; aber sie glaubt ihm. Eigentlich sollte sie eine derartige Sensation zu barer Münze machen. Nicht nur Brackhaus würde Pepi in Gold aufwiegen, wenn er ihn in die Finger bekommen könnte. Aber sie bringt es nicht übers Herz, den liebenswerten Simpel zu verraten, zu verkaufen. Sein Schicksal wäre damit zweifellos besiegelt. An das »ArbeitsAmt«, die österreichische Version von »Schattenland/Shadowland«, wird sie dafür bei nächster Gelegenheit einiges von Pepis Erzählungen weiterleiten, natürlich unter einem ihrer Pseudonyme; gegen diesen Ehrenkodex kann und will sie nicht verstoßen.

Ihr Blick wandert nach links, zum kalten, weißblauen Neonglühen der transdanubischen Skyline. Auf der »Platte« sitzen die Verwaltungszentren der wirtschaftlichen Macht. Hier wird noch gearbeitet; hier wird IMMER gearbeitet, denn der Cashflow darf nie versiegen, koste es, was es wolle. Heute nacht vielleicht ihr eigenes, für die Herrscher dieser Zahlenburgen ganz und gar unbedeutendes Leben ... Wie ein dicker in allen möglichen Farben schillernder Wollfaden zieht sich die Donauinsel quer durch die ganze Stadt. Die tägliche »Love Parade« müßte gerade vorüber sein, denkt Riella. Orlando hat wieder nicht spielen können. Gleich beginnt das Feuerwerk... Rechts hinten am Horizont schließlich, mit zusammengekniffenen Elfenaugen gerade noch an den lodernden Ölfackeln erkennbar, liegt das gewaltige Industriegelände der ÖMV, ihr heutiges Ziel.

Denn das steht in dem wattierten Umschlag, der für sie hier oben auf der Plattform der Jubiläumswarte bereitgelegen ist: »Bringen Sie mir aus der Abteilung Zukunft der ÖMV eine Probe der Substanz, die mit dem Codenamen WIENER BLEI bezeichnet wird. Sie finden Sie im Arbeitsbereich des Stellvertretenden Hauptabteilungsleiters Diplomingenieur Gerfried Fischl.« Beigelegt sind außer einem gut gefüllten Kredstab Gebäude- und Zufahrtspläne, seitenlange Listen mit Anmerkungen und ein Datenchip, der wohl einige Zugangscodes und Hinweise auf Hinter- und Falltüren für ihre Decker enthält.

Ihren einzigen Decker, muß sie leider verbessern. Denn nur einer der beiden »Matrix-Zwillinge«, Viktor, ist verfügbar; Viviane, die zweite, ist, wie ihre Mailbox mitgeteilt hat, in den salzburgischen Lungau verreist, wo der Funkverkehr in den Sieben Tälern ganz bewußt und sehr effektiv gestört und so gut wie unmöglich gemacht wird.

Noch härter trifft das Team der »Schattentänzer«, daß sich auch Kyra, ihre Magierin, nicht gemeldet hat. Ohne magischen Schutz in die F&E-Abteilung eines so großen Kons eindringen zu wollen, grenzt an Selbstmord durch Wahnwitz. »Herrn Brackhaus« einen Wunsch abzuschlagen, würde diese Grenze freilich überschreiten (ob er eigentlich die Kuverts mit den Anweisungen für ihre »Auftritte« wirklich jedesmal persönlich hierherfliegt? Sie weiß es nicht. Auf dem Rükken des schwarzen T-Shirts, das sie unter ihrer gepanzerten Jacke trägt, steht nicht umsonst »Keine Ahnung« …) – sie werden also wohl oder übel versuchen müssen, das Beste daraus zu machen.

Die schlanke, durchtrainierte Elfin wirft fröstelnd noch einen letzten Blick auf Wien. Ein altes Lied fällt ihr ein: »Wie schön wäre Wien ohne Wiener, so schön wie a schlafende Frau …« Der Georg Kreisler, denkt sie; den haben sie auch von hier vertrieben, und mehr als einmal. Dann steigt sie flott die zahlreichen Stufen des Aussichtsturms hinunter. Es ist nicht mehr lange bis Mitternacht. Ihr »Ensemble« wird schon auf sie warten.

Bald kann der Tanz beginnen.

27

Als sie erwacht, kann sie sich nicht bewegen. Sie kann auch nichts sehen, etwas liegt straff über ihren Augen. Ansonsten aber fühlt sie sich gar nicht schlecht, wie nach einem erholsamen Schlaf, den sie nach der langen Nacht ja auch wirklich nötig gehabt hat. Sogar ein bißchen euphorisch ist sie, wahrscheinlich von den Medikamenten, vielleicht aber auch als Nebenwirkung der Magie, mit der die Banshee ihren Heilungsprozeß beschleunigt. Sie fühlt ihre dünnen Finger auf ihren Schultern, glaubt fast die Manaenergie spüren zu können, die in ihren Körper gepumpt wird.

»Guten Morgen«, hört sie Daktaris schmeichelnde Stimme. »Guat isch 'gangen, nix is' g'schegn. Ihre Werte sind tadellos, ihr Körper hat bis jetzt alles gut vertragen, na, Sie sind ja schließlich auch noch jung. Eine Dreiviertelstunde müssen Sie sich allerdings noch gedulden, die Fingerkuppen mach' ich mit einer Nervenstrang-Anästhesie.« Zugleich spürt sie kurz hintereinander zwei Stiche in den Oberarmen, und wie ihre Hände taub werden.

»Wie spät ist es?« krächzt sie. Ihr Mund und Hals sind so trocken, daß sie kaum sprechen kann.

»Halb drei Uhr nachmittag.«

»Ist das im Plan?«

»Aber ja. Wird sich schon ausgehen. Nur für Ihre Freundin, das Schneewittchen, wird nicht besonders viel Zeit übrigbleiben. Auf die ›Vogue‹-Titelseite wird sie's mit ihrem neuen Antlitz halt so schnell nimmer schaffen.«

Zizibee will nicht daran denken, was in Schu-Schu vorgehen muß, wenn sie ihr neues, nach den Worten des Schattendocs sicherlich verstümmeltes Gesicht zum ersten Mal im Spiegel erblickt. Sie versucht, das schlechte Gewissen zu verdrängen. Du hast schon mehr gestohlen als ein Paar Ohren und eine Nasenspitze, redet sie sich ein. Es ist eine harte und grausame Welt. Du kannst nicht überleben, ohne anderen etwas wegzunehmen, dafür sind wir einfach zu viele. Und im Übrigen läßt sich mit ein paar Tausendern alles wieder reparieren.

Wenn man eine Chance kriegt, sie zu verdienen.

»Wie lange wird die … Regeneration dauern?«

»Bis morgen Mittag, wenn Heulsuse nicht früher schlappmacht. Sie verliert ziemlich viel Essenz dabei, wissen Sie? Wenn Sie ihr einen Gefallen tun wollen, fürchten Sie sich zwischendurch ein paarmal ordentlich. Das ist dann für sie wie ein kleiner Snack. Quasi das Tramezzini der Banshees, hehe!«

Viel Mühe braucht sich Zizibee nicht zu geben.

Als Kind hat sie einmal heimlich mit Freunden ein SimSinn angesehen, eigentlich das Remake einer englischen Krimikomödienserie. Die Helden waren ein immer sehr förmlicher Mann mit Smoking, Regenschirm und einem lächerlichen runden Hut und eine hübsche junge Frau, die unglaublich gut Karate konnte. Vor allem die Frau, sie hieß Emma, hat ihr damals sehr imponiert. In diesem Remake ging es um eine Firma, die menschenähnliche Roboter herstellte und diese dazu benutzte, lästige Konkurrenten auszuschalten. Die Roboter waren einfache Maschinen, wenn auch unglaublich stark und fast unzerstörbar. Die jeweiligen Opfer bekamen eine schöne Füllfeder geschenkt, in die ein kleines Funkgerät eingebaut war. Die Roboter gingen den Funkimpulsen nach und töteten denjenigen, der die Füllfeder eingesteckt hatte.

Zizibee schüttelt im Geist den Kopf: Was für ein haarsträubender Plot! Die Serie war wohl auch eher als Parodie gemeint. Aber damals, als Kind, bekam sie schreckliche Angst vor diesen Robotern. Emma schaltete sie dann übrigens aus, indem sie ihnen einfach ebensolche Füllfedern ansteckte, und das Gemetzel, in dem sich die Roboter gegenseitig vernichteten, enthielt sicherlich eine Fülle toller Spezialeffekte. Für die kleine Zizibee jedoch – die damals noch anders hieß – war es bereits zu spät. Viele Jahre lang fürchtete sie sich vor Robotern. Große, schwer gebaute Männer in dunklen Regenmänteln auf der Straße lösten manchmal plötzliche Panikanfälle in ihr aus; noch immer bekommt sie ein ungutes Gefühl, wenn sie jemanden trifft, der ein oder mehrere sichtbare Cyberglieder hat.

Sie spürt, daß sie eine Gänsehaut kriegt. Hinter sich hört sie Heulsuse behaglich schnurren. Na bitte, denkt Zizibee sarkastisch: Gesegnete Mahlzeit!

Irgendwann muß sie wieder eingeschlafen sein. Diesmal wird sie von einem Rütteln an ihrer Schulter geweckt: »Das war's, junge Dame. Besser wird's nicht.

Wir können zur Enthüllung des Kunstwerks schreiten.«

Sie setzt sich auf, steif nach dem langen Liegen. Daktari, der kindische Idiot, läßt tatsächlich über eine Tonanlage Fanfaren erklingen. Er hebt ihr die Binde von den Augen. Das Licht schmerzt natürlich, und ihre Fingerkuppen brennen, als ob sie mit ihnen auf einen überhitzten Motorblock gegriffen hätte. Ihr Gesicht spannt.

Ihr Gesicht? Daktari nimmt die Bandagen ab. Heulsuse ist nirgendwo zu sehen, wahrscheinlich ist sie erschöpft. Von der Decke wird ein Spiegel heruntergelassen.

Das bin also ich, denkt sie. Ich, Schu-Schu.

Sie ist schön. Und sie hat unzweifelhaft das Gesicht der jungen Frau, die sie überfallen und entführt hat. Nur etwas stimmt nicht – die Augenfarbe! Aber schon reicht ihr Daktari zwei Haftschalen. Sie setzt sie ein und ist perfekt.

Sie gibt ihm den Kredstab. Während das Gerät die Transaktion vornimmt, bringt er ihr eine künstliche Büste. Er legt sie über ihren Busen und fixiert sie hinter ihrem Rücken mit fleischfarbenem Klettband. Es drückt ein wenig, aber der Effekt ist unglaublich echt. Sie berührt eine Brust, die sich weich und warm anfühlt, ganz genau wie …

Ihr Blick fällt auf den anderen Operationstisch. Der Körper darauf ist am Kopf und am ganzen Oberkörper mit blutigen Verbänden umwickelt.

»Ich hab' des Zeitdrucks halber dann doch gleich der ihre Titten genommen«, meint Daktari lakonisch. »Es ging einfach schneller und unkomplizierter. Sie brauchen sie ja, wenn ich recht verstanden habe, nur einmal, heute abend, und bis morgen früh behält das präparierte Gewebe allemal seine Spannkraft. Bei Schneewittchen war's eh schon wurscht.«

Zizibee glaubt, sich auf der Stelle übergeben zu müssen. Sie will die ekelhafte Prothese von ihrem Körper reißen, aber sie bekommt die Klettbänder nicht auf.

»Na, na, na!« Der illegale Chirurg klopft ihr auf die Finger. »Besser, Sie behalten's gleich an. Sie müssen sich schließlich an das veränderte Gleichgewicht gewöhnen.«

Widerstrebend befolgt sie seinen Rat. Er reicht ihr den nunmehr leeren Kredstab, dann Schu-Schus BH und Bluse. Ihr eigenes Sweatshirt wäre zu eng für die geraubte Pracht. »Darf ich einmal kurz telefonieren?«

»Selbstverständlich.«

Ajax ist in wenigen Minuten da. Er pfeift anerkennend, als er sie sieht.

Zizibee hätte ihm fast eine heruntergehaut.

Siebentes Kapitel

Superfritz lernt klettern und singen · Über Mayerling nach Lilienfeld · »The Fabulous Flyin' Fiorinis« · Lebende Fossile · Danke, Herr Nachbar · Øre grillt Hähnchen

28

Superfritz baumelt an einem Kletterseil und könnte drei Trolle in der Luft zerreißen vor Wut. Er ist Straßensamurai, verdammt, und ein verdammt tödlicher dazu, aber doch kein verfluchter verhurter verdammter Klettermaxi!

»Wieda da glaiche Föhla«, ertönt von oben Irsitschs Stimme. »Du kummst imma ausn Rhythmus, daunn dawischt' die nächste Aans net, und bumsti! – bist weg!«

Wie er diesen verdammten g'scherten Steirer haßt! Nur weil der ein paarmal am Himalaya war und drei, vier Zwölferrouten in den Dolomiten eröffnet hat, glaubt er, ihm, einem waschechten Hütteldorfer, etwas beibringen zu können!

»So, jetzt schaumaramol, ob er si wos damerkt hot, da Fritzl«, kommt es von oben, in diesem häßlichen Dialekt, der klingt, als ob man dem Sprecher den Unterkiefer ausgerenkt hätte – was er bei Irsitsch leidenschaftlich gern tun würde, und nachhaltig! »Also, wia geht des, Fritzl? Jetzt zeigst es uns einmal ganz schön! Man nimmt das Rebschnürl ...«

Fritzl! Du komm ein einziges Mal in der Nacht in die Isbarygasse, dann werd' ich dir ... Widerwillig knüpft

Superfritz die Rebschnur um das Seil und beginnt sich Ruck für Ruck daran hochzuarbeiten. Das Frustrierendste für ihn an der ganzen blöden Kletterei ist, daß ihm seine Kunstmuskeln und Cyberglieder nicht die Bohne einen Vorsprung gegenüber den anderen verschaffen. Auf rohe Kraft kommt es dabei nämlich leider nicht an. Ulla beispielsweise hat die Klettertechniken, die ihnen der als Ausbildner angeheuerte Irsitsch seit nunmehr fast drei Tagen beizubringen versucht, ungleich schneller kapiert. Dabei ist sie eine deutsche Flachländerin! Sie trainiert bereits Fünfer- und Sechserrouten, während er sich immer noch mit 3+ herumschlägt.

»Brav, Fritzl! Also wieda auffi kummst jetz scho gaunz guat. Hiatz miaß ma nur nouch dazuaschaun, daß es dich glei goar net obihaut!«

Irsitsch klopft ihm auf die Schulter, ungerührt davon, daß die Hardware darin in Chiba ein kleines Vermögen gekostet hat. Sie stehen auf einem Felsvorsprung inmitten des »Rattengrat« genannten Klettergartens bei Gratkorn, einer Kleinstadt in der Nähe von Graz. Seit sie der Heli-Transporter Montag früh hier abgesetzt hat, klettern sie, solange es hell ist, auf dem »Rattengrat« herum. Superfritz tut alles weh, was ihm an seinem nur noch teilweise aus menschlichem Gewebe bestehenden Körper weh tun kann. Jeder Sturz ins Seil zum Beispiel schmerzt mehr als ein Hieb mit einer Eisenstange, und er hat schon einige Seilstürze hinter sich. »Jo, jo, da Rhythmus«, kaut Irsitsch die Buchstaben, »dein Problem is nur da Rhythmus, Fritzl! Schau da die Ulla aun, de taunzt do auffi, wie waunn sie an Wolza dazua spüln täten! Bravo, Deandl!« schreit er nach links hinüber, wo Ulla gerade scheinbar mühelos, zwischendurch für Sekundenbruchteile nur an einem Finger hängend, einen Überhang bezwingt und um eine Felsnase herum aus ihrem Blickfeld verschwindet. »Siehgst, Fritzl, desholb sogt ma ›Dynamisch Klettern‹. Sou, kumm, jetznd packst' das aber!«

Superfritz drischt mit der Hand auf einen Felsen, daß kleine Gesteinssplitter in alle Richtungen davonfliegen. Er richtet Brust- und Sitzgurt, die nach den vielen Stürzen bereits tiefe Furchen in die Haut unter seinen Achseln und Oberschenkeln gefräst haben, dann steigt er wieder auf das schmale Band hinauf. Bis hierher kann er die Tritte und Griffe ohnehin längst auswendig. Irsitsch grient ihm aufmunternd zu, während er langsam Seil nachgibt. Die erste kritische Stelle, einen weiten Schritt über einen Felsspalt, bei dem er kurz nur auf dem Ballen des linken Fußes steht, hat Superfritz geschafft. Jetzt kommt ein Teil, wo ihm ausnahmsweise seine Kraft zugute kommt, eine Art Kamin, in dem er sich problemlos hochhangelt. Aber dann, in der Querung, erst leicht hinauf, dann steil hinunter, geht es um genau die richtige Abfolge von Bewegungen, um das richtige Timing, und da hilft es ihm wenig, daß er einen Baumstamm zwischen seinen Armen und seiner Brust zerquetschen könnte, oder einen ausgewachsenen Ork, wie damals in Sydney ... Man darf weder zu schnell noch zu langsam sein und nie die Übersicht oder gar das Gleichgewicht verlieren, sonst – – –

Ist es passiert. Um Millimeter fährt er am nächsten Griff vorbei, rudert haltlos in der Luft, rutscht über einen kleinen Vorsprung hinaus, fliegt ein paar Meter, dann gibt es einen Ruck, daß ihm fast schwarz vor den Augen wird, und er hängt wieder im Seil.

»Mei o mei, Fritzl«, dringt die unvermeidliche Stimme an sein Ohr, »ob du jemols heil wieder von an Berg obakummst, waaß i wirklich nit!«

Ich bring dich um, du verdammte steirische Arschsau, tobt Superfritz innerlich, irgendwann bring ich dich um!

Die Abende in dem kleinen Camp, in dem sie kaserniert sind, sind nicht viel besser. Gestern gab's »Steirische Heimatkunde« und »Geschichte der Rebellenbewegung in der Mur-Mürz-Furche«. Und heute müssen sie auch noch singen!

»Es ist von höchster Wichtigkeit«, doziert Sarge, ihr Einsatzleiter, von dem sie keinen anderen Namen kennen, »daß ihr über Gebräuche und Hintergrund der Hochschwab-Guerilla bestens informiert seid. Davon hängt alles ab. Wenn die euch auf dem falschen Fuß erwischen, verwest ihr in einer Doline!« Der Deutschamerikaner mit dem Bürstenhaarschnitt und den hellroten Schmissen im Gesicht zählt »Eins, zwei, drei, vier –«, und die »Schweizergarde« legt los: »Sierra, Sierra Maestra tu ...« Was für eine Idiotie! Ein spanisches Lied als Hymne für Steirische Freiheitskämpfer! Bloß weil sie sich auf irgendeinen längst vergessenen Spanischen Bürgerkrieg berufen, und auf diesen schwachsinnigen bolivianischen Buschdoktor Ernesto Irgendwas!

Obwohl, eines muß man Sarge und seinen Hintermännern lassen, wer immer sie sind (jeder einzelne des Teams wurde von anonymen Nowaks, Schmidts, Johnsons etcetera, je nach Land, angeworben) – das zur Verfügung gestellte Material ist allererste Sahne, und auch die Ausbildner sind, das muß er zugeben, obwohl er keinen einzigen davon leiden kann, absolut erstklassige Spezialisten. Kurz gesagt: hochprofessionelle Sache, das. Wer immer diese Hockn finanziert, er läßt sie sich was kosten. Auch Gratkorn als Stützpunkt ist gut ausgesucht, liegt doch ganz in der Nähe, etwa in der Mitte zwischen hier und der Landeshauptstadt Graz, eine der größten Kasernen Mitteleuropas. Morgen in aller Früh soll's angeblich mit dem Helikopter zu einem letzten kurzen Briefing nach Wien gehen, und dann gleich weiter in den Einsatz. Höchste Zeit! Die Stimmung in der Mannschaft ist schon hochexplosiv aufgeladen, die Aggressionen sind zu lang schon aufgestaut, weil Sarge und die anderen Ausbildner eine harmlose Entspannung, beispielsweise durch einen Bordellbesuch, oder noch besser eine Schlägerei mit ein, zwei Toten in irgendeinem Bauernwirtshaus, partout nicht zugelassen haben. Pah! Dieses wichtigtuerische Gesabber von Disziplin und Konzentration auf das Wesentliche!

Superfritz hat nie eine militärische Karriere angestrebt, dazu ist er viel zu sehr Individualist und hält sich, wenn es irgend geht, nur an seine eigenen Regeln, deren erste und wichtigste besagt: Ich bin der Größte! Doch eines muß er zugeben: Was die von Sarge angekarrten Typen – obwohl sie alle im Zivil oder in Standard-Tarnuniformen ohne Rang- oder Einheitsabzeichen auftreten und sich ganz formlos mit Irsitsch, Mally, Sigi oder Ripoff vorgestellt haben, vermutet er stark, daß die meisten von ihnen hauptberuflich zur MET 2000 gehören – beispielsweise über fiese Tricks im Hochgebirgskampf zu sagen haben, hat sogar ihm schon ein paarmal höllischen Respekt eingejagt. Wie man mit einer geschickt ausgelösten Geröll-Lawine den Sturm auf eine gegnerische MG-Stellung einleitet, das hat schon Hand und Fuß gehabt. Und daß er die Gebietskarte des Hochschwabmassivs inzwischen im Schlaf rekapitulieren kann, wird wohl auch sein Gutes haben. Aber diese Singerei …

So oder so sind sie jedenfalls alle verdammt heiß gemacht worden. Er zum Beispiel braucht nur an Irsitsch zu denken, und die Wut und das Adrenalin schießen ihm ganz von selber ein. Wer immer sich mit ihnen da oben anlegt, sollte sich für den Abend danach lieber nichts mehr vornehmen.

29

Das Abendessen aus Totos Proviantdose hat super geschmeckt, sogar noch besser als damals das Gulasch bei Molnár. Wie lang ist das her? Wirklich eineinhalb Tage erst? Pepi kommt es wie eine Ewigkeit vor. Was seither alles passiert ist! Nur der ziehende Schmerz in seiner linken Hand, der Verband und die Lücke zwischen seinem Zeige- und seinem Ringfinger beweisen ihm, daß das alles kein Traum ist. Gut, daß ihm der dicke Brutus nicht den Ringfinger weggeschossen hat, sonst könnte er sich nie mehr verloben … Andererseits, mit wem auch … Wer außer dem alten Donner kann denn mit ihm schon was anfangen … Wie es wohl Mama Rosi jetzt geht, oder seiner Lehrerin Celia Pschistranek, oder …

Bald ist Pepi eingeschlafen, trotz der unbequemen Haltung und der infernalischen Geräusche, die das eigentlich für die Arbeit auf Müllhalden konstruierte Fahrzeug dabei erzeugt, wie es sich mit gerade einmal dreißig, vierzig Stundenkilometern über kurvenreiche, schmale, holprige Landstraßen quält.

»Nichts gegen Toto«, sagt Escher, deren verhaltener Tonfall auch diesen ohrenbetäubenden Lärm mühelos durchdringt, »aber hätte es keine andere Transportmöglichkeit zum Hochschwab gegeben? Ich meine, mit diesem Tempo brauchen wir mindestens einen Tag bis dahin, abgesehen davon, daß wir schon einen Tag lang fast genau in die entgegengesetzte Richtung gegangen sind.«

»Auf die Schnelle ist mir nichts anderes eingefallen«, brüllt Donner zurück. »Über den Semmering hätten wir keine Chance gehabt, selbst wenn wir das Geld für die Zugfahrt oder ein Auto gehabt hätten. Das ist jetzt alles streng abgeriegeltes Erholungsgebiet für die Oberen Zehntausend, die Raxalpe genauso. Wir fahren über Mariazell, und da brauchen wir einen geländegängigen Untersatz.«

»Willst du von der Nordseite her ansteigen?«

»Ja, aus dem Salzatal. Die MET-Truppen sind überwiegend an der Südseite stationiert, auf der Sonnschienalm – weißt du noch, wie wir in den Latschen gelegen sind? – und beim Gasthaus Bodenbauer, und den Zugang von Osten über Seewiesen haben sie auch abgeriegelt. Außerdem kann uns Toto bis zum Fuß der Himmelmauer fahren, wenn wir Glück haben.«

»Verstehe.«

Lange Zeit hängen sie schweigend ihren Gedanken nach. Als die Straße für eine gewisse Strecke breiter und leichter befahrbar wird, meldet sich Toto zu Wort. »Ist Mariazell nicht auch fast so unpassierbar wie der Semmering? Ich meine, Konzernsicherheit oder religiöse Fanatiker, das macht nicht viel Unterschied, pchenta?«

»Ich hoffe doch.«

»Von wann stammen deine Informationen, von 2050?« fragt Escher sarkastisch.

»Daß du mir aber auch nie was zutraust! Ich habe uns sogar schon einen Kontaktmann in Mariazell gecheckt, während der Pepi bei der Winklerin war. Mir fällt ein, du kennst ihn ja sogar. Erinnerst du dich an die Hockn in der Abtei Göttweig?«

»Das Gralsritter-Grimoire?«

»Genau.«

»Oh mein Gott. Doch nicht etwa Pater Carlo?«

»Der nämliche.«

»Der ist jetzt in Mariazell?«

»Weiß auch nicht, warum. Vielleicht spioniert er gegen die Neuen Jesuiten, oder für sie, oder beides. Ist ja auch egal, Hauptsache er bringt uns schnell und sicher durchs Gelobte Land.«

»Pater Carlo. Meine Güte! Kaum bin ich mit dir unterwegs, bin ich schon wieder von lauter Wahnsinnigen umgeben. Nichts für ungut, Toto!«

Der Sinti grinst nur. Die dicken Stränge seiner Nackenmuskeln sind angespannt. Gelegentlich, wenn das Fahrzeug, das er durch die Riggerverbindung als seinen eigenen Körper erlebt, sich ächzend in eine Kurve legt, zuckt sein gewaltiger Bizeps. Die Straße ist wieder schwieriger geworden, und die Sicht wegen des dichten Bodennebels sehr schlecht.

Donner drückt verstohlen Eschers Hand. Danke, daß du mitgekommen bist, heißt das.

Escher erwidert für einen kurzen Augenblick den Druck und denkt: Ich wußte sowieso die ganze Zeit über, daß ich dich nie wirklich loswerden kann, du lieber alter Depp, du.

Als sie bei Gumpoldskirchen unter der Südautobahn durchfahren, ist auch Escher eingenickt. Nur Donner hält sich mit aller Gewalt wach. Er will nicht schlafen, noch nicht. Er hat zuviel Angst davor, obwohl Pepi keinen Meter von ihm entfernt ist. Demnächst wird er es erstmals wieder wagen, erstmals nach vielen Jahren, in denen er sich mit Alkohol betäubt hat, ärger als die beiden Betrunkenen, die eben aus einer Kellergasse auf die Straße torkeln. Toto kann gerade noch ausweichen. Er flucht in Romanitschib.

Warum sind sie auf dieser Fahrt, die für Donner mehr und mehr zu einer Reise in die Vergangenheit wird? Ist es wirklich nur dummer Rachedurst? Oder hat ihn das unfreiwillige, um ein Haar tödliche Bad im Donaukanal endlich aufgeweckt, ihn dazu gebracht, sein Schicksal wieder anzunehmen, dem er so lange davongelaufen ist?

Er fühlt sich keineswegs wie neugeboren, o nein. Die ungewohnten Anstrengungen spürt er in allen Gliedern. Bald wird er sich vor Muskelkater kaum rühren können. Dazu kommen die Entzugserscheinungen. Hier, mitten in der Weingegend, wo alle zehn Meter ein Schild oder ein ausgesteckter Buschen frischen, herben, jungen Wein verheißt, vergeht er fast vor Gier nach einem tiefen Schluck. Alle paar Sekunden wechselt er die Sitzposition. Er hat das Gefühl, seine Haut würde jeden Moment zerspringen, seine Muskelstränge zerreißen, alle Glieder seines Körpers auseinanderfallen wie bei einem Hampelmann, dessen Schnüre und Ösen sich gleichzeitig gelöst haben. Er hat abwechselnd Schweißausbrüche und Schüttelfrost. Wallungen. Ha! Gottfried Donner, der erste Mann, der in die Wechseljahre kam! Ein Weltwunder!

Auf der alten B 11 tuckern sie nahe an Schloß Mayerling vorbei. Eschers Kopf ist auf seine Schulter gerutscht. »Im grünen Wald bei Mayerling/ein schöner Traum zu Ende ging./Zwei Menschen liebten sich so sehr/und waren plötzlich nimmermehr«, singt er, um sich von seinen körperlichen Zuständen abzulenken. Naja, wenn Escher und er auch ein wildes Paar waren, eher Hund und Katze als Pech und Schwefel, zumindest umgebracht haben sie sich nicht.

»Buro fanglegodjako – ein Bauerntrottel, der Franz Ferdinand«, sagt Toto, der das Lied erkannt hat. »Wenn ich jedesmal mich und die Frau erschossen hätte, wenn was nicht gepaßt hat… Aber ich bin ja auch kein Thronfolger.«

»Aber eine Art Prinz bist du schon«, stichelt Donner.

»Nane. Bei uns regieren die Frauen.«

»Wieviele Kinder hast du eigentlich?«

»Ursprünglich waren es dreiundzwanzig. Aber es leben nur noch sechzehn. Die Kindersterblichkeit ist hoch in Oberwart. Du hast gar keine, nicht wahr?«

»Nein. Ich – wir wollten nie welche.«

Toto zuckt die Achseln. Jeder soll nach seiner eigenen Fasson selig werden, ist seine Devise.

Einige Zeit später beginnt Pepi hinter ihnen zu stöhnen. Donner streichelt ihn ein bißchen, wobei er sich dafür schämt, wie stark seine Hand zittert. Aber Pepi beruhigt sich nicht. Sein Gesicht ist naß von Schweiß. Auch der Verband fühlt sich feucht an.

»Halt an«, sagt Donner. Toto fährt noch ein Stück, bis er an einer Stelle stehenbleiben kann, wo ein Feldweg abzweigt. Escher wacht auf. »Was ist?«

»Ich fürchte, Pepis Wunde eitert. Kannst du nachsehen?«

Escher klettert nach hinten, zwängt sich neben Pepi, der sie aus glasigen Augen anstarrt und ganz offensichtlich nicht weiß, wo er sich befindet.

»Ruhig«, flüstert Escher. »Ich wechsle nur deinen Verband.«

»Rosi?« fragt Pepi. »Mama? Donner?«

Dann fallen ihm die Augen wieder zu. Escher öffnet vorsichtig den Verband. Ein unangenehmer Geruch füllt das Fahrerhaus.

»Du hattest recht, Donner. Ich fürchte, wir brauchen einen Arzt. Es ist nicht schlimm, die Wunde gehört nur ordentlich gesäubert. Das Fieber brächten wir mit den Medikamenten im Verbandskasten leicht weg, aber es würde immer wieder neu aufflackern, wenn das nicht passiert. Und es könnte eine Blutvergiftung dazukommen. Wo sind wir?«

»Vor Lilienfeld.« Ebenfalls historischer Boden, denkt Donner unwillkürlich. Hier wurde die »Lilienfelder Skitechnik« erfunden, der Beginn des modernen alpinen Skilaufs.

»Glaubst du, wir finden dort einen Arzt?«

»Wir müssen es probieren, oder nicht?«

Toto fährt wieder an. Er runzelt die breite Stirn.

Unter einem wirklich guten Stern scheint diese Reise nicht zu stehen.

30

Brackhaus' Unterlagen sind detailgenau wie immer. Offenbar hatte er die ÖMV schon länger im Visier. Was ihn allerdings dazu bewogen hat, den Zeitpunkt des Runs vorzuverlegen, darüber steht selbstverständlich kein Wort in den Anweisungen.

Treffpunkt der Schattentänzer ist diesmal der unbewachte Parkplatz vor dem Heiligenstädter Bahnhof. Hier ist gerade genug Betrieb, daß sie nicht auffallen. Alle, die erreichbar waren, sind gekommen: Hainrauch, der dunkelhäutige Ork, dessen Fähigkeiten im Verstecken und heimlichen Anschleichen unerreicht sind; Viktor, der Decker, der ungewöhnlich nervös wirkt, wohl weil sein »Zwilling« Viviane diesmal nicht mit dabei ist; Sophie, die Riggerin, ruhig und gefaßt wie meist, eine Zwergin; Flic, Flac und Fionna, die »Flyin' Fiorinis«, das Elfentrio, das früher mit einer Akrobatik-Show in Varietés aufgetreten ist; der Kunstschütze Øre, der einen stricknadeldünnen Zigarillo in seinem Mundwinkel hängen hat; und Orlando.

Orlando … Riella schüttelt den Gedanken an die letzte Samstagnacht ab. Sie selbst hat von der Gründung der »Schattentänzer« an die Devise ausgegeben, daß sie keine Liebschaften oder gar feste Bindungen innerhalb des Teams duldet.

Sie parkt ihre BMW Blitzen neben den Motorrädern der anderen, grüßt einmal kurz in die Runde, dann schlüpfen sie wie üblich zur Besprechung in Sophies geräumiges Wohnmobil.

»Immer noch nichts von Kyra gehört?« fragt Hainrauch. Wie alle anderen ist er ganz in Schwarz gekleidet und trägt eine kevlarverstärkte ärmellose Jacke. »Leider nein«, antwortet Riella. »Ich habe Rudi De l'Eau kontaktiert, aber er kann nicht einspringen, weil er selber heute nacht etwas vorhat.« Einige nicken nachdenklich. Jeder weiß, was das bedeutet. Øre spricht, ohne den Zigarillo aus dem Mundwinkel zu nehmen: »Gibt's schon einen Plan?«

Riella breitet die Zettel auf dem schmalen langen Tisch aus, der sich der Länge nach durch den Wohnbereich des Busses erstreckt. Dann wirft sie den Chip zu Viktor, der ihn in sein Deck einschiebt.

»Wir müssen zwei Sicherheitsstufen überwinden. Einmal die allgemeine Zugangssicherung zum Gelände, dann noch einmal eine spezielle für das Gebäude, in dem sich die F&E-Abteilung befindet. Hier«, sie zeigt auf die Skizze, »sind die Labors, in denen sich das Zeug befindet, das wir suchen. Es wird ›Wiener Blei‹ genannt, also wahrscheinlich ein Mineral oder eine Chemikalie.«

»Zweiter Stock«, wirft Fionna ein. »Steht hier irgendwo, wie hoch das ist?«

Orlando kramt in den Anmerkungen. »Ja. Siebenkommavier Meter. Keine Angst, das sind alles Neubauten.« Fionna schneidet eine zuversichtliche Grimasse. Riella lächelt. Bei einem ihrer ersten »Auftritte« ist im Gebäudeplan »Dritter Stock« gestanden, und als Fluchtweg war geplant, daß sich Fionna einfach aus dem Fenster werfen und unten von Flic und Flac aufgefangen werden sollte, ein Stunt, den sie schon aus einer Höhe von über zehn Metern problemlos hingekriegt hatten. Nur daß es sich bei diesem Gebäude, einem Jugendstil-Mietshaus im dritten Bezirk, um einen Altbau handelte, der außer über drei Stockwerke auch noch über Tiefparterre, Hochparterre, Erdgeschoß und Mezzanin verfügte, so daß das als drittes ausgewiesene Stockwerk in Wirklichkeit dem sechsten entsprach! Riella hat später in einer historischen Datei gefunden, daß zu Beginn des zwanzigsten Jahrhunderts die Wiener Bauordnung Häuser mit mehr als drei Stockwerken nicht gestattete. Weshalb die Bauherren, wie alle Wiener nie um einen »Schmäh« verlegen, einfach die unteren Stockwerke nicht als solche bezeichneten. .. Fionna kam damals jedenfalls nur knapp mit dem Leben davon, und seither erkundigt sie sich jedesmal peinlich genau über die exakten Maße der jeweiligen Gebäude.

»Die Matrix-Sicherheit ist leicht erhöht«, meldet sich Viktor. »Jemand ist gestern abend unautorisiert ins ÖMV-PLTG ihres Verwaltungszentrums drüben auf der Platte eingedrungen. Näheres ist nicht bekannt, aber die rechnen offenbar mit einer gegen sie gerichteten Aktion.«

»No bravo«, grummelt Sophie. »Eine Hockn, wie ich sie mir immer schon einmal gewünscht habe.«

»Es gibt trotzdem eine reelle Chance«, versucht Riella die Stimmung wieder zu heben. »Nämlich wenn wir es auf folgende Art machen: Wir teilen uns in drei Gruppen ...«

Am Papier sieht die Sache tatsächlich nicht so schlecht aus. Wieso hat sie dann ein derart unangenehmes Gefühl dabei?

31

Ich will, daß du mir jetzt sofort sagst, was los ist«, flüstert Escher eindringlich und ziemlich scharf. »Wieso kannst du nicht einmal was gegen sein Fieber tun?«

Sie kurven jetzt schon geraume Zeit im Schrittempo durch den kleinen Ort Lilienfeld, der mitten in der Nacht wie ausgestorben wirkt. Pepi schläft wieder, stöhnt aber oft laut auf; sein verwaschenes Hemd ist naßgeschwitzt.

»Das Wirtshaus«, ruft Toto, »da ist noch Licht.« Er hält ihr Gefährt vor dem kleinen Landgasthaus. »Ich frag' einmal hinein; ich denke, ich schaue von uns dreien noch am manierlichsten aus.«

Er steigt aus und geht zur Eingangstür. Sie ist offen. Er verschwindet im Haus. Escher funkelt Donner mit zusammengezogenen – nun, Augenbrauen hat sie keine, stattdessen zwei tätowierte Salamander, aber jedenfalls: sie blickt ihn sehr streng an.

»Es liegt nicht an mir«, sagt Donner langsam, »es liegt an ihm. Er ist magieresistent, in einem geradezu unglaublich hohen Ausmaß. Wenn er in meiner unmittelbaren Nähe ist, kann ich nicht einmal in den Astralraum sehen. Sogar meine … Träume treten dann nur noch viel seltener auf.«

»Ein Antimagier? Ich habe das bisher immer nur für ein Gerücht gehalten.«

»Hier siehst du den lebenden Beweis. Ich glaube, kein Magier, der von dieser Welt ist, könnte ihm einen Zauberspruch aufzwingen. Aber eben leider auch keinen Heilzauber.«

»Du benutzt den Buben also als eine Art magischen Dämpfer.«

»Was soll der vorwurfsvolle Unterton? Er ist gern bei mir. Er hat sonst niemand.«

»Weiß er es?«

»Bewußt, nein. Unbewußt schon. Er glaubt einfach nicht so recht an Magie. Er ist ein eher schlichtes Gemüt.«

»Aber ein lieber Kerl.«

»Ein sehr lieber Kerl, ja.«

Pepi stöhnt herzerweichend und wirft sich auf der Bank hin und her.

»Ich habe es ihm noch nicht gesagt«, fährt Donner leise fort, »weil ihn der Schock, etwas derartig Besonderes zu sein, umhauen würde. Magietheoretisch gesehen ist er die größte Sensation seit der Entdeckung der Fovae in Aztlan. Ich weiß, was es heißt, ein Monster zu sein.«

»Du wirst ihm die Erkenntnis dennoch nicht ersparen können.«

»Nein. Das ist mir schon klar. Der Tag ist nicht fern, an dem ich es ihm sagen muß. Oder du.«

»Warum ich?« zischt Escher entrüstet.

»Derlei Dinge fielen immer in deinen Aufgabenbereich, wenn ich mich recht erinnere.« Donner lacht leise, bis sie ihm den Ellbogen in die Seite drischt, daß ihm die Luft wegbleibt und er kleine violette Sternchen sieht. »Wenigstens du«, keucht er, »scheinst immer noch voll in Form zu sein.«

Toto kommt zurück, gefolgt von einem dicken Mann mit im diffusen Licht des Wirtshausschildes rotglühender Schnapsnase, der heftig in verschiedene Richtungen gestikuliert. Toto bedankt sich bei ihm, schlägt ihm grinsend auf die Schulter, daß der rundliche Mann fast umfällt, und klettert wieder auf den Fahrersitz. »Arzt habe ich telefonisch keinen erreicht, aber eine angeblich sehr gute Krankenschwester. Sie lebt im alten Stift. Der Wirt hat mir den Weg beschrieben. Er brennt übrigens einen hervorragenden Vogelbeerschnaps.« Donner verzieht das Gesicht zu einer säuerlichen Grimasse. Toto lacht schallend, daß seine Mundwinkel fast bei den Ohren anstoßen und seine Goldzähne aufblitzen.

Das alte Stift Lilienfeld ist ein gespenstischer Ort. Nirgendwo brennt Licht. Im schwachen Schein des zunehmenden Mondes stolpert Toto, der Pepi auf seinen Armen trägt, mehrmals über heruntergefallene Ziegel und Schutthaufen, als sie durch den Prälatenhof zum Stiftspark gehen. Ein schwerer Duft hängt über dem verwilderten Garten. »Diese Bäume sind uralt«, flüstert Donner. »Siehst du den Riesen da? Das muß ein Gingko sein. Unglaublich! Ein lebendes Fossil!«

»Dann müßtest du dich ja gut mit ihm verstehen«, versetzt Escher. »Apropos, alter Mann, was ist das eigentlich für ein Baustil?«

»Gotik. Natürlich wurde später was dazugebaut, viel Barock da und da. Aber ich glaube, ich habe einmal gelesen, daß es hier den größten Kreuzgang Österreichs gibt, mit frühgotischen Spitzbögen. Und eine spätromanische Basilika. Und den einzig erhaltenen mittelalterlichen Laienbrüder-Schlafsaal … hörst du mir noch zu?«

Toto stampft auf den höchsten Punkt des Gartens zu, einen alten, halbverfallen wirkenden Wachturm. Erst im Näherkommen bemerken sie, daß der untere Teil vor kurzem renoviert worden ist. Jetzt geht eine Tür auf. Im hellen Lichtschein zeichnet sich die Silhouette einer hochgewachsenen Gestalt ab, die eine Art Umhang trägt.

»Du lieber Herr Jesus, Sie sind ja schon da«, sagt eine warme, etwas brüchige Frauenstimme. »Ich wollte Ihnen gerade entgegengehen.« Sie leuchtet ihnen mit einer Taschenlampe entgegen. »Ich mußte mich erst noch anziehen, wissen Sie. So spät in der Nacht …«

Die Nonne muß steinalt sein. Sie ist hager, wirkt zerbrechlich und doch resolut. »Gehen Sie nur gleich hinein mit ihm«, schafft sie Toto an. »Sind Sie der Herr Stojka?«

»Ja.« Toto ächzt nun doch ein wenig unter der Last des Orks. »Und diese beiden sind Herr Donner und Frau Escher.«

»Angenehm.« Die wasserklaren Augen verengen sich ein wenig, als sie Eschers Tattoos sieht. »Lieber Himmel, was ist denn Ihnen passiert?«

»Eine Art ... Stigmatisierung«, erläutert Escher ruhig.

Die Schwester schlägt ein Kreuzzeichen. »Ich glaube, ich will es nicht so genau wissen.«

Pepi ist schnell versorgt. Seine Verletzung ist ja eigentlich keine große Sache, erklärt Schwester Hiltraud, nur sei es mit Erster Hilfe eben nicht getan gewesen. Sie hat gottseidank alles Nötige in ihrem Turmzimmer, um den Wundbrand zu beseitigen. Allerdings müsse der Patient jetzt zwölf Stunden ruhen, da gäbe es gar keine Diskussion, punktum.

Obwohl sie dadurch noch mehr Zeit verlieren, fügen sich die anderen der Schwester. Ein kranker Pepi oben am Berg würde ihrem Unternehmen sicher noch viel mehr schaden. Ohnehin kann sich Donner vor Schwäche ebenfalls kaum mehr auf den Beinen halten. Auch Escher ist angeschlagen, und Toto erklärt, daß er zwar die Nacht hätte durchfahren können, aber am nächsten Tag zwangsläufig auch eine Pause hätte einlegen müssen, schließlich hat er noch den ganzen Montag auf der Deponie gearbeitet; so ist es in jedem Fall weniger anstrengend.

»Mit Schlafplätzen sieht es hier allerdings nicht sehr gut aus«, bedauert Schwester Hiltraud. »Seit der Konvent geschlossen ins Gelobte Land gezogen ist, also hinauf nach Mariazell, verfällt das Stift mehr und mehr. Eine Schande ist das, verzeihen Sie, wenn ich das so sage. Die junge Frau kann bei mir und dem Buben im Turm schlafen, aber die beiden Herren ...«

Escher nimmt dankbar an, und nicht nur, weil sie sich wegen der »jungen Frau« geschmeichelt fühlt. Toto erklärt, um ihn brauche man sich keine Sorgen zu machen. Er werde im LKW übernachten, vorher vielleicht noch bei seinem Freund, dem Wirten vorbeischauen. Und Donner verkündet, im Freien schlafen zu wollen, im Park, unter dem großen Gingko-Baum.

»Das ist weit weg von uns«, meint Escher mit Bezug auf sie – und vor allem Pepi.

»Das macht nichts«, erklärt Donner mit rauher Stimme, »das ist vielleicht sogar ganz gut so.«

32

Ein erfolgreicher Schattenlauf hat nach Meinung Riellas gar nicht wenig mit einer guten Ballettaufführung gemeinsam. Die Choreografie muß in beiden Fällen durchdacht sein und von den Protagonisten möglichst perfekt ausgeführt werden.

Die Hauptpersonen des ersten Aktes sind Viktor, der Decker, und Hainrauch, der schwarze Ork. Aus Brackhaus' Unterlagen ging hervor, daß es möglich sein muß, über die Kanalisation in das Gelände der ÖMV-Raffinerie zu gelangen. Das ausgedehnte Industriegelände der ÖMV ist zwar eigentlich nicht mit dem Wiener Kanalsystem verbunden, da es stromabwärts von der Simmeringer Hauptkläranlage liegt und die ÖMV ihre Abwässer selbst reinigt (oder auch nicht), aber die Orks, die das Wiener Kanalsystem kontrollieren, haben vor kurzem einen geheimen Stichkanal zur ÖMV-Kläranlage gebaut, weil ihnen deren Autarkie ein Dorn im Auge ist.

Hainrauch muß einige Verbindungen spielen und einige Euros wandern lassen, um den geheimen Kanal benutzen zu dürfen, der an die ÖMV heranführt. Trotzdem gibt er zwei Minuten vor der kalkulierten Zeit über Funk das codierte Signal, daß es ihnen gelungen ist, in einen Kellerraum am Rand der Kläranlage einzudringen, zwar weit entfernt vom Zielgebäude, aber voll mit vom ÖMV-Computersystem gesteuerten Heizungsanlagen, über die Viktor ins interne Netz der Raffinerie einsteigen kann.

Es beginnt der zweite, weit diffizilere Akt. Orlando, Øre und die »Flyin' Fiorinis« stehen etwa zwanzig Meter entfernt von dem vier Meter hohen, mit Bewegunsmeldern und Hochspannungsdrähten geschützten Maschendrahtzaun, der diese Seite des Geländes absichert, außerhalb des Lichtkegels der gleißend hellen Strahler, die das Innere der Raffinerie taghell erleuchten. Linker Hand liegt das interne Umspannwerk der ÖMV; rechts erstreckt sich eine futuristische Kleinstadt aus meterdicken silbernen Röhren und haushohen Stahlquadern. Weiter hinten brennen auf schlanken Schornsteinen gewaltige Gasflammen. Ein beständiges Summen und Dröhnen erfüllt die ganze Umgebung. Soeben biegt ein uniformierter Wächter, der einen großen Schäferhund an der kurzen Leine führt, um einen der Quader und schlendert, gelangweilt, aber pflichtbewußt in alle Richtungen kontrollierend, über den freien Platz in der Mitte.

Orlando sieht auf seine Stoppuhr und nickt. Der Wächter ist im Zeitplan. Bis sein nächster Kollege hier vorbeikommt, sind es drei Minuten. Mehr Zeit dürfen sie nicht brauchen.

Als der Wächter etwa die Hälfte des Platzes abgeschritten hat, nimmt Orlando eine schmale, ungefähr zwanzig Zentimeter lange Röhre aus seiner Umhängetasche. »Bereit für den Indischen Seiltrick?« flüstert er. Flic, Flac und Fionna nicken. Orlando hält die Röhre in Richtung Zaun, visiert genau, beginnt dann ihre beiden Hälften vorsichtig gegeneinander zu verdrehen. Scheinbar passiert gar nichts. Tatsächlich aber kommt in diesem

Moment, für menschliche Augen unsichtbar, ein in sich wie ein Zopf verdrehtes Gewebe aus der Röhre, das aus Monofilamentsträngen besteht, Drähten, die nicht dicker sind als eine Kette von einzelnen Molekülen. Dieser »Polyfilamentstab« (die Bezeichnung ist wissenschaftlich falsch, aber man kann sich etwas darunter vorstellen) hat natürlich fast kein Gewicht, ist aber durch die sich gegenseitig versteifenden Molekülstränge so solide wie eine zentimeterdicke Eisenstange. Gebannt sehen alle abwechselnd auf den Zaun und Orlandos Hände. Nach unendlich langen vierzig Sekunden – der Wächter ist inzwischen hinter dem Umspannwerk verschwunden – neigt Orlando vorsichtig die Röhre, die die Basis des unsichtbaren Stabes bildet, um einige Millimeter. Er spürt Widerstand – der Stab liegt auf der Oberkante des Zauns auf. Orlando dreht noch einige Sekunden weiter, dann geht er in die Knie, legt die Röhre auf seinem Oberschenkel auf und nickt Flic zu.

Flic wippt auf den Zehenspitzen, dann steigt er einen halben Meter vor der Röhre in die scheinbar leere Luft. Flac reicht ihm eine Hand, hilft ihm dabei, seinen Stand auf dem unvorstellbar dünnen »Drahtseil« zu stabilisieren. Als das gelungen ist, schiebt er langsam einen Fuß vor, bemüht, mit den spezialbeschichteten Sohlen den Kontakt zum Polyfilament nicht zu verlieren. Zentimeter für Zentimeter arbeitet er sich so zügig weiter vor, hinauf ins Nichts. Es dauert nur dreißig Sekunden, bis er die Oberkante des Zauns erreicht hat, aber sie erscheinen ihnen wie Stunden. Er dreht sich nun ein wenig, greift mit der Hand nach dem Stahlpfeiler, der über den Zaun hinausragt und von dem aus drei Reihen Hochspannungsdrähte in beide Richtungen weggehen; darüber befindet sich mit hoher Wahrscheinlichkeit noch eine Infrarotschranke, aber deren Strahl ist genauso unsichtbar wie ihr »Drahtseil«. Kaum hat Flic sicheren Halt gefunden, folgt ihm Flac. Eine weitere halbe Minute, und er hat seinen Partner erreicht. Der beugt sich nun so weit hinunter, wie es geht, und hält Flac die Hand hin, in die dieser seinen rechten Fuß stellt; zugleich legt er seine rechte Hand auf Flics Kopf. Sie sehen sich kurz an, dann ein Ruck – und Flac fliegt, einen perfekten Salto drehend, über Zaun, Drähte und Lichtschranke hinweg auf die andere Seite, wo er weit genug vom Fundament des Zauns entfernt landet, daß der darin eingebaute Bewegungsmelder nicht anspricht.

Fionna kommt als letzte, aber sie ist erfahrungsgemäß die Schnellste. Orlandos Oberschenkelmuskel protestiert, obwohl sie bedeutend leichter als ihre männlichen Kollegen ist. Sie wiederholt das Kunststück fast noch anmutiger und eleganter als ihr Vorgänger. Kaum ist auch sie drüben, kommt Flic zurück.

Flac und Fionna sind bereits im Schatten des Umspannwerks verschwunden, aber Flic ist noch im Bereich der Scheinwerfer, als der nächste Wächter um die Ecke biegt.

Øre legt schnell, doch ohne Hast sein schallgedämpftes Scharfschützengewehr an und schießt. Nicht auf den Wächter, sondern auf eines der Starkstromkabel, die vom Umspannwerk weiter hinein ins Gelände führen. Die kurze zischende Entladung, die die Kugel auslöst, als sie das dicke Kabel streift, reicht aus, um den Wächter den Kopf drehen zu lassen. Als er wieder in ihre Richtung sieht, ist Flic in Sicherheit.

33

Schu-Schus immer noch bewußtlosen Körper legen sie in einer stillen Ecke einer Tiefgarage in der Nähe vom MonoMed ab. Sie haben ihr ein weiteres Patch gegeben, das ihre reduzierten Körperfunktionen noch für etwa acht Stunden stabilisieren wird. Bis dahin müßte sie aber längst vom Ärztenotdienst gefunden worden sein, den sie von einem in der Nähe gelegenen Würstelstand aus verständigen, anonym natürlich Mehr können sie momentan für sie nicht tun. Es gibt zwar böse Gerüchte über die sogenannte »Körperverwertungsstelle« des riesigen Krankenhauses: Daß geldgierige Organ-Transplanteure manchmal auch Patienten bei lebendigem Leib »ausschlachten« würden, speziell wenn sie ohne ID-Nummer eingeliefert worden sind, oder daß gleich der ganze Patient an obskure »Liebhaber« verkauft würde, und dergleichen mehr Aber darum können Zizibee und Ajax sich leider im Augenblick beim besten Willen nicht kümmern.

Sämtliche persönlichen Gegenstände des Barmädchens hat Zizibee an sich genommen. Die Zugangscode-Karte für die »Eden« war ebenso in Schu-Schus Umhängetasche wie der elektronische Schlüssel für ihre kleine Untermietwohnung in der Argentinierstraße, wo Zizibee, nachdem Ajax sie dort abgesetzt hat, nun den Kleiderschrank durchwühlt. Die Alltagskleidung darin ist unspektakulär, billige Massenware. Aber die Abendgarderobe entlockt ihr einen bewundernden Pfiff, und die Reizwäsche aus echter Seide muß ein Vermögen wert sein. Am liebsten würde sie alle diese hauchzarten Spitzenhöschen, Bustiers und Strumpfgürtel mitnehmen – frau gönnt sich ja sonst nichts –, aber schließlich entscheidet sie sich doch für eine Kombination aus silbergrauen Seidenstrümpfen, einem ebensolchen Mieder, das ihre Brustprothese (vor der ihr immer noch fürchterlich graust) perfekt stützt und außerdem die Klettverschlüsse am Rücken verdeckt, sowie fleischfarbenen Strapsen und einem ebensolchen G-String-Höschen. Ujegerl, rasieren muß sie sich auch noch!

Als das geschehen ist und sie in Schu-Schus engem Badezimmer den ihr trotz eines ausgiebigen Bades immer noch anhaftenden leichten Desinfektionsmittelgeruch mit reichlich Seife abgerieben hat, schminkt sie sich getreu dem Vorbild auf dem Chip in ihrer Schläfe, klebt Wimpern und lange, vorne geschlitzte goldene Fingernägel an, wie sie der gutbetuchte Charmeur über fünfzig derzeit offenbar liebt, zieht eines der Abendkleider an, setzt Schu-Schus rotblonde Perücke auf, frisiert sie so, daß sie ihre Chipbuchse verdeckt, und schlüpft in ein Paar hochhackiger Schuhe, die ihr leider eine Nummer zu klein sind. Naja, frau kann nicht alles haben. Sie macht einige Probeschritte vor dem Wohnzimmerspiegel und vergleicht ihren Hüftschwung mit den Aufzeichnungen auf Graf Lustigs Chip. Etwas weicher noch im Becken, Mädel, du gehst nicht in eine Lesbendisco ... ja, das kommt eigentlich schon sehr gut hin ...

Es läutet an der Tür. Kurze Panik, aber dann fällt ihr ein, daß das ein guter Test für den Ernstfall sein könnte. Sie blickt durch den Türspion. Draußen steht ein junger Mann Marke glubschäugiger Informatik-Student, der zwei Weingläser in der Hand hält.

Zizibee öffnet. Sie aktiviert den Stimmenmodulator, wie es ihr Daktari gezeigt hat, versucht, Schu-Schus unterkühlten Tonfall auf der Aufzeichnung möglichst genau zu treffen: »Oh. Hallo. Ich bin gerade am Weggehen.«

Der Student, dessen käsiges, bleiches Gesicht in Blitzesschnelle hochrot anläuft, stottert: »Ich – ich wollte nur die Weingläser zurückbringen, die Sie ... du mir geborgt haben. Hast. Danke.«

»Das ist lieb. Vielen Dank.«

Sie nimmt ihm die Gläser aus den feuchten Händen. Er scheint auf etwas zu warten. »Ja?«

»Ich, äh, wollte nur sagen, Sie brauchen sich keine

Sorgen wegen der, äh, Kalkablagerungen zu machen. Nach dem Geschirrspülen, meine ich. Weil, weil es gibt da ein tolles neues Mittel. Wenn Sie, äh, du willst, bringe ich dir beim nächsten Mal eine Packung. Mit. Weil ich sowieso einkaufen gehe, meine ich.«

»Ach, mach dir doch keine Umstände wegen mir.«

»Nein, nein, kein Problem, meine Mutti sagt sowieso, ich solle, äh, solle öfter mal ein bißchen raus. An die Luft. Frische. Schnappen.«

»Ja, das ist eine gute Idee, glaube ich. Tja, ich muß dann. Tschüß, war nett!«

»Ich läute einfach wieder, wenn ich das, dings, äh, Spülmittel habe.«

»Braver Junge. So, und jetzt geh wieder zur Mutti!«

Sie schließt die Tür und unterdrückt mit Mühe einen Lachkrampf.

Na, das hat doch ganz gut funktioniert, oder? Sie schaut auf ihre – Schu-Schus – Armbanduhr. Viertel sechs. Zeit, ein Taxi zu rufen. In Schu-Schus Börsel war glücklicherweise noch etwas Kleingeld.

»I am Rock«, trällert sie, während sie einen leichten Mantel überwirft, »and I gonna rock you a-a-a-a-all!«

34

Der zweite Akt des Schattenballets endet mit einem konzertanten Knalleffekt. Øre hat die Position gewechselt. Er liegt nun hinter einem Bahndamm, etwa fünfzig Meter vom östlichen Ende des Drahtzauns entfernt, wo dieser in eine solide Steinmauer übergeht, die von einem zweistöckigen Wachtturm am Eck abgeschlossen wird. Hier donnern in regelmäßigen Abständen die Schnellbahnzüge in Richtung Schwechater Flughafen vorbei. Øre braucht ihr Geräusch als akustische Tarnung. Bei den folgenden beiden Trickschüssen kann er keinen Schalldämpfer verwenden.

Als der nächste Zug in Sicht kommt, legt er an. Er hat einen speziellen Aufsatz auf seinem Gewehr montiert, mit dem er etwa einen Zentimeter durchmessende Gel-Kugeln verschießen kann. Er wartet, bis der Zug auf seiner Höhe ist, dann drückt er ab. Für ihn klingt der Knall bedenklich laut, doch drüben in der ÖMV wird er hoffentlich vom ratternden Lärm der S-Bahn überdeckt worden sein. Kaum ist der Zug vorüber, überprüft er durch das Fernglas, ob er getroffen hat. Ja. Das Gel-Kügelchen klebt, so gut wie nicht zu entdecken, neben einem Vogelnest unter dem Dach eines Gebäudes etwa vierzig Meter hinter dem Zaun. Øre entnimmt seinem Gewehrkoffer ein kleines Funkgerät mit einem Mini-Bildschirm und aktiviert durch einen Tastendruck die winzige Kamera, die in das Gelkügelchen eingebettet ist. Es dauert einige Minuten, bis er die Kamera über die Fernsteuerung so justiert hat, daß sie in die Gasse zwischen den hohen, kasernenartigen Bauten der Kunststoff-Fertigungsstraße blickt, die er mit freiem Auge von seinem Standort aus unmöglich sehen könnte. Laut den Infos, die Riella von ihrem unbekannten Auftraggeber erhalten hat, müßte dieser kritische Bereich nächtens von freilaufenden Schreckhähnen bewacht werden ... Da ist schon einer, noch einer, weiter hinten stehen drei dicht beieinander. Das wär's! Er blickt auf die Uhr: nächster Zug in vierzig Sekunden. Mit geübten Handbewegungen montiert er einen Mini-Raketenwerfer, wobei er den dafür modifizierten Koffer als Unterlage benutzt. Er hat kaum den letzten Schnellverschluß fixiert, als das Zuggeräusch hörbar wird. Den eingebauten Computer für die Zielberechnung braucht er nur zur Kontrolle; dieses Baby hat er selbst gebaut, natürlich mit Orlando, der, was Mikroelektronik und andere technische Tricks betrifft, nicht umsonst den Beinamen »Magic« trägt. Ein überprüfender Blick noch auf das Display des Funkgeräts: Die paranormalen, aus der Nähe äußerst gefährlichen Vögel stehen immer noch schön brav beisammen, es hat sich sogar noch ein Vierter Schreckhahn dazugesellt, vielleicht haben sie ja eine Ratte oder etwas Ähnliches erlegt. Diesmal wartet er, bis der Zug fast vorüber ist, er will schließlich nicht mitten in die S-Bahn hineinballern. Jetzt ist das Ende des letzten Waggons auf seiner Höhe, und Øre löst den Raketenwerfer aus.

In einem anmutigen Bogen senkt sich das Projektil in die Gasse zwischen den Fertigungshallen. Das trokkene Explosionsgeräusch kann er bis hierher hören; auf dem Display ist von den Schreckhähnen nur noch eine Wolke aus herumwirbelnden Federn zu sehen.

Sofort setzt er den Funkimpuls ab, der die erfolgreiche Erledigung seines Parts signalisiert. Dann steckt er sich ein dünnes Zigarillo an und beginnt seine Waffen einzupacken. Er hofft, daß seine Arbeit für diese Nacht getan ist; ab jetzt wird er nur noch gebraucht, falls etwas schiefgeht.

Kaum ist Øres Signal angekommen, treten Flac und Fionna in den schmucklosen Gang des leeren Gebäudes, dessen relativ einfache Türsicherung sie inzwischen aufgebrochen haben, ohne daß dabei ein Alarm ausgelöst worden wäre. Ein besonders kritischer Moment, denn nun sind sie im Erfassungsbereich der im Gang angebrachten Kamera. Wenn Viktor es inzwischen nicht geschafft hat, zumindest einen Teil des Sicherheitssystems zu übernehmen, ist damit ihr Standort verraten.

Doch Viktor hat, obwohl ihm die als ein in sich selbst verschlungenes, unendliches Labyrinth von Pipelines gestaltete Matrix der Raffinerie das Letzte abverlangt, die zentrale Steuerung der tausenden im Gelände verteilten Überwachungskameras für einige Sekunden unter seine Kontrolle bringen können. Nun vertauscht er die Standort-Angaben der Kameras. In sämtlichen Wachstuben des Industriegeländes, das die Fläche mehrerer Kleinstädte einnimmt, sind Flic und Flac nun auf einem Bildschirm aufgetaucht – doch scheinbar gehört der Gang, in dem sie stehen, zu einem der Aufenthaltsräume der Arbeiter in der Kunststoff-Fertigung, gleich ums Eck von dem Ort, von dem nur eine Sekunde früher die Explosion und der Ausfall der Schreckhähne gemeldet wurden. Zwei Eindringlinge und vier gegrillte paranormale Hähnchen, das müßte eigentlich reichen, um einen Großteil der Eingreiftruppen in diese Ecke der Anlage zu dirigieren – gut drei Kilometer entfernt vom F&E-Gebäude, das Flac und Fionna demnächst erreicht haben müßten.

Viktor bemerkt, daß das System auf passiven Alarm hochschaltet. Er macht, daß er wegkommt.

Aber er ist zu langsam.

Achtes Kapitel

Morgenandacht · Tod eines Schwans · Lackeln und Magische Quartette · Wo ist Toto? · Chanel für den Vizebürgermeister · Ein Bad in der Kläranlage Willkommen im Club · Elfentränen

35

Die Nacht hat sie alle erquickt, alle außer Donner. Als Schwester Hiltraud um sechs Uhr früh aufsteht und zum Morgengebet in den Park geht, findet sie ihn mit blutunterlaufenen Augen an den Stamm des Gingko-Baumes gelehnt. Sein graues Haar ist struppig, seine stoppelbärtigen Wangen sind eingefallen, seine Hände zittern unkontrolliert.

Die Nonne eilt zu ihm hin. »Jesus, Maria und Josef!« ruft sie, »ist Ihnen nicht gut, Herr Donner? Haben Sie etwa auch eine Verletzung?«

»Nein, nein«, sagt Donner rauh. Er räuspert sich. »Ich habe eigentlich ganz gut geschlafen. Der Baum strahlt eine unglaubliche, wunderbare Ruhe und Weisheit aus. Ich habe nur ... schlecht geträumt.«

»Ich werde Ihnen ein stärkendes Tonikum geben. In Ihrem Alter sollten Sie nicht mehr im Freien übernachten. Da, Sie sind ja ganz naß vom Morgentau! War Ihnen denn nicht kalt?«

»Nein, die Nacht war lau, und ich bin ja dick angezogen; und eine ordentliche Speckschicht habe ich selber auch. Auf das Tonikum würde ich später gern zurückkommen, das ist sehr liebenswürdig. Aber lassen Sie sich von mir nicht von Ihren morgendlichen

Exerzitien abhalten. Wenn Sie gestatten, werde ich mich inzwischen in Ihrer Turmkammer ein wenig aufwärmen.«

»Aber selbstverständlich.««

Während Schwester Hiltraud, unhörbar die Lippen bewegend, auf den wenigen noch nicht völlig überwucherten Wegen des Stiftsparks hin und her wandert, schleppt sich Donner zum Turm. Er fühlt sich, als wäre er durch einen Fleischwolf gedreht worden. Aber das ist nichts gegen das, was er im Traum gesehen hat, und woran er sich, stocknüchtern wie er eingeschlafen ist, erinnert, ob er will oder nicht.

Als die Nonne zurückkommt, bereiten sie gemeinsam das kärgliche Frühstück: schwarzes Brot, etwas Lupinen-Margarine und eine große Kanne Kräutertee.

»Sie leben ganz alleine in dem Stift?«

»Seit die Mönche vor sechs Jahren nach Mariazell gezogen sind. Ich war ihre Haushälterin.«

»Warum sind Sie nicht mit ihnen gegangen?«

»Mein Platz ist hier in Lilienfeld. Die armen Leute aus der Umgebung brauchen mich. Der Arzt ist nichts wert, ein Säufer und Morphinist, der aber trotzdem horrende Summen für seine Behandlungen verlangt. Ich war Oberschwester im Leobener Krankenhaus, bevor ich hierher versetzt worden bin. Möge mir der liebe Herrgott meinen Ungehorsam verzeihen, aber im Gelobten Land wird es genügend Pfarrersköchinnen geben.«

Inzwischen ist auch Escher aufgewacht. Sie murmelt ein verschlafenes »Guten Morgen«, sieht Donner besorgt in die Augen, sagt aber nichts, sondern verschwindet mit einem Waschlappen zum Brunnen hinter dem Turm. Pepi schläft noch ruhig und friedlich.

»Ich habe vorhin seine Temperatur gemessen und seinen Verband gewechselt«, berichtet Schwester Hiltraud. »Das Fieber ist weg, und der Wundbrand auch. Bis heute Mittag soll er noch schlafen, dann ein kräftiges Essen, und er ist wieder ganz der Alte. Abgesehen von seinem Finger natürlich. Was war das, ein Unfall?«

»Etwas in der Art. Sagen Sie, Schwester, kennen Sie einen Pater namens Carlo? Italiener, oder aus der italienischen Schweiz, dunkel, eher klein, sehr drahtig?«

»Zum Konvent hat er sicher nicht gehört. Die hatten alle Bäuche, dicker als die Weinfässer, aus denen sie jeden Abend gesoffen haben.«

Bei jeder Erwähnung von Alkohol gibt es Donner einen Stich in der Brust. Ein Glas nur, nur ein einziges Glas … Er zwingt seine Gedanken in eine andere Richtung.

»Aber vielleicht war er zu Besuch hier, eventuell bei den Vorbereitungen für den Umzug?«

»Das könnte sein. Warten Sie … ja, ein Pater, auf den ihre Beschreibung zutrifft, hat die Transportfahrzeuge kommandiert, die die Stiftsbibliothek ins Gelobte Land überführt haben.«

»Hatte er eine künstliche rechte Hand? Aus mattgrauem Metall?«

»Ja, ja genau! Meistens trug er Handschuhe, aber einmal hat er den rechten abgestreift und die Hand in den Motorblock einer Zugmaschine gesteckt, der nicht anspringen wollte.«

Dann ist es also wahr … »Ist Ihnen sonst noch etwas an ihm aufgefallen?«

»Nicht daß ich wüßte. Ich hatte ja auch wenig zu tun mit ihm. Aber, wenn ich ehrlich sein darf … Sympathisch war er mir nicht.«

Escher kommt von ihrer Morgentoilette zurück. Ihre Tätowierungen leuchten in der Sonne.

Donner zieht sie auf die Seite. »Was Pater Carlo betrifft, habe ich dir noch nicht alles gesagt. Es gibt eine gute und eine schlechte Nachricht. Welche möchtest du zuerst hören?«

Escher verdreht die Augen. Scherze am Morgen, das haßt sie.

36

Als Viktor realisiert, daß ihn das System jede Millisekunde entdecken wird, versucht er ein »Elegantes Ausloggen« vorzubereiten, um sich ungefährdet von den Angriffs-Utilities des Systems auszustöpseln. Seine andere Aufgabe, die den dritten Akt ihres Ballets ermöglicht, hat er bereits erledigt, er könnte also getrost die Flucht ergreifen. Doch er merkt schnell, daß er das um's Arschlecken nicht mehr schaffen wird. Seine Gedanken überschlagen sich. Wenn ihn das System in diesem Host erwischt, könnten die sicherlich demnächst alarmierten Decker und Operatoren seine Manipulationen an der Kamerasteuerung bemerken und Flacs und Fionas wirklichen Aufenthaltsort doch noch entdecken. Also teleportiert er blindlings in einen anderen Host, der für die Steuerung der Heizungs- und Kühlanlagen der Maschinenparks in der Nähe des Kellers zuständig ist, in dem Hainrauch seinen physischen Körper bewacht. Keine Zeit jetzt, ihm oder den anderen eine Warnung zukommen zu lassen. Kaum ist er in dem neuen Host materialisiert, einem gewaltigen, kugelförmigen Dampfkessel, als er auch schon merkt, daß er nun endgültig sein Sicherheitskonto überzogen hat.

Temperatur und Druck in dem Kessel steigen beständig an. Sein Matrix-Körper, ein metallisch schimmernder Schwan, wird von einem Schwarm schleimiger Blutegel attackiert, die sich überall an ihm festsaugen und eine ätzende Flüssigkeit absondern, die sein Federkleid aufzulösen beginnt. Der Dampf macht die Orientierung sehr schwer. Er versucht verzweifelt, das nächstgelegene Auslaßventil zu erreichen, während er gleichzeitig mit dem Schnabel nach den Blutegeln hackt. Für jeden, den er zerbeißen kann, kommen drei neue dazu. Wenn nur der Dampf nicht wäre! Das Ventil ist natürlich verschlossen; er muß sich von den Egeln, die ihm gräßliche Schmerzen verursachen, abwenden und alle verbliebene Kraft auf das Ventil konzentrieren. Unter seinen Schwingen wachsen Raketen wie unter den Flügeln eines Jagdbombers. Obwohl er viel zu nahe dran ist, löst er alle gleichzeitig aus; das ist seine letzte, stärkste Waffe. Die Schleuse explodiert. Halb betäubt wird er mit dem heißen Dampf hindurchgerissen.

Durch blauschimmernde Röhren rutscht er in eine Halle, in der in gewaltigen Bottichen verschiedenfärbige ölige Flüssigkeiten blubbern. Er versucht, an die Decke der Halle zu fliegen, doch es geht nicht – die Blutegel haben ihm schon zu viele Federn zerstört. Zum Heilen reicht die Zeit auf keinen Fall. Wenn es ihm nur gelänge, wenige Augeblicke lang seinen Verfolgern zu entkommen! Dann käme er raus. Oder aber Hainrauch bemerkt, daß er in groben Schwierigkeiten steckt, und reißt ihm das Kabel aus der Buchse. Das würde ihm zwar einen argen Schock versetzen, aber sein Leben retten. Doch leider läuft die Zeit in der physischen Welt um vieles langsamer ab als in der Matrix …

Während er verzweifelt auf die ätzenden Egel einhackt, versucht er, hinter einem der Bottiche ein Versteck zu finden. Doch plötzlich wachsen unter und hinter ihm quecksilberne Zangen aus dem Fliesenboden und den Maschinenblöcken. Er ist bereits viel zu schwach, um sich aus ihrem Griff zu befreien. Sein

Schnabel ist stumpf geworden, schmilzt unter dem Einfluß der Blutegel-Säure.

Neben dem Bottich ist eine Gestalt aufgetaucht, ein schlanker Mann mit elfischen Gesichtszügen. Er trägt einen Arbeitsmantel aus spiegelndem Chrom und ebensolche Handschuhe. Ein ÖMV-Decker! Sein Gesicht verzieht sich zu einem bösartig-triumphalen Lächeln, als er mit den Arbeitshandschuhen den Bottich ergreift, ihn hochhebt und das siedende Öl auf Viktor, den Schwan herabfließen läßt. Viktor erleidet unvorstellbare Schmerzen, als das Öl sein Fleisch versengt, verbrennt, bis auf das stählerne Skelett aus digitalen Zahlenfolgen auflöst. »Viviane – !«, ruft er, dann schmilzt auch dieses.

Als Hainrauch bemerkt, wie sich Viktors Körper aufbäumt, und ein gräßlicher Schrei den stickigen Raum erfüllt, ist es bereits zu spät. Das Gesicht zu einer grauenerregenden Grimasse verzogen, schlägt Viktors Kopf auf der Tastatur seines Decks auf. Zugleich erlöschen alle Lichter im Raum, und sämtliche Apparaturen stellen ihre Arbeit ein. Hainrauch zieht sofort das Kabel aus der Schläfenbuchse und versucht trotz der völligen Dunkelheit minutenlang, den Decker wiederzubeleben, aber alle seine Bemühungen sind vergeblich.

Viktors Finger werden nie mehr über die Tasten tanzen.

Als Hainrauch über sein Funkgerät eine Warnung an das Team absetzen will, bemerkt er mit Schrecken, daß er nicht hinauskommt. Anscheinend wird der Funkverkehr elektronisch gestört. Er tastet sich zur Tür und öffnet sie. Auch der angrenzende Gang ist stockfinster. Nicht weit entfernt erklingen die schweren Schritte eisenbeschlagener Stiefel. Dann fällt der Strahl einer starken Taschenlampe um die Ecke.

37

Zizibee kommt zu spät, weil sie nicht einkalkuliert hat, daß jedes Taxi, das in den ersten Bezirk einfahren will, penibel kontrolliert wird. Auch der Taxler hat blöderweise nichts davon gesagt, er scheint ziemlich neu in der Stadt zu sein.

Die Straßensperre vor der Oper sieht überhaupt nicht wie eine solche aus, eher wie eine enge S-Kurve zur Verkehrsberuhigung. Doch nach jedem Auto, das die Schikane durchfahren hat, schiebt sich sofort wieder ein massiver, oben hübsch mit einer kleinen Mozart-Büste verzierter Eisenpfahl aus dem Boden. Kaum steht das Taxi, öffnen auch schon vier in historische Kostüme gekleidete Männer mit weißen Perücken die Türen. Sie benehmen sich ausgesucht höflich, doch vermitteln sie dabei gleichzeitig hundertprozentig das Gefühl, daß mit ihnen nicht zu spaßen ist. Das sind unzweifelhaft die Männer der Innere Stadt-Security; sie werden im Volksmund »Lackeln« genannt.

»Küß' die Hand, gnädige Frau. Wohin möchten Sie bitte?«

»In die Eden-Bar. Ich arbeite dort.«

»Ähem. Normalerweise werden wir vorinformiert, wenn Personal erwartet wird. Wenn Sie bitte aussteigen. Dürfen wir Ihre ID-Karte sehen?«

Sch …, das hat sie nicht bedacht. Normalerweise meidet sie den Ersten wie die Pest und VITAS zusammengenommen. Zizibee steigt aus – was sonst sollte sie tun – und reicht ihm Schu-Schus Zugangskarte zur Eden. Inzwischen hat einer seiner Kollegen das Taxi auf einen kleinen Parkplatz gewunken und sich auf den Sitz neben dem Fahrer gesetzt, der heftig zu gestikulieren begonnen hat. Die beiden übrigen gehen, verstärkt durch zwei frisch Hinzugekommene, zum nächsten Auto.

Der Lackel winkt Zizibee in eine Art historisches Wachhäuschen, dessen Außenseite von barockem Kitsch überquillt. Innen hingegen dominiert kühle, modernste Hi-Tec. Der Lackel bietet Zizibee einen Sessel an und führt ihre Karte in ein Lesegerät ein. Danach drückt er in rascher Folge einige Knöpfe. Nach wenigen Sekunden erscheint auf einem Bildschirm das markante Gesicht Heinz Danilos.

»Entschuldigen Sie, geehrter Herr«, sagt der Lackel formvollendet, »aber uns fehlt das Aviso für die Einreise einer Person, die angeblich bei Ihnen beschäftigt ist. Ich überspiele die Daten.«

Danilo, ein sehr muskulöser, glatzköpfiger, schnurrbärtiger Ork in einem sichtlich maßgeschneiderten weinroten Smoking blickt kurz nach unten, dann zieht er die spiegelnde Stirn in Falten. Der Lackel dreht eine kleine Kamera in Zizibees Richtung. »Ist das die Dame, Herr Danilo?«

Der Unterweltkönig blickt Zizibee kurz an, wobei einen Moment lang ein zorniges Glitzern in seinen Augen aufflackert, nickt dann und sagt: »Das geht in Ordnung. Eine Unachtsamkeit unsererseits. Wir entschuldigen uns vielmals.«

»Oh, keine Ursache, gnädiger Herr. Das Fräulein wird in Kürze bei Ihnen sein.«

»Ich danke ergebenst.«

Der Bildschirm erlischt, zugleich rutscht die ID-Karte wieder aus dem Schlitz. Der Lackel reicht sie Zizibee zusammen mit einem kleinen Ansteckbutton, auf dem das Logo des Innere Stadt-Konzerns abgebildet ist, und meint: »Sie arbeiten doch schon fast zwei Jahre im Ersten, wieso haben Sie denn heute auf das vergessen?«

»Ich weiß auch nicht. Ich war in Gedanken. Vielleicht bin ich verliebt. Oder ich kriege meine Tage, hihi ... Entschuldigen sie bitte die Unannehmlichkeiten. Es wird gewiß nicht wieder vorkommen.«

Zizibee schenkt ihm Schu-Schus strahlendstes Lächeln. Er bringt sie nach draußen. Das Taxi ist weg. Der andere Lackel erklärt: »Bedaure, der Taxifahrer war ein illegaler Einwanderer. Er wurde dem Schnellrichter übergeben. Sollen wir Ihnen einen Fiaker rufen?«

Und womit soll ich den bezahlen?, denkt Zizibee. »Nein, Danke vielmals, ich gehe zu Fuß weiter, es sind ja nur ein paar Schritte.«

»Wie Sie meinen. Schönen Abend, gnä' Frau.«

Zizibee stöckelt davon. »Blondinen«, sagt der zweite Lackel abfällig. »Obwohl ich sie nicht von der Bettkante schupfen würde. Hast du ihre Möpse gesehen?«

»Mein Lieber, die derzahlst du dein Lebtag nicht. Das ist eine vom Danilo.«

»Igitt! Nuttengfraaßter. Machen nix als Schwierigkeiten!« schimpft der andere. Dann setzt er wieder sein Strahlelächeln auf und wendet sich dem nächsten Auto zu.

38

Nachdem sie gefrühstückt haben – Pepi schläft immer noch tief und fest, ein kindliches Lächeln auf den Lippen –, räumt Schwester Hiltraud das schmucklose Geschirr in eine Schüssel. Escher macht sich erbötig, es am Brunnen abzuwaschen, aber die Nonne meint: »Dazu ist leider keine Zeit mehr. Ich muß meine Hausbesuche absolvieren. Eine meiner Patientinnen hat eine schlimme Nierenkolik. Ich muß Sie bitten, den Vormittag woanders zu verbringen, ich möchte den Turm nämlich gern absperren. Der Bub wird vor Mittag nicht aufwachen, und bis dahin bin ich wieder zurück. Vielleicht kümmern Sie sich inzwischen um ein kräftiges Mittagessen? Ich bin nicht sicher, ob ich dazukomme, etwas von einem der Bauern in der Umgebung zu besorgen.«

Wenn Schwester Hiltraud diesen speziellen Tonfall anschlägt, erwartet sie eindeutig keine Widerrede. Donner schlägt vor, inzwischen nach Toto zu sehen. Zusammen mit der Nonne verlassen sie das Stift.

Doch als sie auf die Straße treten, ist von Toto und dem LKW nichts zu sehen.

»Was jetzt?« fragt Escher. Schwester Hiltraud verschwindet mit weit ausladenden Schritten, ihren altertümlichen Arztkoffer schwingend, in einer kleinen Gasse.

»Ich glaube, ich weiß, wo er ist«, sagt Donner.

Tatsächlich steht das Sonderfahrzeug vor dem Wirtshaus. Doch die Tür ist verschlossen. Sie klopfen sowohl an die Wände des Fahrzeugs als auch an die mit Rolladen verschlossenen Fenster des Gasthofs, doch nirgends erhalten sie Antwort.

Donner läßt sich ächzend auf die Stufen vor dem Eingang nieder, dreht sich eine Zigarette. Nach kurzem Zögern setzt sich Escher zu ihm. »Ich schau einmal nach«, flüstert Donner, nachdem er einige tiefe Züge genommen hat, schnippst die Selbstgewuzelte auf die Straße und lehnt sich mit geschlossenen Augen an sie. Sein Körper wird schlaff, als sein Geist ihn verläßt.

Schon nach wenigen Sekunden ist er wieder zurück. Er öffnet die Augen und grinst breit. »Ich glaube, um das Mittagessen brauchen wir uns keine Sorgen mehr zu machen.«

Die Sonne scheint warm auf die Vorderfront des Hauses. Außer Vogelgezwitscher und dem fernen Tuckern eines asthmatischen Traktors ist nichts zu hören. Auch jetzt am Vormittag ist die ehemalige Sommerfrische wie ausgestorben. Nur einmal geht eine alte, ganz in Schwarz gekleidete Frau an der anderen Seite des Platzes vorbei.

»Mit den Mönchen ist anscheinend das letzte bißchen Wirtschaftsleben von hier verschwunden«, meint Donner, der mit einem kleinen Hölzchen den Dreckrändern unter seinen Fingernägeln zu Leibe rückt. »Tourismus gibt's schon lang keinen mehr, Industrie sowieso nicht – die Jungen sind abgewandert und suchen ihr Glück im Megaplex. Bald ist das hier eine Geisterstadt.«

Aus dem Obergeschoß des Gasthauses dringt plötzlich verhaltenes Stöhnen, das sich immer mehr steigert.

Escher ist so schnell aufgesprungen, daß ihr Donners müde Augen kaum folgen konnten. Jetzt entspannt sie sich, schaut Donner fragend an und erwidert dann sein Grinsen. »Na, wenigstens einer sorgt für Nachwuchs.«

»Mit der Tochter des Wirtes«, erklärt Donner schmunzelnd. »Der liegt übrigens noch in der Gaststube und schläft einen gewaltigen Rausch aus. Anscheinend hat er den Fehler gemacht, mit Toto Karten zu spielen. Ich habe das Gefühl, unsere Reisekassa dürfte inzwischen ganz gut gefüllt sein.«

39

Wenn in einer Chorus-Line nur ein einziger Tänzer ausfällt, setzt oft eine fatale Kettenreaktion ein, die die ganze komplizierte Ballettfigur in ein Desaster verwandeln kann. Riellas Team droht genau das, sie weiß es nur noch nicht.

Flac und Fionna haben vereinbarungsgemäß und exakt im Zeitplan das Signal gegeben, daß das Ablenkungsmanöver funktioniert hat und sie nun auf dem Weg zum Zielgebäude sind. Der dritte Akt beginnt.

Riella, Orlando und Flic fahren in einem schnittigen, doch ansonsten unauffälligen Eurocar-MiniVan, der von Sophie gesteuert wird, zum Haupttor der Raffinerie. Sie tragen einfärbige dunkelblaue Business-Kleidung über ihren Kevlarjacken und das Emblem der »Danubenwacht« als goldene Anstecker auf ihren Revers.

Die Zwergin, deren Oberlippe ein dunkler Damenbart ziert, stoppt den Eurocar-MiniVan vor der Schranke. Einer der schwerbewaffneten Wachtposten tritt an die Beifahrerseite. Orlandos Fenster gleitet nach unten. »Danubenwacht, Sondereinheit M«, sagt er mit einer Stimme, die in Riellas Körpermitte eindeutige Reaktionen auslöst. »Wir waren gerade in der Nähe auf der Autobahn und haben Anweisung von Ihrer Zentrale bekommen, Ihnen Hilfe zu leisten, weil Sie einen Beta 2-Fall auf Ihrem Gelände haben.« Er produziert eine Miniaturausgabe eines Kredstabs, auf der das Danubenwacht-Logo eingeprägt ist. »Bitte um Schnellautorisierung.« Der Wachtposten nimmt den Ministab und reicht ihn durch eine Schießscharte des Wachhauses.

Dank Viktors letztem Pas-de-deux stimmen die Daten im Terminal des Wachhauses mit denen auf dem Ministab exakt überein: Vor wenigen Minuten wurde wegen der Entdeckung zweier Eindringlinge im Bereich der Kunststoff-Fertigung, fast genau am entgegengesetzten Ende des Geländes, tatsächlich Beta 2-Alarm gegeben; auch die Kommunikation zwischen der Raffinerie, der Verwaltungszentrale auf der »Platte« und der zufällig in der Nähe befindlichen Magie-Sondereinheit der »Danubenwacht« ist dokumentiert. Die Identifikationen der vierköpfigen Sondereinheit, die auf Orlandos Ministab enthalten sind, stimmen ebenfalls – kein Wunder, Orlando und Viktor haben schließlich alle diese Datenpakete gemeinsam gebastelt.

Der Wächter bringt ihnen vier gelbe Ansteckbuttons und einen fünften Sender für das Auto. »Damit können Sie sich im Gelände frei bewegen, Sir!« erklärt der Wächter diensteifrig. Er versucht einen Blick auf die anderen Insassen zu erhaschen; die »Magischen Quartette« der »Danubenwacht«, der gemeinsamen Schutztruppe aller auf der »Platte« situierten Konzerne, sind legendär und selten zu Gesicht zu bekommen. Riella, die hinter Orlando auf dem Rücksitz lümmelt, schenkt ihm ein dünnes, mysteriöses Lächeln. Zugleich läuft es ihr selbst kalt den Rücken hinunter, weil sie in Wahrheit nicht einen einzigen Magier dabeihaben ...

»Frechheit siegt«, sagt Orlando trocken, als der Schranken hochgegangen ist und sie in hohem Tempo die Hauptstraße der Industrieanlage entlangbrausen. »Zeitplan?« fragt Sophie. »Eine Minute drunter«, meldet Riella. »Ein Birdie. Hoffen wir, daß es so bleibt.«

Wenige hundert Meter entfernt von ihnen wird in diesem Moment Viktors Leiche gefunden.

40

Es ist zehn nach sechs, als Zizibee endlich den Summer an der Tür der »Eden« betätigt. Ihr Herz klopft bis zum Hals, und nicht nur, weil sie in den unbequemen Schuhen so schnell gegangen ist. Mit einem sanften Klicken öffnet sich die Tür. Zizibee tritt ein.

Im Vorraum sieht es genauso aus wie auf Graf Lustigs Chip. Sie winkt lässig dem Portier zu, der ihr neckisch mit dem Finger droht. Dann zieht sie ihre Karte durch das Lesegerät und legt ihre Hand in den Fingerabdruck-Scanner. Der Portier schaut nicht einmal auf die Anzeige. Die nächste Tür schwingt auf.

Die Bar ist düster; die Lüftung läuft auf Hochtouren, trotzdem hängt kalter Zigarrenrauch in dem langgestreckten Raum. Zwei Putzfrauen mit Stirnlampen wie Bergarbeiter schuften zwischen den mit dunkelrotem Plüsch bezogenen Sitzgruppen. Zizibee geht rasch an der schwarz-goldenen Theke vorbei, schiebt einen schweren Vorhang zur Seite und müßte jetzt, wenn Graf Lustigs Skizze stimmt, im Gang zwischen den Separeés sein. Paßt: durch je vier zu beiden Seiten des Ganges befindliche, geöffnete Türen kann sie mit schwülstigem Brokatstoff ausgekleidete Boudoirs erkennen. In einem davon rumort fluchend eine weitere Putzfrau. Am Ende des Ganges ist eine fast nicht zu erkennende Tapetentür. Zizibee benutzt ihre ID-Karte ein weiteres Mal. Dahinter liegt ein etwas niedrigerer Gang mit drei Türen; die linke davon müßte ihre »Künstlergarderobe« sein.

Sie tritt ein. Zwei Barmädchen sitzen vor dem großen Spiegel. Eine dunkelhäutige elfische Schönheit mit bis zum Gesäß reichenden, herrlich fallenden weißen Haaren wirft ihr durch den Spiegel einen vernichtenden Blick zu. »Sag mal, bist du verrückt geworden oder was, chica?« fragt sie mit südamerikanischem Akzent. »Kommst zehn Minuten zu spät, Danilo tobt und brüllt sowieso schon, und dann hast du diesen Fetzen an? Heute ist Club! Wieso trägst du nicht das Kleid, das dir der Vizebürgermeister geschenkt hat?«

Zizibee läßt ihre Tasche auf einen freien Stuhl plumpsen und verschnauft ein paar Sekunden, bevor sie antwortet. »Es hat einen Riß an der Seite, ich bin zuhause damit am Türschloß hängengeblieben. Darum bin ich auch zu spät. Ich werd's ihm schon erklären können.«

»Untersteh dich und sprich einen der Herren während der Sitzung an!« Die Elfe tippt sich mehrmals mit dem Finger an die Stirn. »Bei dir piept's wohl! Vergessen, sich vorher anzumelden! Stupidisimo! Hast du Chips geslottet, oder was?«

»Ihr Herr Graf wird ihr den Kopf verdreht haben«, sagt die andere, eine etwas ordinär wirkende Rothaarige mit gewaltigem Busen. Sie spricht undeutlich, weil sie Haarnadeln im Mund hat.

»Mir geht's nicht besonders«, versucht Zizibee an die Solidarität der Mädchen zu appellieren. »Ich bin ganz durcheinander.«

»Immer noch die Sache mit deinem Großvater?« nuschelt die Rothaarige.

»Mhm.«

Eine dritte kommt nackt aus der Dusche. Ihre Brustwarzen sind gepierct, auch ihr Bauchnabel und ihre Schamlippen. Sie trocknet sich ab und schlüpft dann in schwarze Knautschlack-Unterwäsche. Das ist laut den Informationen, die der Chip in ihr Bewußtsein einspeist, Minou; eine Stunde mit ihr soll mehr kosten als ein Flug mit dem Suborbital nach Übersee. »Hallo«, sagt sie mit rauchiger Stimme. »Alles im Griff, Schu-Schu?«

»Das würde ich nicht gerade sagen«, ätzt die Elfe.

»Ich bemüh' mich ja eh. Ihr müßt mir halt notfalls helfen, daß ich keinen Blödsinn mache heute«, bittet Zizibee. »Gibt's irgendwas Besonderes?«

»Was soll sein? Dastehen, geil dreinschauen, Brust und Arscherl herausstrecken und hoffen, daß einer auf den Gedanken kommt, hinterher noch einen draufzumachen«, antwortet die Rothaarige.

»Danilo hat nichts gesagt«, ergänzt die Elfe. »Aber Schlampe hat er dich geschimpft, und daß du fliegst, wenn das noch einmal vorkommt. Es verdad, chica!«

Das wenigstens, denkt Zizibee, kann mir egal sein. So oder so ist das Schu-Schus letzte Nacht in der »Eden«. Sie nimmt ihre Tasche hoch, kramt darin, bis sich auch ihre dritte »Kollegin« vor dem Spiegel plaziert hat, und setzt sich dann auf den letzten freien Platz, der offensichtlich ihrer ist. Mindestens zehn verschiedene Flacons stehen vor ihr. »Auf welches Parfum ist der Vize schnell noch einmal letztens so abgefahren?« murmelt sie halblaut vor sich hin.

»Chanel Nummer 6«, ruft die Rothaarige und schüttelt den Kopf. »Meine Fresse, weißt du überhaupt noch, wie du heißt?«

Gute Frage, denkt Zizibee.

41

Der Abschied von Schwester Hiltraud ist kurz, aber herzlich. Vorher haben sie noch alle zusammen im Wirtshaus zu Mittag gegessen, einen wunderbaren Schweinsbraten mit Sauerkraut und Knödeln, von dem der wiedergenesene Pepi drei riesige Portionen verschlungen hat. Die Wirtstochter, eine scheue, zierliche junge Frau etwa Mitte zwanzig, hat beim Servieren mehr als einmal über Totos Rücken gestreichelt, wobei die roten Wangen in ihrem ansonsten eher blassen Gesicht heiß aufgeleuchtet haben. Der Wirt hat hingegen ein bißchen mürrisch gewirkt, obwohl Toto breit lächelnd ein hohes Trinkgeld gegeben hat. Donner macht immer noch einen ziemlich mitgenommenen Eindruck, Escher dagegen strahlt wie meistens Ruhe und Souveränität aus.

Pepi bedankt sich noch einmal artig bei der Schwester, die ihn so gut geheilt hat. Escher gibt ihr die Hand, Toto ebenfalls. Donner drückt ihr eines seiner Amulette in die Finger und hält diese einige Atemzüge lang mit seiner gichtigen Tatze umschlossen. Die Nonne zuckt kurz zurück, als ein kaum sichtbares fahles Leuchten ihre Hände umgibt, aber Donner hält sie fest. »Das wird Ihre Heilkräfte unterstützen«, sagt er leise. »Nehmen Sie es ruhig, es ist ja hauptsächlich für Ihre Schutzbefohlenen.« Die Nonne sieht ihm eine Zeitlang forschend ins Gesicht, seufzt dann und steckt den Zauberspeicher ein.

Die Tochter des Wirtes blickt mit Tränen in den Augen dem seltsamen Gefährt lange nach, wie es dröhnend hinter dem nächsten Hügel verschwindet.

Etwa eine Stunde lang verläuft die Fahrt ereignislos. Die Orte Freiland und Türnitz wirken ähnlich wenig bewohnt wie Lilienfeld. Dann steigt die Straße stark an, und der Spezial-LKW kann zeigen, welche Kraft in ihm steckt. Über Serpentinen und enge Spitzkehren geht es zuerst nach Annaberg hinauf, dann noch höher nach Josefsberg. Die Straße ist in sehr schlechtem Zustand, Unwetter haben tiefe Rinnen ausgeschwemmt und teilweise fast die Hälfte des Banketts weggespült. Toto, der seine Montur gegen kurze Hosen und ein ausgewaschenes Unterhemd vertauscht hat, ist bester Laune, singt ein melodiöses, zugleich lustiges und melancholisches Lied in seiner weich klingenden Sprache. Zur rechten Hand liegt ein mächtiger, gezackter Bergkamm, auf dem Schnee in der Sonne glänzt. »Der Ötscher«, schreit Donner gegen den Lärm ihres Fahrzeugs an. »›Hetschaberg‹ wurde er schon vor Jahrhunderten genannt, ›Hexenberg‹.«

»Gibt's da wirklich Hexen?« fragt Pepi.

»Inzwischen schon wieder, und mehr als das. Der ganze Berg ist innen hohl, und es hält sich hartnäckig das Gerücht, daß darinnen Gold zu finden sei, oder ein uralter Schatz, wenn nicht gar ein Drachenhort.«

»Hör auf mit den Schauergeschichten«, maßregelt ihn Escher leise, die heute hinten sitzt, damit Pepi was von der Gegend sehen kann. »Der Bub ist auch so schon aufgeregt genug.«

Das stimmt. Pepi war noch nie in den Bergen, noch nie! Er hat von Donner ein Fernglas bekommen und kann sich gar nicht sattsehen an den Felshängen, den dunklen Wäldern, den scharfen Graten und Spitzen. »Ist der Hochschwab auch so hoch wie der Ötscher?« fragt er mit glühendem Gesicht.

»Höher«, antworten Donner und Escher wie aus einem Mund. Pepi muß lachen. Toto schmunzelt. Donner lächelt versonnen. Escher verkriecht sich auf der Hinterbank.

»Achtung, demnächst kommen wir ins Gelobte Land«, meint Donner wenig später. »Das ist mindestens so exterritorial wie Konzerngebiet, versteht Ihr? Obwohl die Mariazeller immer schon ziemlich eigenbrötlerisch waren. Nicht weit von hier gibt es ein jahrhundertealtes Gasthaus, das ›Zur Grenze von Österreich‹ heißt. Das sagt wohl alles. Also ab jetzt erhöhte Vorsicht!«

Im kleinen Dorf Mitterbach biegen sie auf ein Zeichen Donners hin von der größeren Straße ab auf eine schmälere, noch viel schlechter befahrbare, die nun wieder bergab führt. Toto hat ganz schön zu tun, das Gefährt heil hinunter zu bringen. Das Brüllen der Motoren, die die Räder antreiben und bremsen, muß kilometerweit zu hören sein. Eine grüne Wasserfläche schimmert durch die Fichten. »Der Erlaufsee!« zeigt der Alte Donner und holt das Funkgerät hervor. »Mal sehen, ob Pater Carlo schon da ist.« Er drückt eine Taste, verstellt dann einen Drehknopf. »Gustav eins an Gustav zwei, bitte melden!««

Statisches Rauschen, dann eine verzerrte Stimme. »Donner, bist du das?«

»Wer sonst? Wir sind jeden Moment am See«, schreit Donner. »Wo steckst du?«

»Herunten, am alten Bootshaus. Ich höre schon euer Auto. Was ist denn das für ein Kübel?«

»Ein Prachtstück«, schreit Donner und klopft auf die Innenverkleidung des LKW. »Bis bald. Ende und over!«

Die Straße führt aus dem Wald heraus direkt zum See. Ein halbverfallenes hölzernes Bootshaus liegt vielleicht hundert Meter vor ihnen. Soeben tritt eine schmächtige Gestalt aus der Tür und winkt mit den Händen. Sie fahren geradewegs auf sie zu und halten wenige Meter vor ihr. Plötzlich tauchen aus dem Wald und hinter dem Bootshaus zehn, zwanzig, nein dreißig Uniformierte auf, die Sturmgewehre im Anschlag halten. Die Hinterwand des Schuppens fällt krachend um; ein Schützenpanzer rollt heraus, seine Lafette richtet sich auf den LKW.

Der drahtige Mann hält eine kleine Pistole in seiner behandschuhten Rechten. Er bedeutet ihnen damit auszusteigen.

Toto blickt Donner fragend an. Der hebt resignierend die Schultern. Toto stellt die Motoren ab, stöpselt sich aus und hebt die Hände. »Ist das Pater Carlo?«, fragt Pepi, der Totos Beispiel gefolgt ist.

»Ja«, antwortet Donner. »Und er hat sich kein bißchen verändert. Er ist immer noch der gleiche Verräter.«

42

Das Gebäude der Sicherheitszentrale der Raffinerie liegt nicht zufällig gleich neben dem der Forschungs- und Entwicklungsabteilung. Sophie wendet den MiniVan, bevor sie ihn einparkt. Mehr als einmal haben bei ihren »Auftritten« schon wenige Sekunden über Leben und Tod entschieden. Alle vier steigen aus. Sophie sichert den Wagen, schaltet den Autopiloten auf Bereitschaft und steckt die Funkfernsteuerung in die Tasche. Flic stellt sich neben den Uniformierten, der die Eingangstür zur Zentrale bewacht, die übrigen drei eilen in das Gebäude.

Riella kann nicht anders, sie muß Orlando bewundern, wie er die Besatzung der Zentrale mit seiner kaltschnäuzig-präpotenten Art überrumpelt. »Oberleutnant Sobotznik, Danubenwacht, Sondereinheit M«, schnarrt er, während er mit zackigen Schritten auf den an seiner Uniform erkennbaren Kommandanten vom Dienst zueilt und ihm die Hand drückt. »Bitte um Status-Report.«

»Sir, Leutnant Rothwangl, Sir.« Auch die ÖMV-Sicherheit dürfte von amerikanischen »Beratern« ausgebildet worden sein. »Wir haben einen Beta zwo.«

»Das weiß ich, Leutnant. Sind die Intruder inzwischen lokalisiert?«

»Sir, ja, Sir! Das heißt, ungefähr. Wir haben eine Aufnahme von ihnen.« Er führt Orlando und Riella zu einer Wand, die eine holografische Karte des gesamten Geländes zeigt. Ein pulsierender roter Punkt zeigt den Ort an, wo die Schreckhähne ausgeschaltet wurden. Etwa vierzig kleinere blaue Punkte bewegen sich von allen Seiten darauf zu. In einem eingeblendeten Fenster ist ein Standbild von Flac und Fionna zu sehen. »Schattenläufer«, konstatiert Orlando. »Nur diese beiden?«

»Sir, nein, Sir. Ein Decker ist in das System eingedrungen und hat versucht, die Steuerung der Kläranlage zu sabotieren. Er wurde von einem unserer eigenen Decker«, er zeigt mit dem Daumen über die Schulter auf die Tür, die zum nächsten Raum führt, »abgewehrt und terminiert.«

Riella glaubt, sie trifft der Schlag. Kläranlage? Terminiert? Was, um Himmels willen, ist mit Viktor? Mechanisch bewegt sie, wie sie es von Orlando gelernt hat, beide Hände gleichzeitig und steckt sie in die Seitentaschen ihrer Jacke. Sie fühlt die beiden flachen Dosen der Pfeffersprays, klammert sich daran fest.

»Ich nehme an, der Decker kam von außerhalb?«

»Sir, ja, Sir. Zumindest vermuten wir –«

In diesem Moment wird der Kommandierende von einem seiner Untergebenen unterbrochen, der offensichtlich über ein Headware-KomLink verfügt. »Sir, einen Moment, Sir.« Er legt den Kopf ein wenig schief, als lausche er einer Meldung. »Sir, mir wird gerade mitgeteilt, daß die Leiche des Deckers in einem Kellerraum im Randbereich der Kläranlage gefunden wurde. Sein Begleiter, ein Ork mit dunkler Hautfarbe, befindet sich noch auf der Flucht, ist aber von unseren Leuten so gut wie eingekreist.«

Alle Augen drehen sich zur Holografie an der Wand, in der soeben ein weiterer roter Punkt aufgetaucht ist sowie mehrere blaue Pünktchen, die ihn umzingeln. Ein Fenster öffnet sich, dann ein weiteres. Eines zeigt Viktors im Todeskampf verzerrtes Gesicht; ein Sicherheitsgardist hält seinen Kopf an den Haaren hoch. Das andere ist ein Standbild von Hainrauch, der beim Versuch, um eine Ecke zu verschwinden, vom Strahl einer Taschenlampe gestreift wird.

Riella ist, als hätte ihr jemand mehrere Kübel voller Eiswasser über den Kopf gegossen. »Ich glaube, ich kenne diese Bande«, hört sie sich sagen. »Eigentlich müßte noch ein Magier dabeisein, ein Stadthexer.«

»Irgendwelche Anzeichen dafür?« schnauzt Orlando. »Beeilung, Mann, die Zeit läuft uns sonst davon!«

»Sir, nein, Sir! Unser Magier«, er dreht den Kopf in Richtung einer weiteren Tür links von ihm, »befindet sich seit Ausrufung des Beta-2-Alarms im Astralraum, hat aber bis jetzt noch nicht … Soll ich versuchen, ihn, äh, aufzuwecken?«

»Nein, nur das nicht! Das könnte gefährlich sein. Leutnant Votava wird das erledigen.« Ein kurzer Wink mit dem Kopf. Sofort eilt Sophie zur Tür, öffnet sie leise und verschwindet im Nebenraum. Orlando läßt dem KvD keinen Augenblick Zeit, zu Atem zu kommen. »Welches ist das Gebäude, in dem die derzeit vermutlich wichtigsten Forschungsgeheimnisse verwahrt werden? Außer bei der Kunststoff-Fertigung?«

»Sir, ich weiß nicht, Sir … vermutlich F&E, gleich nebenan.«

»Gut. Spüren Sie dort eine Präsenz, Knötzl?«

Riella lehnt sich an die Wand und verdreht die Augen. Dann flüstert sie: »Ja, ja – da ist was!«

Mehrere der Gardisten im Raum springen auf und wollen zu ihren Waffen greifen. »Halt!« ruft Orlando schneidend. »Das ist vermutlich der Hexer. Sind Sie im Magiekampf ausgebildet?« Die Soldaten verharren unsicher in ihren Bewegungen. »Eben. Wir übernehmen das. Benötigen wir irgendwelche Buttons, um dort reinzukommen? Schnell, her damit!«

Eine Gardistin bringt diensteifrig grellrote Buttons und verteilt sie an Riella und Orlando. »Wir brauchen noch zwei, für die Leutnants Votava und Baier«, fordert Riella. Sie bekommt sie. »Sir, wenn ich mir eine Bemerkung erlauben darf, Sir«, wendet der Gardist mit dem KomLink ein, »wenn Sie da reingehen, müssen wir alle anderen Sicherheitssysteme abschalten, damit sich die automatische Verteidigung des Gebäudes nicht gegen Sie wendet.«

»Na und?« bellt Orlando.

»Sir, hilft das dann nicht auch dem Eindringling, Sir?«

»Idiot! Der ist ja ohnehin bereits drin! Also los, schalten Sie das verdammte System ab.«

»Abschalten«, befiehlt auch der KvD. Sein Untergebener führt den Befehl mit hochrotem Kopf aus. »Sir, abgeschaltet, Sir. Vorgang durch KvD autorisiert und dokumentiert.«

»Gut. Votava?« ruft Orlando Richtung Magierzimmer. Unbewußt drehen sich alle Köpfe der Zentralebesatzung in diese Richtung. Die halbe Sekunde der Ablenkung reicht den Schattentänzern. Riella zieht die beiden Pfeffersprays heraus, die natürlich kein Gewürz, sondern ein blitzschnell über Hautkontakt wirkendes Nervengas enthalten, und setzt damit die beiden ihr am nächsten stehenden Gardisten außer Gefecht. Orlando schickt den KvD mit einem Betäubungsschlagstock zu Boden und wirft sich auf die Gardistin, die die Buttons gebracht hat. Den Rest erledigt Sophie, die in der Tür zum Magierzimmer aufgetaucht ist, mit ihren beiden Taserpistolen. Riella schickt einen kurzen Funkimpuls an Flic, fesselt zusammen mit Sophie die Betäubten rasch mit Handschellen und drückt ihnen zur Sicherheit noch Patches auf die Haut. Ein weiterer Funkimpuls geht an Fionna und Flac. Dann gibt sie Øre das »Mayday«-Zeichen.

Flic kommt herein. Er läßt den bewußtlosen Körper des Wachtpostens, der vor der Tür gestanden ist, auf den Boden fallen. »Läuft ja blendend«, sagt er mit einem Blick auf die eroberte Kommandozentrale. »Nichts läuft blendend«, faucht Orlando, der soeben aus dem Raum mit den Deckern zurückkommt. »Viktor ist tot, Hainrauch von Gardisten umzingelt. Das hier verschafft uns höchstens ein paar Minuten.«

»Ach du Scheiße.« Flic beißt die Zähne zusammen.

Mit Viktor ist ein zentrales Element ihres Plans ausgefallen. Er hätte genau in diesen Sekunden die Matrix-Sicherheit des Geländes übernehmen sollen. Nachdem die ÖMV-Decker nun ausgeschaltet worden sind, ist das hiesige Netz zwar für kurze Zeit »verwaist«, die automatischen Rückfragen bei der Verwaltungszentrale werden aber weiterhin durchgeführt werden. Es kann nicht mehr lange dauern, bis die ÖMV mit der Danubenwacht gegengecheckt hat und ihr Schwindel aufgeflogen ist. Dann wird mit Sicherheit Rotalarm für das ganze Gelände gegeben werden, und andere Decker werden von der »Platte« aus sämtliche fernsteuerbaren Abwehrsysteme gegen sie richten. Und inzwischen läuft Hainrauch irgendwo in der Kläranlage um sein Leben …

Doch die Schattentänzer sind Profis, und zu verlieren haben sie so oder so nichts mehr, also ziehen sie die Sache durch.

Als sie mit raschen Schritten ins Freie treten, stehen Flac und Fionna bereits beim Auto. Auch sie haben inzwischen blaue Jacken mit Danubenwacht-Ansteckern übergezogen. Riella wirft ihnen die roten Buttons zu, sowie zwei gelbe, die sie den Gardisten abgenommen hat. Alle eilen zum F&E Gebäude, in dem mehrere Fenster erleuchtet sind. Sophie bleibt ein wenig zurück, einerseits wegen ihrer kürzeren Beine, andererseits, weil sie den MiniVan per Fernsteuerung ausparkt und ebenfalls zum Zielgebäude dirigiert. Flic nimmt neben der Doppeltür Aufstellung, die anderen vier stürmen hinein. Sophie setzt sich auf den Fahrersitz des Eurocar-MiniVan und stöpselt das Verbindungskabel in ihre Buchse.

Hainrauch steckt in der Scheiße, und zwar im wahrsten Sinn des Wortes. Obwohl er selbst nahezu unsichtbar mit dem ihn umgebenden Dunkel verschwimmt und mit seiner natürlichen Restlicht-Verstärkung jeden noch so schwachen Lichtschimmer nutzen kann, haben ihn die Gardisten schon zweimal fast gestellt, und zum Schluß hat er sich ihnen nur noch durch einen beherzten Sprung in das große Klärbecken entziehen können. Jetzt taucht er mit kräftigen Schwimmzügen durch die erbärmlich stinkende Kloake, versucht, nicht in die Nähe des Shredder-Armes zu kommen, der langsam im Becken kreist, und hofft inständig, daß in der Brühe außer Fäkalien nicht auch aggressiver chemischer Sondermüll enthalten ist.

Er weiß, daß seine Chancen zu entkommen praktisch gleich Null sind. Der Tunnel, durch den sie ins Gelände gelangt sind, wird sicher bereits entdeckt worden sein und kommt als Fluchtweg nicht mehr in Frage. Von den anderen ist keine Hilfe zu erwarten, die werden selbst mehr als genug Schwierigkeiten haben, nachdem Viktor ausgefallen ist. Warum mußten sie den Run auch ohne Viviane und Kyra wagen!

Am gegenüberliegenden Beckenrand taucht er kurz und vorsichtig auf. Der Shredder ist noch einige Meter entfernt. Er lauscht. Die Stimmen und Schritte seiner Verfolger entfernen sich. Anscheinend haben sie seinen verzweifelten Sprung in die Scheiße nicht mitbekommen. Er zieht sich aus dem Becken, gerade noch rechtzeitig, bevor der Shredder seine Beine zermalmen kann, und legt sich schwer atmend hinter der etwa zwanzig Zentimeter hohen Einfassung des kreisrunden Beckens in Deckung. Er schreit leise auf, als ihn ein eisenbeschlagener Stiefel in die Niere tritt. »Hab ich dich, du Runnersau!« ertönt eine heisere Stimme, gefolgt vom gellend lauten Pfiff einer Trillerpfeife.

Hainrauch wirbelt am Boden um die eigene Achse, fährt hoch und rammt mit derselben Bewegung dem Soldaten sein Kurzschwert in den Bauch. Zugleich fällt ein Schuß, und Hainrauch spürt ein glühend heißes Brennen im Oberschenkel. Er knockt den Gardisten mit einem Faustschlag endgültig aus, lehnt ihn dann mit dem Rücken an einen Gerätekasten, legt ihm das Sturmgewehr auf die Knie, fixiert es mit Gaffer-Band aus seiner Hosentasche, bindet mit rasender Geschwindigkeit eine Angelschnur um den Trigger, führt sie unter dem Ellbogen des Bewußtlosen durch und robbt, die Schnur abspulend, in die Dunkelheit davon. Nach einigen Metern erreicht er ein Gebäude. Die rotglühende Statusanzeige eines Kartenlesegeräts am Ende des Durchgangs zwischen diesem und dem nächsten Gebäude reicht ihm, um einen weiteren Gardisten zu erkennen, der in der Dunkelheit lauert und mit einem Nachtsichtgerät in die andere Richtung starrt. Schnell zieht er den Kopf wieder zurück. Fußgetrampel nähert sich dem Punkt am Becken, wo der bewußtlose Gardist liegt. Als er glaubt, daß der Trupp nahe genug ist, zieht Hainrauch an der Angelschnur. Das auf Vollautomatik eingestellte Sturmgewehr bellt los. Schmerzensschreie mindestens zweier verschiedener Stimmen mischen sich in den Lärm der Waffe. Er hält die Schnur fest, bis das Magazin leer ist, und hofft, daß ihn das einsetzende Gegenfeuer der Soldaten, die sich in Deckung geworfen haben, nicht trifft. Querschläger jaulen überall. Zugleich hört er zögernde Schritte nun auch im Durchgang hinter ihm – der Gardist, offenbar einer von der feigeren Sorte, ist von dem vermeintlichen Schußwechsel angelockt worden. Hainrauch wartet, bis er auf einen Meter heran ist, dann springt er, sich mit seinem unverletzten Bein abstoßend, in den Durchgang, schlägt dem Überraschten die Waffe zur Seite und drückt ihm das kurze Schwert in den Bauch. »Kein Mucks, Jingele«, haucht er. »Waffe loslassen.« Der Soldat gehorcht zitternd. Hainrauchs Nase registriert plötzlich scharfen Uringeruch. Na bestens. Hainrauch nimmt das Sturmgewehr, dreht sich und den Gardisten um hundertachtzig Grad, läßt ihn dann los und humpelt zwei schnelle Schritte zurück. Er entsichert die Waffe. »Zieh dich aus, aber flott!« zischt er. Der andere gehorcht hastig und entledigt sich seiner Uniform, wobei er sich vor Angst mehrmals verheddert. Vom Becken her ertönen einige Schüsse schnell hintereinander, dann Stimmengewirr. »Wirf die Sachen her, los!« Bei einem erfahreneren Gegner, schießt es Hainrauch kurz durch den Kopf, könnte das ein tödlicher Fehler sein. Riella etwa hätte ihm das Gewand an den Kopf geworfen und wäre über ihm, bevor er »Papp« sagen könnte. Aber der Soldat, er dürfte keine zwanzig sein, bibbert derartig, daß er sich diesbezüglich keine Sorgen zu machen braucht. Er fängt das Uniformbündel mit der linken Hand auf. »Den Helm auch! Mach schon!« Der Gardist, der graugrüne Heeresunterwäsche trägt, gehorcht. »Und jetzt lauf da raus, so schnell du kannst. Bei drei schieße ich. Eins, zwei ...«

Der Kleine dreht sich um und sprintet los. Kaum ist er draußen, eröffnen seine Kameraden auf ihn das Feuer. Gurgelnd geht er zu Boden. Hainrauch, der in die klamme, stinkende Hose geschlüpft ist – obwohl das nach dem Bad im Klärbecken auch schon egal ist –, wünscht ihm von Herzen, daß seine Kameraden keine allzu guten Schützen sind. Während er auf das andere Ende des Durchgangs zuhumpelt, schließt er provisorisch die Uniformjacke und setzt den Helm auf. Der integrierte Helmfunk ist noch in Betrieb. »Verdammte Kacke, dass' ja Oswald«, hört er eine Stimme mit norddeutschem Akzent. Er verzieht den Mund zu einem grimmigen Lächeln. Sollen seine Gegner ruhig wissen, daß er jetzt gleich gekleidet ist wie sie – vielleicht erledigen sich in der allgemeinen Verwirrung noch ein paar von ihnen gegenseitig.

Vom anderen Ende des Durchgangs bis zum Umfassungszaun sind es etwa vierzig Meter. Das Streulicht aus den weiter entfernt gelegenen, immer noch hell erleuchteten Bereichen des Geländes reicht aus, um ihn erkennen zu lassen, daß die offene Fläche vor ihm leer ist. Doch von rechts vernimmt er rasch näherkommendes Hundegebell.

So schnell es sein verletzter Fuß erlaubt, rennt er Richtung Zaun.

43

Heinz Danilo ist offenbar mit der Überwachung der Vorbereitungen für das Diner des »Club 65« beschäftigt. Jedenfalls läßt er sich nicht in der Garderobe der Barmädchen blicken, worüber Zizibee doch ziemlich erleichtert ist.

Sie hat sich kurz nach dreiviertel sieben in die Toilette zurückgezogen, um den Sitz ihrer Brustprothese noch einmal zu überprüfen. Außerdem fürchtet sie, sich bei der angeregten Tratscherei, in die ihre drei Kolleginnen verfallen sind, zu verplappern. Allzusehr überstrapazieren darf sie ihre »Verwirrtheit« (was war bloß mit Schu-Schus Großvater? Und wird der Vizebürgermeister hinterher mit ihr ins Separée gehen wollen?) nicht mehr, wenn ihre falsche Identität nicht doch noch auffliegen soll.

Ein paar Minuten später hört sie Bella, die Rothaarige, nach ihr rufen. Sie betätigt die Spülung, wäscht sich die Hände und tritt aus dem WC.

»Wir gehen«, sagt Bella. Die weißhaarige Elfe mit der Ebenholzhaut, deren Namen Zizibee noch immer nicht weiß (wahrscheinlich war sie an dem Tag, als Graf Lustig seine Recherche durchführte, nicht anwesend), und Minou, die einen Hauch von durchsichtigem Tüll über ihre Knautschlack-Unterwäsche gestreift hat, sind schon an der Tür.

Im Gänsemarsch treten sie in den Hauptraum, der leer ist bis auf die vier Barmixer, die ihnen der Reihe nach zuzwinkern. Minou führt sie durch einen anderen dunkelroten Vorhang in einen kurzen Gang mit einem Paternoster-Aufzug. Nebeneinander gleiten die offenen

Kabinen langsam hinauf beziehungsweise hinab. Jede zweite Kabine ist mit je einem muskulösen Mann im weinroten, unter der Achsel deutlich sichtbar ausgebeulten Smoking, auf dessen Brusttasche das Emblem der Eden-Bar eingestickt ist, besetzt. Die Elfe ist bereits nach unten verschwunden, Minou folgt. Nun ist Zizibee an der Reihe. Sie ist noch nie mit so einem Ding gefahren, und die Stöckelschuhe, die ihr eine Nummer zu klein sind, machen das Manöver nicht einfacher. Etwas wacklig steht sie in der Kabine. Die Decke des nächsten Stockwerks gleitet langsam vorbei. Natürlich hat sie keine Ahnung, wo sie aussteigen soll. In diesem Gang ist nichts von der Elfe oder Minou zu sehen, aber wer sagt, daß sie auf sie warten? Zizibee riskiert es weiterzufahren. Noch ein Stockwerk, diesmal unbeleuchtet. Hat sie schon wieder etwas versemmelt?

Im nächsten Untergeschoß erhascht sie gerade noch einen Zipfel von Minous Tüllkleidchen. Puh! Sie steigt aus der Kabine und versucht sich zu beruhigen, während sie auf Bella wartet.

Der nächste Gorilla gleitet vorbei. Er starrt sie an, verzieht keine Miene dabei. Auch nicht unbedingt mein Traumberuf, die ganze Nacht rauf und runter zu fahren, denkt Zizibee, Obwohl, es gibt Schlimmeres. Prostituierte, zum Beispiel …

Bella hakt sie freundschaftlich unter. »Hör mal, wenn du willst, kommst du morgen, wenn wir frei haben, einmal zu mir, und wir reden in Ruhe über diese gräßliche Geschichte, okay? – Und jetzt reiß dich zusammen!«

Sie gibt ihr noch einen leichten Klaps auf den Po, dann treten sie durch eine doppelte, mit vielen Ornamenten verzierte Glastür in den Speisesaal.

Soviel Prunk in einem einzigen Raum hat Zizibee noch nie gesehen. Obwohl überall an den Wänden, den

Kronleuchtern, den Spiegeln, den Kommoden und Servierwägelchen Gold funkelt, wirkt der unteriridische Saal nicht überladen. Er ist sechseckig, die große, mit leuchtend weißem Leinen gedeckte Tafel ebenso, nur daß bei ihr eine Seite des Sechsecks fehlt, damit die Kellner von beiden Seiten servieren können. Minou und die Elfe stehen bereits in lockerer, aber dienstbereiter Haltung an je einem kleinen Tischchen an der von ihr aus gesehen linken Seite des Saales. Bella stellt sich gegenüber von der Elfe auf, Zizibee nimmt die Position vis-á-vis von Minou ein, die ihr aufmunternd zunickt. Aus Richtung der Küche kommen vier Kellner; je einer nimmt neben jeder von ihnen Aufstellung. Der bei Zizibee ist großgewachsen, schlank und makellos rasiert und frisiert. Er hebt die Augenbrauen. »Servus, Schu-Schu!« sagt er. Sie erwidert leise den Gruß.

Stimmengewirr aus Richtung des Liftes signalisiert, daß nun der Reihe nach die Gäste eintreffen. Heiteres Gelächter zeigt an, daß ihnen die Fahrt mit dem Paternoster anscheinend jedesmal wieder Anlaß für das eine oder andere Scherzchen bietet. Die Doppeltür wird aufgestoßen. Heinz Danilo fixiert beide Flügel an der Wand, dann tritt er zur Seite und winkt die Gäste mit einer eleganten Handbewegung an sich vorbei.

Und es sind illustre Gäste. Zizibee hätte fast einen Pfiff ausgestoßen. Der Vorsitzende des Österreichischen Rates der Konzerne macht den Anfang. Gleich nach ihm kommen Hans Dechant, der Medienmogul, und der Zentralsekretär der Freiheitlich-Nationalen Front, dessen Gesicht von mehreren Schmissen verunziert wird. Nach einer kurzen Pause folgen in gleichmäßigen Abständen der Generalvikar des Erzbischofs, die Wissenschaftsministerin, zugleich Parteichefin des Neoliberalen Forums, der Direktor des Burgtheaters (was macht denn der hier?), der Stellvertretende Vorsitzende der Union der Gewerken, der Pressesprecher der Christlich-Sozialen Volkspartei, der sozialdemokratische Vizebürgermeister (der Zizibee keines Blickes würdigt), ein weißhaariger Mann, in dem Zizibee den Medizinischen Leiter des MonoMed zu erkennen glaubt, und als letzte die Präsidentin der »Bank von Hongkong und Wien«. Wenn jemand diesen Raum jetzt in die Luft sprengte, wären schlagartig zwölf Arschlöcher weniger auf der Welt, denkt Zizibee; es muß ja nicht gerade heute sein.

Als alle Platz genommen haben – erstaunlicherweise hat Dobetzberger, der Burgtheaterdirektor, den Vorsitz inne –, geht Danilo noch einmal hinaus. Dobetzberger klopft an sein Glas und erhebt sich. »Sehr geehrte Damen und Herren«, lispelt er, »unsere Runde wird heute beehrt durch den Besuch einer jungen Dame, die Erstaunliches zum heutigen Clubabend beizutragen hat. Ich darf Ihnen Frau Raya Hanabi vorstellen.«

Danilo führt Raya herein, die einen sehr geschäftsmäßig-strengen Hosenanzug trägt, der ihre breiten Hüften allzu stark zur Geltung bringt, und geleitet sie unter dem verhaltenen Applaus der Tafelrunde an den freien Platz neben Dobetzberger. Er selbst nimmt am schräg gegenüberliegenden Ende der Tafel Platz. Nun sitzen acht Personen an der Außenseite des offenen Sechsecks und fünf Personen innen. Im Gleichschritt gehen die Kellner in Richtung Küche ab, um die erste Vorspeise zu holen. Zugleich setzen sich die Mädchen zur Tafel in Bewegung, um die Getränkewünsche aufzunehmen – das heißt, fast zugleich; Zizibee ist natürlich einen halben Schritt hintennach. Sie spürt Danilos bohrenden Blick im Rücken, als sie sich zu dem ihr zunächst sitzenden Gast – es ist der Generalvikar – hinunterbeugt.

Die nächsten anderthalb Stunden verlaufen im Wesentlichen ereignislos. Weder begeht Zizibee einen groben

Schnitzer, noch wird bei Tisch über mehr als Belanglosigkeiten gesprochen. Die Menüfolge ist opulent, obwohl nur kleine, raffiniert dekorierte Portionen gereicht werden. Danilo sagt die einzelnen Gänge jeweils charmant-beflissen an: Gänseleberpastete, Lachs mit Tartarentunke, Gedämpfter Lungenbraten mit Griesnudeln und Schweizer Kartoffeln, Römischer Punsch, Steirischer Kapaun mit Französischem Salat und Dunstobst – an dieser Stelle ruft die Wissenschaftsministerin: »Danilo, Sie Schlingel, jetzt hab' ich Sie! Das war die Speisenfolge des Festmahls von 1910!«, worauf Danilo lächelnd den spiegelglatt polierten Schädel neigt –, als Dessert Gezogener Apfelstrudel und Fruchteis. Die Stimmung ist heiter-amikal, doch liegt eine gewisse Anspannung über der Versammlung. Alle geben sich sichtlich Mühe, ungeachtet der bevorstehenden wichtigen Besprechung locker und souverän zu wirken. Schließlich, nach dem Dessert, einigen Häppchen sündteuren Vorarlberger Räßkäses und dem Kaffee, klopft der Burgtheaterdirektor wieder an sein Glas.

»Meine verehrten Damen und Herren, in Kürze beginnt der offizielle Teil unserer Zusammenkunft.« Obwohl er leicht mit der Zunge anstößt und mit seinem schiefen Gesicht nicht eigentlich anziehend zu nennen ist, fasziniert Dobetzbergers geschulte Stimme in eigenartiger Weise. »Traditionellerweise wird in diesem Saal nur Zigarre oder Pfeife geraucht. Wenn Sie also zuvor im Salon noch ein Zigaretterl genießen oder aber sich einfach ein paar Minuten frisch machen wollen, haben Sie nun die Gelegenheit dazu. Wir setzen in zehn Minuten fort.«

Ein Teil der Gesellschaft erhebt sich und geht nach draußen. Die Kellner haben den Tisch abgeräumt und wechseln die Tischtücher; anstelle des weißen Leinens tritt nun schwere schwarze Seide. Champagnerschalen werden aufgetragen, Champagnerflaschen in Eiskübeln auf die Tische der Mädchen gestellt. Vor jeden der Gästeplätze außer dem Rayas werden eine Mappe mit Unterlagen und eine filigran gearbeitete Rose aus Kupfer gelegt. Dann gehen die Kellner ab. Zizibee fürchtet kurz, daß ihnen die Mädchen folgen werden, doch die anderen drei bleiben entspannt stehen und lächeln weiter ins Nichts. Sie wird das Gefühl nicht los, daß die Sache noch einen Haken haben muß. Die können doch nicht streng geheime Verschwörungen vor vier, sagen wir es doch einmal geradeheraus, Nutten besprechen?

Die können. Sobald alle Clubmitglieder wieder sitzen, entkorken die Mädchen den Champagner – Zizibee bekommt das zu ihrem eigenen Erstaunen ganz gut hin, obwohl ihre Finger vor Schweiß glitschig sind –, treten an die Tafel, schenken ein und stellen sich dann wieder an ihre Tische, bereit nachzuschenken, wann immer ein Gast dies wünscht. Burg-Direktor Dobetzberger steht auf. Die anderen folgen seinem Beispiel. Er hebt das Glas, und alle außer Raya sprechen feierlich: »Auf das Wohl der Stadt und des Erdkreises! Auf das Wohl der Menschen und der Wirtschaft! Auf Industrie – und Glück!« Dann trinken sie, setzen sich wieder.

Der Raum wird leicht abgedunkelt. Nur das große, goldgerahmte Bild über dem Platz des Burgtheaterdirektors bleibt ganz hell beleuchtet. Es zeigt die obere Hälfte einer historischen Tarock-Karte, der Zwei der Trümpfe: einen Adler, der auf einem Grabstein sitzt, welcher die Worte »Industrie und Glück« eingraviert hat. Der Adler trägt eine Krone und hält in einer Kralle ein Schwert und ein goldenes Zepter.

Raya Hanabi ist aufgestanden. Mit klarer, etwas kühler Stimme beginnt sie: »Hochgeehrte Versammlung, mir ist versichert worden, daß jeder und jede von Ihnen meine Unterlagen rechtzeitig erhalten und ausführlich studiert hat. Ich will Sie daher nicht mit einer nochmaligen Referierung der Grundideen des Vorschlages, den ich an Sie herantrage, langweilen, sondern möchte Sie bitten, sogleich mit Ihren Fragen zu beginnen.«

Zustimmendes Gemurmel.

»Ich glaube, die beiden Fragen, die sich den meisten von uns stellen, sind: Wozu die Eile, sollte man ein derart folgenreiches Vorhaben nicht noch länger und genauer prüfen? Und zweitens«, sagt mit glatter Stimme Franziska Welt, die Präsidentin der »Bank von Wien und Hongkong«, eine etwas knochig wirkende Elfe, »wozu brauchen Sie eigentlich noch uns? Ihr Projekt ist weit vorangetrieben, und die Logistik des Heeres-Nachrichtenamtes wurde Ihnen ohnehin bereits zur Verfügung gestellt, wie unser Mitglied Dr. Schrattnig sicherlich bestätigen kann.« Beim letzten Satz blickt sie den Zentralsekretär der FNF, der auch Wehrsprecher seiner Partei und ein bekannter Veteran des Kärntner Abwehrkampfes ist, süffisant an. Schrattnig will etwas sagen, aber Raya kommt ihm zuvor.

»Diese beiden Fragen hängen unmittelbar zusammen. Lassen Sie es mich so sagen: Obwohl dieses Projekt unzweifelhaft dem höheren Wohl der Stadt Wien, ja des ganzen Landes und seiner Nachbarn dient, sind wir uns wohl einig, daß es demokratisch nicht oder nur unter größten Schwierigkeiten durchsetzbar wäre und infolgedessen vor der breiten Öffentlichkeit geheimgehalten werden sollte.« Raya blickt in die Runde und erntet zustimmendes Kopfnicken. Ein Punkt für sie.

»Die Wiener als solche stehen wirklich großen Geniestreichen anfangs meistens extrem ablehnend gegenüber«, wirft die Wissenschaftsministerin mit einem zynischen Lächeln ein, während sie ihre Meerschaumpfeife stopft. »Bei der Uraufführung des Donauwalzers hat damals auch niemand geklatscht.«

Raya lächelt ihr höflich zu, dann fährt sie fort: »Aufgrund unserer aller Erfahrungen muß jedoch die zugegebenermaßen sehr kleine Chance einkalkuliert werden, daß entweder das Projekt selbst oder seine Folgeerscheinungen DOCH irgendwie, wenn auch nur in bescheidenem Umfang, publik gemacht werden könnten. Ich meine damit mögliche Aktivitäten unserer mit der sogenannten ›Schatten-Szene‹ in hinlänglich bekannter Weise verbandelten Grünanarchistischen Freunde.«

Zizibees Nerven sind zum Zerreißen gespannt. Wenn du wüßtest, Kugelblitz, denkt sie, wem ich das alles noch vor meinem Auftraggeber stecken werde!

»Und weiter? Wenn Sie bitte etwas schneller zur Sache kommen.« Das war der Vizebürgermeister. Ist das ein Kotzbrocken! Bei der Vorstellung, daß seine fleischigen, manikürten Finger, mit denen er gerade affektiert seine Zigarre liebkost, die Brüste umfaßt haben, die sie umgeschnallt hat, kriegt Zizibee eine Gänsehaut.

»Nur wenn wir hier alle zusammenarbeiten«, Rayas Stimme ist um eine Spur lauter geworden, »und nur wenn wir das Projekt jetzt, in den nächsten Tagen, realisieren, können wir in einem solchen Fall, UND auch im äußerst unwahrscheinlichen Fall, daß etwas schiefgeht, jegliche Schuld den Hochschwab-Rebellen in die Schuhe schieben. Habe ich mich klar genug ausgedrückt?«

Kurz herrscht völlige Stille im Saal. Dem Vizebürgermeister fällt die Asche von der Zigarre.

»Ich denke, das hat sie«, sagt Dechant in das Schweigen hinein. »Selbst die MediaSim kann ein dummes Gerücht nicht aus der Welt bringen, wenn sie nicht einen anderen Sündenbock präsentieren kann. Aber mich würde die Meinung der Geistlichkeit interessieren.«

»Die Bischofskonferenz«, antwortet der Generalvikar, »würde, dessen hat mich der Herr Erzbischof versichert, keinerlei moralische Bedenken gegen dieses Projekt finden können. Es wird keines der Gebote davon unmittelbar verletzt, und im Sinne des Subsidiaritätsprinzips der Katholischen Soziallehre …« Er räuspert sich, weil der Burgtheaterdirektor effektvoll gegähnt hat. »Kurz und gut, von uns aus ist die Sache okay.«

Er seufzt und winkt Zizibee, die seine Champagnerschale wieder füllt.

»Mal andersrum gefragt«, die Wissenschaftsministerin beugt sich vor und zielt mit dem Mundstück ihrer Pfeife auf Raya, »was haben Sie, und was hat die ÖMV eigentlich davon?«

»Wenn unsere gemeinsame Anstrengung Früchte trägt, glauben Sie nicht, daß andere Gemeinwesen großes Interesse an der Substanz haben werden, die wir ›Wiener Blei‹ getauft haben? Und daß mein persönlicher Wert für den Konzern proportional mit den Erlösen aus dem Weltpatent steigen wird?«

Die Parteichefin des Neoliberalen Forums fixiert Raya Hanbabi mit ihren neonblauen Augen. Langsam sagt sie: »Sie sind eine ehrgeizige Frau, Hanabi-san. Und Sie haben mir eine klare Antwort gegeben. Sie gefallen mir. Falls Sie jemals in die Politik einsteigen wollen, steht Ihnen meine Tür offen.«

»Unsere selbstverständlich auch.« Der Pressesprecher der CSVP hat schon einen ziemlichen Schwips; sein Steireranzug ist mit Kaviar bekleckert. Als ihm Bella nachschenkt, stiert er rülpsend in ihren Ausschnitt.

Schrattnig von der FNF kommt endlich zu Wort: »Aus militärischer Sicht kann ich berichten, daß alle Vorbereitungen zur vollsten Zufriedenheit abgeschlossen sind. Wir können morgen losschlagen. Im Übrigen bin ich der Meinung, der sogenannte ›Jackpoint Charlie‹ sollte endlich gestürmt werden.« Gelächter bei vielen Sitzungsteilnehmern; beim letzten Satz scheint es sich um eine Art Running Gag zu handeln.

»Eines noch.« Aller Blicke wenden sich dem MonoMed-Typen zu. »Ihre Formeln habe ich überprüft. Ein kühner Entwurf, das muß man schon sagen, aber einleuchtend. Mir ist auch klar, warum das Zeug schon am Hochschwab mit dem Wasser in Berührung kommen muß, weil es der Durchmischung wegen die zwei Tage bis nach Wien braucht, um seine Wirkung zu entfalten. Aber ist auch daran gedacht, in Bälde am Schneeberg, von wo der überwiegende Teil des Restes unserer Wasserversorgung kommt, eine ähnliche Aktion zu starten?«

»Ich schließe mich meinem Vorredner an«, sagt der Stellvertretende Vorsitzende der Union der Gewerken, ein fetter Troll, der den Eindruck macht, er könne nur mit Mühe bis zwei zählen, noch bevor Raya antworten kann. »Wenn nur die Bezirke, die vom Hochschwab aus versorgt werden, die erwünschten Folgewirkungen zeigen, könnte das irgendwann irgendeinem von den unnötigen Hirnwichsern vom Statistischen Zentralamt auffallen, und wir haben erst recht wieder Erklärungsbedarf. Ich meine, auf die Lupinen können wir uns jedenfalls nicht hinausreden.«

Raya wartet geschickt, bis die Wellen der Erheiterung an der Tafel abgeklungen sind. Dann sagt sie: »Die Entscheidung, ob wir demnächst auch am Schneeberg aktiv werden, obliegt nicht mir, sondern dieser Runde. Um Grillparzer zu paraphrasieren: Der Wiener Zukunft ist in Ihre Hand gegeben.« Sie setzt sich, signalisiert so, daß alles, was sie zu sagen hat, gesagt worden ist.

Nur der Vorsitzende des Konzernrats und Danilo

haben sich noch nicht zu Wort gemeldet. Der Burgtheaterdirektor blickt die beiden nacheinander an. »Weitere Fragen?«

Beide schütteln verneinend den Kopf.

»Dann schreiten wir zur Abstimmung«, lispelt Dobetzberger.

Alle stehen auf und nehmen die kupferne Rose in die Hand.

»Industrie und Glück!« ruft der Burgtheaterdirektor.

»Industrie und Glück!« deklamieren alle zusammen im Chor. Dann werfen sie die Rosen in den freien Raum im Zentrum des Sechsecks.

Keine einzige Rose ist am Tisch liegengeblieben.

»Ihr Vorschlag wurde einstimmig angenommen«, sagt der Burgtheaterdirektor zu Raya, die ein strahlendes Lächeln aufgesetzt hat. »Ich gratuliere. Champagner!«

Die Kellner bringen frische Flaschen.

Hans Dechant sagt den Trinkspruch: »Ich zitiere mit Ihrer Erlaubnis die letzten Zeilen eines Festgedichts anläßlich der Feierlichkeiten am 24. Oktober 1873, nach Fertigstellung der ersten Wiener Hochquellenwasserleitung: ›Ein Hoch dem Hochquell und dem wackern Bunde / der Kräfte, die geleitet seine Kraft! / Du aber, Wien, verzeichne diese Stunde / mit gold'ner Schrift im Buch der Bürgerschaft.‹«

Sie stoßen an.

44

Mitten im Laufen fällt Hainrauch ein, daß jetzt vielleicht auch sein eigenes Funkgerät wieder funktionieren könnte. Er versucht es, ohne seine Schritte zu verlangsamen, und tatsächlich, er kann Sophie erreichen. Schnell gibt er seine ungefähre Position durch.

Davor, abgehört zu werden, braucht er keine Angst mehr zu haben, denn soeben hat ihn, noch etwa zehn Meter vom Zaun entfernt, ein Suchscheinwerfer erfaßt.

Am lauten Bellen und den klickenden Geräuschen mit Stahlkrallen bewehrter Pfoten erkennt er, daß sie die Hunde losgelassen haben.

Riella, Orlanda, Flac und Fionna betreten das große Labor im zweiten Stock des F&E-Gebäudes. Zwei Wissenschaftler in weißen Arbeitsmänteln überwachen gerade eine komplizierte Versuchsanordnung. »Danubenwacht, Sondereinheit M«, zieht Orlando ein weiteres Mal seine Show ab, »wir müssen Sie leider bitten, Ihre Arbeit zu unterbrechen, da Eindringlinge im Haus vermutet werden. Bitte begeben Sie sich zu Ihrer eigenen Sicherheit in die Cafeteria im Dachgeschoß!««

Aber Wissenschaftler sind leider nicht halb so obrigkeitshörig wie Soldaten. »Mein Herr«, pudelt sich der Ältere der beiden auf, »wissen Sie, was allein das Orichalkum für diesen Versuch gekostet hat, und wie schwer es zu beschaffen ist? Ich denke nicht daran, mir die Arbeit von Wochen wegen irgendeiner ihrer blöden Alarmübungen ruinieren zu lassen!« Sein schütteres blondes Haar fällt wirr in seine Stirn; er gestikuliert wild mit den Händen.

»Wo ist der Arbeitsplatz von Diplomingenieur Fischl?« fragt Riella beiläufig den jüngeren Forscher, der, hochaufgeschossen und sommersprossig, den Eindruck macht, nie ganz aus der Pubertät herausgekommen zu sein. »Da hinten, durch den Gang, zweite Tür rechts«, antwortet er ohne nachzudenken. Seine ganze Aufmerksamkeit gilt seinem Kollegen, der sich jetzt in theatralischer Pose mit ausgebreiteten Händen vor den Labortisch stellt. »Dieses Experiment wird nicht abgebrochen, sage ich! Nur über meine Leiche.« Plopp! macht Flacs schallgedämpfte Glock-Pistole, und der

Wissenschaftler sinkt mit einem komisch wirkenden, verblüfften Gesichtsausdruck zu Boden.

»Ist das auch Ihre Meinung?« herrscht Orlando den Jüngeren an. »N-Nein. Nein, wirklich nicht! Ehrenwort!««

»Gut. Dann schalten Sie das hier ab, damit nichts in die Luft geht, und dann kommen Sie mit. Wie heißen Sie?«

»Plattner. Thomas Plattner«, antwortet der Forscher erstaunlich gefaßt, während er das Experiment mit einigen hastigen Schaltvorgängen abbricht, wobei er über den leblosen Körper seines älteren Kollegen steigen muß. »Ist – ist der Professor tot?«

»Nein. Das war ein Betäubungsgeschoß«, beruhigt ihn Flac. »Arbeitet momentan sonst noch jemand in Ihrer Abteilung?«

»Außer uns niemand. Alle anderen Experimente laufen automatisch. Sind Sie echt von der Danubenwacht?«

»Nein, wir sind skrupellose Verbrecher, die dir bald etwas über die Rübe geben, wenn du noch weiter dumme Fragen stellst«, sagt Riella scharf, während sie ihn Richtung Fischls Labor stupst.

Zu viert durchwühlen sie Fischls Unterlagen und Datenspeicher. Plattner ist völlig überdreht vor Aufregung. »He, sagen Sie«, wendet er sich an Riella, »könnten Sie mich vielleicht mit hinausnehmen? Ich habe mich um einen Posten bei Duvillier Vienna beworben, aber die sind nicht sonderlich interessiert. Wenn es so aussieht, als hätte mich ein anderer Konzern entführen lassen wollen, steigert das sicher meinen Marktwert gewaltig. Ich würde Ihnen auch was bezahlen dafür.«

»Falls wir das verdammte Zeug nicht bald finden, wird hier überhaupt niemand lebend rauskommen«, knurrt Orlando.

»Was suchen Sie eigentlich? Das Wiener Blei?«

»Ja.« Fionna hat ihre Hand auf Plattners Arm gelegt. »Wissen Sie, wo es ist?«

»Nehmen Sie mich mit?«

Riella atmet einmal tief durch. »Gebongt«, sagt sie. Orlando verdreht die Augen.

Plattner drückt einen verborgenen Knopf unter dem Arbeitstisch. Eine Fliese in der Laborwand klappt heraus. Plattner greift in das Geheimfach und entnimmt ihm einen etwa fünfzehn Zentimeter hohen Stahlzylinder. Er gibt ihn Riella.

Im selben Moment heulen draußen die Sirenen los.

Auch Hainrauch hört die Sirenen und das Kläffen der auf ihn zustürmenden Bluthunde. Er geht in die Knie und legt das Sturmgewehr an. Plötzlich ertönt eine Stimme in seinem Funkgerät. »Soldat Oswald! Verdammt, was tun Sie da drüben, Mann? Ihre Einheit sollte doch am Klärbecken sein!«

»Sir, ich habe eine verdächtige Bewegung gesehen, Sir!« meldet Hainrauch reflexartig. Die ersten Hunde sind inzwischen heran und stehen mit hechelnden Zungen irritiert vor ihm. »Halten Sie mir die Hunde nicht auf, Sie Nulpe!«, dröhnt es aus seinem Helmfunk, »wir haben sie am zurückgelassenen Seesack des Eindringlings schnuppern lassen.« Hainrauch begreift: Der Gestank der Kläranlage und des Urins in Oswalds Hose überdeckt seinen eigenen Geruch. Der Sprecher in seinem Helmfunk, offenbar ein übergeordneter Offizier, dem im Trubel die peinliche Sache mit Oswald noch nicht gemeldet wurde, fährt wütend fort: »Also los, machen Sie, daß Sie zu Ihrer Einheit kommen! Und melden Sie sich hinterher bei mir, ich bin Ihre feigen Absetzaktionen leid!«

»Sir, zu Befehl, Sir!« Hainrauch hat sein Halstuch abgeknüpft, wickelt es um eine Handgranate, die er von seinem Gürtel nimmt, wedelt damit vor der Nase des vordersten Hundes herum und wirft sie dann, bevor der Hund zuschnappen kann, so weit er kann in die Richtung, aus der er gekommen ist. Sofort prescht der Bluthund los; der Rest des Rudels folgt ihm.

Hainrauch findet den blauen Button, der offensichtlich ständig seine Position an den Abschnittskommandanten der Gardisten meldet, am Kragenaufschlag der Uniformjacke. Er nestelt ihn los und schleudert ihn flach über dem Boden den Hunden hinterher. Dann humpelt er zum Zaun.

Drei Meter davor bleibt er stehen. Was jetzt? Wenige Meter nur trennen ihn von der Freiheit, doch ihm fällt nichts ein, wie er den mit den Selbstschußanlagen gekoppelten Bewegungsmelder im Sockel des Zaunes überlisten könnte. Und selbst wenn ihm das gelänge, wie soll er durch den Drahtzaun kommen? Er hat keine Zange oder dergleichen mit, und die Handgranate war seine letzte.

Plötzlich meldet sich sein eigenes Funkgerät. »Bleib, wo du bist, Jingele, und mach kurz die Augen zu!«, hört er Sophies angespannte Stimme. Er gehorcht. Ein lauter Knall ertönt. Als er die Augen wieder öffnet, hat das Drahtgitter etwa zehn Meter rechts von ihm ein Loch, ungefähr einen Meter durchmessend, ungefähr einen Meter über dem Boden. Die MPs des automatischen Verteidigungssystems des Zauns rattern los, aber sie halten nicht in seine Richtung, sondern zielen auf ein Mini-Luftkissenboot, das sich entlang des Zauns rasch von ihm und dem Loch wegbewegt. »Beeilung, die Drohne hält nicht ewig durch!« Sophie klingt gehetzt. »Mehr kann ich nicht für dich tun, muß meinen eigenen Arsch in sicherheit bringen!« Hainrauch rennt los, knickt fast ein, als er sein angeschossenes Bein belastet, schafft es trotzdem rechtzeitig zum Zaun, hechtet durch das

Loch, rollt sich ab, humpelt weiter und verschwindet, während das kleine Luftkissenboot explodiert, in der Dunkelheit.

Flac ist als erster aus dem Fenster gesprungen. Flic hat ihm geholfen, die Landung abzufedern. Zusammen fangen sie nacheinander Riella, Orlando und Fionna auf. Plattner sitzt auf dem Fenstersims und zögert. »Jetzt oder nie, junger Mann!« ruft ihm Riella zu. Plattner schließt die Augen und läßt sich fallen.

Sophie rast los, sobald Flac, der bei der harten Landung eine Prellung davongetragen hat, im Wagen ist. Riella funkt Øre an. »Wir nehmen den Notausgang. Bist du da?«

»Mit allem, was ich habe. Aber beeilt euch, bevor mich einer von den Torwachen sieht, ich habe hier auf dem Acker nicht die geringste Deckung!«

Der Eurocar-MiniVan driftet durch eine Kurve. Orlando öffnet eine Klappe im Dach des MiniVans. Er klettert auf einer kleinen Sprossenleiter hinaus, setzt sich auf die Kante; nur seine Beine hängen noch ins Wageninnere. Ein summendes Geräusch ist zu hören.

»Was macht er da oben?« fragt Plattner neugierig. »Uns den Weg freischießen«, erklärt Fionna grimmig. »Sophie hat ein MG ausgefahren.«

»Cool.«

Schon fallen die ersten Schüsse. Ein Großteil der ursprünglich in die Kunststoff-Fertigung entsandten Truppen ist zurückgeeilt und versucht nun, ihnen den Weg zu einem der kleineren Tore zu verlegen. Auch Sophies unter der vorderen Stoßstange versteckte MPs spucken Feuer, während sie den MiniVan in Schlangenlinien auf das Tor zusteuert. Die Insassen werden hin und her gebeutelt.

»Elchtest?« fragt Plattner spitzbübisch. Er scheint die Situation wirklich zu genießen, obwohl immer öfter

Kugeln in die Panzerung des MiniVans einschlagen. Heiliger Bimbam, was haben wir uns denn da eingetreten, denkt Riella.

Als der MiniVan noch zwanzig Meter vor dem Tor ist, vor dessen heruntergelassenem Schranken sich zwei Militär-Jeeps quergestellt haben, schlagen in rascher Folge drei Raketen in Schranken und Jeeps ein. Danke, Øre! Einzelne Gardisten neben dem Wachhaus werden von Orlandos MG in Deckung gezwungen. Da kommt mit hohem Tempo ein Puch Haflinger von rechts aus einer Nebenstraße auf den MiniVan zugeschossen und versucht ihn zu rammen. In einem halsbrecherischen Manöver stellt Sophie den MiniVan quer; mit quietschenden Reifen lenkt der Haflinger scharf nach links, aber Sophie gibt bereits wieder Vollgas, und der Haflinger rast um Millimeter an der hinteren Stoßstange vorbei.

Orlandos Füße hängen nicht mehr aus der Dachluke.

»Orlando!« schreit Riella. Der MiniVan braust zwischen den Überresten der Jeeps hindurch, über Teile der Schranke hinweg, aus dem Tor. Durch das rückwärtige Fenster sieht Riella Orlando, der bei Sophies Manöver vom Dach des MiniVan gefallen ist, wieder auf die Beine kommen. Er läuft hinter dem MiniVan her. Plötzlich verlangsamt sich die Szene. Wie in Zeitlupe muß Riella mitansehen, wie Orlando in den Rücken getroffen wird, einmal, dreimal, fünfmal. Die schwere MG-Munition durschlägt seine Kevlarjacke glatt. Fontänen von rotem Blut spritzen aus seiner Brust. Er taumelt noch zwei, drei Schritte, bis dorthin, wo der Schranken war, bis zur Grenze zwischen Konzerngebiet und Freiheit, dann bricht er, die Hände in einer letzten Geste in ihre Richtung ausgestreckt, zusammen. Seine Leiche wird rasch kleiner, als der MiniVan davonrast.

Daß sie die sie verfolgenden Fahrzeuge bis zur Autobahn abgehängt haben, bei Fischamend abfahren können, bevor der Helikopter der Danubenwacht zu ihnen aufschließen kann, daß sie unbehelligt die Scheune bei Enzersdorf erreichen, wo sie den MiniVan stehenlassen und in Sophies Wohnmobil umsteigen – all das bekommt Riella nur durch einen dicken Nebel mit.

Niemand wagt das Schweigen zu durchbrechen, das die ganze Heimfahrt lang im Wohnmobil herrscht, nicht einmal Plattner. Fionna hat Riella den Arm um die Schultern gelegt. Riella weint. Sie weint, bis sie keine Tränen mehr hat, und selbst dann weint sie noch weiter.

Neuntes Kapitel

Gehirnwäsche · Brackhaus · Das Gelobte Land · Pater Carlo · Der Wilderer-Hansl · Was Samurais träumen

45

Nachdem Dobetzberger, der Burgtheaterdirektor, die Sitzung offiziell für beendet erklärt hat, ergreift Heinz Danilo das Wort. »Sehr verehrte Clubmitglieder, werte Frau Hanabi«, sagt er mit volltönender Stimme, »wie immer stehen Ihnen im Folgenden sämtliche Annehmlichkeiten meines bescheidenen Etablissements zur Verfügung. Genießen Sie noch einen gut gemixten Drink an der Bar, oder lassen Sie den Abend in angenehmer Gesellschaft ausklingen – Sie sind jedenfalls Gäste des Hauses. Ich danke Ihnen.«

Applaus, in den sich Hochrufe auf die gute Küche mischen. Zizibee versucht verzweifelt, nicht in die Richtung des Vizebürgermeisters zu blicken. Deshalb übersieht sie fast, daß sich ihre drei Kolleginnen in Marsch gesetzt haben. Sie folgt ihnen hastig hinaus. Minou, die an der Spitze marschiert, schlägt aber nicht den Weg zum Paternoster ein, sondern wendet sich in die andere Richtung des Ganges. Sie treten in ein nüchtern eingerichtetes Zimmer, in dem ein großer, mit grünem Filz überzogener Tisch steht. Zizibee schwant Übles. »Ich muß nur schnell noch aufs Klo«, sagt sie, dreht um und will zurück hinaus in den Gang. Doch ein hochgewachsener Mann mit einem Monokel vor dem linken Auge verstellt ihr den Weg.

»Dann fangen wir eben mit Ihnen an«, sagt Dechants Magier, der Universitätsprofessor Gram.

Er treibt sie vor sich her, am Spieltisch vorbei, an dem Minou, Bella und die Elfe Platz genommen haben und gelöst, wie Hühner, durcheinandergackern, in eine kleine Kammer, die bis auf eine gepolsterte Couch und einen daneben stehenden Lehnstuhl völlig leer ist. Gram bedeutet ihr, sich auf die Couch zu legen, dann setzt er sich in den Lehnstuhl. »Sie kennen die Prozedur«, sagt er. »Schließen Sie die Augen, entspannen Sie sich, atmen Sie ruhig. Denken Sie an etwas Schönes, Friedliches, eine Blumenwiese an einem Waldrand, durch die ein heiter sprudelndes Bächlein fließt, etwas in der Art. Je weniger Widerstand sie mir entgegensetzen, desto schneller sind wir fertig. Ich nehme Ihnen so gut wie nichts weg, nur die Erinnerung an ein paar ohnehin ziemlich fade Stunden ihres Lebens. Ihre Hände werden schwer und warm ...«

Zizibee merkt, wie Grams hypnotische Stimme sich weich wie frischgefallener Schnee auf ihr Bewußtsein legt. Sie wird schläfrig, will sich dieser Stimme bedingungslos ergeben. Zugleich verkrampft sich ihr Bauch vor Panik. Wenn sie ihn in ihren Geist eindringen läßt, wird er dort Zizibee finden, nicht Schu-Schu!

»Warum so aufgeregt, Fräulein? Das haben wir doch schon mehrmals durchexerziert! Bitte entspannen Sie sich. Ich kann Ihren Willen leicht auch mit Gewalt brechen, wenn Sie sich unbedingt wehren wollen, aber Sie tun sich nur unnötig weh dabei. Also. Ihr Atem fließt ruhig. Ihre Hände sind schwer ...«

Zizibee bohrt die doppelten Spitzen ihrer Fingernägel in die Handballen und versucht sich auf den Schmerz zu konzentrieren, nicht müde zu werden, nicht so schrecklich müde ... »Schu-Schu, ich habe nicht die ganze Nacht Zeit.« Gram klingt verärgert. Er legt seine Hand auf ihre Stirn. »Wollen Sie jetzt endlich ruhig werden?«

NEIN! schreit alles in ihr. Nein, ich lasse dich nicht in mein Hirn, du verfluchter Magieprofessor!

»Dann eben nicht.«

Auf einmal schneidet ein rotierendes, glühendes Kreissägeblatt mitten durch Zizibees Kopf. Eine kristallene Hand, kälter als alles auf dieser Welt, greift nach ihrer Seele, reißt sie aus ihrer Brust und zerquetscht sie. Augenblicklich ist nur noch schwärzeste Dunkelheit um sie. Doch sie spürt, wie ein dromettenrotes Skalpell die Hülle ihres Bewußtseins abschält, und sie hört Grams verblüfften Ausruf:

»Aber – das ist ja –«

46

Flic und Flac haben Plattner mit nach Hause genommen und werden ihn dort bewachen, bis Kyra aus dem Lungau zurück ist und die Erinnerung an die Gesichter der Schattentänzer aus seinem Gedächtnis löschen kann. Plattner hat sich bereitwillig in sein Schicksal gefügt und begeistert gestanden, daß er in seiner Jugend Geschichten über Shadowrunner verschlungen hat und total glücklich sei, nun echte Schattenläufer kennengelernt zu haben, wenn auch nur vorübergehend und trotz der traurigen Begleitumstände ... Den Stahlzylinder mit dem »Wiener Blei« haben sie wie vereinbart in einem toten Briefkasten im Sockel des Johann Strauß-Denkmals im Stadtpark deponiert. Fionna hat angeboten, den Rest der Nacht bei Riella zu bleiben, aber Riella hat abgelehnt.

Langsam, einen qualvollen Schritt nach dem anderen, steigt sie die Stufen zu ihrer Wohnung im Gemeindebau hoch. Sie schließt die Tür auf, läßt die Tasche mit der Ausrüstung, die Kevlarjacke und ihren Einsatzdreß im Vorzimmerkasten verschwinden, sperrt den Kasten ab, hängt die dünne Silberkette mit dem Schlüssel wieder um ihren Hals. Sie stellt sich unter die Dusche, läßt drei Minuten lang nur das heiße Wasser laufen, dann drei Minuten nur das kalte. Sie spürt keinen Unterschied. Sie spürt überhaupt nichts mehr.

Orlando ist tot. Viktor auch, natürlich, und der Verlust des Freundes, mit dem sie viele Jahre lang durch die Schatten getanzt ist, ist schlimm genug. Aber Viktor hat immer gesagt, er möchte in der Matrix sterben, möchte auch noch dieses letzte Geheimnis der virtuellen Realität ergründen. Dieser Wunsch zumindest ging in Erfüllung, mag sein Tod noch so schmerzhaft gewesen sein.

Doch daß Orlando nicht mehr ist, zerreißt ihr das Herz.

Nie mehr wieder wird er die Trommeln schlagen bei der »Love Parade«, wo sie sich letzten Samstag trafen, ganz überraschend und zufällig, zum ersten Mal sozusagen »privat«. Das war ein anderer Orlando als der verbissene Trainierer in der Tanzschule, der stets konzentrierte, aber doch gelangweilte Darsteller in den Shows, die sie der Tarnung wegen immer wieder einmal tatsächlich bei irgendwelchen Firmenfeiern darboten, der unermüdliche Bastler und detailverliebte Mitplaner ihrer »Auftritte« in den Schatten. Dieser Orlando war ein ausgelassener junger Bursch, und sie war wohl auch eine andere Riella, als sie nach einem kurzen verlegenen Zögern zu ihm auf den Wagen stieg, nach der Parade mit ihm auf der von Fackeln und bengalischen Feuern erhellten Wiese tanzte, stundenlang, bis er sie in den Arm nahm und fortführte vom Trubel des ewigen Festes in das kleine stille Wäldchen, und als die Sonne aufging, liebten sie sich noch immer.

Riella Vincelar legt sich zu ihrer Tochter in deren Bett. Sie kuschelt sich an ihr schlafendes Kind und bemüht sich, nicht mehr, nie mehr an Orlando zu denken.

Brackhaus meldet sich am nächsten Nachmittag.

»Ich danke Ihnen für Ihren erfolgreichen Auftritt«, sagt er. Wie immer bleibt der Bildschirm bei seinem Anruf dunkel. »Wiewohl er turbulenter als üblich war.«

»Zwei meiner besten Leute werden in Zukunft nicht mehr zur Verfügung stehen.« Sie läßt ihn den Ärger in ihrem Gesicht bewußt sehen.

»Nun, so können Sie Ihr Honorar, das in diesen Augenblicken überwiesen wird, durch eine kleinere Zahl dividieren.«

Du elender, gefühlloser Wunderwurm! »Schön, daß Sie zufriedengestellt sind.«

»Nicht ganz, doch das liegt nicht an Ihnen. Ich habe eine interessante ... Probe zu sehen bekommen, doch sie war anscheinend nicht auf dem neuesten Stand.«

»Ich bedaure das.«

Die übliche Kunstpause.

»Riella, noch eine andere Frage. Ist es wahr, daß ein Bekannter von Ihnen, ein gewisser Donner, der früher einmal einer Ihrer berühmtesten Kollegen war, zu einer Bergwanderung aufgebrochen ist? In ein Gebirgsmassiv in der Steiermark, das Hochschwab genannt wird?«

Riella weiß, daß Brackhaus die Antwort bereits in ihrem überraschten Gesicht lesen kann. »Das ist richtig.«

»Man hat, so sagen meine Künstleragenten, lange

nichts von ihm gehört. Würden Sie ihm trotzdem zutrauen, daß er auf dieser Wanderung etwas mitführt, das einer neueren Fassung der erwähnten Probe entspricht?«

Riella ist perplex. Donner ist – war ein Schatten seiner selbst, als sie ihn das letzte Mal gesehen hat, ein der Trunksucht ergebenes Wrack. Und doch, seine Zauberfokusse haben immer funktioniert. Aber wie soll er an das »Wiener Blei« gekommen sein, und wieso?

»Ich muß passen, Herr Brackhaus. Ich weiß es nicht. Ich kann es mir nur sehr schwer vorstellen, aber es wäre immerhin möglich.«

»Das genügt mir. Ich werde auf Verdacht nach ihm suchen lassen. Sie wissen ja, ich bin ein großer Freund des zeitgenössischen Theaters. Ich lasse mir da ungern was entgehen. Falls Sie durch Zufall etwas von diesem Herrn Donner hören, teilen Sie es mir bitte mit, ja?«

Und klick.

47

Sie steigen aus. Pater Carlo dirigiert sie an die Wand des Bootshauses. »Willst du uns gleich hier standrechtlich erschießen lassen, Carlo?« fragt Donner sarkastisch.

»Du hast schon einmal besser ausgesehen«, versetzt der kleine, dunkle Mann statt einer Antwort. Er trägt eine gepanzerte Weste über seiner Soutane. »Das gilt auch für dich, carissima Escher. Was hast du dir dabei gedacht, als du dich unter die Nadel begabst – nomen fiat omen, oder so?«

Escher verzichtet auf eine Replik. Einer der Uniformierten – die Beschläge ihrer Jacken sind in vatikangelb gehalten – stöpselt sich in die Fahrzeugkontrollen des Spezial-LKWs. Alle anderen halten die Gruppe mit ihren automatischen Waffen in Schach.

»Wen hast du erwartet«, reizt Donner weiter, »einen Drachen?«

»Ich habe euch Dinge tun sehen, die selbst von den Großen Drachen nur wenige zustandebrächten. Du!« Pater Carlo zeigt auf einen der Uniformierten. »Setz ihm die Haube auf, aber sieh ihm nicht in die Augen dabei!«

Der Angesprochene kommt mit einer schwarzen Kapuze und stülpt sie Donner vorsichtig über den Schädel. Dann fixiert er sie mit zwei Ledergurten. Pepi hat schon einmal davon gehört, daß dies eine der besten Methoden ist, Magiern das Spruchzaubern unmöglich zu machen. »Ihr drei legt der Frau die Schellen an!« kommandiert der Mönch. »Aber bleibt aus der Schußlinie!«

Die Soldaten, auf die Pater Carlo gezeigt hat, nähern sich Escher vorsichtig. Sie streckt ihnen bereitwillig die Arme hin. Einer umschließt ihre Handgelenke mit Einweg-Plastbändern, die beiden anderen binden in gleicher Weise ihre Füße; dann hängen sie die Fesseln mit einer kurzen Eisenkette zusammen, so daß Escher nur noch gekrümmt stehen kann. »Bene. Beim Rigger und …« Pater Carlo muß sich sichtlich konzentrieren, um Pepi überhaupt wahrzunehmen, »… ihm da genügen Handschellen.«

Auch die werden appliziert. Ein Lastwagen, auf dessen offener Ladefläche einfache Sitzbänke montiert sind, wird vorgefahren. Der Beifahrer klappt eine eiserne Leiter herunter. »Einsteigen, prego!« befiehlt der Pater.

Voran fährt der Rigger-Gardist mit ihrem Deponie-Fahrzeug, danach der LKW, auf dessen Ladefläche sie unbequem hocken, dahinter der Schützenpanzer. Carlo und fünf der Uniformierten, die ständig ihre Waffen auf sie gerichtet halten, fahren mit ihnen.

»Dürfen wir den Grund dieses eher förmlichen Empfangs wissen?« fragt Escher.

»Tja, seit dem Telefonat, das Donner und ich am Sonntag führten, ist einige Zeit vergangen. Heute ist Mittwoch, und inzwischen hat sich jemand bei mir gemeldet, dem unsereins nur schwer einen Wunsch abschlagen kann.«

»Oho.« Donners Organ klingt dumpf unter der Kapuze. »Ich hätte gedacht, dein neuer Herr, der Oberministrant, wäre nach dem lieben Gott gleich der Zweitwichtigste?«

»Ach halt doch die Klappe, stronzo!« Der Ordensmann scheint die Geduld verloren zu haben. »Wo ist das Zeug? Glaub mir, da oben in der Basilika haben wir Verhörmethoden, die sich Torquemada nicht einmal hätte träumen lassen!«

»Entschuldigen Sie bitte, Herr Pater Carlo.« Pepi weiß auch nicht, warum er sich jetzt zu Wort meldet, aber irgendwie nervt ihn der Typ. »Wer ist dieser Dorkedingsbums, und welches Zeug meinen Sie?«

Carlo sieht durch ihn hindurch. »Gut, wenn ihr es auf die harte Tour wollt, könnt ihr sie kriegen.«

Sie fahren wieder bergauf, vorbei an steilen Hängen, wo Gruppen von jungen Mädchen und Buben singend Heu zusammenrechen oder mit Sicheln Mais schneiden. Alle tragen zu ihren Lederhosen oder kurzen blauen Röckchen gelbe Leiberln, auf denen schwarze Kreuze mit Querbalken an den Enden aufgedruckt sind. »Das gute alte Kruckenkreuz«, sagt Toto. »Habt ihr Dollfuß inzwischen heiliggesprochen?«

»Zigeuner –«, antwortet Pater Carlo gefährlich leise, »halte deine Zunge im Zaum, oder ich schneide sie dir ab.«

»Fullo frateris«, murmelt Toto abfällig. Wenn das das Gelobte Land ist, denkt Pepi bei sich, dann möchte ich bitte wieder zurück zu den »Kubanern«.

48

Der Ort Mariazell wird eindeutig von der gewaltigen Wallfahrtskirche dominiert. Die Muttergottes von Mariazell trägt seit Ewigkeiten den Beinamen »Magna Mater Austriae«; der Dom ist neben dem Wiener Stephansdom das wichtigste religiöse Bauwerk des Landes. Rundherum liegen ausladende, mehrstöckige Gebäude, die meisten noch im vorigen Jahrhundert als Hotels für den Fremdenverkehr errichtet; seit Erzbischof Boppo vor knapp mehr als zwanzig Jahren Mariazell und seine gebirgige Umgebung zum »Gelobten Land« erklärt hat, sind sie nach und nach alle zu Klöstern, Priester- und Knabenseminaren, theologischen Instituten etcetera umgewandelt worden.

Escher erinnert sich noch gut an die Berichte über die schleichende, zumindest nach außen hin gewaltlose »Eroberung« des Fremdenverkehrs- und Wallfahrtsortes durch die aus allen Himmelsrichtungen heranströmenden, immer zahlreicher gewordenen Anhänger der äußerst konservativen Lehren Bischof Boppos. Die MediaSim hielt unter der Federführung Hans Dechants damals Boppo und seinem Vertrauten, dem wegen mehrerer Fälle von Kindesmißbrauch strafversetzten, aber nie verurteilten Kardinal Troeger, anfangs die Stange – Dechant ist im Zweifelsfall immer auf der Seite der reaktionären Kräfte zu finden. Die wenigen, im Vergleich zur MediaSim relativ unbedeutenden kritischeren Medien nahmen Boppo und Troeger nicht ernst, verspotteten den kugelrunden, gut hundertsechzig Kilo schweren Boppo und den spindeldürren, immer knöchern und verklemmt wirkenden Troeger höchstens als »Dick und Doof«. Dechants Meinung schlug radikal um, als einige Jahre später das schmucke kleine Chalet direkt an der Schiabfahrt der Mariazeller Bürgeralpe, in das er sich gelegentlich mit jungen Damen zwecks Casting für die Softporno-Schiene der MediaSim zurückzuziehen pflegte, von Troeger zum »Sündenpfuhl« erklärt und von der inzwischen heimlich aufgestellten paramilitärischen »Mariazeller Bürgerwehr« besetzt und in Folge enteignet wurde. Von da an ist das »Gelobte Land« bei Dechant in Ungnade gefallen, aber da war es bereits zu spät, waren die letzten nicht in Boppos Konzept eines alpinen Mini-Gottesstaates passenden Bewohner bereits von den immer noch in Scharen nachziehenden Geistlichen und ihren rabiat-bigotten Anhängern vertrieben worden. Es werden seither, soviel Escher weiß, zwar weiterhin zu den gleichen Terminen wie im Rest der Steiermark Gemeinderatswahlen abgehalten, aber außer der »Einheitsliste Kanaan« hat nie eine andere Partei kandidiert …

Je länger sie durch die verwinkelten Gassen des Ortszentrums fahren, desto mehr Aufsehen erregen sie. Schon hat sich ihnen ein Pulk von Menschen und Metamenschen in altertümlicher steirischer Tracht oder den bereits bekannten gelben T-Shirts angeschlossen, aus dem haßvolle Zurufe kommen wie: »Sie haben einen Magier gefangen!« – »Da sitzt er, der Antichrist!« – »Der da, unter der Kapuze!« – »Zaubara aussi!« – »Kreuzigt ihn! Kreuzigt ihn!« und dergleichen mehr. In Boppos Dogmen dürfte die Magie nicht besonders wohlwollend abgehandelt werden.

Hinter der Basilika bleibt der kleine Konvoy stehen. Das Deponie-Spezialfahrzeug verschwindet in einem kleinen, umzäunten Parkplatz. Pater Carlo zerrt Donner hoch und gibt seinen Soldaten Anweisungen: »Der Magier und die Verunstaltete kommen mit mir in die Hohe Sakristei. Den Zigeuner und den … Dings bringt ihr zwei in die Katakomben. Der Inquisitor wird sich um sie kümmern.«

Sie können nichts dagegen tun, daß sie getrennt werden. Toto, der in sich zusammengesackt ist und nicht einmal mehr halb so groß und stark wirkt, trottet widerstandslos in die ihm von den Läufen der Uniformierten gewiesene Richtung, also tut es ihm Pepi nach, nicht ohne einen letzten Blick auf Donner und Escher zu werfen, die mit Pater Carlo und seiner Eskorte auf das große Pfarrhaus neben der Domkirche zustreben. Der bittere Anblick Eschers, die wegen ihrer Fesseln nur winzigkleine Trippelschritte ausführen kann, und selbst diese nur in entwürdigend gebückter Haltung, brennt sich für lange Zeit in Pepis Gedächtnis ein.

Durch eine enge Pforte in einem Steinhäuschen, das an die Kirchenwand angebaut worden ist, kommen sie zu einem schmalen Stiegenabgang. Selbst Pepi muß den Kopf einziehen, als sie über die steinernen Stufen hinabsteigen. Die Luft wird mit jedem Schritt modriger. Sie erreichen ein Gewölbe, von dem mehrere Gänge abzweigen. »Hier rein!« kommandiert der Anführer ihres Begleittrupps und scheucht sie durch den spärlich beleuchteten Gang in eine Kammer, deren Wände aus unverputzten, roh behauenen Steinblöcken bestehen. Die schwere Holztür fällt knarrend zu. Bevor Pepi, dem etliche Fragen auf der Zunge brennen, etwas sagen kann, stößt ihn Toto an und dreht seine Augäpfel nach oben. Pepi folgt seinem Blick. Im Scheitelpunkt der gewölbten Decke schimmert das winzige kugelförmige Objektiv einer Kamera. Pepi braucht ein bißchen, aber dann versteht er.

Sie warten lange, etliche Stunden, bis die Tür wieder geöffnet wird. Begleitet von einem etwa zehnjährigen Buben, der ein Weihrauchfaß schwingt, und drei Uniformierten mit im Anschlag gehaltenen Gewehren, betritt ein buckliger Elf die Kammer. »Ich bin«, raunt er mit Grabesstimme, »der Inquisitor. Niemand, der es nicht bitter bereuen will, wagt es, sich mir zu widersetzen. Du, Unseliger!« Er giftet Toto an. »Mann aus dem Fahrenden Volk, Diener der Gespielinnen des Satans – was weißt du über das Wiener Blei?«

Toto verneigt sich in einer unterwürfigen Geste. »Nichts, Herr«, sagt er, und seine Stimme zittert dabei. Pepi kann die Verwandlung seines so selbstbewußten, vividen Freundes nicht glauben. Zu Kreuze kriechen, das paßt doch überhaupt nicht zu ihm! Es sei denn …

Es sei denn, er schauspielert. Ach, wenn ich doch nur nicht so dumm und langsam wäre, denkt Pepi: Natürlich schauspielert er! Aber sogleich fragt er sich, ob Celia Pschistranek, seine Lehrerin bei den Fidelisten, das gutgeheißen hätte? Er nimmt sich vor, beizeiten darüber nachzudenken.

Der Knabe mit dem Weihrauchfaß, der ein seltsames weißes Spitzenkleid trägt, steigt von einem Fuß auf den anderen. Mit heller Stimme fragt er: »Gewiß lügt der Delinquent, nicht wahr, Herr Inquisitor?«

Der Bucklige, der angestrengt seine weißen Augenbrauen zusammengezogen hat, entgegnet scharf: »Nein, er lügt nicht, du vorlauter Bengel!« Schweißperlen bilden sich auf seiner hohen, narbigen Stirn. »Und auch der … andere weiß nichts. Ich bin der Inquisitor, ich habe gesprochen, und ich kann nicht irren.« Abrupt dreht er sich um und eilt aus dem kalten Raum. Der Bub wirft ihnen noch einen verwunderten Blick zu, dann folgt er dem Inquisitor. »Ähem, Herr«, ruft einer der Uniformierten irritiert dem davoneilenden Duo nach, »was sollen wir mit den beiden Vaganten tun?«

»Ins Verlies!« hallt die Antwort aus dem Gewölbe.

49

Pater Carlo öffnet die Tür zu einem hohen, mit dunklem Holz getäfelten Zimmer. »Einer bleibt als Wache vor der Tür, der Rest kann wegtreten!« ordnet er an. Die Uniformierten salutieren.

Er führt Donner zu einem hochlehnigen Stuhl. Er zieht die schweren Brokatvorhänge vor den Fenstern zu. Er holt ein kleines Gerät aus der Tasche und richtet es in die verschiedenen Ecken des Zimmers; ein grünes Lämpchen blinkt auf.

Carlo seufzt und zerschneidet mit einer Monofilament-Zange Eschers Fesseln. Dann lockert er die Gürtel der Kapuze und zieht sie Donner vom Kopf.

»Nichts für ungut«, sagt er. »Glaubt mir, amici, mir geht diese Gegend selber sowas von auf den Zeiger, ich kann's gar nicht sagen.«

»Habt ihr Personalnot«, fragt Donner und wischt sich die schweißnassen Haarsträhnen aus der Stirn, »daß du jetzt Good Cop und Bad Cop in einem spielen mußt?«

»Spar dir die Süffisanz, Donner. Ich würde viel dafür geben, wenn wir uns unter anderen Umständen wieder getroffen hätten.«

»Klartext, Carlo.« Escher dehnt und streckt sich grazil. »Auf welcher Seite stehst du?«

Der drahtige Mönch breitet theatralisch die Hände aus. »Was soll ich sagen? Auf mindestens dreien. Ich war noch nie Diener nur eines Herrn. Aber die Lage ist ernst. Seid versichert, ich habe nicht vergessen, was ich euch schulde. Gleichwohl bin ich einem anderen in noch weit höherem Ausmaß verpflichtet. Er schätzt Boppo und Troeger überhaupt nicht, doch er hat Macht über sie. Und er will, daß ihr hier festgehalten werdet, bis er weiß, ob ihr das ›Wiener Blei‹ mit euch führt oder nicht.«

»Ich nehme an, es ist müßig zu fragen, um wen es sich handelt«, stellt Donner trocken fest. »Aber ich vermute mal, er hat einen mehrere Meter langen Schwanz.«

Carlo reckt die Hände in einer gespielt verzweifelten Geste gegen die Stuckdecke. »Man sagt zwar, Wissen sei Macht, Donner, aber ich habe schmerzlich gelernt, daß zu viel Wissen lebensgefährlich ist.«

»Du kannst gern einen Wahrheit Erkennen-Spruch auf mich ausüben«, sagt Donner. »Ich schwöre dir, ich habe von diesem ›Wiener Blei‹ noch nie etwas gehört.«

»Warum quälst du mich?« Carlo ist herumgefahren und glüht Donner aus seinen dunklen Augen an. »Du hast längst mitgekriegt, daß ich das Talent fast völlig verloren habe. Alles, was ich dafür bekam, ist diese stählerne Hand«, er reißt den Handschuh von seiner Rechten, »mit der ich Motoren reparieren kann und gebrochenes Metall schweißen. Ein plumper Mechaniker bin ich jetzt, ich, der ich die filigransten Fäden der Mana-Energie zwischen meinen Fingern zu formen vermochte!«

»Ich bin kein Magier mehr«, flüstert er, »und ich werde nie mehr einer sein. All die teuren Implantate würde ich gegen einen einzigen Funken deiner verbliebenen Magie eintauschen, Donner, wenn das möglich wäre.«

»Greif mich an, damit du spürst, wie kalt mich das läßt, Carlito.« Eschers kaum hörbare Stimme zerschneidet den Raum in zwei exakt gleich große Hälften. »Du bist immer schon ein Schmierenkomödiant gewesen.

Mag sein, daß du, seit du Magie durch Cyberware ersetzt hast, noch um einiges irrer geworden bist, aber das interessiert mich, offen gesagt, weniger als der Kaugummi, der unter dieser Tischplatte pickt. Ich will nur wissen – was hast du mit uns vor?«

»Ihr beide habt mir zweimal das Leben gerettet, damals, und ich konnte mich bis heute nicht revanchieren. Aber ich kann nicht mehr tun als verhindern, daß man euch hier in diesem unseligen Dorf ans Kreuz schlägt. Donner, Escher!« Er winselt fast. »Sagt mir die Wahrheit: Habt ihr mit etwas zu tun, das ›Wiener Blei‹ genannt wird, ja oder nein.?«

»Bis jetzt noch nicht. Du kannst uns übrigens auch gern durchsuchen, wenn du willst.«

»Das erledigen die Gefängniswärter. Ich glaube euch, amici. Aber ich kann nichts daran ändern, daß ihr außer Gefecht gesetzt werdet, bis der Meister oder sein Abgesandter eintrifft.«

»Wann wird das sein?«

»Weiß ich nicht. Er ist sehr beschäftigt in diesen Tagen. Dich, Escher, werden sie wieder binden. Und du, Donner, mußt dich betäuben lassen.« Er holt mit flinken Bewegungen eine Flasche mit einer wasserklaren Flüssigkeit aus einem Schränkchen. »Wenigstens dieser Teil hat einen gewissen Unterhaltungswert. Soviel ich weiß, warst du einem guten Tropfen nie abgeneigt.«

Donner hebt abwehrend die Hände. »Carlo, erfüll' mir einen Wunsch, der alten Zeiten wegen. Ich will nicht mehr trinken, ich habe schon zu viel geschluckt in meinem Leben. Gib mir irgendeine Spritze oder ein Patch, aber laß diese Flasche an mir vorübergehen. Bitte.«

Er hat sehr eindringlich gesprochen. Carlo sieht ihn forschend an. »Was läuft bei dir, Donner?« fragt er.

»Niemand von uns kann länger als eine gewisse Zeit

seinem Schicksal ausweichen«, sagt Donner ruhig, »die Glückskinder schon gar nicht.«

Carlo lacht lautlos. Er fingert zwei filterlose Zigaretten aus einer versteckten Tasche in seinem Ordenskleid, reicht eine davon Donner. »Ich habe dich vermißt«, sagt er. »Wirklich.«

50

Toto und Pepi werden unter strenger Bewachung durch zahlreiche Gewölbe, Gänge und Treppen tief unter die Wallfahrtskirche gebracht. In einem von Halogenflutern grell ausgeleuchteten leeren Raum werden ihnen die Handfesseln abgenommen, dann müssen sie sich ganz nackt ausziehen. Pepi geniert sich, als ihn ein Uniformierter peinlich genau untersucht. »Hat der Inquisitor irgendeine Anmerkung von wegen Cyberware gemacht?« fragt er seinen Kollegen. Der schaut auf einen Zettel an seinem Klemmbrett. »Da steht ›ohne Befund‹. Nicht einmal die Schläfenbuchse des Riggers ist angeführt. Das schaut dem Inquisitor gar nicht ähnlich.«

»Du willst doch nicht etwa den Inquisitor kritisieren?«

»Gott behüte, nein.«

»Dann halt die Klappe. Unser Problem ist das jedenfalls nicht. Die beiden sind sauber. Wo haben wir noch was frei?«

»Wart ein Momenterl … beim Wilderer-Hansl. Sein Zellengenosse hat sich vorgestern aufgehängt, das Schwein. Hat mir strafweise drei Wochenenddienste eingetragen. Sie müssen halt ein bißchen zusammenrücken.«

Nachdem alle Gürtel und Metallteile aus ihren

Kleidungsstücken entfernt worden sind, dürfen sie sich wieder anziehen. Sie bekommen nun eiserne Ringe um Knöchel und Handgelenke verpaßt, die jeweils mit einer kurzen Kette miteinander verbunden werden. Ihre Kerkermeister führen sie durch einen niedrigen, gebogenen Gang in ein großes, langgestrecktes Gewölbe, das durch dicke Eisengitter in viele einzelne kleine Zellen unterteilt ist. Dutzende Stimmen schreien und jammern durcheinander, so daß Pepi nicht ein einziges Wort verstehen kann. Verschorfte Hände rütteln an Gitterstäben. Außer einer schwachen, eitergelben Neonröhre in der Mitte gibt es keine Lichtquellen. Nur die Wächter tragen starke Stablampen. »Ruhe!« brüllt der Oberaufseher. »Kein Laut mehr, oder ich lasse die Gitter unter Strom setzen!« Langsam legt sich der Lärm; eine lauernde Stille erfüllt das Gewölbe.

Die Zelle wird aufgeschlossen. Der Oberaufseher stößt Pepi und Toto mit seinem Gummiknüppel hinein. Dann fällt die Eisentür ins Schloß; ein Schlüssel wird knirschend zweimal umgedreht, dann entfernen sich die Uniformierten. Leises Gemurmel setzt ein.

»Herzlich willkommen im Grand Hotel Bischofsburg!« zischt ein Troll in ihrer Nachbarzelle, dessen Gesicht und nackter Oberkörper mit schlecht verheilten Wunden übersät sind. Sein zahnloser Mund verzieht sich zu einem bösen Grinsen. »He, kleiner Ork, dein Knackarsch gefällt mir!« Ein haariger, offenbar mehrmals gebrochener und schief zusammengeheilter Arm winkt durch die Gitterstäbe. »Komm her, Süßer, wir werden viel Spaß miteinander haben. Au!«

Toto hat ihm die Kette, die seine Handgelenke verbindet, auf die narbigen Finger gedroschen und sieht ihn jetzt scharf an. »Okay, okay«, winselt der Troll, »der Kleine gehört dir, Mann. Leckt mich doch, ihr zwei!«

Er verzieht sich auf seine Pritsche. Leise Stimmen aus den umliegenden Zellen verhöhnen ihn noch eine Weile, dann ist nichts mehr zu hören außer leisem Gesang.

Im hintersten, fast völlig dunklen Eck ihrer Zelle kauert eine verhutzelte Gestalt. Ein alter Mann mit langen verfilzten Haaren und einem ebensolchen Bart hat die dürren Hände mit den krallenartigen, gelblichen Fingernägeln um seine Knie geschlungen und wiegt sich im Rhythmus des Liedes, das er krächzend vor sich hin singt:

Bei meiner Liabsten bleib i net,
da hat's ma zuviel Flöh,
geh liaber auf die hohe Alm,
steig auffi auf die Höh'.

I bin's a junger Wildbratschütz,
halt gar a frischer Bua.
I geh auf Hirsch und Gamsal aus,
Kurasch hab i gnua.

Auf da Kapuzineralm,
da hab i auffigschossn,
hab das Gamsal g'fahlt
und hab die Senn'rin troffen.

Ei du vafluachta Schütz,
ja weil du gar so triffst,
drum schiaß nur öfter zua,
mei liaber Bua!

Und die Gams im Gebirg
hat an Arsch, an weißen,
wia die Diandln am Samstag,
wenns das Hemd wegschmeißen.

Und die Gams im Gebirg
tuat a Schuß nit scheuch'n,
und mei Diandal im Bett
tuat a nix dergleich'n.

Ja wann dös Stutzal knallt,
von da Wand dös Gamsal fallt,
dann gibt's an Widerhall
durch Berg und Tal.

Und is a Jaga gleim hiebei,
daß 'n mei Schuß daschreckt,
na kimmt er scho mit größter Freud,
hat d'Bix auf mi herg'reckt.

Du Schelm, du Diab! Was machst du da?
Tua beten hiatzt in deiner Not!
Mach gach für di hiatzt Reu' und Leid,
i schiaß di glei zum Tod!

Wann er mi nur darschossen hätt!
Dankbar wär i eam noch.
Brauchat net lieg'n auf hartem Bett
in Mariazell im Loch!

Wann di amal da Bischof hot
in seine dicken Finga,
na siehgst du bis zu deinem Tod
die liabe Sonne nimma!

Oh armer junger Wildbratschütz,
valoren is dei Seel',
sitzt tiafer als in tiafster Höll'
du in Mariazell!

Pepi hat dem Lied mit offenem Mund gelauscht. Jetzt tritt er zu dem alten Mann, doch der zuckt zurück und versucht vergeblich, sich noch weiter im Eck zu verkriechen. »Geht's weg, ihr Folterknecht', geht's weg!« kreischt er. »Hob kane Knochen mehr im Leib, die ihr mir no brechen könntat's, hob koa Haut mehr zum Vabrennen! Geht's weg, ös Teifln, geht's weg!«

Pepi ist wieder zurückgewichen. Toto hat sich auf die einzige Pritsche im Raum gesetzt. Eine Ratte huscht darunter hervor und läuft Pepi fast über die Füße. Er setzt sich schaudernd zu Toto.

»Müssen wir jetzt hier bleiben, bis wir so sind wie der arme Mann?« fragt er. Toto wiegt langsam den Kopf. Der Wilderer-Hansl hat wieder sein Lied zu singen begonnen.

»Gibt es hier ein Klo?« fragt Pepi. Er sieht sich um. Der Gestank in der Zelle gibt ihm die Antwort. Drängend umfaßt er Totos muskulösen Oberarm. »Wir müssen hier heraus. Da herinnen kann ich nicht aufs Klo gehen, das schaff' ich einfach nicht!«

Toto muß lachen. »Ja wenn das so ist, lieber Pepi«, sagt er mit gesenkter Stimme, »dann werden wir uns etwas einfallen lassen müssen.«

»Hast du eine Idee?«

»Najis devleschze, ich denke schon. Aber ich möchte warten, bis unser Mitgefangener schläft. So leid mir der Wilderer tut, ich traue ihm nicht. Er könnte auch ein Spitzel sein, der sich gut verstellt. Das ist ein Trick, der in vielen Gefängnissen angewandt wird, verstehst du?«

Pepi nickt. Auf sowas wäre er nie gekommen! Wie raffiniert und hinterhältig doch die Menschen sein können!

Toto hat begonnen, Hansls Wildererlied mitzusummen: »Bei meiner Liabsten bleib i net ...« Aus einer weiter entfernten Zelle ertönt ein langgezogener, klagender Schmerzensschrei. In Pepis Magen rumort es. Wenn er doch nur nicht so viel Schweinsbraten gegessen hätte!

51

In dieser Nacht von Mittwoch auf Donnerstag geht Zizibee verloren. Raya Hanabi kocht vor Wut. Donner und Escher ruhen streng bewacht im Isoliertrakt des Krankenhauses (diese Erleichterung immerhin hat ihnen Pater Carlo verschaffen können); Donner wurde medikamentös in ein künstliches Koma versetzt, Escher wacht wegen der unbequemen Haltung, zu der sie ihre Fesseln zwingen, immer wieder auf. Pepi und Toto warten angespannt, daß in ihrer Zelle und dem Rest des Gefängnisses endlich die Nachtruhe einkehrt. Riella liegt mit offenen Augen in ihrem Bett und verflucht zum tausendsten Mal Brackhaus, der den ÖMV-Run vorverlegt hat, und sich selbst, weil sie nicht schon längst mit dem Schattenlaufen aufgehört hat.

Nur Superfritz schläft wunderbar.

Zwar hat ihn Ulla wieder einmal abblitzen lassen, und das, obwohl er ihr im Vertrauen erzählt hat, daß er Größe und Neigungswinkel seines »kleinen Kameraden« seit seinem letzten Cyberware-Upgrading in Chiba stufenlos verstellen kann, »bis auf Troll-Format«, wie er stolz und augenzwinkernd versichert hat. Ulla hat sich wortlos von ihm abgewendet und ist in ihr Quartier gegangen. Weiber! Nicht wert, daß man einen Gedanken an sie verschwendet! Da hat er dann lieber an den Einsatz gedacht, der morgen früh beginnt, und daran, daß er am »Rattengrat« schließlich sogar noch eine Vierer-Kletterei bewältigt hat, und sogar mit voller Ausrüstung, nach einigen Versuchen zwar, aber immerhin. Er wird es da oben am Hochschwab dem

Sarge und der doofen Ulla und allen anderen zeigen, wer der stärkste Runner aller Zeiten ist!

Sein schwerer Körper, fast schon mehr Maschine als Mensch, liegt unbeweglich und völlig entspannt. Dafür sorgen zahlreiche winzig kleine Computer, die seine Körperfunktionen regeln und exakt auf dem idealen Erholungswert halten. Genau die richtige Dosis Serotonin wird zugeführt, daß sein Unterbewußtsein keine Chance hat, ihm andere als süße Träume zu liefern, Träume von Superfritz, dem mächtigen Krieger, der ganze Heere von Feinden dahinmetzelt, von Superfritz, dem König, den sein Volk – das nahezu ausschließlich aus spärlich bekleideten, großbusigen Blondinen besteht – anhimmelt und vergöttert, von Superfritz schließlich, der zurückkehrt nach Hütteldorf, in die Isbarygasse, und den verdammten Ork, der ihn als Kind so oft gedemütigt hat, aus dem Bett zerrt und mit seinen Nagelmessern in Streifen schneidet, und dann legt er ihn vor die Tür seines Stiefvaters, der den verdammten Ork immer bevorzugt hat, und reitet auf einem stählernen fliegenden Schimmel zurück in sein Königreich, wo Ulla, die hochnäsige Piefkineserin, auf einem Streckbett angebunden liegt und ihn anbettelt, er möge sie beglücken, aber Superfritz spuckt ihr nur mitten ins Gesicht.

Zehntes Kapitel

Die Chromspinne · Noch ein Finger · Der Ausbruch ·
Ein Tritt für den Kardinal ·
Besuch bei Familie Fischl · Rayas Geheimnis

52

Raya Hanabi ist heiß. Sie kocht geradezu vor Wut. Sie steht vor einem flachen Bungalow in der noblen Wohngegend Strebersdorf. Hier wohnen fast nur Sararimen, Angestellte der Konzerne, die ihren Sitz auf der nicht weit entfernten »Platte« haben. Diese Gegend wird von einem eigenen Sicherheitsdienst überwacht, aber Kontrollposten und dergleichen stellen für Raya keine ernsthaften Hindernisse dar. Der Bungalow gehört Fischl, und beim Gedanken an den Diplomingenieur sprühen Rayas Augen Feuer. Dieser Mistkäfer!

Ausgerechnet im Augenblick ihres Triumphes, kurz nachdem der »Club 65« ihren Plan einstimmig abgesegnet hat, ist bei der routinemäßigen Erinnerungslöschung der Serviermädchen diese Zizibee entdeckt worden. Das raffinierte Luder hatte sich das Gesicht, die Fingerabdrücke, sogar die Brüste von einem der Barmädchen angeeignet und ihre Rolle offenbar so gut gespielt, daß nicht einmal Danilo, dem die Sache naturgemäß furchtbar unangenehm ist, etwas gemerkt hat. Eine Shadowrunnerin mitten im streng geheimen, absolut abhörsicheren Allerheiligsten des »Club 65«! Nicht auszudenken, was passieren hätte können, wäre es dieser Frau möglich gewesen, unerkannt das Haus zu verlassen!

Auf ihre Bitte hin hat Gram, der den Willen des Eindringlings brutal gebrochen hat, auch in den Erinnerungen dieser Zizibee gewühlt und das Gesicht ihres Auftraggebers rekonstruieren können. Der Mann, den Zizibee in einer Hotelbar in der Ezterhazygasse getroffen hat, hat sich zwar »Dr. Nowak« genannt – es war aber unverkennbar ihr unmittelbarer Untergebener Fischl!

Die Kröte wagt es tatsächlich, ihr nachspionieren zu lassen! Und die kleine Spionin versteht offenbar ihr Geschäft. Wie sonst hätte sie in der kurzen Zeit nicht nur den Zeitpunkt und Ort der Sondersitzung herausgefunden, sondern auch noch rechtzeitig die Vorbereitungen für ihren Verkleidungs-Trick treffen können! Naja, es wird ihr letzter derartiger Coup gewesen sein . . .

Hat sie Fischl bereits vor dem Treffen Informationen zugespielt? Wieviel weiß er bereits, wieviel konnte er sich selbst zusammenreimen (offiziell ist schließlich er der Leiter des Projekts »Wiener Blei«), und was vermutet er über ihre wahren Absichten?

Sie tritt ins gedämpfte Licht der Straßenlaterne und drückt auf den Knopf unter dem Schild »Dipl. Ing. Gerfried und Mag. Brunhilde Fischl«. Raya weiß nicht, wie heiß es im Inneren einer Sonne ist, aber viel niedriger kann die Temperatur des in ihr selber brodelnden Vulkans nicht sein.

53

Endlich wird die Litanei des unglücklichen Wildschützen leiser und bald darauf von rasselnden Schnarchgeräuschen abgelöst. Auch sonst scheint Nachtruhe eingekehrt zu sein. Pepi stößt Toto an und flüstert: »Er schläft! Bitte, mach was! Ich will hier raus! Ich MUSS raus!«

»Mach dir nicht in die Hose, kutti pral«, brummt Toto mit gutmütigem Spott, während er sein Unterhemd hochschiebt.

»Sehr witzig! Ich bin tatsächlich ziemlich knapp davor«, raunzt Pepi. »Das ist nicht gerade angenehm, weißt du, und –« er stockt. Die Augen fallen ihm fast heraus, als Toto plötzlich in seiner Taille eine Art Türchen öffnet, das vorher absolut nicht zu erkennen gewesen war. »Ich habe eine künstliche Niere, die in gewissen Abständen gewartet werden muß«, erklärt Toto. »Mich wundert nur, daß der Inquisitor mein kleines Geheimfach nicht entdeckt hat. Er hat doch sicher unsere Auren gelesen, und da fällt Cyberware normalerweise auf, soviel ich weiß. Naja, hatte vielleicht einen schlechten Tag, zum Glück für uns.« Er hat ein kleines Kästchen aus der Öffnung in seiner Seite gezogen, schließt die Klappe wieder – die Ränder sind, selbst wenn man es weiß, so gut wie nicht zu sehen – und beginnt, einige Knöpfe und Hebel auf dem Kästchen zu drücken. »Das ist die Reserve-Fernsteuerung für meine Drohnen«, flüstert er, während er ein dünnes Spiralkabel aus dem Kästchen zieht und filigrane Kontakte in seine Schläfenbuchse einführt. »Jetzt halt die Daumen, daß meine kleine Karuni nicht entdeckt wird!«

Der Deponie-LKW steht immer noch auf dem dunklen Parkplatz. Nur ein sehr guter Beobachter könnte im schwachen Schein des hinter Wolken versteckten Mondes erkennen, daß sich im Heck, knapp über dem Boden, eine kleine quadratische Klappe öffnet. Mit sehr leisen, sirrenden Geräuschen klettert ein spinnenförmiges Maschinchen heraus. Auf sechs etwa dreißig Zentimeter langen, dünnen, wurmartigen Tentakeln aus mattschimmernden Stahlringen balanciert ein verchromter, kartoffelgroßer Körper, aus dem mehrere kleine Werkzeuge ragen – und eine um 360 Grad drehbare Kamera, die schnell in alle Richtungen »blickt«. Dann stakst die Reperaturdrohne vorsichtig über den Parkplatz, späht unter einem Holzzaun durch und überquert die unbelebte Straße.

Auch der mit Schieferplatten gepflasterte Platz vor der Kirche ist leer. Die Chromspinne krabbelt auf das Steinhaus zu, in dem sich der Eingang zu den Katakomben befindet. Plötzlich wird sie von einem schwarzen Schatten umgeworfen. Ein großer Hund steht knurrend über ihr. Aus einiger Entfernung ertönt ein leiser Pfiff, dann eine verhaltene Männerstimme. »Nero! Wo steckst du schon wieder? Komm zu Herrli!«

Der Neufundländer knurrt lauter. Er blafft die Drohne an, einmal, zweimal. Schritte kommen näher. Die Drohne fährt eines ihrer Werkzeuge aus. Durch ein millimeterdünnes Röhrchen spritzt Flüssigkeit ins Auge des Hundes. Der heult entsetzt auf, zieht den Schwanz ein und kriecht winselnd davon.

»Da bist du ja, Nero! Dummer Hund, was hast du denn? Jetzt führ dich nicht so auf, Herrli tut dir doch nichts! Los, bei Fuß, wir müssen uns sputen, bald fängt die Mitternachtsmette an!« Die Schritte entfernen sich.

Die Chromspinne kommt wieder aus ihrem Versteck zwischen den Wurzeln eines großen Kastanienbaums hervor. Noch genauer als zuvor linst sie in alle Richtungen, dann überquert sie den Platz. Die Pforte im Steinhäuschen ist verschlossen. Wieder tritt das Röhrchen in Aktion. Es zischt, als die Säure auf das Holz einzuwirken beginnt. Bläschen bilden sich, dünner Rauch steigt auf. Schließlich ist das Holz so porös geworden, daß sich die Spinne mit wenigen Schlägen ihrer Tentakel eine Öffnung schaffen kann, die groß genug ist, um ihren Körper hindurchzuzwängen.

Im Verlies beobachtet Pepi fasziniert, wie sich Totos Finger, Arme, Oberkörper und Kopf unaufhörlich ruckartig bewegen. Totos Augen sind geschlossen, sein Mund ist in höchster Konzentration zu einem schmalen Spalt zusammengekniffen. Ein dünner Schweißfilm glänzt auf seiner Stirn, obwohl es hier tief unten in den Katakomben fast schon unangenehm kühl ist. Der Wilderer-Hansl stöhnt im Schlaf. »I bring dir Edelweiß, i bring dir Arnika«, murmelt er gequält, »i bring dir Enzian und Speik wohl aa ...« Toto geht in die Knie.

Die Spinnen-Drohne hat sich so niedrig wie möglich zusammengeduckt und späht über die Türschwelle in die Wachstube. Drei Gefängniswärter spielen Karten. Jeder hat ein Häufchen von bunten Zettelchen neben sich. Einer legt gerade drei davon auf den größeren Haufen in der Tischmitte: »Die fünfzig, und noch einmal hundert Jahre Fegefeuer!«

»Passe.«

»Die hundertfünfzig«, der Dritte gibt einen etwas größeren Zettel dazu, »und eine Todsünde.«

Der Erste pfeift durch die Zähne. »Entweder du hast mindestens vier Prälaten, oder du bluffst! Na gut, noch zwei Todsünden, und sehen!«

Während die Karten auf den Tisch gelegt werden, schleicht die Drohne geräuschlos an den Wänden entlang um die Wächter herum. »Ein Pfarrhaus mit Kaplänen und Köchinnen! Ich pack's nicht! Der Kerl hat ein Glück heute, es ist nicht zu glauben.«

»Mit einer vollen Hose ist leicht stinken.«

»Halt keine Predigten, Steinkleibl, gib schon, eine Partie geht sich leicht noch aus vor der Mitternachtsrunde!«

54

Pepi springt erschrocken auf, als die Chromspinne zwischen den Gitterstäben hindurch in ihre Zelle huscht. »Pscht!« flüstert Toto, der die Augen nun wieder geöffnet hat und sich zu seiner Drohne hinunterbeugt. »Das ist nur ein Wartungsroboter, den ich im Lauf der Zeit ein wenig modifiziert habe. Leider hat der Akku nicht allzu viel Saft. Mach die Augen zu, Pepi!« Er hält der Spinne seine Ketten hin. Ein winziger Schweißbrenner schneidet die Ketten in wenigen Sekunden durch. »Jetzt du, Pepi! Nicht hinsehen dabei!«

Danach hebt Toto die Drohne hoch und läßt sie sich am Schloß der Zellentür festkrallen. Haarfeine Werkzeuge stochern kurz im Türschloß herum, dann springt es mit einem in der Stille des Gewölbes laut hallenden Klicken auf.

»Es sind noch ein paar Minuten bis Mitternacht. Stell dich zum Eingang, Bub! Wenn du jemand kommen hörst, singst du leise das Wildererlied. Ich probier' inzwischen, so viele Zellen wie möglich aufzusperren.«

Pepi tut, wie es ihm Toto angeschafft hat. Aus dem Gang ist nichts zu hören. Dafür kommt aus der Richtung ihrer Zelle hastiges Getuschel. Pepi erkennt die Stimmen Totos und ihres Troll-Nachbarn, kann aber nicht verstehen, was sie sagen. Im Lauf der nächsten zwei, drei Minuten kommen, je öfter es »Klick!« macht, immer mehr flüsternde Stimmen dazu. Plötzlich hört Pepi, wie jemand durch den Gang auf ihn zustapft. Rasch beginnt er zu singen. Wenige Sekunden später fällt die brüchige Stimme des Wilderer-Hansls ein. Der Troll taucht neben Pepi auf und horcht ebenfalls in den Gang. »Du packst seine Waffe, Schätzchen«, haucht er grollend in Pepis Ohr. Sein Atem stinkt erbärmlich. Pepi nickt. Er hat gar keine Zeit mehr, Angst zu bekommen; schon ist der Wächter auf ihrer Höhe. Der Troll umfaßt seinen Kopf und Hals, während Pepi an dem Gewehr des Wächters zerrt. Es gelingt ihm, den Zeigefinger seiner rechten Hand hinter den Abzugshahn des Gewehres zu klemmen, so daß der Wächter nicht schießen kann, obwohl er es mit aller Kraft versucht. Pepis Finger wird fast zerquetscht und tut höllisch weh, aber er beißt die Zähne zusammen und hält durch, bis der Körper des Wächters erschlafft. Befriedigt keuchend nimmt ihm der Troll die Waffe aus der Hand.

Toto hat die Zellentüren auf der einen Seite des Gewölbes öffnen können, aber jetzt ist der Akku der kleinen Drohne erschöpft. Ihm blutet das Herz, als er die Chromspinne in ihre Einzelteile zerbricht. Eine scharfe Feile, eine winzige Zange und ein kurzes Stück Eisensägedraht reicht er an andere Gefangene weiter, die nun die restlichen Schlösser händisch zu knacken beginnen. Inzwischen sind alle Eingekerkerten wach; die in den noch nicht geöffneten Zellen treiben ihre Befreier winselnd zur Eile an. Immer wieder muß Toto sie zur Ruhe mahnen.

»He, Steinkleibl«, plärrt plötzlich dumpf eine Stimme aus einem Lautsprecher, »wo bleibst du? Melde dich! Steinkleibl! Steinkleibl?«

Hastig wühlt Pepi in den Taschen des leblosen Wachpostens, bis er das kleine Funkgerät findet. Er drückt die Taste rechts oben, wie er es im Lagerhaus im Alberner Hafen beim Guten Onkel Fröhlich gesehen hat, und sagt leise, wobei er mit dem Fingernagel immer wieder über das Mikrofon kratzt, um schlechten Empfang zu simulieren: »Hier Steinkleibl. Alles in Ordnung, ich komme gleich. Muß nur diesen häßlichen Troll displizi- diszipi-« Großer Castro, jetzt fällt ihm das blöde Fremdwort nicht ein!

»Disziplinieren heißt das, Steinkleibl, du alte Rauschkugl!« Aus dem Funkgerät kommt ein beschwipstes Kichern. »Laß den Trolltrottel in Frieden und komm' weiterspielen, hast du gehört? Das ist ein Befehl!«

Pepi überlegt verzweifelt, mit welcher militärischen Floskel er darauf antworten soll, aber die Verbindung ist bereits unterbrochen. Er eilt zu Toto, der gerade die vorletzte Tür aufbekommen hat, und berichtet ihm von dem Funkgespräch. »Das hast du super gemacht, malske!« lobt ihn der Rigger. »Nur noch ein paar Sekunden, dann sind wir fertig.«

Die befreiten Gefangenen, ein zerlumpter, übel zugerichteter Haufen, sind fast nicht mehr in Zaum zu halten. Toto, der seine Fernsteuerung inzwischen wieder eingepackt hat, und der Troll, der das eroberte Gewehr umklammert hält, flüstern letzte Instruktionen. »Wir müssen versuchen, die beiden anderen Wachen zu überwältigen, bevor sie Alarm geben können«, schärft Toto der vor Rachedurst vibrierenden Meute zum zehnten Mal ein. Dann springt die letzte Tür auf. Zwei schattenhaft dünne Gestalten taumeln heraus, die vor Schwäche fast nicht gehen können. Ghule! Die anderen treten sofort mehrere Schritte zurück. Der Troll hebt das Gewehr. Toto fällt ihm in den Arm. »Mare! Töblisker kokeija, laß das! Willst du im letzten Moment alles zunichte machen? Los jetzt, aber leise! Und schieß nur, wenn es wirklich nicht mehr anders geht!«

Toto geht vor, gefolgt von zwei Schlägertypen, die körperlich noch den besten Eindruck gemacht haben und von sich behaupten, gute Nahkämpfer zu sein. Dann kommt der Troll, der sich in dem niederen Gang auf alle Viere herablassen muß, dann Pepi, dann der Rest.

Als die Vordersten die Tür zum Wachraum erreicht haben, winkt Toto Pepi zu. Der drückt auf die Taste des Funkgeräts. »Wachraum?« Sie hören die Stimme zugleich aus dem Funkgerät und durch die Tür. »Steinkleibl hier«, sagt Pepi. Im selben Moment tritt Toto die Tür auf und hechtet in den Raum. Die beiden Nahkämpfer stürzen ihm nach.

55

Die Wächter haben keine Chance. Der Troll hat sich noch nicht einmal voll aufgerichtet, sind sie bereits buchstäblich in Stücke gerissen. Pepi sieht schnell weg. Jetzt ist die Gefangenenmeute nicht mehr zu halten. Unter unbeschreiblichem Gejohle stürmen sie einer nach dem anderen durch das Wachzimmer und über die Treppe nach oben.

Toto hat Pepi zur Seite gezogen. Erst als auch die letzten, die beiden Ghule, an ihnen vorbeigewankt sind – sie haben, wie Pepi entsetzt gesehen hat, bevor er die Augen schließen konnte, mit ihren krallenbewehrten Händen gierig große Fleischfetzen von den Leichen der Wächter gerissen –, folgen sie ihnen in einem gewissen Abstand. Sämtliche Waffen, die sich in dem Raum befunden haben, sind mitgenommen worden, auch ein Teil der Kleidung und die Schuhe der getöteten Gefängniswärter. Aber ein weiteres Funkgerät und eine Tasche, in der sich sowohl eiserne Schlüssel als auch mehrere elektronische Kodegeber befinden, trägt Toto in der Hand.

Sie hasten die abgetretenen Stufen hinauf. Von weiter oben erklingen Schüsse. »Melalipee! Diese verfluchten heulenden Idioten!« stößt Toto hervor. »Wir müssen uns einen anderen Ausgang suchen!«

An der nächsten Abzweigung folgen sie nicht dem beleuchteten Gang, durch den sie heruntergebracht worden sind, sondern einem anderen, der leicht abfallend geradeaus führt. Pepi, der mit seinen Orkaugen in der Düsternis besser sehen kann als Toto, geht nun voran. Er fühlt einen gewissen Stolz darüber, daß er auch einmal zu etwas nütze ist, und besonders darüber, wie schnell er unten im Verlies reagiert hat. Dann fällt ihm aber gleich ein, daß ihm das seine Lehrerin Celia Pschistranek eventuell als Eitelkeit auslegen könnte, die eines Revolutionärs nicht würdig ist; außerdem hat er dabei gelogen, wenn es auch eine Notlüge war …

Toto reißt ihn aus seinen Gedanken. »Hier sind überall Spinnweben«, flüstert er. »Dieser Gang ist schon lange nicht mehr benutzt worden. Wenn es wieder eine Gabelung gibt, versuch' bitte die Richtung nach oben zu finden, okay?«

»Claro.« Jetzt ist es vollends stockdunkel geworden, so daß auch Pepi nichts mehr erkennen kann. »Kannst du nicht irgendein kleines Lämpchen anmachen?« fragt er Toto. »Eine Leuchtanzeige oder so würd' mir schon reichen.«

»Aber klar! Daß ich nicht selbst daran gedacht habe! Du bist ein vifer Bursch, Pepi!« Toto schaltet das Funkgerät ein und dreht sofort die Lautstärke zurück. Er gibt es Pepi in die Hand, der es wie eine – allerdings auch für seine restlichtverstärkenden Augen sehr schwache – Laterne vor sich hält.

Während sie weitertappen – nach einiger Zeit finden sie tatsächlich eine steile, mit allerlei verstaubtem Gerümpel vollgeräumte Treppe, die sie langsam und vorsichtig hinaufsteigen – hören sie im Funkgerät mit, wie alle verfügbaren Einheiten der Mariazeller Bürgerwehr im weiteren Umkreis der Wallfahrtskirche zusammengezogen werden. Es wird sofortiger Schießbefehl gegeben. Pepis Mut beginnt wieder zu sinken. Wie sollen sie hier je herauskommen, wenn draußen Hunderte von Uniformierten herumlaufen, die auf alles schießen, was aus den Katakomben kommt?

56

Die Treppe endet in einem Kellerraum. Sie müssen erst einige schwere Fässer zur Seite heben, bis sie durch den niedrigen Torbogen klettern können. Der ganze Kellerraum ist voller Fässer und Flaschen. Es riecht leicht säuerlich. »Meßwein«, haucht Toto. »Siehst du irgendwo einen Ausgang?«

Alle Wände bestehen aus unverputzten Ziegelmauern. Aber in der Decke ist eine quadratische Falltür zu erkennen, durch deren Umrisse ein schwacher Lichtschein fällt. »Leiter gibt's hier leider keine«, meldet Pepi. »Die werden sie im Bedarfsfall von oben herunterlassen«, meint Toto. »Wir müssen versuchen, Fässer so aufeinanderzustapeln, daß wir daran nach oben klettern können.«

Sie benötigen eine gute Viertelstunde, bis sie aus den schweren Fässern eine Art Pyramide gebaut haben. Pepi war immer recht zäh, aber so geplagt hat er sich noch nie, nicht einmal bei der Arbeit an den Müllverbrennungsöfen in den Wohnparks. Außerdem tun jetzt beide Hände so weh, daß es kaum auszuhalten ist. Der gequetsche Finger an der rechten Hand ist dick angeschwollen, der Stumpf seines linken Mittelfingers hat wieder zu bluten begonnen. Aber Pepi versucht, sich nichts anmerken zu lassen.

Sie verschnaufen ein, zwei Minuten, dann klettern sie nach oben. Die Fässer wackeln bedenklich, aber es gelingt ihnen, das Gleichgewicht zu bewahren. Knapp unterhalb der Falltür verharren sie einige Sekunden und lauschen. Aber aus dem Raum über ihnen ist nichts zu hören, nur von weit weg Orgelmusik. Sie stemmen sich unter die Falltür und drücken sie in die Höhe. Der Raum ist finster, nur durch die Scheibe einer zum Teil verglasten Tür fällt Licht herein. Kein Mensch oder Meta ist zu sehen. Sie steigen aus der Luke und schließen den Deckel wieder.

»Eine Paramentenkammer«, flüstert Toto und zeigt auf an den Wänden gestapelte Heiligenbilder und Figuren, Regale voller reich verzierter Pokale und eine Kleiderstange, an der schwere, bestickte Meßkleider hängen. »Wir sind in der Kirche.«

Die Tür der Kammer ist mit einem einfachen elektronischen Schloß versperrt. Sie könnten sie wahrscheinlich aufbrechen oder die Glasscheibe einschlagen, aber Toto probiert vorher noch die elektronischen Kodegeber aus der Tasche des Wächters. Tatsächlich, der dritte paßt! Leise schleichen sie aus der Kammer in einen Gang, in dem die Orgelmusik nun lauter zu hören ist, vermischt mit den hellen Stimmen eines Knabenchors. Zweimal macht der Gang einen leichten Knick, dann späht Toto um ein Eck und zieht den Kopf sofort wieder zurück. Er bedeutet Pepi, rasch wieder den Rückzug anzutreten. Bemüht, möglichst kein Geräusch zu machen, laufen sie Richtung Paramentenkammer zurück. Als sie um den zweiten Knick sind, hält Toto Pepi an und bleibt stehen. »Zwei Ministranten kommen gerade herein«, flüstert er ihm ins Ohr. »Sie haben die Köpfe gesenkt gehabt, ich glaube, sie haben mich nicht gesehen.« Er schiebt Pepi in eine Nische hinter eine Statue.

Die zwei Ministranten gehen vorbei.

»Der alte Geilspecht hat mir schon wieder an das Zumpferl gegriffen, hast du gesehen?« schimpft der eine der Buben leise. »Sicher«, kommt die Antwort. »Dazu ist die Mitternachtsmette schließlich da, Dumpfbacke!«

Toto ergreift mit seinen starken Händen gleichzeitig die Lockenschöpfe der Ministranten und stößt sie mit den Köpfen zusammen, daß es kracht. Dann dreht er die Halbbetäubten zu sich herum. »Gebt ja keinen Ton von euch, ihr zwei«, zischt er, »dann tu ich euch nichts! Habt ihr verstanden?« Die Buben nicken ängstlich. Der Kleinere beginnt leise zu weinen. »Da draußen, der Priester – ist das der Kardinal?« Der Größere nickt. Auch seine Augen füllen sich mit Tränen. »Wer ist sonst noch in der Kirche?«

»Nur die Ministranten und der Knabenchor«, schnieft der Kleine, »und der Organist. Und zwei Frohscharführer.«

»Kapläne«, erklärt der Große auf Totos stechenden Blick hin und ergänzt, »in den Bänken sitzt außer ein paar alten Betschwestern niemand.«

»Keine Wachen? Wirklich nicht?«

»Die stehen draußen vor den Toren. Aber die meisten sind weg, es hat was gegeben, eine Schießerei oder so.«

»Ladscho. Hört mir jetzt gut zu, ihr zwei. Ihr gebt uns diese grünen Umlegekrägen und die weißen Meßkleider, okay? Und dann geht ihr in die Paramentenkammer und rührt euch mindestens eine halbe Stunde nicht vom Fleck. Oder habt ihr was dagegen, wenn der Kardinal einmal einen ordentlichen Tritt in die Eier bekommt?«

Die Buben grinsen unter Tränen. Nein, da haben sie wirklich nichts dagegen. Schnell geben sie Pepi und Toto ihre Kleidungsstücke. Die weißen, gestickten Kleider sind ihnen zwar viel zu kurz, aber weit genug, daß sie in ihrer Bewegungsfreiheit nicht eingeschränkt sind. »Noch was«, fragt Toto, »hat einer von euch zufällig ein Taschenmesser im Hosensack?«

Die Buben wischen sich die Tränen ab und produzieren jeder stolz ein einfaches Klappmesser mit hölzernem Griff. »Borgt ihr uns die?« fragt Toto.

»ZWEI Tritte für den Kardinal?« feilscht der Kleine gewitzt.

»Für jeden von euch«, verspricht Toto.

»Abgemacht.« Sie schlagen ein und geben ihnen die Taschenfeitel.

»Nais. Und jetzt verzieht euch, okay?«

Die Buben hauen kichernd ab.

Sie warten, bis Orgelmusik, Chorgesang und das Gebimmel einer hellen Glocke einen markanten Punkt der Messe anzeigen. Dann gehen sie einfach hinaus, als ob es das Selbstverständlichste von der Welt wäre, und Toto tritt dem Kardinal in die Eier.

Der dürre alte Mann stürzt und läßt den Kelch, den er in den Händen gehalten hat, auf den Altartisch poltern. Toto reißt ihn wieder hoch und stößt ihm die scharfe Spitze des Taschenmessers seitlich in den Hals. Auch Pepi hat sein Messer aufgeklappt und fuchtelt damit herum. Ein greller Feuerball rast vom Chorgestühl am anderen Ende der gewaltigen Basilika, wo die mächtige Orgel steht, auf sie zu, wird aber, je näher er ihnen kommt, immer kleiner und kleiner und verpufft schließlich wirkungslos einige Meter vor ihnen.

Toto starrt überrascht zu Pepi, aber nur für eine Zehntelsekunde, dann ruft er mit seiner vollen Stimme so laut, daß man es in der ganzen Kirche hört: »Niemand rührt sich! Wenn ich dieses Messer nur ein paar Millimeter weiterbewege, ist Kardinal Troeger tot!« Und er setzt fort, einer plötzlichen Eingebung folgend: »Magie ist sowieso sinnlos. Mein Hawara hier nimmt es sogar mit einem Drachen auf!«

Die Orgel und der Knabenchor sind verstummt. Die Ministranten und die beiden in ähnliche Meßgewänder gekleideten Kapläne knieen immer noch wie zu Stein erstarrt.

Eine wohlklingende Tenorstimme ruft von der Orgel

her durch das Kirchenschiff: »Ihre Lage ist aussichtslos! Ergeben Sie sich jetzt gleich, dann retten Sie vielleicht wenigstens Ihr Leben! Sie haben nicht die geringste Chance. Draußen ist alles voller Soldaten. Viele sind ausgebildete Scharfschützen. Sie kommen da niemals lebend raus!«

»O doch«, sagt Toto leise. »Und nicht nur wir.«

Er nickt Pepi zu. Der schaltet das Funkgerät auf Sendung, hält es Toto vor den Mund. Auf allen Frequenzen ist Totos dröhnende Stimme zu hören: »Hier spricht Toto Stojka aus der Basilika. Wenn Sie nicht wollen, daß auf diesem Altar ausnahmsweise einmal wirklich das Blut Ihres Herrn vergossen wird, dann geben Sie mir so schnell wie möglich Pater Carlo an den Apparat.«

57

Nach einiger Zeit meldet sich eine verschlafene Frauenstimme aus der Gegensprechanlage. »Ja bitte?«

Ein Niederspannungs-Scheinwerfer flammt auf. Raya blickt in die Kamera. »Ich bin Raya Hanabi von der ÖMV. Ich muß dringend Herrn Diplomingenieur Fischl sprechen.«

»Guten Abend, Frau Hanabi. Es ist sehr spät ... der Herr Diplomingenieur schläft bereits. Soll ich ihn wecken?«

»Ja. Es ist sehr wichtig. Kann ich inzwischen hineinkommen?«

»Aber natürlich. Möchten Sie, daß wir ihr Auto in die Garage stellen?«

»Ich habe kein Auto. Ich ... bin mit einem Taxi gekommen.«

»Ah ja.« Die Gartentür wird von einem kleinen Elektromotor aufgeschwungen. Raya geht auf dem mit makellos weißem Kies bestreuten, geschwungenen Weg auf die Vorderfront des Bungalows zu. Der Vorgarten ist im englischen Stil gestaltet, allerdings sind alle Bäume und Sträucher um einen Faktor drei verkleinert. So wirkt der Garten wie der eines Puppenhauses. Die kleinen Laternen, die ein mildes Licht verstrahlen, die offenbar für die Kinder aufgestellten niedrigen Sitzgruppen und die Miniatur-Ausgabe einer Hollywoodschaukel verstärken noch diesen Eindruck. Andererseits erscheint dadurch der Bungalow umso größer und protziger, ein Effekt, der durchaus beabsichtigt sein dürfte.

Eine Glastür auf der Veranda wird geöffnet. Fischls Hausmädchen geht Raya zwei Schritte entgegen, deutet dann einen Knicks an. »Guten Abend, Nicolette«, grüßt Raya. »Es tut mir leid, daß ich so spät nachts noch stören muß, aber die Sache duldet keinen Aufschub.«

»Zu Diensten, Madame. Bitte kommen Sie gleich hier herein.«

»Einen Moment.« Hinter Nicolette ist ein breitschultriger, etwa dreißigjähriger Mann aus der Tür getreten. Er wirkt recht gepflegt, sieht aber dennoch so aus, als hätte er in seinem verknitterten Leinenanzug geschlafen. Seine verspiegelten Cyberaugen funkeln im Mondlicht. »Kombanwa, Hanabi-san. Mein Name ist George Wu, von Aurora Securities Incorporated. Herr Fischl hat uns konsultiert, weil es gegen ihn Morddrohungen gegeben hat.«

»Morddrohungen? Von wem?« Rayas mühsam unterdrückter Ärger steigt wieder hoch. Sie kennt den Namen des Sicherheitsdienstes. Aurora arbeitet praktisch ausschließlich für hochrangige Execs; die Leute gelten als ebenso gut wie teuer. Selbst für Fischl muß Wus Honorar eine nicht unbeträchtliche Ausgabe darstellen.

»Anonym.« Er sieht sie lauernd von oben herab an.

Raya steigt ungeduldig von einem Fuß auf den anderen. Sie glaubt kein Wort von den Morddrohungen. Wenn sich Fischl bedroht fühlt, dann von ihr! »Und was hat das mit mir zu tun?«

»Ich muß Sie bitten, das Haus durch die Seitentür zu betreten; in diese sind Detektoren eingebaut, die etwaige Waffen oder Sprengstoffe erkennen können. Bitte verstehen Sie das nicht als Mißtrauen gegen Ihre Person, aber es gibt leider Mittel und Wege, das Äußere eines Menschen täuschend echt nachzumachen.«

Spätestens seit heute abend weiß Raya das nur allzu gut. »Ich bitte Sie, das macht doch keine Umstände. Wir bei der ÖMV sind aus Prinzip sehr auf Sicherheit bedacht.« Während sie spricht, kommt ihr ein furchtbarer Verdacht: Könnte Fischl auch hinter dem vor zwei Tagen verübten, nur mühsam vertuschten Überfall auf seine eigene Abteilung in der ÖMV stecken? Immerhin würde das erklären, warum das »Wiener Blei« – freilich nur, den Himmeln sei Dank, eine Vorstufe, der die letzte, entscheidende Komponente noch fehlt – aus seinem Geheimfach verschwunden ist. Steckt gar auch der verschwundene Plattner mit Fischl unter einer Decke? Das Team, das in die F&E-Abteilung eingedrungen ist (sehr geschickt, wie Raya zähneknirschend zugeben muß), hat leider hochprofessionell gearbeitet und keine Spuren hinterlassen. Warum war sie ausgerechnet in dieser Nacht nicht auf dem Gelände, dann wäre die Sache mit Sicherheit anders ausgegangen! Auch aus den Leichen der beiden auf der Strecke gebliebenen Shadowrunner konnten keinerlei Rückschlüsse gezogen werden. Aber ist Fischl eine so komplexe Verschwörung wirklich zuzutrauen?

Die Detektoren, die unsichtbar im breiten Rahmen der Seitentür eingebaut sind, schlagen nicht an. Natürlich nicht; Raya trägt niemals Waffen. Nicolette und Wu geleiten sie in die Bibliothek. Sie nimmt in einem der wuchtigen dunkelroten Ledersessel Platz. »Der Herr Diplomingenieur wird jeden Moment soweit sein. Möchten Sie etwas Tee, Frau Hanabi?« Raya verneint. Nicolette zieht sich mit einem Knicks zurück.

»Wie lange arbeiten Sie schon für meinen Kollegen Fischl, Wu-san?« fragt Raya.

»Seit gestern abend.«

»Glauben Sie denn wirklich, jemand wäre so verrückt, hier in Strebersdorf ein Attentat versuchen zu wollen?«

»In letzter Zeit geschehen merkwürdige Dinge. Diese Brandanschläge, zum Beispiel … einige der betroffenen Häuser liegen in ähnlich gut gesicherten Zonen.«

»Raya!« Fischl stürmt mit weit ausgebreiteten Armen herein, bemüht, einen vollfiten Eindruck zu machen. Er trägt eine dezent gemusterte Baumwoll-Hausjacke, darunter ein weißes Hemd und eine der ÖMV-Firmenkrawatten. Sein schlaffes Gesicht ist noch von der Bartentfernungscreme gerötet. Er riecht, als hätte er in Eau de Cologne gebadet. »Was verschafft mir die Ehre Ihres überraschenden Besuches?«

Raya ist aufgestanden, um ihm die unangenehm weiche Hand zu drücken. Zusammen mit Fischl setzt sie sich wieder. George Wu, der Leibwächter, ist neben der Bibliothekstür stehengeblieben. Er hüstelt dezent. »Bitte entschuldigen Sie, Herr Diplomingenieur, aber darf ich Sie in Ihrem eigenen Interesse um eine zweifelsfreie Identifikation Ihrer geehrten Besucherin bitten?«

»Oh. Ja. Ich bitte um Vergebung, Raya, aber das ist mit Herrn Wus Firma so vereinbart. Bitte sagen Sie mir etwas aus unserer Arbeit, das nur Sie und ich wissen können.«

Raya will aufbrausen, aber noch beherrscht sie sich. »Das Orichalkum. In der Kontrollversuchsreihe, die Professor Brzewinsky und dieser Plattner durchgeführt haben, hat es sich erwartungsgemäß nicht verändert. In Ihrer letzten eigenen Versuchsreihe jedoch schon.«

»Es ist zerfallen, weil wir den Katalysator noch nicht haben.« Fischl blickt Wu aus seinen wäßrigen Augen an. »Dieses Ergebnis wird erst morgen offiziell dokumentiert. Niemand außer Raya Hanabi und mir weiß bis jetzt davon.«

»Gut. Vielen Dank für Ihr Verständnis, Hanabi-san. Ich trage Sie ins Log ein.«

»Welches Log?«

»Unser elektronisches Logbuch, Madam. Ein Teil der Services von Aurora. Jede Person, die mit einem unserer Klienten in Kontakt tritt, wird darin vermerkt und ist damit sofort in unserer Zentrale evident.«

»Das ist hochinteressant. Von einer solchen Prozedur habe ich noch nie gehört. Aber es klingt gut. Ihre Firma ist wirklich sehr bemüht.«

»Danke. Wenn Sie mich bitte kurz entschuldigen wollen …« Der Bodyguard greift zum Türgriff.

»Warten Sie.« Raya springt auf. »Würden Sie mir wohl dieses Prozedere an ihrem Eingabegerät zeigen? Ich trage mich nämlich mit dem Gedanken, auch bei uns in der ÖMV die Sicherheit zu verbessern.« Sie wirft Fischl einen durchdringenden Blick zu. »Aus leider gegebenem Anlaß.« Fischl versucht mit Mühe, ihrem Blick standzuhalten; er fühlt sich unwohl dabei, das sieht ein Blinder.

»Nun, da ist nicht viel dran«, meint Wu. »Aber wenn Sie es unbedingt sehen wollen …«

»Sicherheitssysteme faszinieren mich total. Ich meine, natürlich nur wenn dadurch keine Aurora-Firmengeheimnisse betroffen sind.«

»Keineswegs. Bitte.«

»Pardon, Herr Diplomingenieur, nur eine Minute. Ich bin gleich wieder bei Ihnen!«

Fischl nickt eifrig. Er sucht nervös in seiner Tasche nach Zigaretten.

Wu hat Raya den Vortritt gelassen. Sie spürt seinen wuchtigen Körper hinter ihr, und eine gewisse Anspannung in ihm, die über professionelle Aufmerksamkeit hinausgeht. Der Kerl ist immer noch mißtrauisch. Er geleitet sie in ein kleines Kabinett zwischen dem Wohnbereich und den Räumen der Bediensteten, das offenbar für ihn ausgeräumt wurde. Nun enthält es nur eine Pritsche, einen flachen Tisch, auf dem mehrere Schußwaffen griffbereit liegen, und einen kleinen tragbaren Computer mit Matrix-Anschluß. Wu, der wie zufällig neben dem Tisch mit den Waffen stehengeblieben ist, schnippt mit den Fingern. Sofort erwacht das Miniaturdeck zum Leben; auf dem kleinen Monitor bildet sich gestochen scharf das Aurora-Logo ab, ein dreidimensionales A vor einem schwungvoll gemalten Sonnenaufgang. »Amüsante kleine Spielerei«, sagt Raya einschmeichelnd, während sie beobachtet, wie ein sich rasch füllender Balken am Bildrand den Aufbau der Verbindung zur Zentrale des Sicherheitsdienstes anzeigt.

»Mhm. Und man hat die Hände frei.« Wu hat beiläufig eine schwere Ares Predator hochgehoben. Der Balken wird in wenigen Augenblicken vollständig ausgefüllt sein. Der Leibwächter legt den Daumen auf den Sicherungshebel der Pistole.

Rayas Hände bewegen sich schnell wie Blitze. Ihre Linke ergreift Wus Predator, ihre Rechte zertrümmert das Netzgerät des Pocket Computers. Elektrische Energie rast durch Rayas Leib über das Metall der Predator in den Körper des Leibwächters. Sie will ihn eigentlich nur betäuben, aber der große Mann ist zäh. Sein Mund öffnet sich zu einem Schrei. Das kann sie nicht zulassen. Ohnehin giert ihr eigenes Feuer schon längst nach Entladung. Gern, sehr gern gibt sie dem Drang nach, versucht ihn zwar einzuschränken, doch ihre aufgestaute Wut bricht sich für einen Sekundenbruchteil ungezügelt Bahn. Als sie sich wieder unter Kontrolle hat, ist George Wu zu einer grotesk verbogenen, pechschwarzen Puppe verkohlt.

Ein Blick auf den marmornen Aschenbecher zeigt Raya, daß Fischl inzwischen bereits zwei Zigaretten geraucht hat; eine dritte hält er zwischen seinen beringten Fingern.

»Das ist tatsächlich ein bemerkenswertes System«, sagt Raya entspannt, während sie sich in den Fauteuil ihm gegenüber fallen läßt. »Wir sollten uns wirklich etwas Ähnliches durch den Kopf gehen lassen, nach dem, was vorgestern passiert ist.«

»Warum sind Sie gekommen, Raya?« fragt Fischl mit belegter Stimme. Er hüstelt und dämpft die nur zu einem Drittel abgebrannte Zigarette aus.

»Heute abend hat eine Kriminelle versucht, sich in eine Besprechung einzuschleichen, an der ich teilgenommen habe. Sie wurde ertappt und ihrer gerechten Strafe zugeführt. Ihrem Gedächtnis konnte das Gesicht ihres Auftraggebers entrissen werden. Ihr Gesicht, Fischl.«

Der Wissenschaftler sackt in sich zusammen. Er schließt sekundenlang die Augen.

»Was haben Sie sich davon versprochen, Sie kleiner Scheißer?« Rayas Stimme ist jetzt dünn und schneidend wie ein Skalpell. »Hatten Sie gehofft, mir gegen die Interessen des Konzerns gerichtete Privataktivitäten nachweisen zu können und so vielleicht selbst weiter nach oben zu kommen? War es das?«

Fischl starrt sie hilflos an. Seine Hände flattern, und seine Stimme auch, als er antwortet: »Vielleicht. Ja, das war sicher auch ein Motiv. Aber in erster Linie ging es mir um unser Projekt.«

»Dachten Sie, ich würde das ›Wiener Blei‹ an jemand anderen verscherbeln? Sie dämlicher Idiot! Was sollte Dechant denn schon groß damit anfangen?« Bei der Erwähnung des Medienmoguls hat sie auf jede kleinste Reaktion ihres Gegenübers geachtet. Tatsächlich hat Fischls Mundwinkel verräterisch gezuckt.

»Ich ... weiß nicht. Aber es sind mehrmals Proben des Stoffes verschwunden, zuletzt auch die am weitesten entwickelte. Plattner, Brzewinsky und die anderen habe ich überwacht, aber sie haben nichts damit zu tun. Es konnten also nur Sie gewesen sein. Bitte, Raya, meine Intention war doch nur –«

Sie unterbricht ihn mit einer winzigen Handbewegung. Ihre Augen senken sich glühend in die seinen. »Hat Ihnen diese ... Shadowrunnerin sonst noch etwas berichtet?«

»Nur eine vage Andeutung, daß noch andere Größen im Spiel wären. Sonst nichts, ich schwöre es Ihnen beim Leben meiner Kinder. Und sie wollte mehr Geld.«

»Nun, das können Sie sich ja jetzt ersparen, mein lieber Fischl. Ihre Familie ist im Haus?«

»Ja, das heißt, meine Frau und die Zwillinge. Gunther schläft bei einem Freund. Wieso, ich meine, was – ?«

Raya überlegt. Fischl muß getötet werden, Nicolette ebenfalls. Fischls Gattin und Töchter wissen nichts von ihrer Anwesenheit, und von seiner Arbeit verstehen sie nichts. Seine Frau ist Geisteswissenschaftlerin, soviel sie weiß, irgendetwas Unnützes wie Ethnologie oder dergleichen. Aber sie hält es nicht mehr lange aus an diesem lächerlich herausgeputzten, kleinkarierten Ort. Alles hier ist eine Belästigung ihrer nach Höherem orientierten Sinne. All diese Kretins, diese Kadaver!, und all ihr mühsam zusammengeraffter Luxus! Dieses Zimmer mit den vielen Büchern, fast ein Antiquariat, der ganze Bungalow, das ganze Grundstück – – –

Soll brennen!

Raya zündet alles, was sie sehen kann, gleichzeitig. Fischl, die Einrichtung, die Wände, die kleingezüchtete Birke vor dem Fenster werden zu grellorangeroten Flammenlohen. Raya steht geschmeidig auf, während auch sie selbst zu lodern beginnt. Wie ein Engel aus Feuer schreitet sie durch das Haus, ein Racheengel, dessen gnadenloser Blick alles entflammt, verzehrt, in Rauch und Asche verwandelt, das ihr in den Weg gerät, die in der Küche schlafende Nicolette, das Wohnzimmer, ein dummes kleines blondes Mädchen, das flennend aus seinem Zimmer getaumelt kommt ... Nach wenigen Sekunden brennt das ganze Gebäude lichterloh.

Ein Beobachter im Astralraum könnte spüren, wie sich die entsetzlichen Leiden der im Feuer Umkommenden tief in den lebenden Erdboden des Grundstücks eingraben. Sehen könnte er, wenn er sich nicht in Grauen abwendet, wie eine schlanke Gestalt sich auf einer Flammensäule aus dem zusammenstürzenden Haus erhebt, eine engelsgleiche, gräßlich schöne Wesenheit, die nur sehr entfernt an die pummelige, gedrungene Raya Hanabi erinnert. Dies ist ihre wahre Gestalt: Wie sie anmutig über der Siedlung schwebt, einen letzten Blick auf ihr Werk wirft, dann in rasender Geschwindigkeit, hoch über allem von Menschenhand geschaffenen Tand, quer über die Stadt fliegt nach Osten, der aufgehenden Sonne zu und der Raffinerie.

In der größten, hellsten der Gasfackeln nimmt Raya Hanabi, die Feuerblume, ein reinigendes Bad.

Elftes Kapitel

Kuhmilch und Pläne · Abschied von Toto ·
Weitere Enthüllungen · Riellas letzte Worte ·
Escher hält Donner den Rücken frei ·
Ein Waldbauernbub · Der See

58

Pepi ist sowas von erleichtert, er kann's gar nicht sagen, wie er aus dem Jungwald zurückkommt und Escher mit einem verschwörerischen Grinsen die Toilettepapierrolle wieder in die Hand drückt. »Na? Hat alles funktioniert?« fragt Toto mit vollem Mund. »Super«, strahlt Pepi.

Er hat sich nämlich wirklich Sorgen gemacht, wie er tun soll. Schließlich ist seine linke Hand, mit der er sich, wie er es in den Wohnparks gelernt hat, bisher immer gereinigt hat, mit Verband umwickelt, und mit der Rechten darf man sich nicht putzen, auf gar keinen Fall, weil man damit ja ißt beziehungsweise sie anderen Leuten gibt. Seit er aufgewacht ist, hat er sich darüber den Kopf zerbrochen, bis er es endlich gewagt hat, sich Escher anzuvertrauen. Daß es so etwas wie Klopapier gibt, hat er bis zum heutigen Tag nicht gewußt. In den Vereinigten Wohnparks ist Papier jeglicher Art strikt rationierte Mangelware. Tolle Sache, so ein Toilettenkrepp! Trotzdem wäscht er die Hand noch einmal gründlich im Ramerbach, dann setzt er sich zu den anderen auf die Decke und schnappt sich ein Stück Schwarzbrot und ein Landjäger-Würstchen.

Pepi ist nicht der einzige, der das frühmorgendliche Picknick im Ramertal genießt. Nach dem Abenteuer in Mariazell haben sie alle etwas Erholung nötig. Pater Carlo hatte Bischof Boppo und die Kommandierenden der Mariazeller Bürgerwehr davon überzeugen können, daß es besser war, auf Totos Forderungen einzugehen, wenn das Leben des Kardinals nicht auf unverantwortliche Weise gefährdet werden sollte. Ob Carlo dem Rigger wirklich zutraute, Troeger kaltblütig zu ermorden, oder ob er die Gelegenheit ergriff, sowohl Donners Gruppe zu helfen als auch eine glaubhafte Entschuldigung gegenüber seinem mysteriösen Auftraggeber zu haben, bleibt dahingestellt. Jedenfalls wurde Donner wieder aus dem künstlichen Koma geholt und zusammen mit der ihrer Fesseln entledigten Escher in den Deponie-LKW verfrachtet. Escher durchsuchte das Fahrzeug noch gründlich nach versteckten Sprengsätzen oder anderen bösen Überraschungen, aber Carlo hatte Wort gehalten. Also fuhr der LKW direkt vor dem Haupttor der Wallfahrtskirche vor, Toto und Pepi bugsierten den Kardinal, dessen verkniffenes Gesicht weiß wie Hüttenkäse war, hinein, und sie fuhren los, mitten durch ein Spalier wutschnaubender Soldaten und rasch zusammengelaufener, ihnen fürchterliche Verwünschungen nachrufender Kleriker.

Hinter Gußwerk, einem kleinen Ort, der die Südgrenze des Gelobten Landes markiert, vergewisserten sie sich, daß ihnen wie vereinbart niemand gefolgt war, dann ließen sie den Kardinal frei. Vorher erfüllten Pepi und Toto selbstverständlich noch kurz, aber schmerzhaft das Versprechen, das sie den beiden Ministranten gegeben hatten.

Eigentlich wollten sie noch in der Nacht bis Weichselboden fahren und weiter die Forststraße hinauf bis zum Jagdhaus auf der Edelboden-Alm, um in aller

Früh von dort den Anstieg auf den Hochschwab in Angriff zu nehmen. Aber Donner, der unter den Nachwirkungen der Medikamente noch einmal kurz eingenickt war, schreckte knapp vor der Ortschaft Weichselboden plötzlich hoch und hieß Toto, sofort zu wenden und wieder zurückzufahren. »In Weichselboden ist alles voll Soldaten«, krächzte er. »Jetzt nur recht leise, Toto, daß sie uns nicht doch noch bemerken!«

Also fuhr Toto den ersten Kilometer im Schrittempo, was eine Ewigkeit dauerte; nur bergab auf der ausgewaschenen Schotterstraße ging es etwas schneller, wenn er den Gang herausnahm und der LKW im Leerlauf dahinholperte. »Wir müssen einen anderen Weg nehmen, durch den Brunngraben und über die Steinschale ins Ramertal«, erklärte Donner, als sie fast wieder bis Gußwerk zurückgefahren waren, »aber vorher erkundigen wir uns noch, was hier überhaupt los ist.«

Pepi schlief nach den Anstrengungen der Nacht auf der Rückbank wie ein Toter und bekam nicht mit, wie Donner den Waldsiedelbauern durch langes Pochen an der Tür aufweckte, ihm für einen großen Teil des Geldes, das Toto dem Wirt in Lilienfeld beim Kartenspiel abgewonnen hatte, Brot, Wurst, Milch und Käse abkaufte und ihn über die derzeitigen Verhältnisse im Hochschwabgebiet ausfragte. Danach leistete Toto mehrere Stunden lang Schwerstarbeit, als er das massige Gefährt über morastige Forststraßen und in der Nacht im dichten, finsteren Fichtenwald trotz der starken Scheinwerfer kaum erkennbare Waldwege steuerte. Als sie endlich im Tal des Ramerbachs ankamen, war die Sonne schon lange aufgegangen.

Die Kulisse, die sich den Jausenden bietet, ist schlichtweg atemberaubend. Vor ihnen erheben sich die östlichen Gipfel der Aflenzer Staritzen, dahinter das mächtige Massiv des Hochschwabs, über dem sich wolkenloser, blauer Himmel spannt, in einer Klarheit, wie es Pepi noch nie erlebt hat. Diese Berglandschaft strahlt eine derart ruhige, selbstbewußte Schönheit und majestätische Unantastbarkeit aus, daß es Pepi ganz schwummelig wird bei dem Gedanken, er solle da hinaufsteigen. Außerdem schauen die zackigen Gipfel und die weißen Flecken der Schneefelder irrsinnig weit entfernt aus. Wie sollen sie das bloß je schaffen?

»Folgendes«, sagt der Alte Donner, als sie mit dem Essen fertig sind und die köstliche Kuhmilch ausgetrunken haben, »hat mir der Waldsiedelbauer erzählt. Er dürfte übrigens, wie viele der Kleinkeuschler und Holzknechte im Hochschwabgebiet, stark mit den Rebellen sympathisieren. Die stammen ja zum Großteil von hier und haben sich immer bemüht, der Bevölkerung keinen Schaden zuzufügen, während die Soldaten der sogenannten ›Friedenstruppen‹ sich teilweise wie die Schweine aufführen, wie eine Besatzungsmacht eben. Also, die Lage ist so: Es geht seit ein paar Tagen das Gerücht, daß die Rebellen zu einem entscheidenden Schlag ausholen. Der kann sich natürlich nur gegen die Hochquellenleitung richten.« Er holt eine alte, fleckige Wanderkarte aus seinem Rucksack und breitet sie zwischen ihnen aus. »Die ist zwar gute dreißig Jahre alt, aber die Berge verändern sich schließlich nicht so schnell. Hier«, er zeigt einen Punkt auf der Karte, »ist Weichselboden, wo wir in der Nacht umdrehen mußten, wegen der vielen Soldaten. Da beginnt der Hauptstrang der Wasserleitung. Die Höllbachquelle mündet hier; ein Stück weiter flußabwärts – der Fluß heißt übrigens Salza, entspringt hinter Mariazell und fließt in westlicher Richtung, da, siehst du, Pepi?, bis er dann bei Großreifling in die Enns mündet – also ein Stückerl salzaabwärts liegt die Kläfferbrünne, die ergiebigste der Quellen. Weiter unten bei Wildalpen kommen dann die Siebenseequellen, die Schreierklammquelle und einige kleinere dazu. Hier im Osten, im Brunngraben, liegt auch noch eine Quelle; wir sind in der Nacht ganz leise in der Nähe davon vorbeigetuckert, aber da war alles ruhig. Die Brunngrabenquelle ist allerdings auch vom Schiestlhaus, dem Hauptquartier der Rebellen, am weitesten von allen entfernt.

Also, wie gesagt, die Gerüchte über einen Entscheidungsschlag sind natürlich auch den Besatzungstruppen zu Ohren gekommen, und darum haben sie seit gestern ihre Präsenz im Salzatal zwischen Weichselboden und Wildalpen stark erhöht. Da wären wir in ein schönes Schlamassel gekommen!«

Pepi überlegt, ob er fragen soll, wie es möglich war, daß Donner im Schlaf die Soldaten gesehen hat, aber Escher kommt ihm mit einer anderen Frage zuvor. »Das lohnendste Ziel eines Rebellenangriffs wäre also wohl Weichselboden oder die Kläfferbrünne?«

»Einerseits ja, weil diese Punkte am nächsten zum Hochschwabgipfel und dem von den Rebellen kontrollierten Gebiet liegen. Andererseits nein, denn wenn sie wirklich die Stadt Wien damit erpressen möchten, daß sie die Wasserleitung gänzlich außer Funktion setzen, dann müßten sie bis in den Westen nach Wildalpen vordringen, denn dort münden die übrigen Quellen, und außerdem befindet sich in Wildalpen die Betriebsleitung der Wasserwerke. Nur von dort aus kann man wirklich alles Hochschwabwasser statt nach Wien in die Salza ableiten. Damit fällt mehr als die Hälfte der vom Megaplex benötigten Wassermenge aus. Wenn sie glaubhaft damit drohen können, die Leitung hinter Wildalpen für längere Zeit außer Funktion zu setzen, beispielsweise, indem sie sie hier im Hochkogelstollen sprengen, können sie vom Bürgermeister und der Bundesregierung fast alles fordern, was sie wollen.«

Pepi stößt unwillkürlich einen leisen Pfiff aus. Daß die Kontrolle der Wasserleitung eine gewaltige Machtfülle darstellt, begreift in diesem Moment auch er. In den Wohnparks herrscht permanente Wasserknappheit; er erinnert sich, daß es einmal einen mehrere Tage dauernden, sehr blutigen Krieg zwischen den Stämmen der Monarchisten und der Stachanowianer um das Wasserreservoir am Laaer Berg gegeben hat.

»Na schön«, sagt Escher leise, »und was machen WIR?«

Toto, der sich auf die weiche Almwiese gelegt hat, beginnt gerade zu schnarchen. »Wir lassen ihn sich noch ein, zwei Stunden erholen; dann soll er uns bis hierher, zur alten Jagdhütte am Kastenriegel bringen. Von da steigen wir zur Graualm und zum Prinzensteig auf, das sind etwa fünf-, sechshundert Höhenmeter, das müßten wir selbst nach einer Nacht wie der gestrigen schaffen. Dort suchen wir uns dann, bevor es dunkel wird – was in den Bergen schnell geht – eine geschützte Stelle zum Biwakieren. Es ist ja gottseidank sehr schönes Wetter, und mit unseren Schlafsäcken werden wir es schon eine Nacht unter offenem Himmel aushalten.«

Ungemütlicher als im Verlies in Mariazell könnte es nicht einmal auf nacktem Fels sein, denkt Pepi, während Donner weiterspricht: »Und morgen überqueren wir dann die Aflenzer Staritzen. Das sind schöne Gipfel, alle um die zweitausend Meter hoch. Wenn das Wetter hält, wird das eine herrliche Gratwanderung! Und übers Ochsenreichkar müßten wir dann am Nachmittag das Schiestlhaus erreichen.«

Pepi ist wieder einmal schwer von Donner beeindruckt. Und von Escher, die sich mit einem trockenen »Wenn nix dazwischenkommt« ebenfalls auf die Seite dreht und zwei Atemzüge später eingeschlafen ist.

59

Am fast elfhundert Meter hohen Kastenriegel, bei der unbewirtschafteten, halbverfallenen Jagdhütte, verabschieden sie Toto. Der Rigger hätte sich zwar erbötig gemacht, hier auf sie zu warten, und sei es mehrere Tage lang; auch könnte er ihnen zumindest für eine gewisse Strecke mit seiner verbliebenen Drohne Geleitschutz geben. Aber Donner hat abgewunken. »Du kannst nicht so lang von deiner Arbeit und deiner Frau wegbleiben, das geht nicht«, hat er lachend gesagt. »Außerdem, wer weiß, wo und wie wir wieder vom Hochschwab herunterkommen! Und überdies hast du ohnehin noch einen weiten Weg vor dir, denn in Mariazell darfst du dich wohl nicht mehr blicken lassen. Wirst am besten den Umweg übers Niederalpl und den Lahnsattel nehmen müssen!«

Also gibt ihnen der Roma nacheinander fest und aufmunternd die Hand. Dem Donner blickt er lang in die Augen, dann sagt er: »Baro tscharovnikos, ich weiß nicht, wohin dein Weg dich führen wird, aber ich wünsche dir von ganzem Herzen, daß du dein Ziel erreichst!« Escher drückt er stumm an seine breite Brust. Und dem Pepi gibt er den Auftrag »Paß gut auf die zwei verrückten Alten auf!« Pepi verspricht es feierlich.

Sie danken Toto noch einmal für alles, was er für sie getan hat, klopfen ihm auf die breite Schulter, tätscheln auch die Kotflügel des inzwischen über und über mit Schmutz und Erdreich bedeckten LKWs, dann setzt sich das seltsame Gefährt, das ihnen so gute Dienste geleistet hat, in Bewegung und rollt langsam die schmale, steile Straße hinunter. Sie sehen ihm noch eine Zeitlang nach, wie es, von hier aus klein wie ein Spielzeugauto, weit unter ihnen das Ramertal hinausfährt. Dann schultern sie die Rucksäcke und gehen los.

Es dauert nicht lang, bis sie ins Schwitzen kommen. Der schmale Weg schlängelt sich in Serpentinen den Berg hinan, und die Sonne, die inzwischen hoch am Himmel steht, brennt heiß auf ihre Köpfe. Der Weg ist steinig, immer wieder von Felsstufen unterbrochen, aber Donner, der sich aus seinem Schneuztuch eine provisorische Kopfbedeckung gebastelt hat, geht zügig voran, und Escher und Pepi tun es ihm nach. Die Luft ist klar und rein und schmeckt würzig nach Fichtennadeln und Harz. Kein Vergleich zu dem Mief in der Stadt oder gar bei den Müllverbrennungsöfen in den Vereinigten Wohnparks! Manche Sträucher am Wegrand strömen einen betörend süßlichen Duft aus. Nur gelegentliches Vogelgezwitscher stört die sie umgebende Stille.

Nach einer Weile bleibt Donner stehen. Er steigt ein paar Meter vom Weg weg, quer durch den steilen Waldhang zu einem Windbruch, wo einige vom Sturm gefällte Bäume übereinanderliegen. Mit seinem Schweizermesser schneidet er einen etwa zwei Meter langen Ast ab. »Wollt ihr auch einen Wanderstab?« ruft er Pepi und Escher zu. Escher verneint, aber Pepi nickt begeistert. Also richtet Donner auch ihm einen Ast zurecht, dann kommt er zurück, und sie gehen weiter. Der Wanderstab ist beim Überklettern von größeren Felsbrocken wirklich eine gute Hilfe. »Kannst ja am Abend, wenn du Lust hast, mit deinem neuen Taschenfeitel ein Muster hineinschnitzen«, sagt Donner zu Pepi, »das war früher so Brauch.«

Wieder etwas später, sie sind gerade über die Baumgrenze hinaus und schreiten jetzt zwischen Latschenbüschen dahin, hören sie Motorenlärm. »Da!« Escher zeigt schräg nach oben. Ein großer Militärhelikopter fliegt, über das Hauptmassiv kommend, in Richtung Norden. »Schad, daß Toto auf der Deponie arbeitet und nicht am

Flughafen«, seufzt Pepi inbrünstig; ihm tun nämlich schon die Oberschenkeln weh von der Kraxlerei. Donner und Escher lachen herzhaft. »Trink einen Schluck, Bub«, sagt Escher und reicht ihm eine Wasserflasche. Er setzt sie dankbar an. Das klare kalte Wasser, das sie aus dem Ramerbach geschöpft haben, schmeckt wunderbar erfrischend. »Am Berg muß man viel trinken«, meint Escher und fügt mit verschmitztem Unterton hinzu, »drum war der Alte Donner auch früher so gern am Berg!«

Je höher sie kommen, desto karger wird die Karstlandschaft, die sie umgibt. Als sie wieder einmal kurz verschnaufen, erklärt Donner Pepi, daß die Löcher in der kleinen Hochfläche, die sie durchquert haben, Dolinen genannt werden, wie überhaupt das ganze Hochschwabmassiv innen »durchlöchert ist, ärger als ein Schweizerkäse«. Und er doziert – das tut er gern – noch ein Weilchen weiter, warum die wichtigsten Quellen alle auf der Nordseite liegen: weil nämlich das Hochschwabmassiv dem alpinen Trias angehört, geologisch gesehen. Die oberen Schichten bildet zerklüftetes, meist dolomitisches Kalkgestein, das das Regen- und Schmelzwasser leicht eindringen läßt. Die Wassermengen stauen sich auf, sobald sie auf die tieferliegenden sogenannten Gutensteiner und Reiflinger Kalke treffen. Ganz zuunterst lagern grüne, sandsteinartige Werfener Schiefer, die das Wasser am Weiterversickern hindern. Nun ragen diese Schiefer auf der Südseite des »Schwaben«, wie der Berg von den Einheimischen genannt wird, bis gegen 1.500 Meter, auf der Nordseite jedoch nur etwa 600 bis 700 Meter empor. Diese verschieden hohe Erhebung der wasserundurchlässigen Unterlage bewirkt, daß ein großer Teil der auf die Südabdachung fallenden Niederschläge durch ein unvorstellbar verzweigtes Netz aus teilweise winzigen Kanälen, teilweise bis zu domartigen Gängen und

Höhlen, in denen noch nie ein Mensch gewesen ist, durch das ganze gewaltige Massiv hindurch zur Nordseite abgeleitet wird, um dort an geeigneten Stellen als Quellen zutage zu treten. Bis das Wasser dann von da nach Wien kommt, vergehen zwei volle Tage.

Pepi ist baff, obwohl er nicht sicher ist, daß er alles hundertprozentig verstanden hat. Woher Donner soviel über den Hochschwab weiß? Donner grinst. »Ich hab ein Buch im Antiquariat, das ich eigentlich nur gekauft habe, weil der Verfasser auch Donner hieß, ein Josef Donner war das, Beamter bei der Wiener Magistratsabteilung 31, der im vorigen Jahrhundert viel über die Wiener Wasserversorgung geschrieben hat.«

»So, Ende der Vorlesung«, stellt Escher fest. »Wir sind noch nicht einmal am Prinzensteig.«

60

Der Prinzensteig ist seit einem Erdrutsch vor einigen Jahren bei schlechtem Wetter nur unter Schwierigkeiten begehbar, deshalb wurde er mit Stahlseilen und eisernen Klampfen versichert. Pepi hält sich trotz seiner lädierten Hände gut, Escher sowieso, aber Donner spürt sein Übergewicht und seine durch die jahrzehntelange blöde Raucherei bedingte Kurzatmigkeit ganz schön, als er sich nach oben hangelt. Der Alkoholentzug ist erträglicher geworden, aber dafür hat er jetzt immer wieder unangenehme Kreislaufstörungen. Die Sonne steht ein schönes Stück tiefer; die in ihrem goldenen Schein rot und orange aufglühenden Blätter der Laubwälder in den Tälern unter ihnen künden an, daß der Herbst bevorsteht.

Wie in seinem Leben auch ... wenn er nicht überhaupt geradewegs in den Winter marschiert. Vom Sommer, denkt Donner sarkastisch, hat er nicht viel gehabt. Die Schuld daran liegt wohl hauptsächlich bei ihm, aber zum Teil sicher auch beim Schicksal, das ihm diese schreckliche, außergewöhnliche Gabe verliehen hat. Heute nacht wird er wieder davon Gebrauch machen müssen.

»Hier bleiben wir. Wenn wir noch weitergingen, kämen wir über die nächste Steigung auf den Grat hinauf, und da kann in der Nacht ein eisiger Wind blasen.« Donner hat den Rucksack abgesetzt und steigt jetzt in eine schmale Schlucht hinab, die sich seitlich in den Berghang hinein erstreckt. »Macht es euch hier unter dem Überhang gemütlich, ich komm' gleich wieder.« Aber Pepi ist, kaum daß für heute das Ende der Anstrengungen feststeht, wieder neugierig und tatendurstig geworden und möchte Donner begleiten. »Von mir aus, aber sei vorsichtig, das Gestein ist locker.«

Nach einigen Minuten Kletterei hat Donner gefunden, was er sucht: eine kleine Höhle, zu nieder, als daß sie aufrecht darin stehen könnten, aber etwa sieben, acht Meter tief und trocken. »Ich werde hier übernachten, das ist weit genug weg«, sagt Donner, »aber jetzt essen wir zuerst einmal zusammen Nachtmahl.«

Sie steigen wieder hinauf. Escher hat die Reste der vom Waldsiedelbauern erstandenen Köstlichkeiten bereits ausgebreitet. Im Schatten unter der Felsnase ist es kühl; sie ziehen ihre Windjacken an. Nachdem sie sich gelabt haben, steht Donner auf. »Es wird bald dunkel sein«, erklärt er. »Ich muß zusehen, daß ich den Weg zu meiner Höhle noch finde.« Er nimmt seinen Rucksack und klettert ächzend in die Schlucht hinunter.

Sie verräumen die Reste ihres Proviants und breiten die Schlafsäcke aus. Pepi schnitzt noch ein bißchen an seinem Wanderstab herum, aber bald ist es finster, und ihm beginnen die Augen zuzufallen. Er schlüpft in den Schlafsack. »Drück' dich ruhig an mich, wenn's dir kalt wird, Pepi«, sagt Escher, hier in der Stille der Bergeinsamkeit noch leiser als sonst. »Brauchst dich nicht zu genieren, ich mach's genauso.«

Die Nacht ist still, so still, wie Pepi noch nie eine Nacht erlebt hat, seit er denken kann. Sie liegen nebeneinander in den dünnen, aber gut isolierenden Schlafsäcken und blicken nach oben, wo am sternklaren Himmel auf einmal alle die Sternbilder zu entdecken sind, von denen Pepi seine Lehrerin Celia Pschistranek erzählt hat. Damals, unter dem immer rauchverhangenen Himmel über den Vereinigten Wohnparks, hat er nicht wirklich daran geglaubt, daß man den Großen und den Kleinen Castro, den Abendstern und sogar die Milchstraße wirklich von der Erde aus sehen kann. Wie toll das aussieht, und wie klein man sich dabei fühlt, wenn man so nach oben schaut! Pepi ist müde und glücklich, daß er das alles erleben darf. Nur etwas drückt ihn noch auf der Seele.

»Escher?« fragt er.

»Ja, Pepi?«

»Warum schläft Donner nicht bei uns, oder wir alle zusammen in der Höhle? Und was meint er damit, die Höhle ist weit genug weg?«

Escher seufzt kaum hörbar. Sie wußte, daß das an ihr hängenbleiben würde. »Hör zu, Bub«, sagt sie.

»Der Alte Donner war einmal ein sehr mächtiger Magier. Eigentlich ist er das immer noch, auch wenn er durch das viele Trinken einen Teil seiner Kraft eingebüßt hat. Aber als wir uns kennenlernten und … zusammenkamen, vor vielen Jahren, war er einer der mächtigsten in ganz Wien, wenn nicht in ganz Österreich. Vor allem wegen einer ganz besonderen, vielleicht einzigartigen magischen Fähigkeit: Er konnte – kann«, verbessert sie sich, »in die Zukunft sehen.«

»Wie, er weiß alles schon vorher, was passieren wird?«

»Nein, ganz so ist das nicht. Diese Fähigkeit wirkt nur im Schlaf. Er träumt manchmal, sogar sehr oft, von Dingen, die später wirklich eintreten. Aber es ist trotzdem ein Traum, und der wird von seinem Unterbewußtsein beeinflußt, verstehst du? Er hat zum Beispiel einmal geträumt, daß Schlangen kommen und ihm seine Geliebte davonschleppen. Hast du Angst vor Schlangen?«

»Mmm ... ein bißchen.«

»Donner hat ziemlich viel Angst vor Schlangen. Mit einer winzigkleinen Blindschleiche kannst du ihn zu Tode erschrecken.« Escher lacht kaum hörbar und fährt unbewußt über die verschlungenen tätowierten Muster in ihrem Gesicht. »In diesem Fall ist es nun so: Seine hellseherische Gabe sagt ihm, daß er seine Geliebte verlieren wird. Aber daß es etwas mit Schlangen zu tun hat, suggeriert ihm sein Unterbewußtsein, weil er Angst mit Schlangen verbindet. Kannst du mir folgen?«

Pepi antwortet längere Zeit nicht. Er denkt. Dann sagt er zögernd: »Escher ... warst du die Geliebte, von der er geträumt hat?«

Escher dreht den Kopf weg. »Ja.«

»Hat er dir von dem Traum erzählt? Und hast du dich deshalb so tätowieren lassen? Danach, als es mit euch ... aus war?«

Junger Mann, du bist weit scharfsinniger, als du selber glaubst, denkt Escher. »Ja, ungefähr so war das.«

Sie schweigen. Der Wind heult über ihnen durch Felsspalten. Irgendwo weiter weg knackst ein Zweig. Kiesel rollen über eine Felswand hinunter.

»Was hast du eigentlich damals gemacht, Escher?«

Sie zuckt die Achseln. »Ich bin – war – also kurz gesagt, jemand mußte ihm den Rücken freihalten. Er war ja immer mit höheren Dingen beschäftigt, und auch wirklich gut darin. Ich habe mich mehr um die ... weltlichen Angelegenheiten gekümmert.«

Das kapiert Pepi sofort. Donner ist manchmal nicht einmal fähig, sein Hosentürl zuzumachen, geschweigedenn sich um so triviale Dinge wie Zahnpasta zu kümmern. »Was ich trotzdem noch nicht verstehe ist, warum Donner so weit weg von uns schlafen will.«

Immerhin fragt er nicht, weswegen sie sich getrennt haben. Die Erinnerung daran versetzt ihr selbst heute noch einen brennenden Schmerz in der Brust. Also gut. Sie atmet tief durch. »Pepi ... auch du hast eine außergewöhnliche Gabe.«

»Ich? Ach so, ja. Ich bin außergewöhnlich klein für einen Ork, und außergewöhnlich langsam. Im Kopf. Leider.«

»Nein, Pepi, das ist es nicht. Bub, ist dir nie aufgefallen, daß um dich herum keine Magie funktioniert?«

»Ach, das. Nein, wieso, ich meine – funktioniert Magie denn überhaupt?«

»Und wie sie funktioniert, junger Mann. Außer in bezug auf dich, oder in deiner Nähe. Weil du eine ... Anomalie bist, eine ganz seltene Erscheinung, über die nur manchmal in bestimmten Kreisen gemunkelt wird. Du bist magieresistent, verstehst du, wie manche Leute, besonders Zwerge, resistent gegen bestimmte Krankheiten sind. Du bist für jeden Hexer, Hermeter oder Schamanen, was für die Katholiken in Mariazell der Teufel ist, der Leibhaftige. Du bist ein Antimagier.«

»Aha. Und?«

»Pepi.« Eschers Hand kommt aus dem Schlafsack hervor und legt sich leicht wie eine Feder auf seine Schulter. »Menschen, pardon, Metamenschen deiner Art kommen seltener vor als ein Dolch aus purem

Orichalkum. Du wirst in deiner Zukunft sehr vorsichtig sein müssen, Pepi. Du wirst verfolgt werden, gehaßt, gejagt von … bestimmten Kräften. Im besten Fall würden sie dich als Versuchskaninchen mißbrauchen wollen, oder als Untersuchungsobjekt.«

»Soweit voraus kann ich nicht denken. Aber ich glaube, ich begreife jetzt einiges von dem, was Donner zu mir gesagt hat. Zum Beispiel, daß er so gut schläft, wenn ich dabei bin.«

»Genau. Seine Fähigkeit der Präkognition ist auch ein Fluch. Wie würdest du damit umgehen, daß du zum Beispiel weißt, oder zumindest so gut wie sicher weißt, wann ein Freund von dir sterben wird?«

»Das will ich mir nicht vorstellen. Aber ich glaube, es müßte ziemlich furchtbar sein. Was sagt man dem dann? Sagt man es ihm überhaupt?« Pepi fällt ein, wie einer in der Klasse, der dicke Priwulka, krank geworden ist und er zufällig mitgehört hat, wie seine Lehrerin Celia Pschistranek zu Priwulkas Eltern gesagt hat, daß es eine Krankheit ist, für die es in den Wohnparks kein Gegenmittel gibt, daß der dicke Raúl Priwulka also bald immer schwächer und schwächer werden würde und dann nur mehr liegen könne und dahinsiechen werde und irgendwann einschlafen, alles innerhalb von ein paar Monaten; und daß man es dem Kind besser nicht sagen solle, damit es wenigstens noch ein paar Tage oder Wochen sein kurzes Leben genießen könne. Pepi hat dem dicken Priwulka in der Zeit, die er danach noch in die Schule gekommen ist, nie mehr in die Augen sehen können.

Darum also hat sich Donner so oft bewußtlos gesoffen, und dann später, nachdem er Pepi getroffen hat, aus Gewohnheit weiter. Bis ihn Superfritz in den Donaukanal geworfen hat.

Superfritz. Wo mag der wohl gerade sein?

61

»Riella.«

Nein, nein, nein, denkt Riella Vincelar, und dann sagt sie es noch einmal laut: »Nein.«

Die gesichtslose Stimme am anderen Ende der Kommunikationsverbindung läßt ein unterdrücktes, unwilliges Schnauben hören. »Seit wann so negativ, Riella? Und seit wann so unhöflich?«

»Ich kann nicht mehr, Herr Brackhaus. Ich – kann – nicht – mehr. Es ist aus. Ich habe aufgehört. Wir haben gestern eine Gedenkfeier für unsere verstorbenen Teammitglieder abgehalten. Kein Begräbnis«, sie lacht kurz zynisch auf, »zumindest nicht im herkömmlichen Sinn. Für … Leute in unserem Geschäft gibt es selten Begräbnisse. Ihre Überreste werden gewöhnlich weggeworfen, einfach der Müllabfuhr überantwortet.« Sie bemerkt, daß sie fast schreit. Eine Stufe beherrschter fährt sie fort: »Aber das berührt Sie ohnehin nicht.

Gleichwohl, die Schattentänzer in diesem Sinn gibt es nicht mehr. Ich habe die Truppe aufgelöst und es den einzelnen Mitgliedern freigestellt, sich Engagements in anderen Ensembles zu suchen.«

»Ich verstehe, Frau Vincelar. Und ich begrüße Ihre Entscheidung nicht. Ganz und gar nicht.«

»Es ist mir gleich, was Sie darüber denken. Meine Entscheidung ist irreversibel. Falls Sie mich dafür bestrafen wollen, bitte; ich kann Sie so oder so nicht daran hindern. Natürlich ist es Ihnen unbenommen, sich an einzelne Ex-Mitglieder der Schattentänzer zu wenden. In diesem Moment«, sie drückt in rascher Folge einige Tasten auf dem Schreibtisch vor sich, »habe ich Ihnen die Kontaktadressen derjenigen übermittelt, die ihre Bereitschaft bekundet haben, weiterhin für Ihresgleichen zu arbeiten. Mich jedoch rufen Sie bitte nie mehr an, Herr Brackhaus. Guten Tag. War NICHT nett, Ihre Bekanntschaft gemacht zu haben.«

Dieses eine, einzige und letzte Mal legt sie als erste auf.

62

»Aaaaaah! Feuer! FEUER! Ahh …«

Pepi schreckt aus tiefem, traumlosem Schlaf hoch. Pürstlmoser steht bereits im bläulichen Mondlicht neben ihrem Schlafsack und lauscht in die Schlucht, aus der der Widerhall der gräßlichen Schreie erklingt. »Das ist Donner«, sagt sie beunruhigt. »Er hat einen seiner Alpträume.«

Der Wind treibt dunkle, schwere Wolken über den Himmel. Es ist kalt geworden. Wieder schreit Donner in höchster Verzweiflung »Feuer!« Dann einige Minuten lang leiser werdendes Wimmern, dann wieder Stille.

Und von weiter unten am Weg rasch näherkommende Geräusche. Knirschendes Geröll unter schweren Bergschuhen. Keuchen. Und Stimmen.

»'ne Abkürzung, haste jesacht. Die Diretissima über'n Berch spart uns mindestens zwo, drei Stunden, haste jesacht. Brauchste ja nur uff de Karte zu kieken, sieht doch 'n Blinder, haste jesacht. Und nu tappen wa schon de halbe Nacht durch det öde Jelände!«

»Ach halt doch dei Gosch! Jetzt sind mer bald obe, und runnder gehts dann zack-zack!«

»Zack-zack, zack-zack, det kenn wa, dein Zack-zack! Ja, wat is denn, Jefreiter?«

»Melde gehorsamst, Herr Feldwebel, ungefähr von hier müßte das Geräusch gekommen sein!«

»Also icke hab ja nüscht jehört.«

»Ruhe, verbibbsch noch amol! Abteilung halt.«

Angespanntes Schweigen. Der Trupp ist höchstens dreißig Meter von ihnen entfernt stehengeblieben, an der rechten Bergflanke, unmittelbar hinter der nächsten Wegbiegung. Escher bedeutet Pepi, er solle aufstehen und seine Sachen zusammenpacken. Pepi tut es mit ganz langsamen Bewegungen, bemüht, ja keinen verräterischen Laut von sich zu geben.

»Na bitte. Schweigen im Walde. Jehn wa weiter!«

»Jetzt wart halt noch a Minütle, Zeppezauer! Du treibsch mi noch zum Waahnsinn!«

»Als ob det noch möglich wär! Da ist nüscht, Mann –«

Aus der Schlucht dringt langgezogenes, anschwellendes Stöhnen, das in einen entsetzlichen Schrei übergeht. »NEIN! Das Feuer! Hilfe! Hilfeeeeee …«

»Das ist eine menschliche Stimme! Sollen wir nachsehen, Herr Feldwebel?«

»Ja, aber nur ihr beide! Der Gefangene bleibt hier bei uns.«

Pepi sieht Escher fragend an. Ein Gefangener? Escher legt den Zeigefinger an ihre Lippen und huscht geräuschlos vor zur Wegbiegung. Pepi folgt ihr mit Zeitlupenschritten, so vorsichtig, als ginge er auf Eiern. Sie legen sich auf den Bauch und robben das letzte Stück, dann spähen sie über die Kante.

Der Trupp steht etwa zehn Meter weiter unten. Hier liegt der Weg im Schatten einer großen Felszacke, und alles ist nur schemenhaft zu erkennen. Außerdem hat sich eine fette schwarze Wolke vor den Mond geschoben. Aber Pepi sieht dank seiner Ork-Augen dennoch genug. Er zeigt Escher zuerst alle Finger seiner rechten Hand, dann den Daumen. Fünf Soldaten und ein Gefangener, heißt das. Pepi deutet ein Gewehr an und zeigt auf seinen Rücken: sie haben ihre Waffen umgehängt. Escher nickt. Jetzt zwei Finger, und eine trippelnde Bewegung in Richtung der Schlucht, aus der Donners Winseln kommt: soeben haben zwei sich von der Gruppe getrennt und bewegen sich zur Schlucht hin. Escher kriecht wieder zurück und richtet sich mit einer geschmeidigen Bewegung auf. Sie legt ihren Rucksack ab, bedeutet Pepi, hier zu warten, und gleitet lautlos in die Schlucht hinab.

Donners Stimme ist verstummt.

»Icke würd ja nur gern wissen, wat det Janze soll! 'n Jefangenen in Seewiesen abliefern, hat et jeheißen. Von irgendsonen alpinen Expeditionen war keene Rede!«

Die Wolke ist vorübergezogen. Die Felsen und der schmale Steig schimmern blausilbern im Mondlicht.

»Jetzt schwätz net dumm rum! Gehn mer lieber a Stückle weider, Kamerad Zeppezauer. Von da obe habe mer vielleichd 'n besseren Überblick! Abmarsch!«

Panik steigt in Pepi hoch. Er hängt auch Eschers Rucksack über seine Schulter und versucht, trotz des doppelten Gewichts schnell und leise weiter nach oben zu kommen. Dabei tritt er einen faustgroßen Stein los, der polternd den Weg hinunterspringt, andere Steine mitnimmt und als kleine Lawine über die Kante in die Schlucht prasselt.

»Da obe war was! Beeilung, Zeppezauer, schnell da 'nauf!«

Keuchen und schwere Laufschritte kommen rasch näher. Auch Pepi versucht jetzt zu laufen, aber er rutscht auf einer Felsplatte aus. Es ist wie in einem schlimmen Alptraum: Du versuchst davonzurennen, aber du kommst nicht vom Fleck … Pepi stürzt. Er fängt sich mit seiner verbundenen Hand ab, was einen stechenden Schmerz verursacht, und dreht sich deshalb um, so daß er jetzt auf dem Rücken liegt, halbaufgerichtet, weil ihn die Rucksäcke hochzwingen.

Die Soldaten stehen keine fünf Meter vor ihm. Der hinterste hält eine Kette in der Hand, die mit einem stählernen Ring verbunden ist, der um den Hals eines etwa zwölfjährigen Buben in Lederhosen liegt. Die beiden vorderen greifen nach ihren Sturmgewehren.

Eschers Schrei ist so gellend und durchdringend, daß die ganze Szenerie sekundenlang wie zu Eis erstarrt. Nur Escher ist in Bewegung, kommt rasend schnell über die Felskante gewirbelt. Der unglaublich hohe, schrille Ton bricht sich an den Felswänden und wird von irgendwo weit unter ihnen als gespenstisches Echo zurückgeworfen. Die zarte, kleine Frau, die im fahlen Mondlicht, nicht zuletzt wegen ihres tätowierten Gesichtes, wie ein direkt aus der Hölle entsprungener Kobold wirkt, hat die beiden vorderen Soldaten mit einem Trommelwirbel aus Handkantenschlägen und Fußtritten betäubt, bevor irgendwer auch nur einen Mucks machen kann. Der läßt gerade noch die Kette fallen, dann rammt sie ihm die Knöchel in die Magengrube und hämmert dem Zusammenknickenden das Knie an die Kinnspitze, daß es deutlich hörbar kracht. Er ist ohnmächtig, bevor sein schlaffer Körper auf dem Boden aufschlägt.

Escher vergewissert sich noch rasch, daß auch die beiden anderen das Bewußtsein verloren haben, dann entspannt sich ihr drahtiger Körper. Sie atmet tief durch, räuspert sich und lächelt Pepi und den gefangenen Bauernbuben entschuldigend an, als wolle sie um Verzeihung bitten, daß sie sie vorhin so erschreckt hat.

»Leck Fett'n«, sagt der Bauernbub in schwerem obersteirischem Dialekt, »söll haun i mei Lebtog no nit gseachn!«

Langsam dämmert in Pepi der Verdacht, daß Escher unter »den Rücken freihalten« doch etwas Anderes verstanden haben könnte als er.

63

Sie binden den bewußtlosen Soldaten mit Seilen aus deren eigenen Rucksäcken Hände und Füße zusammen und lehnen sie nebeneinander an einen Felsblock. Escher schnappt sich ein Seil und steigt ein weiteres Mal in die Schlucht, um auch die beiden, die sie da unten erledigt hat, zu verschnüren. Dabei ruft sie nach Donner, der durch ihren Kampfschrei eigentlich aufgewacht sein müßte, aber sie erhält keine Antwort. Mit einem leicht besorgten Gesichtsausdruck kommt sie wieder herauf.

Der Waldbauernbub heißt Peterl und trägt schwere Blessuren im Gesicht; an den nackten Armen hat er Brandwunden wie von Zigaretten. Sein Bericht ist kurz, dauert aber eine Zeitlang, weil Escher und Pepi wegen des kaum verständlichen Dialekts immer wieder nachfragen müssen. Seit gestern mittag haben Trupps von Soldaten der Besatzungstruppen verschiedene Kleinbauern in der Umgebung überfallen, darunter auch die Waldkeusche in der Roßhölle am Fuß der Pfefferleiten, zwischen den Kastenmäuern und der Dippelwand, wo Peterls Familie lebt. Die Soldaten haben die Bauersleute brutal verhört und teilweise gefoltert. Sie hatten den Auftrag, unbedingt herauszufinden, was es mit der ominösen Verstärkung für die Freischärler auf sich hat, die angeblich gestern vormittag eingetroffen sein soll. Tatsächlich ist ein ungekennzeichneter Transporthubschrauber bei der Voisthalerhütte beobachtet worden. Peterl erzählt, seine Familie wisse leider wirklich nicht viel mehr, als man den Soldaten gesagt habe, nur daß sich die Bauern von dieser Verstärkung allerhand erhoffen, vielleicht sogar den entscheidenden Ausschlag zugunsten der Rebellen in diesem nun schon vier Jahre dauernden Stellungskrieg. Den rasch rund ums Massiv kursierenden Gerüchten zufolge sollen sie mit modernsten Waffen ausgerüstet sein. Jedenfalls haben ihn die Soldaten dann mitgenommen und wollten ihn zu einem weiteren Verhör nach Seewiesen an der südöstlichen Seite der Staritzen bringen, wo sich eines der Hauptlager der Besatzungstruppen befindet.

Escher bietet Peterl an, sich ihnen anzuschließen, zumindest bis morgen, aber der Bub winkt ab. Er wolle so schnell wie möglich zurück nach Hause, weil dort seine Hilfe gebraucht werde. Nur wenn sie ihm vielleicht eine Taschenlampe borgen könnten?

Pepi schenkt ihm seine Stablampe. Donner und Escher haben ohnehin noch welche, und er sieht im Dunkeln sowieso besser als sie. Der Waldbauernbub bedankt sich überschwenglich und – zumindest gegenüber Escher – äußerst respektvoll, dann springt er mit weit ausladenden Schritten den Steig hinunter. Bald ist nichts mehr von ihm zu hören.

Auch von Donner nicht.

»Ich gehe jetzt doch noch einmal nachschauen, was mit ihm los ist«, meint Escher etwas beunruhigt. »Ich zeig dir den Weg«, macht sich Pepi erbötig. »Sollen wir die Rucksäcke mitnehmen?«

»Naja … ich glaube ehrlich gesagt nicht, daß so spät in der Nacht sonst noch jemand in den Staritzen unterwegs ist. Und wenn, bemerkt er die Soldaten sowieso. Außerdem sind wir ja gleich wieder zurück.«

Sie nimmt ihre Lampe und leuchtet voraus in die Schlucht.

Die Höhle ist leer, von Donner außer seinem Gepäck und dem Schlafsack keine Spur. Dafür entdecken sie ganz hinten den Anfang eines schmalen, gewundenen

Ganges, von dem Pepi Stein und Bein schwört, daß er vorhin, wie er Donner hierher begleitet hat, noch nicht da war.

»Daß der Alte als Schlafwandler unterwegs ist?« wundert sich Escher. »Das sieht ihm gar nicht ähnlich.«

»Und wenn ihn … irgendwas weiter hinein in den Berg verschleppt hat?« Pepi erinnert sich mit Schaudern an die beiden Ghule, die mit ihnen in Mariazell eingesperrt waren. Er will noch fragen, ob sie ihre Ausrüstung holen sollen, aber Escher ist bereits in den Gang getreten.

Der krümmt sich schon auf den ersten Metern in alle Richtungen. Der Boden ist rauher Fels, aber die Wände sind lehmig und unangenehm glitschig. Nichts ist zu hören außer ihrem Atem und dem gelegentlichen Tropfen von Wasser. Sie zwängen sich durch eine Engstelle, klettern auf allen Vieren eine rutschige Steigung hinauf. Dann wird der Gang breiter, aber niedriger, so daß sie nur gebückt vorwärtskommen. Die Luft schmeckt schal. Nach einigen Minuten erreichen sie eine Kammer, in der sie stehen können. Drei Gänge führen hier weg. Escher zeigt auf den Boden, der ebenfalls aus dunkelrotbraunem Lehm besteht. Fußabdrücke von Bergschuhen, die der Größe nach zu Donner passen könnten, führen durch die Kammer und in den mittleren der Gänge. Andere Abdrücke sind nicht zu erkennen. Was zum Teufel sucht Donner allein hier tief drinnen im Berg?

Sie folgen den Fußspuren. Bald neigt sich der Gang steil nach unten. Pepi kommt ins Rutschen und kann sich an einem feuchten Vorsprung der Wand gerade noch festhalten. Er kriegt plötzlich schreckliche Angst. Wenn er Escher und die Lampe hier herinnen verlöre, nützten ihm auch seine Ork-Augen nichts mehr. Er würde nie wieder aus den Höhlen herausfinden und müßte jämmerlich verhungern.

»Escher?« fragt er, hauptsächlich um ihre Stimme zu hören.

»Ja?«

»Entschuldige, aber mir ist noch etwas eingefallen. Nämlich, Donner und du, ich meine, ihr paßt ... habt gut zusammengepaßt, oder? Ihr habt euch mit euren Fähigkeiten ergänzt, und auch sicher sehr gern gehabt.«

»Das stimmt, Pepi.« Sprich es schon aus, das Wort!

Pepi räuspert sich, dann fragt er: »Warum ...?«

Escher atmet ganz langsam aus. Na schön. »Ich weiß eigentlich nicht, ob dich das etwas angeht, Bub. Aber ich will es dir erzählen. Eine Andere ist in unser ... in Donners Leben getreten. Anfangs war sie nur wie eine Art Ziehtochter für ihn, später wurde sie seine Schülerin ... Und je mehr er ihr von seinem Wissen gab, desto stärker wurde sie, und desto faszinierender für ihn. Viel faszinierender, als ich es je hätte sein können, verstehst du? Ich spürte schon früh, daß sie ihn mir wegnehmen wollte, ihn für sich alleine haben, aber Donner hat mir nicht geglaubt, bis es zu spät war. Schließlich mußte er sich zwischen ihr und mir entscheiden. Ich habe seine Entscheidung nicht abgewartet, sondern bin von selbst gegangen, das war ich meinem Stolz schuldig. Damals habe ich mir diese Tätowierungen machen lassen.«

»Und Donner ... war er mit dieser anderen ... glücklich?«

Escher lacht leise und bitter. »Kurz. Sehr kurz. Aber das soll er dir bei Gelegenheit selber erzählen. Gib acht, hier gibt es sehr spitze Felsen!«

Hunderte Meter weit führt der Gang in die Tiefe, windet sich einmal hierhin, einmal dahin. Pepi hat längst jede Orientierung verloren. Er könnte unmöglich sagen, in welcher Richtung der Höhleneingang liegt. Die unheimliche Stille und die kohlrabenschwarze Finsternis außerhalb des Lichtkegels von Eschers Taschenlampe zerren an seinen Nerven. Wie lange reicht eigentlich so eine Batterie?

Sie müssen schon mehr als eine halbe Stunde unterwegs sein, als sich der Gang erweitert. Immer mehr Sickerwasser tropft um sie herum von den Wänden. Unter ihren Füßen verläuft ein schmales Rinnsal in Schlangenlinien zwischen den flachen Kieseln, die hier den Boden bedecken. Endlich öffnet sich der Gang in eine hohe Halle. Vor ihnen liegt ein unterirdischer See. Seine dunkle, unbewegte Oberfläche zieht sich weiter in den Höhlendom hinein, als Eschers Lichtstrahl reicht.

Der Alte Donner steht mit dem Rücken zu ihnen, ungefähr zehn Meter vom Ufer des Sees entfernt, fast bis zum Gürtel im Wasser. Unendlich langsam, wie von einer unsichtbaren Schnur gezogen, bewegt er sich weiter in den See hinein.

»Donner!««

Pepis entsetzter Schrei hallt mehrmals aus der Tiefe des Felsendoms wider: »Donner – Donner – Donner – Donner …«

Plötzlich passiert alles gleichzeitig. Donners Oberkörper fährt herum. Er blinzelt verwirrt zu Pepi und Escher herüber. Über ihnen entfalten sich hunderte schwarze lederne Flügel. Eine Wolke aus Fledermäusen füllt auf einmal die Luft um sie aus. Mit ohrenbetäubendem Krachen stürzt hinter ihnen der Gang ein, aus dem sie gekommen sind. Wassermassen brechen aus den Wänden hervor und schwemmen sie in den See. Eschers Lampe erlischt. Die Finsternis ist vom Brausen und Tosen des Wassers erfüllt. Gischt spritzt in Pepis Augen, als sein Kopf auftaucht. Aber er könnte ja ohnehin nichts sehen!

Oder doch. Seine Füße stoßen auf Grund. Er richtet sich auf, stemmt sich gegen die um ihn herumwirbelnden Fluten. Von weit, weit oben in der Halle kommt ein schwacher, lindgrüner Schein, als würden einige der Steinblöcke, zwischen denen jetzt kleine Wasserfälle wie schimmernde Perlenketten in den See stürzen, von innen heraus leuchten. Er kann einige Meter links von sich Eschers Umrisse erkennen; sie stützt Donner, der nach Luft japst.

Immer mehr Wasser strömt schäumend und rauschend von allen Seiten in den See. Er scheint doch nicht so groß zu sein, wie es vorhin den Anschein hatte, denn sein Wasserspiegel beginnt rasch zu steigen. Pepi läßt sich von der Strömung bis zu Escher und Donner treiben. »Ein paar Meter weiter vorn ist eine Art Halbinsel!« brüllt er ihnen zu. Escher versteht. Gemeinsam zerren sie Donner zu der schmalen Felszunge, die sich hier aus dem aufgewühlten See erhebt. Sie haben mit Mühe nebeneinander darauf Platz. »Was ist passiert?« fragt Donner mit weit aufgerissenen Augen. »Du bist weiter in die Höhle hineingegangen«, klärt ihn Escher auf, »weißt du das denn nicht mehr?«

»Nein. Ich habe … ganz etwas anderes geträumt … Aber die Höhle war doch nur ein paar Meter lang!«

»Wir sind mehrere Kilometer tief im Inneren des Berges«, sagt Escher sachlich. »Und wie wir hier jemals wieder herauskommen sollen, weiß ich beim besten Willen nicht.«

Pepi preßt seine Augenlider ganz fest zusammen, weil er die Tränen nicht zeigen will. Er zittert vor Angst und Kälte. Und das Wasser steigt und steigt. Schon steht es ihnen wieder bis zu den Knieen, und es steigt beständig weiter.

Zwölftes Kapitel

Noch mehr Pläne, diesmal mit Wurstsuppe · Pepis Opfer · Rebellengeschichten · Tropfsteine und Eierkartons · Plattners kurzes Glück · Qualvolle Erinnerungen und ein feuchter Traum

64

Selten hat sich Superfritz so geil austoben können wie mit Fleur. Daß er erst so spät auf die vierkantige Französin aufmerksam geworden ist! Mit ihr kann man hundertmal mehr Spaß haben als mit der depperten Ulla. Sicher, Fleur ist keine Schönheit im herkömmlichen Sinn. Sie ist mindestens so schwer vercybert wie er selber, aber auch mindestens so verrückt und pervers. Eine gute Viertelstunde dauert ihr Spielchen hier im Geröllfeld schon an, und ihr gemeinsames Opfer lebt – und leidet – immer noch. Gerade rammt Fleur der Puppe ein weiteres Mal ihren Zeigefinger in den blutenden Unterleib, verabreicht ihr dabei aus der in der Fingerkuppe eingebauten Injektionsnadel noch eine Dosis des Aufputschmittels, das ihr Spielzeug bei Bewußtsein hält und zugleich die Intensität der Qualen steigert. Ohnmächtiges Fleisch gäbe Fleur genauso wie Superfritz nur den halben Kick. Schreien soll sie, die Schlampe, vor lauter Schmerz und Panik, daß es von den Felswänden widerhallt, und bluten wie ein Schwein für das, was ihm solche wie sie früher angetan haben, als er noch nicht Superfritz war … Er hält ihren Zeigefinger in seiner linken Hand, fester als in einem Schraubstock. Mit der Rechten nimmt er vorsichtig und genüßlich den langen, verführerisch gespaltenen Fingernagel und hebt ihn langsam und gleichmäßig ab, operiert ihn geradezu aus dem Nagelbett heraus, während sich der Leib unter ihm winselnd in Krämpfen windet. »Das war erst einer, Schnucki«, flüstert er der Puppe in die Kopfwunde, wo vor ein paar Minuten noch ein Ohr war, »und du hast noch neun andere ...«

Er will sich gerade den nächsten Fingernagel vornehmen, als ihm Fleur die Hand auf den Arm legt; gleichzeitig hält sie der Puppe den Mund zu. »Da drüben« funkt sie Superfritz an und dreht ihren Kopf in Richtung der nächsten, etwa zweihundert Meter entfernten Scharte. »Scheiße.« Vier kleine, dunkle Gestalten in Tarnfarben kommen den Weg durch die Obere Dullwitz entlang. »Rebellen!«

»Wenn's am Schönsten ist, muß man aufhören.« Superfritz schlägt der Puppe die Handkante ins Genick. Sie ist sofort hinüber. Er schultert das, was von ihrer fleischlichen Hülle übrig ist, eilt hinter Fleur her zur nächsten Felskante, wirft den Kadaver in weitem Bogen hinunter, trifft genau in die Öffnung einer Doline. »Drei Punkte«, funkt Fleur, dann machen sie, daß sie wegkommen.

»Warum hat das so lang gedauert?« schnauzt Sarge, als sie wieder am Landeplatz des Helikopters sind. Superfritz grinst Fleur an, die seine Grimasse mit einem leichten, nur für ihn sichtbaren Aufblitzen in ihren Cyberaugen erwidert. »Wir wurden aufgehalten. Ein paar von den Rebellentypen sind im Anmarsch, und die durften uns doch nicht sehen«, erstattet er mit unschuldigem Gesichtausdruck Meldung. Sarge funkelt ihn zornig an, dann dreht er sich um und stapft zwischen den Granatwerferstellungen auf die Voisthalerhütte zu. Superfritz hampelt ihm hinterher, wobei er den übertrieben zackigen Gang ihres Einsatzleiters nachahmt. Fleur kichert und rammt ihm ihre Faust in die Seite. Gleich nachdem sie der Hubschrauber abgesetzt hat und noch bevor das Begrüßungskomittee aus der Hütte zu nahe war, haben sie sich zu ihrem »Spezialauftrag« abgesetzt. Madonna, war die Kleine gut drauf! Ja, so, genau so mag es der gute alte Superfritz.

»Okay, da sind jetzt auch Fleur und Superfritz«, stellt Sarge sie vor, als sie an der langen Tafel im Aufenthaltsraum der geräumigen ehemaligen Alpenvereinshütte Platz nehmen, »damit wären wir vollzählig.« Fast hundert Leute sind hier versammelt. Zweiundzwanzig davon, Sarge eingerechnet, bilden die »Schweizergarde«; der Rest sind die Freischärler, die diesen wichtigen Brückenkopf seit fast zwei Jahren halten, obwohl die Besatzungstruppen ihn angeblich schon mehrmals mit allen verfügbaren Mitteln zurückerobern wollten. Alle verfügbaren Mittel, pah! Ein paar Yellowjackets und eine ordentliche Dosis Napalm oder Zyklon D, so wie damals im Kosovo, und er hätte das Nest dieser bärtigen Althippies längst ausgeräuchert! Aber wie sie in der Einschulung im Camp bei Gratkorn gelernt haben, läuft das hier ja nicht, weil durch chemische Kampfstoffe auch das so heilige Wasser in Mitleidenschaft gezogen würde. Und um das geht's ja schlußendlich irgendwie.

Suppenteller mit einem undefinierbaren, grünlichen, dampfenden Inhalt werden vor sie hingestellt, dazu altbackenes, steinhartes Schwarzbrot, das anscheinend in den grünen Schlatz gebröselt wird. Superfritz sieht das bei seinem Gegenüber, einem pausenlos stupid grinsenden Kerl, dessen linkes Auge starr geradeaus linst, egal, was das rechte tut. Er macht das also nach – Sarge hat ihnen mehr als einmal eingeschärft, ihr Verhalten dem der Rebellen anzupassen – und rührt mit dem blechernen Löffel in seinem Teller herum. Zwei, drei grellrosa Wurststückchen tauchen dabei auf. Er schaltet seinen Magen sicherheitshalber auf »Extremkostverwertung« und die Geschmacksnerven auf stand-by, bevor er den ersten Löffel der breiigen Suppe schluckt.

»Gut, gell?« grunzt ihn der Typ an. Ist es möglich, daß das linke Auge ganz einfach aus Glas besteht? Das darf doch nicht wahr sein! Jetzt reicht ihm der über den Tisch auch noch die Hand! »Freundschaft! Ich heiß Joesi. Du bist Superfritz, gell? Wie bist du eigentlich zur guten Sache gekommen?«

Bevor er antworten kann, klopft ein anderer von den Rebellenkasperln mit dem Löffel an sein Teehäferl und steht auf. Er ist lang, knapp an die zwei Meter, breitschultrig, aber dürr, und macht einen reichlich ausgezehrten Eindruck. »Im Namen von Subcomandante Mirror begrüße ich die ›Schweizergarde‹ auf das Herzlichste. Freundschaft, Genossen!«

»Freundschaft!« brüllt der ganze Tisch. Die meisten Bärte sind an den Spitzen grün von dem Fraß in den Tellern. Großer Conan, ist das lächerlich!

»Ich hoffe, die Erbswurstsuppe mundet euch, Genossen! Crossfire, die Stellvertreterin von Subcomandante Mirror, wird uns allen nun die taktischen Anweisungen für die geplante Offensive übermitteln.«

Der Sprecher zeigt auf die eher unscheinbare, ein wenig gedrungene Frau zu seiner Linken, setzt sich und beginnt das grüne Zeug in sich hineinzuschaufeln, als ob er tagelang nichts gegessen hätte. Naja, vielleicht stimmt das sogar. Mit der Versorgung kann es hier oben eigentlich nicht besonders gut bestellt sein.

»Danke, Simmerl«, sagt die Frau, gar nicht besonders laut, aber plötzlich ist das Klappern der Löffel verstummt, und alle starren in ihre Richtung, wobei sie sich fast nicht zu kauen trauen. Obacht, Superfritz!

Die Lady hat irgendwie was drauf, das spürt er. »Subcomandante Mirror hat sich alles gut überlegt und schlägt nun folgende Vorgangsweise vor. Unsere von Freunden der Internationalen Revolutionären Bewegung erfreulich gut ausgerüsteten neuen Mitstreiter«, sie nickt Sarge zu, wonach spontaner Applaus aufbrandet, »werden noch in der heutigen Nacht über Kühreichkar und Weihbrunnkessel den Hauptkamm überqueren, zusammen mit Simmerl und den Zwanzig von euch, die hier von der Voisthalerhütte gerade noch abgezogen werden können. In den frühen Morgenstunden des Freitags werdet ihr den Vorposten der Besatzer auf der Edelboden-Alm überwältigen und dann auf Weichselboden zumarschieren. Zweifellos wird die Luftaufklärung des Feindes davon Wind bekommen, weshalb die MET 2000 unverzüglich einen größeren Teil ihrer Kräfte um Weichselboden massieren wird.

Ihr werdet aber kurz vor Weichselboden nach Westen abbiegen und stattdessen die Prescenyklause angreifen und einnehmen. Nach Sprengung der Staumauer werdet ihr auf Flößen die Salza hinab bis zur Kläfferbrücke gelangen. Dort wird sich eure Gruppe mit einem Teil unserer tapferen Männer und Frauen vom Schiestlhaus vereinigen, die unter Führung von Subcomandante Mirror und mir über den Siebenbrunner Kogel und entlang der Kläffer Mauern zur Kläfferhütte gelangt sein und sich von dort bis zur Brücke vorgekämpft haben werden.«

Längst herrscht atemloses Schweigen in der Hütte, deren Holzdecke vor Rauch schwarz ist wie Kohle. Viele der langmähnigen Häupter wiegen sich nachdenklich. Superfritz hat, unterstützt von der Karte des Hochschwabgebiets in seinem eingebauten Memory, die logistischen Aspekte des Plans überprüft und kann bis jetzt keinen Fehler finden. Die ganze Militärkacke interessiert ihn zwar nur am Rande, sein Revier ist der

Asphaltdschungel, nicht diese blöde Felswüste; aber Crossfires Plan leuchtet ihm ein: Dem Gegner bleibt gar nichts übrig, als genau so zu reagieren, wie sie es wollen.

»Spätestens, wenn der Feind die Anwesenheit des Subcomandante bemerkt – und das wird er –, muß er glauben, daß die Kläfferbrünne das Hauptziel unseres Angriffs ist. Er wird also alle verfügbaren Streitkräfte dorthin abziehen.«

Beifälliges Gemurmel. Nur einer der Freischärler, er hat an einem Plastband ein Spielzeugsaxofon um den Hals gehängt und zum Unterschied von allen anderen eine Kurzhaarfrisur, wirft ein: »Das wird dann aber ein harter Gig. Ich meine, damit rechnen sie ja sowieso schon längst.«

»Ich bin noch nicht fertig, Rottleuthner! Währenddessen hat sich aber unsere Hauptmacht unter Führung des Schlangen-Ewalds über den Stadurz ins Brunntal begeben, und von dort über den Körbelsattel und den Säusenstein hinterrücks nach Wildalpen, das zu diesem Zeitpunkt, am Samstagmorgen, zwangsläufig weitgehend von den Verteidigern entblößt sein wird. Selbst falls sie allein es nicht schaffen, Wildalpen einzunehmen, wird der Plan gelingen, weil sich in diesem Fall die ›Schweizergarde‹, wie sich unsere Freunde nennen, durchs Salzatal vorarbeiten und dem Schlangen-Ewald zu Hilfe kommen wird. Am Samstag Mittag gehört uns Wildalpen, und damit die Wasserleitung, und damit der Hochschwab, endgültig und für immer!«

Zwei Sekunden lang hört Superfritz nur das Ticken der uralten mechanischen Uhr an der Hüttenwand. Dann bricht der Jubel los. Alle springen auf – die Mitglieder der Schweizergarde mit einer gewissen Verzögerung – und dreschen sich gegenseitig auf die Schultern. Die beiden Kellnerinnen, deren kleine Brüste in den Steirischen Trachten grotesk hochgequetscht werden, verteilen fingerhutgroße Gläser mit einer rötlichen Flüssigkeit. »Dies ist der letzte Zirbengeist vor dem großen Kampf!« ruft der Lange, den Crossfire Simmerl genannt hat, »aber danach werden wir in Zirbengeist schwimmen!«

Von mir aus, denkt sich Superfritz, könnt ihr in dem Zeug ersaufen.

65

Das Wasser steht den beiden Männern bis zum Hals. Escher schwimmt bereits, langsam freilich und immer noch gefaßt. Da ringt sich Pepi zu einem Entschluß durch. »Donner«, sagt er, und die durch den hohen Wasserspiegel merkwürdig verzerrte Akustik des Felsendoms regt das Echo der Silben seiner Rede zu seltsamen Kapriolen in den Winkeln und Buchten der Höhle an, »ich weiß eh, daß ich kaum zu was nütze bin. Also werde ich jetzt tief Luft holen und dann wegtauchen, so weit es nur geht, damit du Escher und dich mit deinen magischen Kräften vielleicht noch retten kannst. Ich möchte dir danken, Alter Donner, dafür, daß du mir ein guter Freund warst in der Zeit unserer Bekanntschaft, auch wenn du mir nicht immer alles gesagt hast; und dir auch, Escher, wofür, weißt du eh selber. Lebt wohl!«

Und er saugt die Luft durch seine große Orknase und will in die Fluten tauchen, aber die Fluten sind nicht mehr da.

Denn die Wässer haben zu leuchten begonnen und sich in Strudeln und Wirbeln zusammenzuziehen, zu komprimieren wie zu einer langen Haarmähne. Und während Escher Pepi gerade noch am Schlafittel erwischt und wieder zurück auf die Felsnase zerrt, sammelt sich alles Wasser, sogar die Tropfen, die aus der Höhe fallen, wie magnetisch angezogen, zu einer humanoiden Gestalt. Sie glüht grünweiß aus sich heraus und wird immer kompakter, bis sie nicht mehr viel größer ist als Pepi und am trockenen Grund der Höhle steht als ein Mann mit dunklem Gesicht und einem enganliegenden, ab dem Bauchnabel offenen Hemd mit grünem Blumenmuster und einer wasserblauen Glokkenhose, unter deren breiten Stulpen Sandalen mit zwanzig Zentimeter hohen Plateausohlen hervorragen. Über der Schulter hängt an einem breiten grünen Ledergurt eine Fender Stratocaster, aber verkehrt herum: Die alle an derselben Seite angebrachten Wirbel zeigen nach unten, während die Drehregler und der Whammy-Bar oben liegen.

»Entzückend«, sagt er, als ob er einen Kaugummi im Mund hätte, und fiedelt einen durch Mark und Bein gehenden chromatischen Lauf über alle sechs Saiten, »groovy, ja geradezu hip.« Er spielt ein kurzes, eingängiges Riff in der höchsten Lage, daß die Gitarre aufheult, und schüttelt sie, bis sie zusammen mit dem Echo eine Rückkoppelung aufbaut, die die ganze Höhle in gleißendem Licht vibrieren läßt. »Du würdest dich also wirklich für die anderen beiden opfern, kleiner Ork, so wie damals, vor neunzig Jahren, der Freak in dem Film, der an Stelle seines Freundes in den Krieg gezogen ist?«

Pepi hat nicht die geringste Ahnung, worauf die Erscheinung anspielt. Aber er sagt, und sei es nur aus Trotz, »Ja.«

»Faszinierend.« Ein Riff erklingt, das Pepi schon irgendwann einmal gehört hat: Die Grundstufe, dann die Mollterz, dann die Quart, noch einmal Grundstufe und kleine Dritte, aber diesmal über die verminderte Quint zur Quart ... »Smoke on the Water«, röchelt Donner. »Wer oder was bist du, Herrscher dieser Unterwelt?«

»Cool down, Mahn«, sagt das Wesen, das fast alles Naß in der Höhle in sich aufgesogen hat. »Take it easy, and teach your children well.«

Wieder eine Akkordfolge. Donner braucht eine gewisse Zeit, aber dann singt er mit rauher Stimme den Text: »This is the dawning of the age of Aquarius, age of Aquarius ... Aquarius ...«

»Richtig, alter Träumer. Ich habe mich also nicht in euch dreien getäuscht«, sagt der Wassermann. »Obwohl dieses Zeitalter keineswegs das meinige zu sein scheint. Sogar einen bedeutenden Teil meiner eigenen Heimat habe ich abgeben müssen. Aber vielleicht könnt ihr drei mir ja helfen, ihn wieder zurückzugewinnen.«

Er dreht die Gitarre auf seinen Rücken und reicht Escher galant die Hand, damit sie zu ihm hinunter auf den Grund des Sees steigen kann. »Der Hochschwab hat schon viele Begabte gesehen, aber noch nie drei wie euch auf einmal. Eine physische Adeptin«, er verneigt sich vor Escher, »einen Magier, dem es das Schicksal im Schlaf gibt« – ein Wink von ihm reicht, daß Donner über die Felsen herunterpurzelt und neben ihm und Escher mühsam das Gleichgewicht wiedererlangt –, »und, bei allem Mana dieser Welt, nicht zuletzt du, junger Mann, angesichts dessen sogar meine Kräfte fast versagen.«

Pepi schaut unwillkürlich über seine Schulter, ob da noch jemand steht. Der Wassermann lacht glucksend. »Du wirst dich schon aus eigener Kraft zu mir herunterbewegen müssen, Mahn, zwingen kann ich dich nämlich nicht.«

»Du mußt sehr mächtig sein, Aquarius, wenn dir Pepis Nähe nicht unangenehm ist«, meint Donner, während Pepi auf dem nassen Hosenboden die Felszunge herunterrutscht. Ein kurzes Nicken Eschers hat Donner gezeigt, daß Pepi, wie er es vermutet hat, inzwischen von ihr über seine Gabe aufgeklärt worden ist.

»Mighty Quinn, eh?« Der Wassermann, der Pepi frappant an Leute auf fast hundert Jahre alten Plattencovern aus Donners Antiquariat erinnert, produziert eine hellrosa Kaugummiblase und läßt sie schallend zerplatzen. »Ehrlich gesagt, anderswo, speziell in einer trockenen Umgebung, könnte ich den Antimagier nur schwer ertragen. Aber hier«, er breitet theatralisch die Arme aus, »ist mein ureigenstes Reich. Der ganze Hochschwab ist voller Wasser! Hier bin ich buchstäblich in meinem Element. Hier bin ich der King!« Er verbeugt sich auf eine übertrieben pathetische, sehr komische Art. Pepi muß lachen, trotz seiner kalt auf ihm klebenden, klatschnassen Kleider.

»I beg your pardon«, trällert der Wassermann ironisch, als er bemerkt, daß alle drei vor Kälte zittern, »I never promised you a rose garden ... Laßt uns uns auf die Socken machen, people! Beim Gehen wird euch warm werden, und wir haben noch einen weiten Weg vor uns.« Er dreht sich eineinhalbmal um die eigene Achse, dann schnappt er wieder die Gitarre und marschiert singend und spielend los: »I'd like to be / under the sea / in an Octopus' garden ...«

Sie marschieren flott, überqueren den Grund des Sees und dringen dann in ein Labyrinth aus breiten, vom Wasser ausgespülten Kavernen ein. Pepi zieht Donner am Ärmel: »Wer oder was ist das, Donner?«

»Der Wassermann? Viele obersteirische Sagen berichten von ihm. Ich vermute, daß er ein mächtiger freier Wasserelementargeist ist, der sich in dieser für ihn paradiesischen Welt eingenistet hat. Aber es ist auch durchaus möglich, daß er schon viel, viel länger hier im Hochschwabmassiv lebt. Warum sollen nur die Drachen jahrtausendelang geschlafen haben?«

»Er macht einen freundlichen Eindruck. Er ist lustig.«

»Laß dich davon nicht täuschen, mein lieber Pepi. Die Gedanken, Gefühle und Motivationen solcher Dualwesen sind für uns Sterbliche nur schwer nachzuvollziehen. Dieser hier liebt anscheinend die große Show, und sein Retro-Hippie-Gehabe ist eine witzige Marotte, aber ich bin mir nicht sicher, ob er uns nicht alle drei kaltblütig ersaufen hätte lassen, wenn du nicht bereit gewesen wärst, dich für Escher und mich zu opfern. Übrigens danke, Pepi, das war ganz, ganz toll von dir!«

Der alte Mann bleibt kurz stehen und umarmt den jungen Ork, drückt ihn ganz fest an sich. Pepi freut sich, aber es ist ihm auch ein bißchen peinlich, und er spürt, daß er rot wird. »Und jetzt hurtig ausgeschritten!«, ruft Donner, der bemerkt, wie Pepi zumute ist, »damit wir den Anschluß nicht verlieren!«

Das wäre zweifellos fatal. Am Rauschen, Gurgeln und Glucksen hinter ihnen kann Pepi erkennen, daß das Wasser wieder in den See und die umliegenden Kavernen strömt. Offenbar sorgt einzig und allein die Präsenz des Wassermannes dafür, daß es in ihrer unmittelbaren Nähe einigermaßen trocken bleibt. Auch das schwache, grünliche Leuchten scheint mit ihnen mitzuwandern.

Escher geht neben dem Aquarius. »Wohin bringst du uns?«, fragt sie, »und weshalb hast du uns in dein Reich gelockt?«

»The answer is blo-o-o-o-wing in the wind ...«, singt der Wassermann vergnügt, dann setzt er die Gitarre ab. »Nein, im Ernst, Lady mit dem Löwenherz – ich habe nicht oft Gäste hier im Berg, lege auch ehrlich gesagt nicht viel Wert darauf. Aber ihr drei habt meine Neugierde geweckt wegen eurer doch ziemlich aus dem Rahmen fallenden Auren. Kannst du dich an den kleinen Wasserfall erinnern, unter dem ihr vor der Graualm durchgegangen seid?«

»Ja, natürlich.«

»Da habe ich euch beobachtet und muß sagen, ich war beeindruckt. Du beschreitest den Weg der Kriegerin schon lange?«

»Seit ich fünfzehn war. Das liegt schon eine ganz schöne Zeit zurück.«

»Zwischen dir und dem Träumer gibt es eine starke Verbindung. Ihr müßt viel zusammen erlebt haben, und nicht nur Positives.«

»Das ist richtig.« Auch Escher erinnert sich jetzt an ein altes Lied: »Plaisir d'amour ne dure q'un moment …« Der Aquarius hat sofort in die Saiten gegriffen und singt nun eine schmalzige Oberstimme dazu: »But the pain of love endures the whole live long …«

Sie singen das Lied zuende, lachen und gehen dann eine lange Weile schweigend nebeneinander her. »Aber dein Interesse an unseren Auren war nicht der einzige Grund.«

»Nein«, antwortet der Wassermann. »Tatsächlich ist es so, daß ich seit kurzem noch einen anderen Gast aus der Oberwelt beherberge.«

»Oho! Und wer ist es?«

»Das ist gerade das Problem: Mein Gast weiß es selber nicht, oder kann es mir nicht sagen. Vielleicht könnt ihr mir bei dieser Sache Hilfestellung leisten – und noch bei einer anderen, größeren, die möglicherweise damit zusammenhängt. Aber davon später.« Er bleibt stehen und wartet, bis Donner und Pepi, die einige Schritte hinter ihnen gegangen sind, aufgeschlossen haben. »Ist jemand von euch Freaks ein Freund des Raftingsports?« fragt er mit einem spitzbübischen Zwinkern.

»Ich kann nicht einmal schwimmen«, keucht Donner, dem inzwischen Muskeln an seinem Körper wehtun, von denen er bis vor kurzem nicht einmal wußte, daß er sie hat. Pepi starrt den Wassermann verständnislos an: »Rafting? Was ist das?«

»Shame, shame, shame, shame on you! Oje, ich sehe schon, ihr werdet der Adeptin und mir keine große Hilfe sein! Jedoch weiter zu Fuß zu gehen, würde uns zu viel Zeit kosten, und ich befürchte, die haben wir nicht mehr.«

Der Wassergeist, der, seit er sich in menschlicher Form manifestiert hat, überhaupt nicht mehr wie ein übernatürliches Wesen gewirkt hat, spielt nun auf seiner Stratocaster eine furchterregend schöne Melodie, die eindeutig nicht von dieser Welt ist. Die scheinbar massive Felswand vor ihnen löst sich in eine Kaskade von Wassertropfen auf; kurz spielen regenbogenfarbene Schlieren über den Wasservorhang, dann verschwindet auch er. Dahinter kommt das schmale Ufer eines reißenden Baches zum Vorschein – und ein rotes Schlauchboot, das an einem Felsblock vertäut ist. »Er hat ein knallrotes Gummiboot, Gummiboot«, singt ihr Führer, während er Escher ein Paddel reicht, »und mit dem Gummiboot fahren wir hinaus ... Hat sich zu einer Art Hobby von mir entwickelt. Manchmal, besonders im Winter, kann es hier drinnen auch recht fad werden. Das ist übrigens einer der wenigen Wasserläufe, die in Richtung Nordseite fließen.«

»Wo hast du das Ding her?« fragt Donner entgeistert, während er den unteriridischen Bach und das Schlauchboot äußerst mißtrauisch beäugt. »Irgendeine Funsport-Gruppe, ich glaube es waren Kärntner, hat einmal mit so einem fucking Radargerät eine mögliche Rafting-Strecke im Berg entdeckt und durch eine Sprengung zugänglich gemacht. Das konnte ich natürlich nicht durchgehen lassen. Ich meine, Horden von Kärntnern im Inneren des Hochschwabs – nein danke.

Das Schlauchboot ist dabei übriggeblieben, ganz im Gegensatz zu seinen Besitzern.«

»Du hast sie – getötet?« fragt Pepi.

»Surely, Pepi-baby. Durchfüttern hätte ich sie auf keinen Fall können, nicht einmal, wenn ich gewollt hätte.«

Pepi, dem es kalt über den Rücken gelaufen ist, wäre lieber, wenn der Aquarius nichts vom Essen geredet hätte. Sein Magen knurrt schon wieder, und er denkt mit Wehmut an die Rucksäcke, die sie am Prinzensteig zurückgelassen haben. Naja, wenigstens verdursten werden sie im Reich des Wassermanns mit Sicherheit nicht.

Escher hat inzwischen den sich vergeblich sträubenden Donner in das Schlauchboot gesetzt und ihn mit dem Draht, den er als Gürtel verwendet hat, so gut es ging festgezurrt. »Glaubst du, du kannst dich mit deinen lädierten Händen lang genug anhalten, Pepi? Ich denke, die Fahrt wird stürmisch werden.«

Pepi ist sich nicht sicher. Aber er hat keinen Gürtel mehr, den haben sie ihm in Mariazell abgenommen, also nickt er tapfer. »Es wird schon irgendwie gehen.«

»Na, dann fahr'ma, Euer Gnaden!« Der Wassermann bindet das Schlauchboot los, schiebt es in die Strömung, springt hinein, greift sich das zweite Paddel, läßt einen Juchezer erschallen, und ab geht es mit einem Affenzahn, daß Pepi, der sich mit der verbundenen Linken und der schmerzenden Rechten verzweifelt an der Sitzbank festklammert, glaubt, sein letztes Stündlein hat geschlagen. Der Wassermann hingegen hat einen Heidenspaß an der wilden Fahrt. »Rollin'«, singt er aus vollem Hals, »rollin', rollin' on a ri-i-i-ver!«

66

Superfritz ist genervt. Der Verrückte mit dem Glasauge weicht seit dem »Abendessen« (am Nachmittag, pah!) nicht mehr von seiner Seite. Ihn abzuschütteln ist innerhalb der Hütte, wo sie sich nach der Besprechung zwanglos in kleinen Gruppen auf die wenigen Räume aufgeteilt haben, so gut wie unmöglich. Wenn er nicht auftragsgemäß seine Rolle als Revolutionsromantiker spielen müßte, hätte er ihm schon längst die wettergegerbte Fresse poliert, aber auf Chromglanz! Ständig schwärmt er von »ihrer gemeinsamen guten Sache«, fragt dazwischen immer wieder, an welchen Fronten Superfritz nicht schon überall dafür gekämpft hätte. Der Samurai gibt ausweichende Antworten, von wegen Geheimhaltung und so; das macht den Hochschwabrebellen aber leider nur noch neugieriger und lästiger. Was soll ihm Superfritz erzählen? Daß er als »Ultimate Fighter« um die halbe Welt getingelt ist und in schlecht bezahlten Gladiatorenkämpfen, Mann gegen Mann, ohne Regeln außer der, daß Magie verboten ist, einem guten Dutzend Gegner das Rückgrat gebrochen, die Lunge zerquetscht oder den Kopf abgerissen hat? Das wird selbst einem Dodel wie diesem Joesi schwerlich als Teil seiner revolutionären Weltbewegung einzureden sein. Von den Einsätzen gegen die Huk-Piraten auf den Philippinen oder den Klabauterbund an der Nordsee ganz zu schweigen. Also täuscht er lieber Interesse an der Geschichte der Hochschwabrebellen vor, und Joesi schwafelt ihm davon begeistert die Hucke voll.

»Die Hauptfeinde der Steirer«, bellt er, während er mit seinen rissigen, dicken Fingernägeln eine Knoblauchzehe abschält, »sind die Konzerne und die Wiener. Die Scheiß-Wiener«, er steckt die ganze Knoblauchzehe auf einmal in den Mund und zerkaut sie, während er weiterspricht, »haben uns mit dem Wasser von Anfang an übervorteilt. Manche Grundverkäufe um die Jahrhundertwende vom 19. aufs 20. Jahrhundert waren der reinste Beschiß!«

Superfritz muß sich schwer beherrschen. Erstens spuckt ihm der andere bei jedem dritten Wort winzige Knoblauchstücke ins Gesicht, und zweitens hört er nur ungern so einen Steirischen Trottel über »Scheiß-Wiener« schimpfen. Er nimmt sich vor, Joesi ein sehr spezielles Abschiedsgeschenk zu verpassen, wenn dieser ganze Zirkus vorüber ist.

Der hingegen merkt nicht im Geringsten, daß Superfritz' sowieso leicht überreizbare Nerven schneller flattern als die Wetterfahne vor dem Fenster. »Zwei Gemeinden, Palfau und Gams, und 48 kleine Waldbesitzer haben sich verzweifelt gegen die Zwangsablösen der Quellgebiete gewehrt, aber vergeblich. Und dann gab es da auch noch das Salzasyndikat. Das war eine Gesellschaft aus hiesigen Privatleuten, Leuten von uns, verstehst du, die allerhand Projekte vorhatten, eine Eisenbahn zum Beispiel oder Wasserkraftanlagen, die die halbe Steiermark mit Strom versorgen hätten können. Aber die Scheiß-Wiener haben gegen das Syndikat beim Kaiser Franz-Josef intrigiert und es schließlich zugrundegerichtet, damit es ihren Wasserdiebstahl nicht stören kann. Und so ist es immer weitergegangen, eineinhalb Jahrhunderte lang. Aber wir, wir treten ihnen jetzt endlich einmal in ihre beschissenen Wiener Ärsche!«

Er beginnt ihr Kampflied zu singen: »Sierra, Sierra Maestra tu …« Die anderen im Raum fallen ein; schließlich brummt auch Superfritz mit.

Er ist mehr als erleichtert, als der lange Simmerl ankündigt, daß in zehn Minuten das Licht gelöscht wird.

67

Pepi wird niemals erklären können, wie sie die wahnwitzige Bootsfahrt auf dem reißenden unterirdischen Bach einigermaßen heil zu überstehen vermochten. Gleich als die ersten eisigen Wellen über ihm zusammengeschlagen sind, hat er die Augen ganz fest zusammengekniffen, seine vor Kälte gefühllosen Hände wie Schraubzwingen um das Sitzbrett geklemmt und an etwas ganz, ganz anderes zu denken versucht: an seine Stiefmutter Rosi, seine Lehrerin Celia Pschistranek, an den dummen Kralicek, der nicht einmal richtig abschreiben konnte ... Das funktionierte ganz gut, nur manchmal, wenn Escher und der Aquarius einander kurze Kommandos zuriefen, wurde ihm zwischendurch wieder bewußt, wo er war, und daß er schreckliche Angst hatte, über Bord geschwemmt zu werden, in einen kalten, einsamen, nassen Tod ... Überhaupt hatte er schön langsam genug vom Wasser, obwohl er sich das in den Wohnparks nie hatte vorstellen können. Dort wurde selbst das bräunliche, bisweilen ätzende Regenwasser streng rationiert. Die tägliche Reinigung erfolgte mit dem stinkenden Abwaschfetzen. Eine Dusche gab es einmal in der Woche, ein lauwarmes Bad einmal im Monat; das war für die Kinder immer ein Feiertag. Besonders das eine Mal, als Rosi mit viel Aufwand und um sehr viel Geld ein Fichtennadel-Badeöl erstanden hatte ...

»Hat's dir so gut gefallen, daß du gar nicht aussteigen magst?« Eschers gutmütiger Spott reißt ihn wie aus einem Traum zurück in die Realität. Sie wirkt abgekämpft, aber glücklich. Ihr Gesicht glüht unter der Tätowierung rot, erhitzt von der Anstrengung und der Faszination des Abenteuers. Der Alte Donner ist fast bewußtlos und röchelt mehr, als er atmet. Pepi kann seine klammen, wie festgefrorenen Finger nur mit

Mühe lösen. Alle seine Glieder sind so steif, daß er erst beim dritten Versuch aufstehen und aus dem leise schaukelnden Schlauchboot steigen kann. Nur dem Wassermann ist nichts anzumerken. Er pfeift eine sich in Trillern überschlagende Melodie, während er das Boot am Rand der kleinen unterirdischen Bucht vertäut. Dann klatscht er in die Hände; ein mildes, rosafarbenes Licht breitet sich aus.

Überall sind Tropfsteine. Solche von oben und solche von unten (die einen heißen Stalaktiten, aber Pepi weiß im Moment nicht mehr, welche das sind). Über eine Treppe, die wie ein abgestufter, versteinerter Wasserfall aussieht, steigen sie in eine Höhle, deren Wände ganz aus Tropfsteinen bestehen, das heißt: aus Tropfsteinen und Eierkartons.

»Das ist eigentlich mein Proberaum«, erklärt der Aquarius, als er ihre verdutzten Blicke bemerkt. »Ich habe an einem anderen Ort auch eine, äh, Wohnung, aber ich halte mich die meiste Zeit hier im Studio auf.« Er deutet auf übereinandergetürmte, in Plastik und Nylon verpackte, uralte Gitarrenverstärker und Musikinstrumente. »Da, ein echter MiniMoog! Mein ganzer Stolz! Weiter hinten steht sogar eine Hammond B 2, aber der ist die Feuchtigkeit nicht gut bekommen, und der Lesley funktioniert auch schon lang nicht mehr. War eine Schweinearbeit, das alles aufzutreiben und hier herunter zu schaffen, das könnt ihr mir glauben, Freaks!«

Donner, der sich langsam wieder erholt, schüttelt ungläubig den Kopf. »Sag nicht, du hast hier mitten im Berg elektrischen Strom?«

»Wieso nicht? You can get it, if you really want, Mahn. Noch nie was von Solarzellen gehört?«

»Ich muß gestehen, ich hatte eher Gold und Edelsteine erwartet, oder zumindest Riesenquarze«, sagt Escher amüsiert.

»Nie gehört, daß man damit eine Zentralheizung betreiben könnte!« Ihr Gastgeber deutet auf einige an den Wänden verteilte Heizkörper, die eine wohlige Wärme abstrahlen. »Hey, people, ich steh' auf diesen menschlichen Körper! Im Astralraum allein kann man nämlich kein Stromruder würgen, zumindest nicht so wie Jimi Hendrix, remember? Wenn ich mir das hier nicht im Lauf der Zeit gecheckt hätte, hätte ich mir längst Gicht und Rheuma geholt, vom ständigen Schnupfen gar nicht zu reden!«

»Muß ein … Geist denn auch essen?« fragt Pepi hoffnungsvoll.

»Müssen nicht, können ja.«

»Dann hast du vielleicht …«

»Sorry, für euchereins verträgliche Nahrung gibt's in meinem bescheidenen Refugium leider nicht. Aber ich kann euch ›In-a-gadda-da-vida‹ vorspielen, mit einem wesentlich besseren Schlagzeugsolo.« Er schlägt mit dem Knöchel einen der Tropfsteine an. Ein hohler Ton wie von einem großen Gong erfüllt die Höhle.

»Klingt interessant, aber … du hast früher von einem weiteren Gast gesprochen«, erinnert Escher.

Wortlos dreht sich der Aquarius um und führt sie durch einen niedrigen Durchgang in einen feuchtwarmen Nebenraum. »Das da«, sagt er, plötzlich wieder tiefernst, »habe ich gestern nachmittag am Grund einer Doline gefunden, in die einer meiner versteckten Ausgänge mündet.« Er zieht ein dickes, schmutziges Fell von einer niedrigen Holzpritsche. Ein nackter menschlicher Körper kommt zum Vorschein, zerschunden, mit unzähligen blaugelben Blutergüssen und schwarzrot verkrusteten Wunden übersät.

»Mehr tot als lebendig«, konstatiert Escher, während sie sehr vorsichtig den zerschlagenen Kopf herumdreht. Die junge Frau stöhnt kaum hörbar auf.

»Die kenn' ich ja!«, ruft Donner überrascht. »Das ist doch diese …«

»Zizibee«, flüstert Pepi.

68

Plattner kann sein Glück kaum fassen. Vor zwei Tagen noch unter der Fuchtel des blöden Professor Brzewinsky, und jetzt … Seine Hand streicht zärtlich über das Holzimitat der Schreibtischplatte. Sein eigener Schreibtisch in seinem eigenen Büro neben seinem eigenen Labor! Und das alles verdankt er nur seiner Geistesgegenwart und seinem Mut. Zumindest glaubt er sich dunkel daran erinnern zu können, aus einem hohen Fenster gesprungen zu sein, zusammen mit diesen … diesen …

Egal. Sein Telekom piept. Er drückt eine Taste, aber der Bildschirm bleibt dunkel.

»Plattner.«

Die eindrucksvolle, befehlsgewohnte Stimme kennt er inzwischen. Es ist die Stimme seines geheimnisvollen Gönners, der ihm den tollen Job hier in Linz, in der österreichischen Zentrale von Saeder-Krupp, verschafft hat. »Ja, Herr Brackhaus?«

»Wie kommen Sie voran?«

Plattner wirft einen schnellen Blick auf die Statusanzeigen der gerade laufenden Experimente. »Im Prinzip super, Herr Brackhaus. Aber es wird noch ein bißchen dauern, ich meine, die Aufgabenstellung ist ja jetzt das genaue Gegenteil.«

Schweigen. Plattner erträgt die Stille nicht lange. »Hören Sie, bei der ÖMV ging's über zwei Jahre lang darum, dieses Zeug, das es eigentlich nach wissenschaftlichen Maßstäben gar nicht geben dürfte, zu erschaffen, und Sie wollen jetzt …«

»Das ist inzwischen gelungen.« Die Stimme klingt leicht gereizt. »Hanabi hat es geschafft, wahrscheinlich unterstützt von diesem Fischl, aber der kann keine Auskunft mehr geben.«

»Ja, schrecklich, nicht wahr? Ich hab's in den Nachrichten gesehen ...«

»Plattner.« Ein drohender Unterton liegt plötzlich darin, wie Brackhaus seinen Namen ausspricht. Er schließt sofort den Mund und schluckt. Diesmal bleibt er still, obwohl das Schweigen eine Ewigkeit währt.

»Ich glaube, Sie sind sich der Wichtigkeit dieser Sache nicht ganz bewußt«, sagt Brackhaus schließlich. »Ich gebe Ihnen genau einen Tag, Plattner. Vierundzwanzig Stunden. Bis dahin haben Sie etwas gefunden, das das Wiener Blei zerstören kann, oder Sie sind Geschichte.«

Die Verbindung wird unterbrochen.

Plattner starrt auf den billigen, häßlichen Schreibtisch in seinem billigen, häßlichen Büro und wünscht aus ganzem Herzen, er wäre vorgestern Nacht ein wenig feiger gewesen.

69

Der Wassermann hat sich im Proberaum im Schneidersitz auf den Boden niedergelassen und eine eigenartig geformte Zigarette gerollt. Süßlicher Qualm zieht durch die Höhle. Er bietet Pepi die Zigarette an, aber weil Escher dankend abgelehnt hat, schüttelt auch Pepi den Kopf. Nur Donner nimmt einen tiefen Zug, nickt anerkennend und bekommt gleich darauf einen Hustenanfall. Er grinst entschuldigend und räuspert sich. »Sie muß schleunigst behandelt werden«, sagt er und deutet mit dem Kopf in

Richtung der Kammer, in der Zizibee liegt, »sonst überlebt sie die Nacht nicht.«

»Unter uns gesagt, Wunden heilen ist nicht meine Stärke«, meint der Aquarius lakonisch und zuckt die Achseln. »Ich meine, ich konnte sie stabilisieren, aber mehr war nicht drin. Kenn' mich bei euch Menschen nicht so wirklich aus, will's auch gar nicht. Ich finde immer wieder einmal Leichen oder Sterbende. Solang sie mir das Wasser nicht verschmutzen, sind sie mir herzlich egal. Aber die hier hat deliriert und ein paar Sachen von sich gegeben, die mein Interesse geweckt haben. Bin dann auf der Suche nach Hilfe ein wenig herumgestrolcht. Zu den Rebellen komme ich seit einiger Zeit nicht mehr hinauf; zuwenig Wasser, und überdies zu starke Barrieren. Die Bauern im Tal sind entsetzliche Dumpfnüsse. Da seid ihr drei mir gerade recht gekommen. Kannst du sie wieder auf Vordermann bringen, Träumer?«

»Vielleicht«, sagt Donner langsam. »Wenn du mich mit ein wenig von deiner Mana-Energie unterstützt. Und natürlich nur, wenn …«

»Ich versteh' schon«, seufzt Pepi, dem vor dem Heizkörper gerade erst ein bißchen warm geworden ist. »Wo soll ich hingehen?«

Der Wassermann führt ihn etwa hundert Schritte weit durch das Höhlensystem zu einer Kaverne, in der eine von grünem Schimmel bedeckte Matratze liegt. Eine kleine Quelle entspringt knapp unter der Decke und rieselt über moosige Steine bis zum Boden, wo sie in einer flachen Lache versickert. »Gelegentlich schaut eine süße kleine Nymphe vorbei, eine Art Groupie von mir«, erzählt der Wassermann und zwinkert vertraulich. »Hat sich aber in letzter Zeit ziemlich rar gemacht, das Luder. Hier, Mahn.« Er gibt Pepi einige Tierfelle. Dann läßt er ihn allein.

In der Kaverne ist es fast völlig finster; nur vom Moos kommt ein nahezu unmerklicher Schimmer. Aber Pepi ist zu müde und erschöpft, um sich noch wundern oder fürchten zu können, und obwohl die Felle nicht ganz trocken sind und einen strengen Geruch ausströmen, wärmen sie doch ganz gut. Das sanfte Plätschern der Quelle hat eine angenehm beruhigende Wirkung; bald ist er eingeschlafen.

»›The Healing Game‹«, sagt Donner, als er Stunden später seinen hermetischen Kreis endlich fertig hat, zum Aquarius, »kannst du die Nummer? Ich glaub', Van Morrison hat der Typ geheißen.«

»Sorry. Ich bin auf Nineteensixties spezialisiert. Ich kenn' nur JIM Morrison. Aber ›Light My Fire‹ ist nicht so ganz mein Fall.«

»Ich versteh' schon. Es sollte was mit Heilen zu tun haben, damit ich deine Energie verwenden kann, ähnlich wie einen Fokus oder eine Zentrierfertigkeit. Hmm ... wie wär's mit ›Try not to get worried‹ aus ›Jesus Christ Superstar‹?«

»Bedaure, ich bin Atheist. Aber ich weiß was: ›Heile, heile Gänsche, es wird scho widder jut ...‹«

Donner rollen sich fast die Zehennägel auf. Aber der Wassermann scheint das Lied wirklich nicht sarkastisch zu meinen; er spürt, wie sich durch den Gesang Mana-Energie aufbaut, beruhigende, heilende Kraft, die seinen Zauberspruch um ein Vielfaches verstärken kann. »Hör bitte nicht zu singen auf«, sagt er, während er seine Konzentration für das Ritual sammelt und seine rauhe Handfläche weich auf Zizibees geschundenen Körper legt.

Donner läßt die heilende Energie aus dem Astralraum, eingefangen durch das Lied des Wassermanns, gebündelt durch seine eigene Magie, in Zizibees Leib fließen. Er spürt intuitiv, wie ihre inneren Blutungen gestillt werden, wie die ärgsten Verletzungen beginnen, sich zurückzubilden. Ohne die Hilfe des mächtigen Geistes hätte er ein Vielfaches an Zeit benötigt, wäre wahrscheinlich selbst, lange bevor die Wirkung des Spruches eingesetzt hätte, umgekippt und bewußtlos geworden, wenn nicht sogar gestorben daran. Auch so kostet ihn der Prozeß nicht wenig Substanz; sein ohnehin angeschlagener Gesundheitszustand wird davon jedenfalls sicher nicht besser. Aber er hat sich geschworen, bei diesem Abenteuer einmal, ein letztes Mal noch sein Bestes zu geben.

Längst hat er kein Zeitgefühl mehr. Aber es muß draußen in der Oberwelt wohl schon der neue Tag angebrochen sein, als Zizibee erwacht.

Und aufschreit, Donners Hand beiseite zu schlagen versucht, dann in haltloses Schluchzen verfällt, als der sie sanft, aber fest auf die Pritsche niederdrückt, immer wieder krampfartig ihre Beine anzieht, wimmert wie ein kleines Kind oder ein Tier, dazwischen unzusammenhängende Satzfetzen stammelt von Robotern und großer Gefahr für das Wasser. Donner versucht, vorsichtig in ihren Geist einzudringen, und erkennt erschrocken, daß dieser ebenso gebrochen und fast zerstört worden ist wie ihr Körper. Escher, die inzwischen ein paar Stunden geschlafen hat, tritt zu ihnen, flößt Zizibee etwas Wasser ein, hält dann ihren Kopf und Oberkörper und wiegt sie sacht, während der Wassermann unbeirrt weitersingt. Schließlich, nach einer guten halben Stunde, beruhigt sich Zizibee und schläft ein.

»Das genügt«, sagt Donner und läßt müde die Hände sinken. »Sie ist über den Berg. Diese Schweine haben sie übel zugerichtet, aber sie ist jung, sie wird sich erholen.« Er deckt sie wieder zu und taumelt in den Proberaum, wo er sich kraftlos auf einen wackligen Klavierhocker fallenläßt.

Der Aquarius baut sich vor ihm auf. Er wirkt mit einem Mal angespannt, geradezu nervös. »Was meint sie mit Gefahr für das Wasser?«

Donner wischt sich über das Gesicht, schließt kurz die Augen, dann erzählt er, was er von Zizibees Erlebnissen rekonstruieren kann.

Nachdem ein Magier – aufgrund gewisser Anzeichen vermutet Donner, er gehörte zur David Singer-Schule – gnadenlos ihren Willen gebrochen und ihr Gedächtnis brutal und fast lückenlos gelöscht hatte, wurde sie dem Einsatzleiter einer Söldnertruppe übergeben mit dem Befehl, sie für immer zu beseitigen. Der Einsatzleiter, der Sarge gerufen wurde, wollte in Wien keine Zeit mehr verschwenden, denn der eigentliche Auftrag der Söldnertruppe ist es, eine Substanz namens »Wiener Blei« mit dem Hochschwabwasser in Berührung zu bringen. So wurde sie, halb bewußtlos, gefesselt und geknebelt, in einen Hubschrauber verfrachtet. Nach der Landung befahl Sarge zweien der Söldner, sie zu töten und ihre Leiche in ausreichender Entfernung von den Wanderwegen verschwinden zu lassen. Einer der beiden nannte sich Superfritz …

Von da an sind Zizibees Erinnerungen eine einzige, unfaßbare Hölle von Qual, Erniedrigung und Tortur. Denn die beiden Söldner, die die völlig desorientierte Zizibee wegen ihrer zahlreichen cybernetischen Implantate für Roboter hielt, benutzten und mißbrauchten sie für perverse »Spielchen«. Erst als sie offenbar gestört wurden, ließen sie von ihr ab und warfen sie in die Doline, wo sie wenig später vom Wassermann gefunden wurde.

»Wiener Blei«, sagt Escher nachdenklich. »Hat nicht auch Pater Carlo danach gefragt?«

»Vielleicht hat der Mächtige, dem Carlo verpflichtet

ist, uns für einen Teil von dieser Söldnertruppe gehalten. Ich meine, in der Wiener Schattenszene wird furchtbar viel getratscht, das weißt du ja selber, und ich habe schließlich mehreren Leuten gegenüber angedeutet, daß ich zum Hochschwab will, auch im Zusammenhang mit Superfritz … Jedenfalls heißt das, daß wir bald aufbrechen sollten. Ich habe das Gefühl, die Sache spitzt sich zu.«

Der Aquarius, der unruhig in seinem »Proberaum« auf und ab gegangen ist, tritt so hart gegen einen Tropfstein, daß ein Stück davon abbricht. »Das ist mir alles ziemlich egal«, faucht er. »Ich will wissen, was sie mit meinem Wasser vorhaben!«

»Nur die Ruhe, Mahn«, sagt Donner mit einem schwachen Lächeln. »Ich hab euch noch nicht alles erzählt, was ich darüber weiß, oder zu wissen glaube.

In Lilienfeld hatte ich einen Traum. Ich schwamm in einem klaren Bergsee und fühlte mich sehr wohl dabei, ich, der wasserscheueste Mensch, den es gibt! Aber in diesem Traum war ich kein Mensch, sondern … eine Art Fisch. Ich genoß es, mich im frischen, reinen Wasser zu tummeln, darin zu schweben, mich an ihm zu ergötzen. Da tauchte plötzlich eine dunkle Gestalt am Ufer des Sees auf. Die Gestalt warf keinen Schatten, obwohl sie in der prallen Sonne stand. Sie erschien mir vielmehr selbst wie ein Schatten. Ich konnte sie nicht erkennen, obwohl mir etwas an ihr bekannt vorkam, aber ich wußte nicht, was es war. Die Gestalt ließ sich von dem Ritter, der sie begleitete, einen rußgeschwärzten Korb reichen, und leerte daraus Steine in den See, kleine runde Steine von der Farbe geschmolzenen Bleis.

Und ich spürte, wie sich die Steine, sobald sie in Berührung mit dem Wasser kamen, verwandelten, und auch das Wasser selbst begann sich zu verwandeln, sehr langsam und doch rasend schnell, wie das in Träumen oft so ist. Es wurde ... schwächer. Ja, es war, als entzögen ihm die Steine etwas von seiner Lebenskraft, und damit auch mir und den anderen Lebewesen im See. Ich begann zu altern. Meine Schuppen fielen ab, meine Kiemen arbeiteten kaum mehr. Ich sank an den Grund des Sees und kam nicht mehr hoch. Ich ...« seine Stimme versagt. Er räuspert sich, hustet. »Ach ja, und der Ritter im Traum war natürlich Superfritz.«

»Weißt du, wo dieser See liegt?« fragt der Aquarius, der jetzt verzweifelt und fast hilflos wirkt.

»Nein. Es war ... nur ein Bild, wie ja meine Träume immer nur Bilder für etwas Reales sind und niemals selbst eins zu eins Wirklichkeit werden. Ich meine, ich bin ja schließlich auch alles andere als ein Fisch, oder?«

Der Wassermann flucht Unverständliches vor sich hin. Er reißt die Stratocaster hoch, schwingt sie über den Kopf, als ob er sie in seiner ohnmächtigen Wut zerschmettern wollte, überlegt es sich dann aber doch anders.

»Das Wiener Blei schwächt die Lebenskraft des Wassers«, wiederholt Escher langsam und sehr leise. »Superfritz beziehungsweise seine Truppe soll es an den Ort bringen, an dem es seine Wirkung optimal entfalten kann. Und die Rebellen planen einen Entscheidungsschlag gegen die Hochquellen. Das paßt zusammen. Was ich jedoch nicht verstehen kann, ist – wer oder was steckt dahinter? Wenn die Rebellen die Stadt Wien erpressen wollen, reicht es, mit der Sprengung der Wasserleitung drohen zu können. Das Wasser zu vergiften – oder zu schwächen, wie du sagst, Donner, macht doch keinen Sinn! Wer hätte da etwas davon?«

Donner wiegt nur den Kopf hin und her und sagt: »Aquarius, sei so gut und wecke Pepi auf. Wenn wir das Finale nicht versäumen wollen, müssen wir uns beeilen.«

Dreizehntes Kapitel

Über das G'hackte zum Gipfel · Sinnlose Brutalität · Zu spät · Ein, wie man so sagt, Kleintransporter

70

Es schneit. Und es ist bitter kalt. Ein starker, durch die Felsklüfte heulender Sturm treibt das Schneegestöber einmal hierhin, einmal dorthin. Der Himmel ist grau und wolkenverhangen, Nebelschwaden ziehen vom Tal herauf, erschweren die Sicht im ohnehin diffusen Licht noch mehr. »In der Nacht hat es einen Wettersturz gegeben«, ruft Donner zähneklappernd. »Wir müssen immer in Bewegung bleiben, dürfen niemals rasten, bis wir oben beim Fleischer-Biwak sind, sonst könnten wir erfrieren, obwohl es erst Ende August ist.«

Die Felsen, über die sie klettern, sind vom Schneeregen naß und glitschig. Die rostigen Stahlseile reißen immer wieder kleine Wunden in Pepis ungeschützte Rechte. Die rotweißen Markierungen sind manchmal kaum zu sehen. Ihre Augen tränen, an Donners buschigen Augenbrauen haben sich Eiskristalle gebildet. Zwar ist Pepis Gewand in der Nacht einigermaßen trocken geworden, auch der Verband an seiner Linken, und anstelle der Anoraks, die am Prinzensteig zurückgeblieben sind, haben sie sich Felle umgeworfen und mit allem, was sie finden konnten, befestigt, der Aquarius hat sogar Gitarrensaiten dafür herausgerückt; aber Pepi ist trotzdem so kalt, wie er es nie für möglich gehalten hätte. Nicht einmal in den Fluten des unterirdischen Sees oder bei der Bootsfahrt im Eisbach hat er so gefroren, denn hier kommt zur Kälte noch der schneidende Wind, der wie mit Monofilament-Nadeln durch jede Ritze seiner Kleidung sticht. Seine Ohren spürt er längst nicht mehr, und die Haut in seinem Gesicht fühlt sich an, als sei sie stundenlang mit Schmirgelpapier aufgerauht worden.

Pepi hat vorgeschlagen, allein zu klettern, in einem Abstand zu Donner, der groß genug ist, damit dieser im Notfall seine Magie einsetzen könne, aber der Alte hat abgewunken. »Meine Levitationsversuche haben nie richtig funktioniert«, hat er gesagt, »und sonst wüßte ich keinen Spruch, der uns im ›G'hackten‹ helfen könnte.«

»Das G'hackte«, so heißt der Klettersteig, über den sie sich jetzt steil, zwischendurch fast senkrecht, nach oben arbeiten. Dreihundert Höhenmeter, das klingt nicht nach viel, aber inmitten des Sturms, des Schneetreibens und des immer dichter werdenden Nebels, ohne Hauben und Handschuhe und nach all den Strapazen der letzten Tage, ist es das reinste Selbstmordkommando. Escher hat versucht, es dem Alten Donner auszureden, hat sogar geschrieen mit ihm, aber der Alte blieb stur. »Wir schaffen es«, hat er gesagt, »weil wir es schaffen müssen. Schnee, Regen und Wind sind nicht unser Feind, auch der Berg nicht.« Mehr war aus ihm nicht herauszuholen, und schließlich hat Escher nachgegeben; Pepi wiederum weiß sowieso kaum einmal, was er selber eigentlich will, und ist froh, wenn ihm jemand wie Donner sagt, was er tun soll – und sei es, sich durch diese unwirtliche Steinwüste zu kämpfen, die ihm das Gefühl vermittelt, er wäre, ohne es zu merken, auf einen fremden Planeten versetzt worden.

Zizibee haben sie beim Wassermann gelassen. Der wollte das zuerst überhaupt nicht. »Die nützt uns ohnehin nichts mehr«, hat er gemeint. »Live hard, die young – warum sollen wir ihr den Wunsch nicht erfüllen? Außerdem ist mir die Kleine sozusagen geopfert worden, also kann ich über ihr Schicksal entscheiden, wie ich will!« Aber Donner hat ihn regelrecht erpreßt. »Ich schwöre dir, du wirst ein anderes Opfer bekommen, und bald. Aber wenn du willst, daß wir die Gefahr von deinem Wasser abwenden, dann bleibst du hier, bis wir wiederkehren oder dir ein Zeichen zukommen lassen! Du hast selbst gesagt, daß dir der Zutritt zur Hochfläche, zum Rebellengebiet, verwehrt ist. Also bleibst du gefälligst hier und kümmerst dich um das arme Mädchen!« Zur großen Verblüffung Pepis hat der Aquarius klein beigegeben, sich sogar von Donner noch zeigen lassen, wie er durch seine Musik Zizibees Heilung weiter unterstützen und beschleunigen kann. Dann hat er die drei zu einem versteckten Ausgang aus seinem Höhlensystem gebracht, unweit des G'hacktbrunnens, von wo sie ihren anstrengenden Aufstieg begonnen haben.

Escher klettert immer ein Stück über ihnen; manchmal ruft sie durch das Geheul des Windes herunter, wo sie auf lose Steine oder besonders schwierige, rutschige Stellen achtgeben sollen. Pepi hätte eigentlich bei weitem genug mit sich selber zu tun, aber mehr als einmal muß er den Alten Donner zurückreißen, wenn er über die Wand zu kippen droht, oder mit letzter Kraft aufhalten, wenn er wieder einmal abgerutscht ist. Die Felle haben sich mit Nässe vollgesogen und hängen schwer auf seinen Schultern, behindern ihn manchmal, wenn er sich mit vor Schmerz zusammengebissenen Zähnen an den Händen nach oben ziehen will. Er schlägt vor, die Felle abzuwerfen, schließlich sind ihre Kleider schon lange auch von innen her naßgeschwitzt, aber Donner meint keuchend, daß sie sie oben am Plateau, wo der Wind noch viel stärker bläst, brauchen würden. Noch stärker bläst … Pepi kann und will es sich nicht vorstellen.

Nach scheinbar ewig langer Schinderei wird der Steig flacher, schlängelt sich um einen mächtigen Felsblock und führt sie in einen Sattel zwischen zwei Gipfeln, die immer nur für Sekunden im Schneegestöber sichtbar werden. Pepi wagt zum ersten Mal, nach unten zu blicken. So weit er sehen kann, ragen dunkelgraue Zacken und Bergspitzen wie Inseln aus einem undurchdringlichen Nebelmeer. Auf eine gewisse Art ist der Anblick schön, aber auch sehr drohend. Was willst du hier, scheinen die kalten Steinmassen und die sich scheinbar ins Unendliche erstreckende Nebeldecke zu fragen, wer bist du überhaupt, daß du dich hier heraufwagst, du Wurm? »Niemand, ich weiß es eh«, flüstert Pepi unwillkürlich, »so gut wie nichts. Ich werd' auch bald wieder gehen, ich versprech's euch! Ehrlich!«

Für einen kurzen Augenblick ist es völlig windstill, dann setzt der Sturm mit doppelter Wucht ein. »Da«, japst Donner, »die Biwakschachtel!«

Zwanzig Meter vor ihnen treffen sich die verwaschenen rotweißen Markierungen dreier Wege. An dieser Kreuzung steht eine winzige Hütte aus Aluminiumblech. Sie müssen sich mit aller Kraft gegen den Wind stemmen, als sie darauf zustolpern. Schließlich öffnet Escher die unversperrte Tür, und sie fallen hinein.

In der engen, niedrigen Biwakschachtel ist es dunkel, aber nach einigem Herumtappen findet Escher eine Kerze und eine Schachtel mit Streichhölzern. Pepi bibbert, als die Anspannung nachläßt. Aber sie sitzen dicht beieinander, und die kleine Kerzenflamme gibt schon nach wenigen Minuten geradezu unglaublich viel Wärme ab. Vor allem aber sind sie hier herinnen geschützt vor dem Sturm, der draußen durch die Felsen pfeift.

»Mich wundert, daß das Fleischer-Biwak unbewacht ist«, raunt Donner nach einer gewissen Zeit. »Von hier ist es nicht mehr weit zum Gipfel und zum Schiestlhaus. Eigentlich sind wir schon die längste Zeit mitten im Rebellengebiet.«

Er hat kaum ausgesprochen, als die Tür von außen aufgerissen wird.

71

Die Überschreitung des Kamms und der lange Abstieg durch die Serpentinen der »Samstatt« waren relativ kräfteraubend, weil sie ziemlich schwer beladen sind, Teilrüstungen tragen und schwere Waffen, teilweise noch dazu Gyro-Stabilisatoren. Aber die Eroberung des Vorpostens auf der Edelboden-Alm ist ein Kinderspiel. Wegen des Schlechtwetters bleibt ihre Annäherung die längste Zeit unbemerkt, und als die wenigen fröstelnden Wachen die »Schweizergarde« zu Gesicht bekommen, sind sie auch schon weggepustet. Simmerl und seine Leute mögen vielleicht im Hochgebirge ganz gute Guerilleros sein, aber hier im vergleichsweise flachen Gelände am Fuß der Himmelmauer sind sie wenig wert. Die wollen allen Ernstes FAIR kämpfen, diese Traumtänzer! »Wir umstellen die Jagdhütte und fordern sie zur Kapitulation auf!«, flüstert Simmerl, das dürre Elend, aber Superfritz, Fleur und die anderen sind nach der langen ereignislosen Zeit nicht mehr zu bremsen. Die drei Deutschen zerlegen die Hütte in wenigen Sekunden mit ihren Raketenwerfern, und was danach noch aus den qualmenden Trümmern getaumelt kommt, wird auf der Stelle abgemaxelt. Superfritz und Fleur greifen sich zusammen einen Soldaten, der verzweifelt davonkriechen will, und streiten sich scherzhaft darum, wer ihn fertigmachen darf; schließlich nehmen sie ihn jeder an einer Hand und einem Bein und reißen ihn in der Mitte auseinander.

Zum Glück hat, wie sich hinterher herausstellt, ihre gelungene Doubleteam-Action keiner von den Rebellen-Weicheiern beobachtet. Sarge muß auch so schon lang genug mit Simmerl diskutieren, der sich vom Kampfstil der »Schweizergarde« erschüttert zeigt und was von »revolutionärem Ethos« und »Gefangene machen und zur guten Sache bekehren« faselt. Nachdem er ihn endlich beruhigt hat, versammelt Sarge natürlich prompt die »Garde« und vergattert sie dazu, ab jetzt, zumindest im Beisein der Rebellen, keine sinnlose Brutalität mehr zu zeigen. »Gibt's denn das überhaupt, sinnlose Brutalität?« wirft Superfritz zum Gaudium der meisten anderen Söldner ein. Einzig Ulla und die Japanerin, die sich auch aus dem Gemetzel an der Jagdhütte merklich herausgehalten haben, rümpfen die doofen Näschen. Sarge giftet ihn nur ein paar Sekunden lang an, sagt aber nichts. Superfritz nickt dem Einsatzleiter zu. Keine Bange, hab schon verstanden, heißt das – solange es geht, den Schein wahren, eh klar, bin doch kein Trottel.

Inzwischen hat Joesi den langen Simmerl zur Seite genommen und schielt ihn besorgt an. »Bist du wirklich sicher, daß die zu uns gehören?«, fragt er heiser. Simmerl zuckt die Achseln: »Crossfire legt die Hand für sie ins Feuer. Wenn sie nicht so wilde Hunde wären, würden sie wohl auch keine so effektive Verstärkung darstellen, oder? Außerdem sind die Würfel bereits gefallen.«

»Hä?«

»Die Lawine ist abgegangen«, erklärt Simmerl geduldig, »und nichts, Genosse, kann sie jetzt noch aufhalten.«

72

Was Pepi als nächstes macht, ist wahrscheinlich ein böser Fehler, aber irgendwie hat sich die Information, daß er durch seine Anwesenheit Donners Magie blockiert, tief in sein Bewußtsein eingegraben. Also stößt er sich, sobald er die Silhouette eines Mannes in der Tür der Biwakschachtel sieht, von der Bank ab, auf der er gesessen ist, und stürzt sich auf den Fremden. Reißt ihn um, schlägt sich das Knie am harten Felsuntergrund auf, kommt aber trotzdem wieder auf die Beine und rennt los, so schnell er kann. Hinter ihm erklingen Rufe, aber er kann nichts verstehen, weil der Sturm die Silben verweht. Dann knallen Schüsse, jaulen Querschläger, wenn Kugeln von den Felsen abprallen. Er läuft im Zickzack, soweit es im felsigen Gelände geht, und versucht dabei unbewußt, sich nicht zu weit von den Markierungen zu entfernen, denn an der Südseite, von der sie gekommen sind, fällt die Felswand hunderte Meter tief steil ab, das hat er beim Aufstieg gesehen. Die Markierung führt relativ sanft nach oben, dieser Teil des Grates ist eher wie ein runder, von wenigen Zentimetern Neuschnee bedeckter Hügel. Die Stimmen bleiben hinter ihm zurück, auch Schüsse erklingen keine mehr. Trotzdem keucht er weiter, registriert nur beiläufig, daß der Schneefall aufgehört hat.

Dann sieht er vor sich ein stählernes Kreuz. Im selben Moment reißt hoch über ihm eine Lücke in der Wolkendecke auf. Wie ein Scheinwerfer fällt ein einzelner dicker Strahl Sonnenlicht auf den Gipfel. Keine dreißig Meter hinter dem Kreuz kauern zwei Männer hinter einem schweren Maschinengewehr, dessen Mündung direkt auf Pepi zeigt.

Er bleibt stehen, als ob er gegen eine Wand gerannt wäre, und hebt die Hände, doch zu spät, der MG-Schütze hat bereits den Abzug gedrückt.

»Nicht schießen, wir sind Freunde«, brüllt Donner, nachdem das Feuer eingestellt worden ist, und Escher fügt hinzu: »Und unbewaffnet. Achtung, wir kommen jetzt hinaus!«

Nacheinander treten sie ins Freie. Sofort trifft sie der Sturm wieder wie eine Ohrfeige mitten ins Gesicht. Sie bleiben mit ausgebreiteten Händen stehen. Donner blinzelt; er kann im näheren Umkreis niemand erkennen. Dann erhebt sich in einiger Entfernung hinter einem niedrigen Felsblock eine vermummte Gestalt. Sie hat ein Jagdgewehr auf sie angelegt. »Wos sull des haaßn, Freunde?« Die krächzende Männerstimme wird vom Wind grotesk verzerrt »Kennt's es 'leicht die Parole?«

Donner konzentriert sich, kneift die Augen zusammen. Ja, es könnte gehen ... »Immer bis zum Sieg«, schreit er zwei lange Sekunden später, »weil Steirerblut ist kein Himbeersaft!«

Zwei weitere Figuren stehen einige Meter links von ihnen auf. Der Sprecher senkt sein Gewehr und kommt hinter dem Felsen hervor. »Sakradi«, ruft er, »wer sad's nochand ös?«

Vom Hauptgipfel des Hochschwabs weht der Wind das kaum hörbare Echo eines Geräusches. Es klingt wie das Rattern eines schweren MGs.

Die Wurstsuppe schmeckt köstlich, Hunger ist nun mal der beste Koch. Trotzdem ist die Laune der beiden am Tiefpunkt. Sie sind zu spät gekommen. Schon vor Stunden ist Subcomandante Mirror mit seiner Gruppe aufgebrochen; sie müßten, wenn alles gut gegangen ist, in diesen Minuten die Kläfferbrücke erreichen und sich mit der Verstärkung vereinigen, von der sich die wenigen hier im Schiestlhaus, nicht weit unter dem Gipfel, verbliebenen Rebellen wahre Wunderdinge erhoffen. Auch die vom sogenannten Schlangen-Ewald geführte Hauptstreitmacht der Freischärler sollte bereits im Brunntal sein und den Sturm auf Wildalpen vorbereiten.

»Wir hocken auf über zweitausend Meter Höhe, und die Musik spielt unten im Salzatal«, versetzt Escher zwischen zwei Löffeln Suppe sarkastisch. »Fast genau dort, wo wir vorletzte Nacht schon waren. No bravo! War wieder einmal ein toller Plan, Donner, alle Ehre!«

Der grantelt nur etwas Unverständliches in seinen Stoppelbart. Er mag auch gar nicht wirklich antworten, denn Escher hat ja recht. Gut, sie haben den Hochschwab bezwungen, eine beachtliche Leistung unter diesen Umständen, und auch schnell das Vertrauen der zurückgebliebenen Freischärler gewinnen können, aber wozu? Hier heroben spielt sich derzeit eindeutig nichts Entscheidendes ab. Die Zugänge zum Rebellengebiet sind von magischen Barrieren (die Donner, so nahe an Pepi, natürlich nicht einmal registriert hat) und einigen mit den Rebellen befreundeten, weiter unten plazierten Erdgeistern gut genug gesichert, daß die MET 2000 nicht auf dumme Ideen kommt. Kurz: Sie sind hier zwar wohlgelitten, aber nutzlos. Blöde Situation! Nicht einmal per Funk können sie in das Geschehen eingreifen, weil Subcomandante Mirror bis zur erfolgreichen Erstürmung der Kläfferbrünne strengste Funkstille angeordnet hat. Die Rumpfbesatzung des Schiestlhauses, meist ältere oder recht junge Männer und Frauen, ist gutwillig, auskunftsbereit und zuversichtlich, kann aber auch nicht weiterhelfen. Und zu allem Überdruß haben sie Pepi da draußen verloren.

»Jetzt hör auf zu schlürfen«, fährt Escher den Alten Donner an, »und versuch den Buben wenigstens im Astralraum zu finden. Oder ist das auch zuviel verlangt?«

Donner ächzt und legt den Löffel weg. »Ich hab dir doch schon gesagt, der Kerl ist astral kaum wahrzunehmen. Darüberhinaus gibt es hier auch noch eine merkwürdige magische Hintergrundstrahlung, die die Sache nicht gerade einfacher macht. Dem Buben wird schon nichts passieren, sonst hätt' ich's geträumt.« Er wendet Escher langsam sein eingefallenes Gesicht zu, will etwas sagen, schüttelt dann aber ärgerlich den Kopf. »Wahrscheinlich taucht er ganz von selber jeden Moment hier auf, oder die Patrouille, die noch draußen ist, findet ihn. Beschrieben habe ich ihnen den Pepi ja wohl gut genug.«

Aber Escher läßt nicht locker, und schließlich lehnt sich der alte Magier resignierend in einen Winkel der hölzernen Sitzbank und schließt die Augen. Ein mildes Lächeln spielt um seinen Mund, wird aber nach wenigen Sekunden zu einer entsetzten Grimasse. Als er die Augen wieder aufreißt, ist jede Farbe aus seinem Gesicht gewichen. »Oh bitte nein«, flüstert er tonlos, »nicht auch das noch!«

73

So ist also sterben, denkt Pepi, als das Maschinengewehr losrattert und ihn ein schrecklicher Schlag von den Beinen reißt. Er rollt einige Meter über Geröll und spitze Felsen hinunter, wird dann abrupt aufgehalten. Ein stahlharter Ring schließt sich um seine Brust. Er kann kaum atmen. Aber komisch, innen drinnen tut ihm nichts weh, und als er vorsichtig die Hand zum Bauch führt, spürt er kein Blut, sondern etwas Rauhes, wie ein rissiger, schenkeldicker Baumstamm, oder …

Eine Kralle. Eine riesige Kralle, die zu einem riesigen … Fuß gehört, der über ihm aufragt und aus einem dunklen, grünbraun schillernden, hausgroßen Rumpf wächst, der fast sein gesamtes Gesichtsfeld ausfüllt; nur ganz am Rand erkennt er lederne, im Wind sich blähende Schwingen …

»Geht's eh?« fragt der Drache. Sein Organ klingt dröhnend laut und grollend tief. »Ich wollt' Ihnen ehrlich keine Unannehmlichkeiten zufügen, Herr Josef, aber es ist ein wenig knapp geworden, hauptsächlich wegen des Wetters, und unter uns, ich hab mich vorhin auch ein wenig verflogen, 's ist nämlich nicht mein Revier, bitt' tausendmal um Entschuldigung. Herr Josef können jetzt übrigens den werten Körper wieder aufrichten, die übereifrigen Herren Artilleristen machen eine Zeitlang keinen Mucks mehr.«

Das archaische Wesen tritt zur Seite, und zwar gleich um gut zwanzig Meter. Pepi rappelt sich auf und glotzt den Drachen an. Das heißt, es ist eigentlich kein Drache, so wie ihn Pepi auf Abbildungen gesehen hat. Aus der Distanz wirken seine Flügel viel zu klein für den massigen Körper, und sein Schwanz ist merkwürdig geringelt. Der etwa einen Meter durchmessende Kopf läuft in einer sehr stumpfen Schnauze aus, dafür ragt eine meterlange, dünne, mehrfach gespaltene Zunge aus dem breiten Maul. Ein Halbdrache? Gibt's sowas?

»Ich entnehme, mit Verlaub, dero etwas entgeisterten Gesichtszügen, daß Herr Josef noch nie einen Kärntner Lindwurm zu Gesicht bekommen haben. Ist auch keine große Bildungslücke, wie ich devotest hinzufügen darf. Ich bin eigentlich im Tourismus beschäftigt, als eine Art Maskottchen der Brauerei in der Landeshauptstadt. Das ist jetzt die Stadt Hirt, seit das Drautal und die Seen im Abwehrkampf verwüstet wurden, Herr Josef wissen schon.«

Pepi weiß gar nichts, aber der Lindwurm, der sich offensichtlich recht gern selbst reden hört, läßt ihn sowieso nicht zu Wort kommen.

»Tja, ich war gerade mit einer hübschen Bierfässer-Jongliernummer zugange – in Hirt sind zur Zeit Feuerwehrfestwochen –, als mich der Ruf eines alten Bekannten ereilte, dem ich keinen Wunsch abschlagen kann, nicht einmal wenn ich's möchte, wenn Herr Josef verstehen, was ich meine. Geh, flieg doch schnell einmal ins Steirische, sagt er – er hat so eine Art, wo Widerspruch zwecklos ist –, am Hochschwabgipfel krauchen drei nette Leutchen herum, die benötigen dringend einen flotten Kleintransporter, und ich selber bin derzeit leider unabkömmlich. Nu, und jetzt bin ich also da. Apropos, wo sind eigentlich die anderen zwei beiden Herrschaften?«

Als sie beim Schiestlhaus landen, stehen Donner und Escher schon vor der Tür.

Vierzehntes Kapitel

Endlich wieder richtig Krieg · Drachenfliegen ·
Hohe Verluste ·
Der Subcomandante · An der Kläfferbrünne

74

Beim Kampf um die Prescenyklause werden Superfritz und Konsorten erstmals wirklich gefordert. Die alte Staumauer für den einstigen Trift- und Flößereibetrieb ist ein steinernes Wehr, das sich quer durch das an dieser Stelle enge Salzatal verspreizt. Der Stausee enthält zu dieser Jahreszeit wenig Wasser. Trotzdem stürzen die beiden Überläufe wie Katarakte in das tiefer gelegene Flußbett. Rechts – wenn man, wie die »Schweizergarde«, von Osten, von der Bromerleiten kommt – sitzt das Holzhäuschen der Schleusenwärter am Fuß eines steilen, dicht bewaldeten Hügels; linker Hand liegen die schroffen Felsen der Ausläufer des Hochschwabmassivs, zwischen denen sich einige Kilometer voraus ein von sattgrünen Fichten bestandener Hang erstreckt, ein Urwald, wild und ungezügelt, in dessen Herzen ihr eigentliches Ziel liegt, die Kläfferbrünne.

Die Witterung ist äußerst wechselhaft. Manchmal reißen die Wolken auf, und eine warme Herbstsonne läßt die schlohweißen Kalkfelsen plastisch hervortreten. Gleich darauf aber verschließt sich der Himmel wieder, und schwarze Wolken entlassen starke Regenschauer, die die Sicht bis auf wenige Meter einschränken. Superfritz hört geradezu die Schaltkreise in der für seine Cyberaugen zuständigen Software rechnen, wie sie ihm immer wieder die optimale Optik zu übermitteln versuchen. Fleur hat das gleiche Problem. Ulla andererseits ist immer mindestens einen Schritt voraus. »Da ist ein Schützenpanzer vergraben«, sendet sie per Interkom, »am rechten Rand des Jungwalds. SIEHT DAS ENDLICH JEMAND?!«

Radauskas, der Lette, agiert als Erster. Sein Granatwerfer spuckt Tod und Verderben in die angegebene Richtung. Kurz danach antworten die in den Hängen vergrabenen Geschützstellungen der MET 2000. Sie überziehen die vorrückenden Angreifer mit einem Hagelschauer von Projektilen. Einer der Deutschen fällt. Endlich wieder richtig Krieg!, jubelt irgendetwas in Superfritz' Bewußtsein, während sich die in ihrer Perfektion bisher unwiderlegte Maschine, die er darstellt, in den Stausee wirft, mit viele Meter langen Schwimmzügen die Distanz bis zur nächsten Felsinsel überwindet, sich hochzieht und sofort, ungeschützt, aber schneller, das auf der Felsinsel stationierte MG-Nest ausschaltet. Die Japanerin taucht links oben am Steilhang im Rücken der Verteidiger auf, noch vor den beiden Kosaken, und erledigt einen Großteil der – im Prinzip nicht schlecht angelegten – feindlichen Frontlinie mit ihrer Katana. Ein einziger, schwer bestückter Troll könnte sie noch in Schwierigkeiten bringen, aber die Kosaken durchlöchern ihn mit den auf ihren Gyros wie freischwebend steuerbaren Vindicator-Minikanonen. Sarge und zwei weitere Söldner werfen, als ob es Bonbons wären, Granaten von oben auf die feindlichen Stellungen beim Schleusenwärterhaus. Simmerls Rebellentrupps, die, das muß ihnen Superfritz lassen, sehr gut aufeinander eingespielt sind, überwältigen den Rest.

Ihre beiden Sprengmeister treten fast gleichzeitig in Aktion. Der eine, er wird »Bum-Bum« gerufen, jagt die Straße knapp hinter dem kleinen Tunnel unterhalb der

Klause in die Luft, schließt damit die bei Weichselboden zusammengezogenen Truppen der Besatzer für die nächste Zeit vom Geschehen unterhalb des Stausees aus. Das gibt sicher Heulen und Zähneknirschen in der feindlichen Kommandozentrale, aber so läuft das eben manchmal, denkt Superfritz grimmig. Zum Zuschauen verdammt sein, diese Rolle ist immer die bitterste.

Der andere Sprengmeister pulverisiert nur wenige Sekunden später die Staumauer. Der Stausee hat vorher flach und nicht besonders voll ausgesehen, aber schon bald ergießen sich Urgewalten in das Flußbett der Salza. Emotionslos schildert Sarge übers Interkom, was ihm seine Beobachtungsdrohnen zuspielen: »Der erste Scharfschützenstandort wird soeben weggespült, jetzt trifft die Flutwelle den zweiten und dritten Stützpunkt, die Batterie an der nächsten Flußbiegung ist auch weggerissen worden, okay Burschen, macht die Flöße startklar, viel kann uns jetzt nicht mehr aufhalten.«

Die sechs Sherpas (sie stammen nicht alle aus dem Himalaya, aber die Bezeichnung hat sich durchgesetzt) öffnen die Ventile der an den zusammengefalteten Ultralight-Rafts angebrachten Gasflaschen. Sechs langgezogene Schüsseln aus kevlar- und terkonitstahlverstärkten Gummikammern entfalten sich am Rand des reißenden Gewässers. Superfritz vermerkt befriedigt, daß sie bis jetzt nur einen Ausfall haben. Sie verteilen sich auf die Flöße, und ab geht's, die Salza hinunter.

75

Ich bin in den 61 Jahren meines Lebens noch nie mit einem Drachen geflogen, und dabei wird's auch bleiben«, mault der Alte Donner. Aber Escher boxt ihn freundschaftlich in die Seite, und Pepi sagt: »Geh Donner, schau her, er hat sogar Sättel auf den Rücken geschnallt. In Kärnten beim Jahrmarkt fliegen kleine Kinder mit ihm herum.«

»Wenngleich bei besserem Wetter«, ergänzt der Lindwurm beflissen. »Aber es ist ja nur ein kurzes Stück. Unten sind wir schnell.«

»Genau das befürchte ich ja«, murrt Donner, läßt sich dann aber doch von Escher in einen der acht in Zweierreihen auf dem Rücken des Lindwurms befestigten Sättel helfen. »Da, schnall den Sicherheitsgurt um deine Wampe«, kommandiert die Ki-Adeptin, »dann kann überhaupt nichts mehr passieren. Darfst beim Start sogar meine Hand halten.«

Und schon heben sie ab. Eine weitere Unterhaltung ist wegen der tosenden Luftmassen um sie herum völlig unmöglich, nicht einmal Eschers magische Stimme kommt dagegen an. Schiestlhaus und Hochschwabgipfel bleiben rasch hinter ihnen zurück. Sie gleiten relativ ruhig über die Kare und Vorgipfel hinweg, obwohl der Lindwurm wegen der ständig wechselnden Luftströmungen immer wieder korrigieren muß. Dann tauchen sie durch das Nebelmeer.

Vom Antengraben her schweben sie mit nunmehr stark verringerter Geschwindigkeit ins Salzatal ein. Sie überfliegen den Fluß und die Straße, auf der sich langsam ein Konvoy von Schützenpanzern und Militärtransportern in östlicher Richtung bewegt. Zwei, drei Minuten später dreht der Lindwurm den mächtigen Schädel und ruft zu ihnen zurück: »Würde es den Herrschaften etwas ausmachen, wenn Sie aus geringer Höhe abspringen würden, da drüben am Hang? Landen wäre mir nämlich ehrlich gesagt relativ unangenehm, ich fürchte, ich käme dann nicht mehr rechtzeitig von hier weg.«

»Was? Abspringen? Ist er verrückt?« kreischt Donner, dessen Nervenkostüm durch den langen Schlafmangel nicht mehr das allerbeste ist. »Da vorn auf der Wiese, das müßte gehen«, sagt Escher. »Heißt das, wir können nicht mit weiterer Unterstützung von Ihrer Seite rechnen?«

»Bedaure, aber so ist es, gnädige Frau. Ich bin Animateur und Reiseleiter, aber kein Kämpfer. Hol' die drei mit den auffälligen Auren vom Gipfel und bring sie zu der Stelle, wo die Straße die Salza überquert, hat mein … Meister befohlen. Das ist da vorne, wenn die Herrschaften sehen wollen? Bitte sich bereitzumachen. Ach ja, daß ich's nicht vergesse: Diesen kleinen Beutel, der in der Satteltasche steckt, soll der Herr Josef bitte an sich nehmen. Ich muß auch gestehen«, sie sind jetzt schon sehr nahe am grasbewachsenen Hang über der Brücke, wo die Straße die Talseite wechselt, »daß der Herr Josef, so sympathisch ich ihn zweifelsohne auch finde, eine leichte Allergie in mir auslöst und – auf Wiedersehen!« ruft er Escher nach, die Donner aus dem Sattel gezerrt hat und mit ihm gesprungen ist. »Und toi, toi, toi, Herr Josef!« Auch Pepi läßt sich, den Beutel in der Hand, vom Rücken des Lindwurms fallen.

Es sind etliche Meter. Er schlägt hart auf, rollt dann den steilen Hang hinunter, plumpst in eine Lacke. Als er den schlammverschmierten Kopf hebt, kann er gerade noch sehen, wie sich der Lindwurm, so schnell er kann, in die Höhe schraubt. Mehrere Raketen zischen haarscharf neben ihm vorbei, aber trotzdem dreht er noch einen eleganten Looping, bevor er in der Wolkendecke verschwindet.

76

Kurz vor der Kläfferbrücke stoßen sie plötzlich auf unerwarteten Widerstand. Daß der Feind unbedingt die Brücke würde halten wollen, war klar, damit haben sie gerechnet. Sarges Plan sah vor, mit den Flößen in einem möglichst engen Pulk geradewegs auf die Brücke zuzufahren, die Stellungen auf der Brücke und zu ihren beiden Seiten mit einem Geschoßhagel einzudecken und dann von den Flößen aus die Brücke zu entern; Haken und Seile dafür lagen längst griffbereit. Aber aus der Aktion wird nichts, weil irgendwo weit rechts oben ein Scharfschütze sitzt, und zwar einer, wie ihn selbst Superfritz noch nicht erlebt hat. Mit gnadenloser Schnelligkeit und Präzision jagt er ein Spezialgeschoß nach dem anderen in die Flöße, versenkt sie unerbittlich der Reihe nach. Und das bei diesen Sichtverhältnissen!

»Ich dachte, ihr wüßtet über die Geschützbatterien der anderen Bescheid!« brüllt Sarge den langen Simmerl an, der zusammen mit ihm im letzten noch schwimmfähigen Floß sitzt. »Das dachte ich auch. Hab keine Ahnung, wo der Sniper da oben am Prescenyriegel herkommt!«

Øre schon. Er nuckelt lässig am Zigarillo, während seine Spezialmunition die Haut des letzten Floßes zerfetzt. Brackhaus hat ihn in Marsch gesetzt, mit dem Auftrag, die »Schweizergarde« nach Möglichkeit aufzuhalten oder zumindest empfindlich zu dezimieren. Auf den Prescenyriegel ist er mit einem winzigen Einmann-Hubschrauber geflogen. Tolles Gerät! Øre wechselt schmunzelnd mit blitzschnellen, aber ruhigen Handgriffen das Magazin. Brackhaus ... Øre kann nicht umhin, den Typen zu bewundern, wer immer er auch sein mag. Peng. Wie schnell er herausgefunden hat, wer das »Wiener Blei« wirklich transportiert! Peng. Und wie messerscharf er aus den verschiedenen Truppenbewegungen, die seine Aufklärung (astral? Was weiß man?) beobachtet hat, darauf geschlossen hat, wo es zum Einsatz kommen soll – Peng. – Nämlich hier gegenüber, auf der anderen Seite des Tales, in der Quelle, die »Kläfferbrünne« genannt wird. Peng. Peng. Øre mag so ein Scheibenschießen eigentlich nicht, aber Brackhaus war äußerst spendabel. Und um diese Söldnertypen ist es nicht wirklich schade. Peng. Wer weiß, wie viele Menschenleben er damit rettet, daß er sie umlegt? Peng. Die Freischärler hingegen versucht er nach Möglichkeit zu verschonen, das sind arme Irre, typische Fanatiker. Peng. Viel drauf haben sie ohnehin ni –

Aus dem Felsen hinter ihm wachsen zwei klobige, granitene, vierfingrige Hände, die Øre umfassen, seinen Körper mit unwiderstehlicher Kraft an den Felsen pressen, bis seine Knochen genauso zerbrechen wie das Scharfschützengewehr, das sein flachgedrückter Leichnam noch im Tod umklammert hält.

»Mein Berggeist hat ihn erwischt!«, jubelt Joesi, der wassertretend zum Prescenyriegel geschielt hat, daß ihm sein gesundes Auge fast noch weiter aus der Höhle gequollen ist als das gläserne. Wenigstens was, denkt Superfritz. Zu einer Antwort hat er keine Zeit, weil die auf und um die Brücke verteilten Truppen aus allen Rohren auf die in der Salza treibenden Angreifer feuern. Der Sniper hat auch so bereits genug Unheil angerichtet. Sieben von acht Schüssen haben getroffen, wenn Superfritz richtig mitgezählt hat. Vieren von ihnen haben seine panzerbrechenden Geschosse ein faustgroßes Loch in der Brust verpaßt. Fleur hat das Schwein die obere Hälfte des Kopfes glatt wegrasiert! Einer der Kosaken und eine weitere Söldnerin sind schwer verletzt.

Die Gyros helfen ihnen im Wasser wenig. Bis sie die Ufer erreicht haben, ist ihre Streitmacht halbiert; von den Rebellen ist überhaupt nur noch ein Drittel übrig. Die Schaumkronen der Salza sind rosa von Blut. Die Soldaten treffen zwar nicht so gut wie der Sniper, aber ihre Übermacht scheint den Ausschlag zu geben. Superfritz überlegt schon, ob er den Rückzug antreten soll.

Doch da wird das düstere Tal plötzlich von einer roten Leuchtrakete erhellt. Unmittelbar danach ertönt auch von der flußabwärts gelegenen Seite der Brücke starkes Gewehrfeuer. Der Subcomandante und seine Leute! Endlich können sie die Soldaten auf der Brücke in die Zange nehmen!

In der Deckung einiger überhängender Äste stürmt Superfritz auf die Brücke zu.

77

Donner und Escher haben gesehen, wie Pepi auf der anderen Seite der Bergflanke verschwunden ist. »Alles okay?« fragt Escher. Donner nickt. Er hat sich bei der Landung den rechten Arm ausgekegelt, aber das ist auch schon egal. »Bleib da!« ruft er, als Escher in Pepis Richtung eilen will. Escher starrt ihn unschlüssig an. »Komm wieder her«, winkt er sie mit der unverletzten Linken zurück. »Der Bub kommt schon zurecht.«

»Woher willst du –« Donners tief in den Höhlen liegende Augen starren sie an. Sie begreift. »Und wir?« fragt sie. »Gib mir deine Hand«, sagt er, »und laß sie ja nicht los. Wir machen einen kleinen Spaziergang. Wir gehen's von der Maschekseite an, hintenrum.« Sie rutschen eine Zeitlang über die nasse Wiese hinunter, dann wirkt der Alte Donner unter großen Anstrengungen seinen Unsichtbarkeitszauber.

Überall am Hang unter ihm sind Rebellen, die sich geduckt oder auf dem Bauch robbend in Richtung der Brücke vorarbeiten. Sie tragen Versatzstücke der verschiedensten Uniformen. Sogar kubanische Flaggen kann Pepi erkennen! Er wartet noch eine Zeitlang, doch als weder Escher noch Donner auftauchen, begreift er, daß er selbst etwas tun muß, bevor er entdeckt und vielleicht irrtümlich angeschossen wird. Noch einmal wird ihn der Lindwurm nicht aus der Schußbahn kicken.

Aber was? Wenn er nicht nur so einen dummen, langsamen Kopf hätte! Schließlich fällt ihm nichts anderes ein, als den ihm am nächsten Befindlichen, einen schnauzbärtigen Mann, der etwa zwanzig Meter unter ihm hinter einem Busch in Deckung liegt, auf sich aufmerksam zu machen. »He, compañero!«, ruft er leise. Der Mann fährt herum. Er trägt verspiegelte Sonnenbrillen, ein sehr altes Modell. Pepi zeigt ihm seine leeren Hände, deutet dann auf sich, auf den Mann und hebt fragend die Augenbrauen. Der Mann nickt, hält sein Sturmgewehr aber auf ihn gerichtet. Pepi rutscht, den Beutel unter die Achsel geklemmt, auf dem Hosenboden zu ihm hinunter. Er erkennt die Rangabzeichen auf der Uniformjacke. Es sind dieselben, die Fidel, der comandante en jefe, auf den vergilbten Bildern in Pepis Schule trug. »Bist du«, flüstert er außer Atem, »Subcomandante Mirror?« Der Mann nickt. Pepi nimmt Haltung an. »Mambí Pepi bittet, seinen Dienst antreten zu dürfen.«

Der Subcomandante steht unter Hochspannung, aber irgendwie gelingt es dem völlig verdreckten Ork, ihn davon zu überzeugen, daß er unbedingt mit zur Quelle muß. Mirror hat keine Zeit, lang zu diskutieren, alle seine Männer sind inzwischen in Stellung gegangen. Also reicht er Pepi einen Revolver und gibt ihm die Anweisung, sich immer dicht bei ihm zu halten und ihm notfalls den Rücken zu decken. Pepi nickt; das kalte Metall der Waffe liegt schwer in seiner Hand. Dann nimmt der Subcomandante eine Signalpistole aus seiner Tasche und feuert sie ab. Eine Leuchtkugel zieht eine grellrote Spur über den Himmel. Überall am Hang bricht Gewehrfeuer los. Der Sturm auf die Quelle hat begonnen.

78

Im Schutz des Unsichtbarkeitszaubers bewegen sie sich entgegengesetzt zur Marschrichtung der Rebellen, manchmal mitten zwischen ihnen hindurch. »An der Brücke werden bald viel zu viele Kugeln fliegen«, flüstert Donner, als gerade niemand in ihrer Nähe ist, »und wir haben nicht den Hauch einer Schutzkleidung. Wir umgehen die Brücke, überqueren die Salza stattdessen weiter unten, da ist ein kleiner Steg, über den die Rebellen gekommen sind, siehst du? Dann steigen wir auf der anderen Seite durch den Wald zur Kläfferbrünne hoch.« Escher nickt nur und drückt Donners Hand. Die grimmige Entschlossenheit ihres einstigen Gefährten, der sich vor Schwäche kaum mehr auf den Beinen halten kann, jagt ihr Furcht ein, aber auch Respekt.

Der Steg wird von der durch die Sprengung der Staumauer stark angestiegenen Salza überspült. Auf der anderen Seite, am Rand der Straße, stehen zwei Vorposten der Rebellen mit einem leichten MG und einem Granatwerfer. Ein dritter ist dabei, Sprengladungen am Steg und am Bankett anzubringen. »Schnell rüber«, zischt Escher. Leise huschen sie über den Steg, der nur etwa anderthalb Meter breit ist, und drücken sich vorsichtig hinter dem Rücken des knienden Freischärlers vorbei. Auf dem rissigen Asphalt der Straße hinterlassen ihre lehmigen Schuhe Abdrücke, die hinter ihnen deutlich sichtbar werden, sobald sie aus dem Bereich von Donners Zauber geraten. Aber die Posten haben nur Augen für den Konvoy, der jetzt aus Richtung Wildalpen sichtbar wird. Escher schleppt Donner an den beiden vorüber und in den Wald. Sie klettern über nasse Wurzeln und lockeres Erdreich mühsam schräg den Hang hinauf. Hinter ihnen ertönt eine laute Detonation. Die Rebellen haben die Straße und den Steg gesprengt. »Viel Zeit werden sie dadurch nicht gewinnen«, keucht Donner, »die Besatzungstruppen sind weit in der Überzahl. Lange werden sie die Quelle nicht halten können, aber ich fürchte, das brauchen sie auch nicht.«

Sobald sie an den Soldaten dran sind, können die Samurais ihre überlegenen Nahkampffertigkeiten ausspielen. Wie quecksilberne Blitze fahren Ulla, Superfritz und der verbliebene Rest der »Schweizergarde« unter die Soldaten auf der Brücke und schlachten sie mit ihren Spornen, Katanas und Kampfäxten reihenweise ab. Der glasäugige Joesi beschwört einige Waldgeister, die dem stark dezimierten Häuflein auf dieser Seite der Brücke solche Angst einjagen, daß sie sich ergeben und von Simmerls Männern entwaffnen lassen. Am drüberen Hang gibt Crossfire den Ausschlag. Feuerball auf Feuerball jagt sie in die Verteidiger, bis auch diese die Waffen strecken.

Pepi überschreitet die Brücke dicht hinter Subcomandante Mirror. Die Rebellen recken ihre Waffen triumphierend gen Himmel. Aber Mirror läßt ihnen keine Zeit zum Feiern. »Bindet die gefangenen Soldaten ans Brückengeländer und an die Bäume am Flußufer«, befiehlt er, »das wird ihre Kameraden hoffentlich davon abhalten, uns mit schweren Waffen unter Beschuß zu nehmen.« Er gibt das Zeichen, daß die Funksperre aufgehoben ist, und informiert sich über die Lage unten am Steg, schickt dann einige Männer los, die den Rückzug der Vorposten decken sollen. Inzwischen sind auch zwei Kampfhubschrauber aufgetaucht, aber die Flak-Stellungen der Rebellen und die Geiseln, hinter denen sich die Freischärler nun einbunkern, vertreiben sie fürs erste.

Crossfire tritt zum Subcomandante. Sie wirkt nicht im geringsten erschöpft von ihren Zaubersprüchen. Als sie Pepi bemerkt, verengen sich ihre vor Kampflust lodernden Augen kurz, dann blickt sie durch ihn hindurch, als ob er Luft wäre. Pepi seufzt, ihm soll's recht sein. Er gibt Mirror den unbenutzten Revolver zurück und tritt dann unauffällig hinter einen Baum. Er hat Superfritz entdeckt, der gerade seine blutigen Hände an einem nassen Farnbüschel abwischt. »Sarge und du«, Crossfire zeigt mit einem spitzen Finger auf Superfritz, »ihr begleitet mich hinauf zur Brünne.«

»Aber wieso?« fragt Mirror irritiert. »Wir halten hier unten die Stellung, bis der Schlangen-Ewald durchgibt, daß der Angriff auf Wildalpen im Gang ist, dann verfolgen wir die Truppen, die sich nach Wildalpen zurückbewegen, und reiben sie von hinten her auf. Das ist der Plan. Was willst du noch mit der Brünne? Das Ablenkungsmanöver hat doch bereits funktioniert.«

Crossfire glüht den mittelgroßen Mann an, wobei ihre Hand wie nebenbei mit einem flammenförmigen Amulett spielt, das sie an einer Lederschnur um den Hals trägt. Pepi bemerkt, daß auch um den Nacken des Subcomandante eine solche Lederschnur geschlungen ist. Der Anführer der Hochschwabrebellen wirkt irritiert, seine Augen verschleiern sich. »Ich habe da oben noch etwas zu erledigen«, sagt Crossfire halblaut, aber sehr eindringlich. Mirror fährt sich mit einer Hand über die Augen, dann nickt er. »Selbstverständlich. Wir halten hier die Stellung wie vereinbart.« Er wendet sich um, schüttelt einmal kurz den Kopf, dann beginnt er, den Aufbau der Verteidigungsstellungen zu organisieren.

Sarge hat sich neben Crossfire aufgebaut. »Haben Sie's dabei?« fragt sie so leise, daß es Pepi hinter seinem Baum gerade noch hören kann. Sarge nickt und klopft auf eine ausgebeulte Tasche an seinem Oberschenkel. »Dann los.« Sie steigen den bewaldeten Hang hinan. Superfritz schließt mit großen Schritten zu ihnen auf.

Den Pepi haben anscheinend alle vergessen. Schlecht? Er blinzelt ein paarmal, gähnt herzhaft. Eigentlich würde er sich gern einfach hier im Wald eine Zeitlang ausruhen. Aber diese Frau mit den Glutaugen, die hat etwas vor, das spürt er ganz genau. Er ist sich ziemlich sicher, daß sie den Subcomandante magisch beeinflußt hat, und das, obwohl er, der … wie sagte Escher? Antimagier, genau … obwohl er ganz in der Nähe war. Also muß sie sehr stark sein. Und sehr gefährlich.

Pepi gibt sich einen Ruck. Er vergewissert sich noch einmal, daß von den eifrig Schützengräben aushebenden Rebellen keiner herschaut, dann folgt er den dreien vorsichtig.

Donner, der immer häufiger von Schwächeanfällen übermannt wird, hat den Unsichtbarkeitszauber inzwischen fallenlassen müssen. Aber hier im Wald brauchen sie ihn hoffentlich ohnehin nicht. Mühsam, halb auf Escher gestützt, schleppt er sich durchs nasse

Dickicht. Immer wieder schlagen ihm Zweige wie Peitschen ins Gesicht. Halt noch ein bißchen durch, armer, alter Körper, denkt er bei sich, nur ein bißchen noch. Ich war nicht gut zu dir, jahrelang nicht, ich weiß schon, ganz im Gegenteil. Nur ein Schritt noch, und noch einer, und noch einer …

Vor ihnen erhebt sich ein halb im Waldboden vergrabener Betonklotz mit einer Eisentür. Daneben führt ein meterdickes Überlaufrohr den Hang hinunter. Der Eingang zur Kläfferbrünne!

Auf halber Höhe hält Crossfire an. »Du – wie war gleich dein Name?«

»Er nennt sich Superfritz«, wirft Sarge ein, wobei er wie entschuldigend den Mundwinkel verzieht.

»Auch gut. Superfritz, du gehst vor. Falls da oben jemand eine Überraschung eingebaut hat, soll sie uns nicht alle auf einmal erwischen.« Superfritz blickt fragend zu Sarge, der den Befehl mit einem Kopfnicken bestätigt. Er schaltet die Kanone in seinem Cyberarm auf Sturmschrotflintenmodus, dann steigt er rasch höher.

Auch Pepi bleibt stehen, als er Crossfire und Sarge vor sich entdeckt. Unter seinem Fuß knackt ein Ast. Er hält den Atem an, aber die anderen scheinen nichts gehört zu haben.

Escher zieht Donner rasch in ein dichtes Gebüsch, als sie Superfritz kommen sieht. Die Dornen zerkratzen ihnen Gesicht und Hände, und außerdem ist alles voller Brennesseln, aber sie wagen nicht, sich zu rühren. Der Samurai sichert angespannt in alle Richtungen, sondiert mit seinen vielfältigen Cybersinnen die Lage. Aber er bemerkt sie nicht, auch nicht mit seiner Infrarotsicht, weil das Rohr zwischen ihnen ist. Jetzt tritt er zur Tür, sucht den Rahmen vorsichtig nach versteckten Alarm- oder Selbstschußanlagen ab, findet aber nichts dergleichen. Er greift zum eisernen Riegel, der die Tür verschließt. Im selben Moment, in dem er ihn berührt, stürzt von oben ein schwarzer Schatten auf ihn herab.

Letztes Kapitel

79

Der Cyberarm des Samurais beginnt zu feuern, aber nicht lange, denn schon hat ihn der Schatten von oben bis unten eingehüllt. Wie durch eine Gummihaut können sie seine Bewegungen sehen, die rasch erlahmen. Donner springt auf, taumelt auf die kleine ebene Fläche vor dem Eingang. Escher will ihn zurückhalten, aber er ruft »Eine Strangulatrix! Verschwinde, du Ungeheuer, der da gehört mir!«, und reißt sich los, fingert mit der Linken eine winzige Plastikdose aus seinem Hosensack und bläst silbernen Staub auf die paranormale Pflanze. Das Ding windet und dreht sich wie ein Kreisel kurz vor dem Umfallen, dann verfärbt es sich zu einem rostigen Braun, und Blattstücke beginnen wie Schuppen abzufallen. Der darunter zum Vorschein kommende Superfritz kippt bewußtlos um.

»Ich tu mir doch nicht die ganzen Strapazen an, daß mir den Kerl im letzten Moment ein blöder entarteter Buschgawettl vor den Augen wegschnappt«, knurrt Donner. Er deutet mit dem Kopf zum Eingang der Quelle. »Scheint irgendwie magisch vom Türriegel getriggert worden zu sein. Raffinierte Technik, hätt' ich der MA 31 gar nicht zugetraut.«

»Die Pfoten hoch!« erklingt in diesem Augenblick Sarges Stimme. Er hält in jeder Hand eine Uzzi. Escher wirbelt herum, zum Sprung bereit, doch da tritt die Frau aus dem Dickicht.

»DU?« stoßen Donner und Escher wie aus einem Mund hervor.

»Wag es nicht, auch nur einen Finger zu rühren, Escher«, zischt die andere. Grellweiße Flammen umzüngeln ihre ausgestreckten Finger.

»Raya.« sagt Donner leise. »All das Feuer. Ich hätte es mir denken können.«

80

Superfritz kommt stöhnend wieder zu sich. Er steht auf, prallt zurück, als er Donner sieht. »Was macht die Witzfigur hier?«

»Das möchte ich auch gern wissen«, sagt Raya/ Crossfire gefährlich ruhig.

»Und wo ist der dumme Ork, den er immer bei sich hat?«

»Welcher Ork?«

Superfritz hält sich an einem Baum fest und sieht nach unten, dann hechtet er den Hang hinab. Wenige Sekunden später ist er mit Pepi wieder zurück. Er hat ihm die Hand auf dem Rücken verdreht, so fest, daß Pepi Tränen in den Augen stehen. »Der da. Wußt' ich's doch!«

»Ein Freund, ein Waisenkind, den ich auf der Straße aufgelesen habe«, sagt Donner schnell. »Laß ihn, Raya! Er hat nichts mit ... unserer Sache zu tun.«

»Das wird sich noch herausstellen. Aber ich will mich nicht unnötig lang hier draußen aufhalten. Zerschieß ihr die Knie«, befiehlt Raya. Sarge nickt. Seine Uzzis spucken Feuer. Blut und Knochensplitter spritzen durch die Luft. Escher klappt zusammen, ohne einen Ton von sich zu geben.

Raya entfernt den Riegel, holt einen großen, altmodischen Schlüssel aus der Tasche und sperrt die Eisentür auf. »Schafft sie hinein«, sagt sie.

Die Ingenieure, die in den ersten Jahren des zwanzigsten Jahrhunderts die Hochschwabquellen erschlossen, hatten bei der Kläfferbrünne besonderes Glück. Anders als die meisten anderen Quellen mußte sie nicht mit einem Wasserschloß, mit Brunnstuben oder Sammelgalerien gefaßt werden, da man beim Bau des Hauptkanales im Berg plötzlich auf die Hauptwasserader stieß. Die ergiebigste, aber auch launischste der Hochschwabquellen liefert im Schnitt fast 60 000 Kubikmeter Wasser pro Tag. Der sogenannte Kläfferstollen führt das aus Weichselboden kommende Wasser oberhalb des Kläfferquellenaustritts vorbei und vereinigt sich mit dem ehemaligen Hauptstollen, beziehungsweise dem Wasser aus der Kläfferbrünne, erst eine Strecke unterhalb.

In diesem breiten, übermannshohen ehemaligen Hauptstollen befinden sie sich nun, am Rande eines langgestreckten Bassins, das zu zwei Dritteln mit rasch dahinfließendem, sprudelndem Wasser gefüllt ist. Sarge hat die bewußtlose Escher wie einen Sack auf den harten Betonboden fallen gelassen. Er und Superfritz halten Donner und Pepi weiterhin in Schach, während Raya in rascher Folge Beschwörungsformeln murmelt. Sie hat die Arme ausgebreitet. Nach und nach materialisieren darauf zarte, durchscheinende, libellenartige Geschöpfe, ein gutes Dutzend. »Sieh her, mein großer Herr und Meister«, spottet Raya in Richtung des Alten Donners, der sich nur mit Mühe aufrecht halten kann. »Ich spüre wohl, daß du versuchst, meine Magie zu behindern, aber du bist viel zu schwach dafür. So viele Luftgeister mit so wenig Anstrengung – könntest du das auch? Hättest du das je gekonnt?«

Donner verzichtet auf eine Antwort. »Schwärmt aus, meine Kleinen«, flüstert Raya, »tragt meine Funken überallhin, baut einen Kokon damit, eine Blase aus

Feuer und Luft, damit uns niemand stören kann, wenn wir das Werk vollenden!« Die Luftgeister sind nun von einer kaum sichtbaren Flammenaura umgeben. Auf ein Zeichen Rayas erheben sie sich und fliegen in alle Richtungen davon, einige geradewegs durch die Stollenwände. Eine Wolke aus rotglühenden Funken breitet sich um das gesamte Bassin aus, schmiegt sich dann an Boden und Mauern und verschwindet darin.

»Erinnerst du dich noch?« wendet sich Raya wieder dem Alten Donner zu. »Schonung der eigenen Kräfte, indem man untergeordnete Geister die Arbeit machen läßt – auch das habe ich von dir gelernt, alter Narr! Ha!«

»Aber warum Luftgeister?« kann sich Donner nun doch die Frage nicht verkneifen. Raya schenkt ihm ein überlegen-verächtliches Lächeln. »Weil der Kokon auch unter Wasser wirksam sein soll, weshalb sonst? Ich will gewisse ungebetene … Elemente draußenhalten. Nicht einmal ein Drache käme durch diese Barriere.« Sie tritt ganz nahe an ihn heran. Ihre ursprünglich gedrungene Gestalt ist schlanker geworden, ihr Haar länger, heller, eine Flammenmähne jetzt. »Das hat mich am meisten Zeit und Energie gekostet, Meister Donner – die Grenzen dieses pummeligen, breitärschigen Leibes zu sprengen, in den du mich damals gezwungen hast, aus einer deiner komischen Launen heraus. Keinen gewöhnlichen Feuerelementar, einen Kugelblitz wolltest du zum Verbündeten haben. Du warst ja sooo witzig!«

»Ich habe dich freigegeben«, sagt Donner heiser.

»Weil du mußtest! Weil du mich nicht mehr halten konntest, weil ich dich dazu gebracht habe, mich stärker zu machen und immer stärker, und du blinder Idiot hast dich zugleich noch selber geschwächt mit deinem geliebten Feuerwasser. Und jetzt, alter Stadtindianer, bist du ein Wrack, ausgebrannt und leer, ein winziger Stummel von einer Kerze, die ich mit einem Fingerschnipsen zum Erlöschen bringen kann. Soll ich?«

Pepi folgt der Szene atemlos, mit offenem Mund, während er langsam zu begreifen beginnt, welches Dreieck aus Zuneigung, Abhängigkeit und Haß Donner, Escher und das Wesen verbindet, das sich Crossfire nennt und Raya und vielleicht noch ganz anders.

»Soll ich?« wiederholt der Feuergeist lauernd. »Nicht daß du noch irgendeine Gefahr für mich darstellen könntest. Aber da sich überraschend die Gelegenheit bietet, einen endgültigen Schlußstrich zu ziehen – warum eigentlich nicht?«

»Ich habe deinen Wahren Namen wiedergefunden, und die Formel, mit der ich dich damals beschwor.« Donner zieht ein daumengroßes Artefakt aus der Hosentasche, eine kleine, rundliche, über und über mit winzigen Schriftzeichen bedeckte Statuette, die er Raya zeigt, dann mit der Faust umschließt und wie einen überaus wertvollen Schatz an seine Brust drückt. Raya schreit auf, gellend und spitz. Sie tritt zwei Schritte zurück. Ein Lichtbogen bildet sich zwischen ihren Händen, dehnt sich aus, schießt auf Donner und die Statuette in seiner Faust zu. Donners wirre, feuchte Haare stellen sich auf, stehen steil vom Kopf ab, daß es komisch aussähe, wäre da nicht sein von entsetzlichen Schmerzen verzerrtes Gesicht. Seine Beine geben nach, er sinkt zu Boden.

»Du dummer Hund.« Rayas Stimme ist jetzt ganz ruhig, klingt heiter, lässig und sehr überlegen. »Glaubst du wirklich, mir liegt noch etwas an dieser menschlichen Gestalt? Ich weiß wohl, daß ich diesen Teil von mir mitzerstöre, wenn ich dich und die Formel vernichte. Aber stell dir einmal vor, Mister Wichtig – das ist mir sogar ganz recht! Wenn das Wiener Blei erst seine Wirkung entfaltet hat, würde mich die fleischliche Existenzform nur behindern!« Sie lacht aus vollem Hals. »Du hast mir damit sogar noch einen letzten Gefallen getan!«

Donners Haarspitzen beginnen zu rauchen, auf seinen Händen, zwischen denen die Statuette rötlich glüht, zeigen sich aufplatzende Brandwunden. Rayas Stimme ist jetzt einschmeichelnd, säuselnd, verführerisch: »Ich werde es ganz langsam machen, mein Lieber, damit wir es genießen können, du und ich …«

Eschers Hände wirbeln durch die Luft. Zwei papierdünne Klingen fliegen aus ihren Ärmeln, bohren sich mit einem weichen Geräusch durch Sarges Augen. Als der Anführer der Söldner nach vorne umkippt und wie ein Brett am Boden aufschlägt, sieht man, daß eine der Spitzen aus seinem Hinterkopf ragt. Aus der unter ihm begrabenen MP löst sich eine Salve. Sarges Leichnam wird grotesk durchgebeutelt, Querschläger zischen flach über dem Boden dahin. Schnell wie eine zustoßende Kobra ist Escher auf Händen und Knien auf Raya zugeglitten und umschlingt ihre Oberschenkel, versucht sie zu Fall zu bringen. Raya schwankt nur wenig. Der Lichtbogen löst sich von Donner, kehrt als lodernde Garotte zu Rayas Händen zurück, die sie nun um Eschers Hals legt. Escher windet sich, wirft ihren geschmeidigen Körper herum, erfaßt Raya an den Handgelenken, aber die aus reinem Feuer bestehende Würgeschnur gräbt sich schon tief in ihren Hals. Es stinkt nach verbranntem Fleisch. Escher gibt die Gegenwehr auf, läßt die Arme sinken. Sie blickt Donner einen unendlichen Moment lang ruhig, fast entspannt an. »Du hast es gesehen, nicht wahr?« Obwohl ihr Kehlkopf bereits zerstört ist, erklingt ihre Stimme, leise und doch so unüberhörbar wie immer. »Danke, Donner, daß du es mir nicht vorher gesagt hast …«

Donner schließt die Augen. Tränen rollen über sein

faltiges Gesicht. Raya trennt Eschers rauchenden Kopf vom Rumpf und wirft ihn Donner vor die Füße.

81

In dem Rucksack, den Raya achtlos auf den Boden gelegt hat, spricht ein Funkgerät an. Raya nimmt es heraus, wartet, bis ihr Atem zur Ruhe gekommen ist, dann drückt sie die Taste. »Ja?«

»Mirror hier. Crossfire, wir können die Stellung nicht mehr lange halten! Die Truppen aus Wildalpen sind viel besser ausgerüstet als wir dachten, und die Geiseln beeindrucken sie überhaupt nicht. Die scheißen auf ihre Kameraden! Unsere Verluste steigen von Minute zu Minute. Und der Schlangen-Ewald ist im Brunntal in einen Hinterhalt geraten und aufgehalten worden. Wir müssen die Aktion abblasen und uns zurückziehen, oder einen Waffenstillstand aushandeln!«

»Kommt überhaupt nicht in Frage. Dann sprengen wir eben die Kläfferbrünne.«

»Hast du Sprengstoff dabei?«

»Genügend, mein Schatz. Vertrau mir«, Rayas Finger spielen mit ihrem Amulett, »ihr müßt nur noch eine gute Stunde durchhalten, dann haben wir Wien in der Hand.«

»Crossfire …«

»Frag nicht lang, Subcomandante, tu es einfach, okay? Over.«

»Okay … Over.«

Raya verstaut mit einem abfälligen Lächeln auf den Lippen das Funkgerät, dann deutet sie auf Superfritz. »Du! Sarge hat einen Behälter in seiner Oberschenkeltasche. Nimm ihn heraus!« Superfritz vergewissert sich mit einem drohenden Blick, daß Pepi vor blankem Entsetzen über Rayas unmenschliche Grausamkeit zu keiner Regung fähig ist, dann holt er einen schmalen Stahlzylinder aus der Hose des toten Einsatzleiters. »Auf dem Zylinder ist dieses Zeug, das sich sekundenschnell mit Beton verschweißt, siehst du es?« Superfritz nickt. »Geh nach hinten, wo die Quelle in das Bassin mündet. Dort befestigst du den Behälter ungefähr einen Meter unter Wasser an der Wand, hast du verstanden? Such dir eine gute ebene Stelle, es soll eine Zeitlang halten. Wenn der Behälter festsitzt, drückst du zugleich auf die Knöpfe an der Ober- und Unterseite, dann kommst du zurück. Kapiert?«

»Klar doch.« Superfritz stapft davon.

Donners Hände, von denen verschmorte Hautfetzen herabhängen, streicheln zitternd über Eschers Kopf in seinem Schoß. Die Statuette liegt als verkohlter Klumpen daneben. Seine Stimme bröckelt, als er stockend und mit sichtlicher Anstrengung fragt: »Das Wiener Blei … was bewirkt es?«

Raya schmunzelt siegessicher. »Ich bin noch nicht mit dir fertig, Alter Donner, glaub das ja nicht! Aber okay, du sollst vorher noch erfahren, was ein wirklich großer Geist mit dem, was du mich gelehrt hast, alles anfangen kann. Das Wiener Blei ist ein magischer Stoff, eine eigentlich unmögliche Legierung.«

»Wie … Orichalkum.«

»Wie Orichalkum, ja. Im Grunde ist es sogar eine Abart davon. Weißt du noch – du hast mir einmal gesagt, daß überall, wo Licht ist, auch Schatten sein muß, daß jedes Ding zwei Seiten hat. Ich habe mir deshalb gedacht, das müßte doch auch für Orichalkum gelten, oder nicht? Orichalkum zieht, vereinfacht gesagt, Manaenergie aus dem Astralraum. Warum sollte es nicht auch einen verwandten Stoff geben, der genau umgekehrt wirkt?«

Donner wiegt den schweißüberströmten Kopf. »Die Schattenseite des Orichalkums, sozusagen ... Aber wozu? Wozu Lebensenergie in den Astralraum ableiten?«

»Nicht irgendwelche Lebensenergie. Diese.« Raya zeigt mit einer wegwerfenden Handbewegung auf das Bassin. »Die Energie des Wassers. Das Wiener Blei funktioniert sogar NUR in Verbindung mit Quellwasser wie diesem hier. Es hat uns viel Zeit gekostet, das herauszufinden. Dann ist mir die Idee gekommen.

Sieh mal, wer von dem Wasser trinkt, das durch das Wiener Blei umgewandelt wurde – und es reichen kleinste, homöopathische Dosen, weil es auf dem Weg bis nach Wien tausendfach durchmischt wird –, wer also regelmäßig von diesem Wasser trinkt, verliert ein wenig von seiner ... Antriebskraft. Er – oder sie – wird etwas träger, gemütlicher, kommoter, wie die Wiener sagen. Und es senkt die Lebenserwartung, und zwar proportional. Bei Frauen stärker als bei Männern, bei Elfen und Zwergen stärker als bei Norms, bei Orks und Trollen fast gar nicht. Im Schnitt um etwa zehn bis zwanzig Prozent.

Das ist für Wien ein Segen. Denn die Stadt ist schon wieder hoffnungslos überaltert, ähnlich wie damals zur Jahrtausendwende. Die Pensionsversicherungsanstalten stehen bereits wieder vor dem Zusammenbruch. Die Alten erdrücken die Jungen, und nicht nur wirtschaftlich. Das Wiener Blei ist die einzige Chance, den wiedergewonnenen, zumindest für ein Gutteil der Bevölkerung hohen Lebensstandard zu erhalten.«

»Lebe zufriedener, aber kürzer«, flüstert Donner rauh. »Ein wahrhaft österreichisches Gift.«

»Nicht wahr?« Ein zynisches Lächeln umspielt Rayas volle Lippen. »Darum wird meine kleine Sozialinitiative auch von zahlreichen einflußreichen Personen unterstützt. – Was ist denn?«

Superfritz ist zurückgekommen, den Stahlzylinder hat er in der Hand. »Das Zeug haftet nicht richtig. Die Strömung ist zu stark.«

Raya durchbohrt den Samurai mit ihrem Blick. »Kannst du das Ding etwa eine halbe Stunde lang ununterbrochen unter Wasser halten?«

»Auch länger, Chefin«, protzt Superfritz selbstgefällig, »meine Arme sind rostfrei.«

»Gut. Dann mach das!« Superfritz schiebt ab.

»Yal'vdhelinda-Shagu'uth, die große Wohltäterin der Wienerstadt.« Donner spuckt die Wörter unter großen Schmerzen aus. Ein dünner roter Faden rinnt aus seinem Mundwinkel. »Ich kann es nicht glauben. Da ist doch noch mehr.«

»Hast du's noch immer nicht geschnallt? Du enttäuschst mich, mein Meister. Natürlich hat die Schwächung des Wassers noch eine weitere Auswirkung – das FEUER wird gestärkt. In Wien, und bald überall dort, wo ›verantwortungsbewußte‹ Führer und Fädenzieher der Menschen das Wiener Blei ›zum höheren Wohl ihrer Gemeinde‹ einsetzen, wird meine Macht mit jedem Tag weiter wachsen. Bald werden ich und meinesgleichen den verfluchten Elfen und den großen Würmern die Stirn bieten können. Und auch das ist doch letztlich positiv, oder nicht?« Sie beugt sich herunter, so daß ihr Kopf auf gleicher Höhe mit Donners angesengtem Schädel ist. »Dein lächerlicher Versuch, dich einzumischen, hat nicht einmal einer guten Sache gedient. Du und deine häßliche Alte, ihr werdet nicht nur vergeblich, sondern auch umsonst gestorben sein.«

Donners Oberkörper sackt in sich zusammen. Wieder meldet sich das Funkgerät.

»Crossfire, der Schlangen-Ewald hat sich wieder in die Berge zurückgezogen. Sie haben genügend Gefangene, daß wir einen Austausch und freien Abzug herausschlagen können.«

»In einer halben Stunde kannst du das anbieten, Subcomandante.«

»Unsere Männer sterben …«

»Als Helden, Mirror, als Helden. Und jetzt stör mich nicht länger. Over.«

Pepi hat jedes Wort gehört, aber nur langsam beginnt der Inhalt in sein Bewußtsein einzusickern. Er steht immer noch unter Schock, irgendwie neben sich; alles erscheint ihm unwirklich und zugleich völlig logisch und normal. Hat denn der schreckliche, grausame Feuergeist nicht recht? Über die Altersproblematik hat ihm der Alte Donner in seinen schulmeisterlichen Momenten ebenso erzählt wie über die von manchen vermutete Verschwörung der langlebigen, wenn nicht überhaupt unsterblichen Elfen, zusammen mit den Großen Drachen. Rayas Argumente haben Hand und Fuß, oder? Etwas kürzer leben, aber dafür glücklicher … Und überdies sind Orks davon so gut wie nicht betroffen, im Gegenteil, die Ungerechtigkeit der verschiedenen Lebenserwartungen würde sogar ein wenig gemildert. Einmal ganz davon abgesehen, daß er, der dumme, langsame Pepi, gegen diese Raya sowieso nicht die geringste Chance hätte. Auch Donner hat endgültig resigniert, dämmert nur noch seinem baldigen Tod entgegen, und Escher und die anderen kann sowieso nichts mehr lebendig machen.

Und doch, es ist irgendwie … nicht richtig. Schwester Hiltraud aus Lilienfeld fällt ihm ein. Die ist doch auch in hohem Alter noch agil und wertvoll, oder nicht? Auch seine Lehrerin Celia Pschistranek hätte sicher gesagt, so etwas darf man einfach nicht tun. Oder zulassen. Dabeistehen und sich nicht einmischen, hat er in den Wohnparks gelernt, macht oft genauso schuldig wie die böse Tat selbst.

Er ist ganz auf sich allein gestellt. Mit Donner kann

er nicht mehr rechnen, und sonst hat er keine Verbündeten.

Es sei denn …

82

Der Feuergeist hat die verkohlte Statuette an sich genommen, auf einen Mauervorsprung gesetzt und mit einem lässigen Fingerschnipsen abermals entzündet. Sie brennt sehr langsam, mit einer unwirklich violett-bläulichen Flamme. Raya scheint den Anblick zu genießen. »Weck den Alten auf«, herrscht sie Pepi an, ohne ihn anzusehen, »er soll noch ein wenig leiden.«

Pepi setzt sich zu Donner, kuschelt sich an ihn, rüttelt ihn sanft an der Schulter, beginnt in sein Ohr zu summen. Das Lied ist einer der schaurigschön kitschigen Schlager, die sie im Antiquariat gehört haben: »Gitarren klingen leise durch die Nacht …« Donner öffnet widerstrebend die Augen, sieht, wie sich Raya vor der langsam verbrennenden Statuette dehnt und streckt, dabei immer schlanker und ätherischer wird. Ein langgezogener Seufzer entringt sich seiner Brust. Raya lacht triumphierend auf. Pepi stupst Donner in die Seite, summt weiter. Donner sieht ihn fragend an, beginnt zu verstehen, was ihm Pepi mitteilen will. Er nickt traurig, schüttelt unmittelbar darauf mit einem bitteren Lächeln den Kopf und summt eine Antwort: »Es geht halt leider net / so, wie ma's gern hätt' …« Pepi linst zu Raya, doch die ignoriert ihn völlig. Gut so. Pepi wechselt die Melodie: »Let your spirit flow …«

Donner sieht ihn gequält an. Was soll das jetzt noch, scheinen seine umschatteten Augen zu fragen. Pepi runzelt energisch die Stirn, hört nicht auf. Donner seufzt, summt das Thema von »The Wall«. Pepi nickt, dann pfeift er, so leise er kann, die Einleitung von »Wind of Change«. Das war das Lied vom Fall der Mauer in Berlin.

»Totengesänge, Donner?« höhnt Raya über die Schulter. »Von mir aus. Du stirbst, und ich werde neugeboren. Das paßt doch, findest du nicht auch?«

»Du meinst das ernst, nicht wahr?« röchelt Donner. Während Raya schrill lacht, atmet Pepi innerlich auf. Donner hat begriffen. Jetzt summt Pepi eine uralte Operettenmelodie: »Ja, das alles auf Ehr', / das kann ich und noch mehr. / Wenn man's kann ungefähr, / ist's nicht schwer, ist's nicht schwer ...«

Donner produziert ein winziges, schmerzverzerrtes Grinsen. Dann stöhnt er laut auf, rollt sich zuckend zur Seite, bleibt liegen.

Pepi steht auf. »Ich glaube, er stirbt«, sagt er, während er bedächtig auf Raya zugeht. Die hält inne, fährt herum. »Na und? Stör mich nicht, du ...« Pepi geht unbeirrt weiter. Zum ersten Mal sieht Raya ihn voll an. »Was bist du überhaupt für einer? Deine Aura ... He! Bleib stehen!«

Pepi ist nur noch drei Meter von ihr entfernt und macht den nächsten Schritt. Raya gibt einen spitzen, verärgerten Schrei von sich. Feurige Kugeln bilden sich in ihren Händen. Zwei Meter. Sie schleudert die Feuerbälle. Pepi spürt die Einschläge auf seiner Haut, unangenehm, aber nicht ärger als absichtlich auf den Körper geworfene Basebälle. Ein Meter. Raya hat sich in eine übermannsgroße Fackel verwandelt. Ihre menschlichen Umrisse sind nur noch schemenhaft zu erkennen. Pepi faßt sie mit einer Hand um die Hüfte, nimmt mit der anderen die Statuette und löscht deren Feuer in seiner Faust. Dann hebt er die wieder körperlicher gewordene, dennoch sehr leichte Raya hoch, trägt sie zum Bassin, obwohl sie sich mit Händen und Füßen zu wehren versucht, und springt mit ihr zusammen hinein.

83

Unter Wasser läßt Pepi los. Er ahnt, daß er einen derart starken Freigeist nicht auf Dauer festhalten kann, nicht einmal im für Raya feindlichen Element. Sobald sie sich von ihrer Überraschung erholt hat, wird sie sicher Machtmittel ausspielen, denen er nichts entgegenzusetzen hat, und auch Superfritz würde ihr wohl zu Hilfe kommen. Aber Pepi hat ohnehin einen anderen Plan. Er taucht in Richtung des Abflußrohres.

Alles geschieht nun gleichzeitig und innerhalb weniger Sekunden. Donner nimmt alle seine verbliebene Kraft zusammen und projiziert sich in den Astralraum. Raya fährt in einer Rauchsäule aus dem Bassin empor. Superfritz glotzt alarmiert, läßt aber den Stahlzylinder befehlsgemäß nicht los. Donners Astralleib gleitet knapp über dem Wasser dahin, bis er am Ende des Bassins, wo sich die Fluten ins Abflußrohr ergießen, auf die aus Feuer und Luft gewebte magische Barriere trifft. Obwohl seine Kraft rapide schwindet, zeigt er sich Pepi, bezeichnet ihm mit einer kaum sichtbaren, geisterhaft durchscheinenden Hand, wo die Barriere verläuft, die ihm ein Verlassen des Gewölbes verwehrt. Genau an dieser Stelle verkeilt sich Pepi. Raya hat es auf den Beckenrand geschafft, ist für einige Augenblicke desorientiert, wie Pepi gehofft hat. Er kriegt keine Luft, und die Wassermassen reißen an seinen Fingern, aber er hält sich fest und zerstört so mit seinem magieresistenten Körper das feine Netzwerk der Barriere. Luft, Feuer und Wasser kämpfen jetzt an dieser Grenze; kochendheißer Dampf entsteht, verbrüht Pepi, aber er läßt nicht locker, obwohl die Schmerzen unerträglich werden, bis das Loch groß genug ist, daß Donners Astralkörper entkommen kann.

Kaum ist Donner durch die Barriere, fliegt er, so schnell er kann durch den Stollen zur Einmündung in den Hauptkanal, dann entgegen der Strömung die Hauptwasserleitung entlang. Er hat Glück, der Wasserstand in den Röhren ist niedrig genug, daß sein Astralleib Platz hat. Die ganze Zeit über schreit er mental, schreit seinen Schmerz, seine Angst, seinen Haß auf Raya, seine Trauer über Eschers Tod, seine Sorge um das Wasser hinaus, aber er erhält keine Antwort.

Raya hat inzwischen erkannt, was Pepi vorhat, aber sie zögert, ihm unter Wasser zu folgen. Ihre Augen fliegen zwischen den beiden Enden des Bassins, zwischen Pepi und Superfritz hin und her, dann kreischt sie zu Superfritz hinüber: »Mach den Ork da weg! Aber behalt den Behälter in der Hand dabei!« Superfritz schaltet blitzschnell auf Kiemenatmung um, stößt sich vom Beckenrand ab und taucht mit kraftvollen, weit ausladenden Schwimmbewegungen auf Pepi zu.

Bei den Sammelgalerien der Höllbachquelle dringt Donner, so weit es geht, tiefer in den Berg hinein vor, unablässig schreiend, das Quellwasser und die Wände mit seinen immer schwächer werdenden Händen peitschend. Irgendwo mitten im Fels, die erdrückenden Massen des Hochschwabs über sich spürend, kann er nicht mehr weiter, und er weiß, er schafft es auch nicht mehr zurück. Er öffnet sich ganz den ihn umgebenden Elementarkräften, schreit noch einmal alles hinaus, was er hat, dann gibt er seinen Geist auf.

Superfritz erreicht Pepi und drischt ihm mit seiner stählernen Hand auf die Finger. Pepi ist nahe daran, das Bewußtsein zu verlieren, seine blutenden, teilweise gebrochenen Finger rutschen ab, aber irgendwie schafft er es, Superfritz einen Tritt gegen den Kopf zu verpassen und sich dann mit Händen und Füßen wieder im Rohr zu verspreizen. Superfritz ist von Pepis unerwartet heftiger Gegenwehr und vom siedendheißen Dampf irritiert, aber nur kurz, schon ist er wieder bei ihm und rammt ihm den Zylinder in den Unterleib. Vor Pepis Augen wird es schwarz. Er läßt los, wird von der Strömung mitgerissen.

Doch nicht weit, nur ein paar Meter. Denn jetzt kommt von der anderen Seite eine gewaltige, in klarem, hellem Blaugrün leuchtende Flutwelle, die ihn wieder zurück ins Bassin spült, wo er sich mit letzter Kraft am Betonrand anklammern kann. Eine sich rasend schnell um die eigene Achse drehende Wasserhose hebt Superfritz hoch, schleudert ihn an die Decke des Stollens, wo sich der Samurai festklammern kann. Seine verstärkten Fingerglieder verspreizen sich in einem Spalt. Wenige Zentimeter unter seinen baumelnden Füßen wirbeln die Wasser. Superfritz zieht die Beine an, hält sich lässig mit einer Hand fest, salutiert höhnisch mit der anderen. »Hab ich am Rattengrat gelernt«, brüllt er ins Rauschen hinunter.

Da bilden sich links und rechts neben dem Spalt Zeichen in der Felswand, ein großes, verschlungenes A und ein ebensolches D. Der Spalt verengt sich, als ob die Buchstaben ihn zusammendrücken würden. Erschrocken blickt der Samurai hoch, sieht, wie seine Finger zerquetscht, vom Fels abgetrennt werden. Er fällt, fällt ins Wasser, in den Strudel, wird herumgeschleudert, zerrissen, zerfetzt in wenigen Augenblicken. Chromteile und Fleischstücke fliegen in alle Richtungen.

Dann ziehen sich die Wässer zusammen, und der Aquarius steht Raya gegenüber.

84

Der Wassermann sieht anders aus, als ihn Pepi in Erinnerung hat, viel, viel älter, uralt, zugleich kaum mehr menschlich, obwohl Kopf und Oberkörper deutlich zu erkennen sind. Er besteht aus reinem, durchscheinendem, im Licht der Stollenlampen schillerndem und funkelndem Wasser, das sich in ständiger Bewegung befindet. Auf dem bärtigen Haupt trägt er eine Schaumkrone; von der Hüfte abwärts ist sein Unterleib wie eine mächtige Welle, die direkt in das unablässig weiter zuströmende Quellwasser übergeht. Er strahlt eine gewaltige, überwältigende Wut aus. Seine Stimme ist wie das Tosen einer Sturmflut, als er Raya anspricht: »Kehre zurück in die astrale Elementarebene, die deine Heimat ist, Feuerteufel, oder ich lösche dich aus!«

Doch Raya hat sich inzwischen wieder regeneriert. Mit einem grellen Blitz zerstört sie die Reste der Statuette. Alles Menschliche fällt von ihr ab. Sie besteht nun aus purem, hellrotem Feuer, füllt fast die ganze andere Hälfte des Gewölbes aus, lodert so hell, daß Pepi geblendet den Kopf wegdrehen muß. Zitternd vor Furcht und Erschöpfung zieht er sich in die hinterste Ecke des Stollens zurück. Aus den Augenwinkeln nimmt er wahr, daß beide Elementare jetzt Hilfsgeister in großer Zahl berufen. Zu Rayas ätherischen Libellen gesellen sich faustgroße Feuerwespen, die sich zornig summend auf den Wassermann stürzen; aus dessen flüssigem Leib wiederum schwimmen, wie unter einem Mantel aus winzigen Wasserfällen, armlange Grottenolme hervor, die aus grauem Nebel zu bestehen scheinen, und andere, schlammige Wesen, die entfernt an urzeitliche Kröten erinnern. Pepi kann den Anblick nicht länger ertragen. Er schließt die Augen, rollt sich wie ein kleines Kind zusammen. Ungeheure magische

Energien entladen sich zischend, dampfend, brüllend, kreischend. In keiner Hölle kann es schlimmer sein als in diesem Tunnel. Pepi preßt die verstümmelten Hände an die Ohren, doch das Getöse, das Boden und Wände in Vibration versetzt wie bei einem Erdbeben, geht ihm trotzdem durch Mark und Bein. Seine unmittelbare Nähe ist vom Kampfgetümmel zwar nicht direkt betroffen, selbst in diesem Inferno bietet ihm seine Gabe noch einen gewissen Schutz; doch die entsetzlichen Schmerzen seiner Verbrühungen im Gesicht, an Händen und Beinen, und der grauenvolle Lärm werden ihm bald zu viel. Die Ohnmacht legt sich über ihn wie eine warme, dunkle Decke.

Als er wieder zu sich kommt, ist vom Toben der Elemente nichts mehr zu bemerken. Leise Gitarrenmusik erfüllt das Gewölbe, hallt lange im fast leeren Bassin wider, in dem der Zufluß aus den Quellen jetzt nur noch ein dünnes Rinnsal darstellt. Die Decke und die Betonwände sind dunkelgrau und blauschwarz glasiert, der Boden ist zentimeterdick mit Asche und einer schmierigen Substanz bedeckt. Es stinkt bestialisch; die Luft ist so dick, daß ihm das Atmen schwerfällt. Der Aquarius, jetzt, in seiner humanoiden Gestalt, dünn und zerbrechlich wirkend, steht mitten im Bassin, leicht vornübergebeugt, und spielt mit geschlossenen Augen, ganz in sich selbst versunken, eine langgezogene, verzerrte Melodie auf seiner Stratocaster. Er wirkt, als laste die Müdigkeit von Jahrtausenden auf seinen schmalen Schultern. Vor ihm stehen der Stahlzylinder, dessen Kante Pepi immer noch in seiner Leistengegend spürt, und die kleinere Ausgabe davon, die im Beutel des Lindwurms war. Beide sind rauchgeschwärzt, geöffnet und leer.

Pepi steigt zum Aquarius ins Bassin. Jede Bewegung verursacht ihm Schmerzen. Seine malträtierte Haut spannt, als ob sie jeden Moment zerreißen würde; seine Finger sind blutig und gefühllos, einige stehen in grotesken Winkeln von der Handfläche ab. Er räuspert sich mehrmals; bei jedem stärkeren Atemzug rasseln und pfeifen seine Lungen. »Ist es vorüber?« fragt er.

Der Aquarius sieht ihn an, ohne sein Spiel zu unterbrechen. »Ich denke schon«, antwortet er. Er deutet mit dem Gitarrenhals auf den kleineren Behälter. »Hast du das mitgebracht?«

»Ja.«

»Das war gut, kleiner Pepi, sehr gut sogar. Es hat die Wirkung des Giftes neutralisiert und das ... Blei zerstört. Woher stammt es?«

»Weiß nicht.«

Der Wassermann zuckt die Achseln. Egal. Pepi sieht sich angestrengt um. Nicht nur von Raya und Superfritz ist nichts mehr übrig, auch die Leichen von Escher und Sarge sind verschwunden. Und ... »Wo ist Donner?« fragt er, obwohl er die Antwort zu kennen glaubt.

»Der alte Wahrsager? Ich habe seine astrale Gestalt mitten im Berg verloren, kurz nachdem mich sein Hilferuf erreicht hat. Sein fleischlicher Körper ist zweifellos im Kampf mit dem Feuerteufel zerstört worden. Sein Geist ... möglicherweise ist er in den Berg aufgegangen. So etwas kommt vor, wenn auch äußerst selten, aber er war ja schon zu Lebzeiten eine außergewöhnliche Persönlichkeit.«

Der Wassermann verdreht die Augen nach oben. Pepi folgt seinem Blick. Genau am Scheitelpunkt des Gewölbes sind zentimetertief, wie von einem Steinmetz, kunstvoll die Initialen »A.D.« eingraviert, und die Jahreszahl 2058. Einige der Schnörksel und Verzierungen erinnern an die Schlangenlinien in Eschers Gesicht. Eine Gedenktafel. Ein Grabstein.

»Er kommt also nicht wieder zurück?«

»Nein. Sicher nicht.«

Pepi weint still, viele Minuten lang. Der Aquarius beobachtet ihn interessiert, wie einen seltenen Käfer. Schließlich wischt sich Pepi mit seinem nassen, blutverschmierten Ärmel über das Gesicht. Er schnieft. »Weißt du, was mit den Rebellen ist?«

Der Wassermann hält den Kopf schief, lauscht einige Sekunden in sich hinein. »Scheinen einen Waffenstillstand ausgehandelt zu haben und befinden sich auf dem Rückzug. Sie sind stark dezimiert worden. Ich denke, ich werde mich in Zukunft ein wenig um sie kümmern müssen, sonst werden sie demnächst von den Besatzungstruppen überrannt.«

»Aha.«

Pause.

»Und du, was willst du machen?«

Pepi schluckt, kämpft erneut gegen die Tränen. »Ich weiß es nicht. Ich bin ja jetzt ganz allein.«

»Tja. Ich habe leider auch keine Verwendung für dich, tapferer kleiner Ork. Auf Dauer würde mir deine spezielle Gabe wahrscheinlich doch auf die Nerven gehen. Apropos nervig, Mahn – was soll eigentlich mit dieser Zizibee geschehen?«

In Pepis verlorenem Blick funkelt ein winziger, kaum wahrnehmbarer Schimmer auf.

Epilog

Der Ochsenkarren schaukelt gemütlich auf der holprigen Straße dahin. Das Heu auf der Ladefläche duftet herrlich. Sie haben sich so tief darin vergraben, daß nur noch ihre Köpfe herausschauen und Pepis dick eingefatschte Hand, die einen kleinen grünen Apfel hält.

»Magst noch einen Biß?« fragt er.

»Willst du mich umbringen? Ich hab' schon seit Tagen Dünnpfiff vom Süßmost!«

»Äpfel sind gesund. Das hat meine Lehrerin Celia –«

»Weißt du, was mich deine Lehrerin Celia Fschistranek inzwischen kann?«

Pepi rümpft die Nase, tut so, als ob er schmollt, doch er hält das keine drei Atemzüge lang durch. »Aber geschmeckt hat er dir.«

»Wasser trinke ich jedenfalls so schnell keines mehr.«

»Ich glaube, ich kann eine Zeitlang kein Wasser mehr SEHEN.«

»Ich habe mir schon gedacht, daß du dich nicht wäschst, du Saubattl!«

»Alle Orks stinken, wußtest du das nicht?«

»Ach, sei still, Gogolori!«

Pepi kichert vergnügt. Die Gipfel am Horizont, manche sind mit Schnee überzuckert, leuchten im Licht der Nachmittagssonne, unwirklich schön, wie auf einer Ansichtspostkarte. Peterl, der Bauernbub, dreht sich neben seinem Vater auf dem Kutschbock um und ruft mit heller Stimme zu ihnen nach hinten: »Hob's eh a rechte Hetz do im Heu, ös zwoa?«

»Souwiesou«, antwortet Pepi im breiten Steirischen Dialekt. Jetzt lacht auch Zizibee.

Peterls Familie hat die beiden in der Waldkeusche aufgenommen und mit kräftiger Kost und allerlei Salben und Pflanzensäften wieder hochgepäppelt. Fast vierzehn Tage sind sie bei den einfachen, in kargen Verhältnissen lebenden Kleinkeuschlern geblieben. In dieser Zeit ist oben am Hochschwabplateau wieder Ruhe eingekehrt. Die MET 2000-Truppen haben nur einen einzigen Versuch gemacht, die Schwäche der Freischärler auszunutzen, sind aber – der Briefträger hat es Peterls Mutter erzählt – von Berggeistern und einem mächtigen Wassermann zurückgeschlagen worden. Pepi hat kurz überlegt, ob er ihren Gastgebern von ihren Abenteuern, von Rayas Intrigen und vom Wiener Blei erzählen soll, aber er hat es dann bleiben lassen, er kann das alles ja selber immer noch kaum fassen. Donner fehlt ihm sehr, auch Escher. Zizibee hat ihn anfangs äußerst abweisend behandelt, aber im Lauf der Zeit sind sie dann doch sowas wie Freunde geworden, obwohl sie praktisch nie derselben Meinung sind und sich bei jeder Gelegenheit aufziehen und necken. Pepi hätte gern noch länger bei den Waldbauern verweilt, die harte Arbeit auf den steilen Feldern und im Holzschlag hat ihm, sobald er mit zupacken konnte, richtig getaugt. Allerdings hat Gustl, Peterls älterer Bruder, dann ein Auge auf Zizibee geworfen, ihr sogar einen regelrechten Heiratsantrag gemacht, weil er einmal den kleinen Hof übernehmen soll und recht verzweifelt eine Bäuerin sucht, und von da an hat Zizibee heftig zum Aufbruch gedrängt.

Zizibees Erinnerung ist immer noch lückenhaft. Wer – und wo, wie und warum – ihr Gedächtnis beschädigt hat, weiß sie nicht mehr; auch daran, was ihr die beiden Samurais angetan haben, scheint sie sich nicht mehr zu erinnern, zumindest hat sie nie mehr darüber gesprochen. Nur was vor dem Mittwoch passiert ist, ist ihr wieder eingefallen, unter anderem, daß sie Väterchen Frost zehntausend Euros oder dreißig Tage Fronarbeit schuldet. Darum werden sie auch nicht nach Wien zurückkehren, sondern ihr Glück in Graz oder der Untersteiermark versuchen. Wie sie dorthin kommen sollen, wissen sie noch nicht so genau. Auf jeden Fall werden sie heute wieder zurück über den Kastenriegel ins Ramertal wandern und dann an der Straße weiter nach Niederalpl. Vom dortigen Rossegger-Museum gehen angeblich täglich Busse nach Graz. Sie haben zwar kein Geld, aber eine von Peterls Kusinen arbeitet im Museum, und irgendwas wird ihnen zusammen schon einfallen.

Peterls Mutter hat ihnen noch einen Korb mit Äpfeln, Bauernbrot und einer Kante Speck mitgegeben. Den nehmen sie nun, drücken Peterl und seinem Vater fest die Hände und machen sich auf den Weg nach Niederalpl.

»Du bist ja eigentlich Vegetarierin, gell?« fragt Pepi, als sie vom Kastenriegel zurück auf den Hochschwab schauen. »Da muß ich den vielen Speck ganz allein essen. Naja, dir bleiben immer noch die Äpfel.«

Zizibee tritt Pepi mit dem Knie in den Hintern: »Ich weiß wirklich nicht, womit ich dich elendiglichе Krätzen verdient hab'!«

Pepi grinst übers ganze Gesicht. Seine Backen sind rot, und nicht nur vom Marschieren.

Nachwort

Ich möchte mich bei allen herzlich bedanken, die zur Entstehung dieses Romans beigetragen haben, vor allem bei meinen »Lektoren« und »Mit-Spinnern« Andreas Findig, Ten Pan Sni, M. Rudi De L'Eau, Schwarzbauer, Thunder und Darlene sowie bei Guido Hölker und dem FANPRO-Team.

Ganz besonders bin ich Herrn Regierungsrat Ing. Ewald Uresch, Bürgermeister der Gemeinde Wildalpen, für das reichhaltige Material über die 2. Wiener Hochquellenwasserleitung zu Dank verpflichtet. Bei der Beschreibung der Wasserleitung und der Quellen, wie überhaupt der geographischen Gegebenheiten, habe ich mich im Wesentlichen an die Realität gehalten, einige Details jedoch im Dienst der Dramaturgie verändert. Die Speisenfolge des Diners im »Club 65« entspricht der des Festmenus anläßlich der Eröffnung der 2. Hochquellenleitung am 5. Dezember 1910 im Wiener Rathaus. Das Gedicht »Der Hochquell«, dessen letzte Zeilen Hans Dechant im »Club 65« zitiert, wurde von Salomon Hermann Ritter von Mosenthal anläßlich der Eröffnung der 1. Hochquellenleitung am 24. Oktober 1873 verfaßt. Die meisten dieser Informationen habe ich den zahlreichen Publikationen von Regierungsrat Prof. Josef Donner entnommen. Das Lied des »Wilderer-Hansl« besteht überwiegend aus Ausschnitten verschiedener populärer Österreichischer Wildererlieder. Peter Blau hat mir bei den japanischen Schriftzeichen geholfen, Simon Pichler (1. Dan) führte mich ins Go-Spiel ein.

Chronik

1998 bricht die Montanindustrie des Ruhrgebiets zusammen und reißt die gesamte österreichische Schwerindustrie mit. Eine beispiellose Konkurswelle rollt über das Land. Die Arbeitslosigkeit erreicht Rekordwerte, im übervölkerten Wien herrschen bürgerkriegsähnliche Zustände.

2000 nutzt der österreichische Bundespräsident sein verfassungsmäßiges Recht und löst die Regierung auf. Er gibt stattdessen die Macht in die Hände eines Dreierrats von Wirtschaftsfachleuten, den sogenannten »Stahlmännern«. Die Konzerne erhalten langfristige Steuerbefreiungen und helfen mit paramilitärischen Verbänden, die Ordnung vor allem in Wien wiederherzustellen.

2002: United Oil und andere große Unternehmen erhalten Lizenzen zur Ausbeutung von Öl und anderen Bodenschätzen auf US-Bundesgebiet (»Rohstoffrausch«), einschließlich den Indianern zur Verfügung gestellter Territorien. Radikale Amerindianer reagieren darauf mit der Gründung des »Souvereign American Indian Movement« (SAIM).

2004 kommt es in Wien wegen der allgemeinen Versorgungskrise zu zahlreichen Unruhen, Plünderungen und Gewalttätigkeiten. In der »Per Albin Hansson-Siedlung« sowie im sogenannten »Wohnpark Alt-Erlaa« und anderen gemeindeeigenen Wohnsiedlungen und Trabantenstädten, vor allem im Süden Wiens, formieren sich dem republikanischen Schutzbund der Zwischenkriegszeit des 20. Jahrhunderts nachgebildete

»Arbeitermilizen« (die freilich vor allem aus Arbeitslosen bestehen). Ein bis heute nicht identifizierter Unruhestifter, der sich »Koloman Wallisch« nennt, organisiert einen Überfall auf das Verwaltungszentrum der Wiener Gebietskrankenkasse am Wienerberg, das ebenso wie das angrenzende Naherholungsgebiet fast völlig zerstört wird. Nach einem mehr als eine Woche dauernden Bürgerkrieg werden die Aufständischen vom Österreichischen Bundesheer (und hilfsbereiten Konzernsicherheitskräften) in ihre Wohnblocks zurückgedrängt.

Da »Wallisch« und seine erstaunlich gut ausgerüstete Truppe sich in den Wohnparks verschanzt haben, andererseits das Heer wegen der labilen öffentlichen Meinung (große Teile der Bevölkerung zeigen Sympathie für die Rebellen) nicht wagt, schwere Artillerie einzusetzen, herrscht monatelanger Belagerungszustand. Der Koordinationsrat der Lebensmittelversorger (die Vorläuferorganisation der jetzigen »Union der Gewerken«) verurteilt zwar die Gewaltanwendung, versorgt die betreffenden Siedlungsgebiete aber dennoch (»wegen der zahlreichen dort lebenden Kinder und Senioren«) weiterhin mit Lebensmitteln. Schließlich machen die zu dieser Zeit mittels Ausnahmegesetzen regierenden »Stahlmänner« einen Vorschlag: »Wallisch« und sämtliche anderen Aufständischen, also alle Bewohner der betroffenen Siedlungen, werden von einem Gericht in Abwesenheit zu lebenslanger Haft verurteilt; die gesamte von ihnen kontrollierte Zone, inklusive der Ruinen der geplünderten »Shopping City«, wird zum »Sondergefangenenhaus Wien-Süd« erklärt und mit Mauern, elektrischen Zäunen, Gräben etc. gesichert. Der Vorschlag, für den sich auch die Zeitungen und TV-Sender des »MediaSim«-Konzernes stark machen, wird angenommen.

2006: Japan ruft ein neues Imperium aus. Die Japaner setzen als erste Sonnenkraftwerke im Erdorbit ein.

Die Österreichische Stahlstadt Linz wird für die symbolische Summe von einem Euro an den Krupp-Konzern verkauft.

2010: Erster Ausbruch des Virus-Induzierten Toxischen Allergie-Syndroms (VITAS), das bis Jahresende ein Viertel der Weltbevölkerung dahinrafft.

2011: Das Jahr des Chaos – nach den Maya-Kalendern der Beginn eines neuen Zeitalters. Hungerepidemien suchen die Welt heim. Regierungen stürzen, Atomkraftwerke schmelzen durch. Das UGE-Syndrom (»Ungeklärte Genetische Expression«) setzt ein. Die ersten Mutanten und Wechselbälger werden geboren. Die Medien bezeichnen sie unter Verwendung tolkienscher Terminologie als »Elfen« und »Zwerge«. Am 24. Dezember werden Tausende von Japanern Zeugen, wie auf dem Fujijama der erste Drache (wieder-) erwacht. Am selben Tag führt Daniel Howling Coyote, Prophet des »Großen Geistertanzes«, seine SAIM-Gefolgsleute aus dem Abilene-Umerziehungslager in die Freiheit.

2014: Geistertänzer verkünden die Gründung der Native American Nations (NAN). Die Tänzer behaupten, für den Ausbruch des Redondo Peak in New Mexico verantwortlich zu sein. Los Alamos wird unter einer dreißig Meter dicken Ascheschicht begraben. Eine zur Vergeltung entsandte Bundesstreitmacht wird durch Tornados vernichtet, die von Geistertänzern heraufbeschworen worden sind.

2017: Der Große Geistertanz zerstört oder beschädigt zahlreiche US-Militärbasen und bringt die Vulkane

Mount Hood, Mount Rainier, Mount St. Helens und Mount Adams gleichzeitig zum Ausbruch.

2018: Im Vertrag von Denver erkennen die Bundesregierungen von Kanada, Mexico und USA die Souveränität der NAN über den größten Teil des westlichen Nordamerika an.

Die erste Generation von ASIST (Artificial Sensory Induction System Technology) wird entwickelt. Sie bildet die Grundlage der Cybertechnologie.

2021: Am 30. April wird in die kieferchirurgische Abteilung des Wiener MonoMed (vormals Allgemeines Krankenhaus) der 27jährige Maurer Bernhard Rybar eingeliefert. Man vermutet eine Eiterung im Rachenbereich. In der Nacht auf den 1. Mai verdoppelt Rybar seine Körpermasse, aus seinem Unterkiefer wachsen Hauer, Hornablagerungen bilden sich am ganzen Körper. Von da an verwandeln sich insgesamt etwa zehn Prozent der Weltbevölkerung in neue Rassen. Diese Transformation, volkstümlich »Goblinisierung« genannt, markiert eine weitere Schwelle des Wiederauftauchens der Magie. Die neu aufgetretenen Lebensformen werden als »Orks« und »Trolle« bezeichnet; etwa gleichzeitig wird für die Metamenschen und weitere neue Lebensformen der Begriff »Erwachte Wesen« geprägt. Überall auf der Welt löst die Goblinisierung schwere Unruhen aus.

2022: In Deutschland und Österreich wird die »Doktor Faustus-Gesellschaft« gegründet, die sich für die Anerkennung der Hermetischen Zauberei als Wissenschaft einsetzt.

2030-2042: Die »Euro-Kriege«. Europa und Teile Asiens werden von einer Serie von Kriegen erschüttert, die zu einer vollständigen politischen Umwandlung führen.

2032/33: Am 1. Oktober beginnt der »Große Jihad«, angeführt von Hamad Chokalih, der die Befreiung aller Molsems in Nichtislamischen Ländern zum Ziel hat. Die Hauptstoßrichtung gegen Europa führt über die Reste von Bulgarien und Griechenland und die kleinen Balkanstaaten nach Österreich und Ungarn. Der Hauptfrontverlauf, an dem Chokalih schließlich gestoppt wird, zieht sich quer durch den Österreichischen Süden über Slowenien nach Istrien. Hauptquartier der Europäischen Truppen wird die Steirische Landeshauptstadt Graz. Es gelingt, das islamische Heer nach Westen abzudrängen. Hamad Chokalih stößt daraufhin über die Karawanken ins Drautal vor Durch die Auswirkungen eines mehr als ein Jahr dauernden erbitterten Stellungskrieges wird die gesamte Kärntner Seenregion einschließlich Teilen der Karawanken und der Koralpe zu »verbrannter Erde«.

2034: Die Regierung von Brasilien stürzt nach einer Invasion durch Erwachte Streitkräfte (einschließlich dreier Drachen). Die Erwachten rufen den neuen Staat Amazonien aus.

Die ersten Cyberdecks tauchen auf dem »Grauen Markt« auf.

2042 entstehen Lehrstühle für Magie an mehreren österreichisches Universitäten. Dr. David Singer, Präsident der Sigmund Freud-Gesellschaft, hält seine revolutionäre Vorlesung über »Magie und Unterbewußtsein«.

2050: Das Cyberdeck der siebten Generation kommt auf den Markt. Es ist nur noch so groß wie ein Keyboard.

2057, also nach mehr als einem halben Jahrhundert, gibt es das SGHWS immer noch. Mehrfach erweitert, da Platz für abgewiesene Flüchtlinge und verurteilte Schwerverbrecher gebraucht wurde, stellt das Gebiet nun eine – allerdings im wahrsten Sinne des Wortes hermetisch abgeriegelte – eigene Stadt in der Großstadt dar. Die Bevölkerung der »Vereinigten Wohnparks« wird auf etwa 300.000 (Meta-) Menschen geschätzt, die sich zum größten Teil mittels auf den Nutzflächen der ehemaligen Schrebergartensiedlungen und Grünanlagen angebauten Nahrungsmitteln selbst versorgen. Ein geringerer Teil Lebensmittel kommt – zusammen mit Abfällen und Sondermüll – täglich über magisch gesicherte Förderbänder – die sogenannten »Feuertunnel« – aus der Stadt Wien. Das Müllsortieren ist eine harte Arbeit, zu der fast nur Kinder eingeteilt werden. Trinkwasser liefert der Wasserbehälter Laaerberg. Strom bzw. Fernwärme wird mit Photovoltaik-Solarzellen und in den drei großen Müllverbrennungsanlagen erzeugt. Die Stadt Wien hat durch die Drohung, keinen Müll mehr zu liefern, 2038 den Einbau von Filtern in die Verbrennungsöfen erzwingen können. Seit 2005 hat es vier große und unzählige kleine Versuche gegeben, aus dem SGHWS auszubrechen; aber alle, auch der von 2038, an dem sich über 6.000 Personen beteiligten, sind gescheitert.

Glossar (+ Austriaka)

Adepten (physische): Personen, die ihre magische Begabung ausschließlich zur Vervollkommnung körperlicher Fähigkeiten einsetzen. Manche Magietheoretiker vertreten die Ansicht, historische Persönlichkeiten wie der Karatekämpfer Bruce Lee oder der Skirennläufer Hermann Maier wären, vielleicht ohne es zu wissen, physische Adepten gewesen.

Banshee: Eine mit dem MMVV (Menschlich-Metamenschlicher Vampirischer Virus) infizierte Elfe. Banshees saugen aber kein Blut, sondern »ernähren« sich von der Furcht und den Schmerzen ihrer Opfer, die sie durch ihr magisches Heulen induzieren.

Buschgawettl: Blumenstrauß, Strauch, Gewächs

Cyberarm, Cyberaugen etc.: künstliche, oft stark modifizierte Ersatzglieder bzw. -organe

Decker: Computerspezialist, Hacker

Eitrige: Käsekrainer (Wurstart)

Hawara: Freund, Kumpel, Chummer

Hockn: Job, Auftrag, Run

Hutschenschleuderer: Schausteller im Vergnügungspark

ICs (Intrusion Countermeasures): Computerprogramme, die unbefugtes Eindringen in einen Host verhindern bzw. den Eindringling aufspüren und auswerfen oder (»Schwarzes IC«) sogar töten können.

Lupinen-Börger: österreichische Variante des Soyburgers. Die Lupine wird in Österreich seit etwa 2010 anstelle von Soja zur Nahrungsmittelproduktion verwendet.

Matrix: das weltweite Computernetz, aus regionalen (RTG), lokalen (LTG) und privaten (PLTG) Netzen bestehend, die wiederum aus einzelnen Knoten (Hosts) aufgebaut sind.

MET 2000: Ein Konzern und eine militärische Söldnereinheit, ähnlich der Fremdenlegion, mit etwa 20.000 Mitgliedern, teilweise in Besitz der ADL.

(Doktor) Nowak: Auftraggeber für einen Shadowrun; in der Allianz Deutscher Länder »Herr Schmidt«, in Nordamerika »Mr. Johnson«

Orichalkum: Eine Legierung aus Gold, Silber, Quecksilber und anderem in sattoranger Farbe; ein metallurgischer Alptraum, der ohne Magie nicht existieren könnte und starke Kräfte bei der Verwendung in Artefakten oder Foki entwickelt.

Rüscherl: Getränk (Cola und Weinbrand im Verhältnis 1:1)

Schwarzkappler: Kontrollore der Wiener Verkehrsbetriebe

Strizzi: kleiner Gauner, Zuhälter

Taserpfeil: elektrisch geladener Betäubungspfeil

trabig: eilig

Von **SHADOWRUN™** erschienen in der Reihe
HEYNE SCIENCE FICTION & FANTASY:

1. Jordan K. Weisman (Hrsg.): *Der Weg in die Schatten* · 06/4844

TRILOGIE GEHEIMNISSE DER MACHT

2. Robert N. Charrette: *Laß ab von Drachen* · 06/4845
3. Robert N. Charrette: *Wähl deine Feinde mit Bedacht* · 06/4846
4. Robert N. Charrette: *Such deine eigene Wahrheit* · 06/4847

5. Nigel Findley: 2 X *S* · 06/4983
6. Chris Kubasik: *Der Wechselbalg* · 06/4984
7. Robert N. Charrette: *Trau keinem Elf* · 06/4985
8. Nigel Findley: *Schattenspiele* · 06/5068
9. Carl Sargent: *Blutige Straßen* · 06/5087

TRILOGIE DEUTSCHLAND IN DEN SCHATTEN

10. Hans Joachim Alpers: *Das zerrissene Land* · 06/5104
11. Hans Joachim Alpers: *Die Augen des Riggers* · 06/5105
12. Hans Joachim Alpers: *Die graue Eminenz* · 06/5106

13. Tom Dowd: *Spielball der Nacht* · 06/5186
14. Nyx Smith: *Die Attentäterin* · 06/5294
15. Nigel Findley: *Der Einzelgänger* · 06/5305
16. Nyx Smith: *In die Dunkelheit* · 06/5324
17. Carl Sargent/Marc Gascoigne: *Nosferatu 2055* · 06/5343
18. Tom Dowd: *Nuke City* · 06/5354

19. Nyx Smith: *Jäger und Gejagte* · 06/5384
20. Nigel Findley: *Haus der Sonne* · 06/5411
21. Caroline Spector: *Die endlosen Welten* · 06/5482
22. Robert N. Charrette: *Gerade noch ein Patt* · 06/5483
23. Carl Sargent/Marc Gascoigne: *Schwarze Madonna* · 06/5539
24. Mel Odom: *Auf Beutezug* · 06/5659
25. Jak Koke: *Funkstille* · 06/5667
26. Lisa Smedman: *Das Luzifer Deck* · 06/5889
27. Nyx Smith: *Stahlregen* · 06/6127
28. Nick Polotta: *Schattenboxer* · 06/6128
29. Jak Koke: *Fremde Seelen* · 06/6129
30. Mel Odom: *Kopfjäger* · 06/6130
31. Jak Koke: *Der Cyberzombie* · 06/6131
32. Lisa Smedman: *Blutige Jagd* · 06/6132
33. Jak Koke: *Bis zum bitteren Ende* · 06/6133
34. Stephen Kenson: *Technobabel* · 06/6134
35. Lisa Smedman: *Psychotrop* · 06/6135
36. Stephen Kenson: *Am Kreuzweg* · 06/6136
37. Michael Stackpole: *Wolf und Rabe* · 06/6137
38. Jonathan Bond/Jak Koke: *Das Terminus-Experiment* · 06/6138
39. Lisa Smedman: *Das neunte Leben* · 06/6139
40. Mel Odom: *Runner sterben schnell* · 06/6140
41. Leo Lukas: *Wiener Blei* · 06/6141